황만근은 이렇게 말했다

성석제 소설집

창작과비평사

황만근은 이렇게 말했다

차 례

만그인지 반그인지 그 바보자석 하나 따문에 소 여물도 못하러 가고 이기 뭐라.

스무 바리나 되는 소가 한꺼분에 밥 굶는 기 중요한가,

바보자석 하나가 어데 가서 술 처먹고 집에 안 오는 기 중요한가, 써그랄

황만근은 이렇게 말했다

황만근은 이렇게 말했다

황만근이 없어졌다. 새벽에 혼자 경운기를 타고 집을 나간 황만근은 늘 들일을 나가면 돌아오는 시각인 저물녘에 돌아오지 않았다. 술을 마시고 취하더라도 열두시가 될락말락한 한밤이면 돌아왔는데 이번에는 아니었다. 평생 단 하루 외박한 뒤 돌아왔던 그 시각, 횃대의 닭이 울음을 그치는 아침이 되어도 돌아오지 않았다. 마을회관 앞, 황만근이 직접 심어놓은 등나무 덩굴 아래, 직접 짠 평상에 사람들이 모였다. 먼저 이장이 입을 열었다.

"만그인지 반그인지 그 바보자석 하나 때문에 소 여물도 못하러 가고 이기 뭐라. 스무 바리나 되는 소가 한꺼분에 밥 굶는 기 중요한가, 바보자석 하나가 어데 가서 술 처먹고 집에 안 오는 기 중요한가, 써그랄."

마을에서 연장자 축에 들고 가장 학식이 높아 해마다 한번씩 지내는 용왕제(龍王祭)에 축(祝)을 초(草)하는 황재석씨가 받았다.

"그래도 질래 있던 사람이 없어지마 필시 연유가 있는 기라. 사람이 바늘이라, 모래라. 기양 없어지는 기 어디 있어. 암만 그래도 우리 동네 사람 아이라. 반그이, 아이다, 만그이가 여게서 나서 사는 동안 한 분도 밖에서 안 들어온 적이 없는데 말이라."

"아이지요, 어르신. 가가 군대간다 캤을 때 여운지 토깨인지하고 밤 새도록 싸우니라고 하루는 안 들어왔심다."

용왕제에서 집사 역을 하는 황동수가 우스개처럼 말을 이었다. 아침밥을 먹기도 전 황만근의 아들이 찾아와 황만근이 집에 돌아오지 않았다고 하길래 얼결에 동네 사람들을 불러모으는 역할을 하게 된 민씨는 분위기가 이상하게 돌아간다 생각하고 참견을 했다.

"어제 궐기대회 한다 하고 간 사람이 누구누구십니까. 황만근씨하고 같이 간 사람은요? 궐기대회 하는 동안 본 사람은 없나요?"

자리에 모인 대여섯 명의 황씨들은 서로의 얼굴을 마주보더니 모두 고개를 흔들었다.

"사람이라고 몇밍이나 되나. 군 전체 사람이 모도 모있다는 기 백밍이 될라나 말라나 한데 반그이는 돼지고기 반근만해서 그런지 안 보이더라칸께."

이장은 계속 빈정거리듯 말을 이었다. 민씨는 이장이 궐기대회 전날 황만근을 따로 불러 무슨 말을 건네던 것을 기억해냈다.

"그제 밤에 내일 궐기대회 한다고 사람들 모였을 때 이장님이 황만근씨에게 뭐라고 하셨죠. 모임 끝난 뒤에."

이장은 민씨를 흘기듯 노려보았다.

"왜, 농민보고 농민궐기대회 꼭 나오라 캤는데, 뭐가 잘못됐나."

민씨는 자신도 모르게 따지는 어조가 되었다.

“군 전체가 모두 모여도 몇명 안되었다면서요. 그런 자리에 황만근씨가 꼭 가야 합니까. 아니, 황만근씨만 가야 할 이유라도 있습니까. 따로 황만근씨한테 부탁을 할 정도로.”

“이 사람이 뭐라 카는 기라. 이장이 동민한테 농가부채 탕감촉구 전국농민 총궐기대회가 있다, 꼭 참석해서 우리의 입장을 밝히자 카는데 뭐가 잘못됐다 말이라.”

“잘못이라는 게 아니고요, 다른 사람들은 다 돌아왔는데 왜 황만근씨만 못 오고 있나 하는 겁니다.”

“내가 아나. 읍에 가보이 장날이더라고. 보나마나 어데서 술 처먹고 주질러앉았을 끼라. 백릿길을 깅운기를 끌고 갔으이 시간도 마이 걸릴 끼고.”

다른 사람들은 말이 없었고 민씨와 이장만이 공을 주고받는 꼴이 되어버렸다.

“글쎄, 그 자리에 꼭 황만근씨만 경운기를 끌고 갔어야 했느냐 이 말입니다. 그것도 고장난 경운기를.”

“깅운기를 끌고 오라는 기 내 말이라? 투쟁방침이 그렇다카이. 깅운기도 그렇지, 고장은 무신 고장, 만그이가 그걸 하루이틀 몰았나. 남들이 못 몬다뿐이지.”

“그럼 이장님은 왜 경운기를 안 타고 가고 트럭을 타고 가셨나요. 이장님부터 솔선수범을 해야지 다른 동민들이 따라할 텐데, 지금 거꾸로 되었잖습니까.”

“내사 민사무소에서 인원점검 하고 다른 이장들하고 의논도 해야 되고 울매나 바쁜 사람인데 깅운기를 타고 언제 가고 말고 자빠졌나.

다른 동네 이장들도 민소 앞에서 모이가이고 트럭 타고 갔는 거를. 진짜로 깅운기를 끌고 갔으마 군대회에는 늦어도 한참 늦었지. 군청에 갔는데 비가 와가이고 온 사람도 및 없더마. 소리마 및분 지르고 왔지. 군청까지 깅운기를 타고 갈 수나 있던가. 국도에 차들이 미치괘이맨구로 쌩쌩 달리는데 받치만 우얘라고. 다른 동네서는 자가용으로 간 사람도 쌨어."

"그러니까 국도를 갈 때는 여러 사람이 한꺼번에 경운기를 여러 대 끌고 가자는 거였잖습니까. 시위도 하고 의지도 보여준다면서요. 허허, 나 참."

"아침부터 바쁜 사람 불러내놓더이, 사람 말을 알아듣도 못하고 엉뚱한 소리만 해싸. 누구맨구로 반동가리가 났나."

기어이 민씨는 버럭 소리를 지르고야 말았다.

"반편은 누가 반편입니까. 이장이니 지도자니 하는 사람들이 모여서 방침을 정했으면 그대로 해야지, 양복 입고 자가용 타고 간 사람은 오고, 방침대로 경운기 타고 간 사람은 오지도 않고, 이게 무슨 경우냐구요."

"이 자슥이 뉘 앞에서 눈까리를 똑바로 뜨고 소리를 빽빽 질러쌓노. 도시에서 쫄딱 망해가이고 귀농을 했시모 얌전하게 납작 엎드려 있어도 동네 사람 시키줄까 말까 한데, 뭐라꼬? 내가 만그이 이미냐, 애비냐. 나이 오십 다 된 기 어데를 가든동 오든동 지가 알아서 해야지, 목사리 끌고 따라다니까?"

마침 황만근의 어머니가 나오지 않았으면 몸싸움이 났을지도 몰랐다. 민씨가 막 핏대를 세우며 맞대꾸를 하려는데, 도저히 시골의 환갑 노인으로는 보이지 않는, 곱고 여린 외모의 여인이 종종걸음으로 다가와서는 평상 앞에서 어른들의 눈치를 보며 엉거주춤 서 있는 손자를 붙들고 우는 소리를 냈다.

"내가 고딩어를 안 먹는다 캤으마, 이런 일이 없을 낀데. 내가 고딩어를 안 먹는다 캤어도 이런 일이 없을 낀데. 내가 고여히 고딩어를 먹는다 캐가이고 우리 만그이가, 우리 만그이가 고딩어를 사러 갔다가 이래 안 오는구나아."

그래서 사람들은 알게 되었다. 황만근이 경운기를 끌고 간 날 아침, 아침을 차리던 황만근에게 그의 어머니가 고등어자반이 없으면 밥을 먹지 않겠다고 한 사실을. 이장은 그것 보라는 듯이 "반동가리 반그이가 궐기대회가 아이고 고딩어 사러 갔구마. 효자 났네, 효자 났어" 하고는 허리를 쭉 폈다. 황재석씨도 수염을 쓰다듬으며 "홀어머니 조석을 지극정성으로 핑생 한끼도 안 빠뜨리고 공궤하니, 암만, 효자는 효자지. 천생지효자라" 했다. 그 황만근의 아들인 영호가 덩달아 우는 소리를 하는 것이었다.

"아이라요. 내가 아침에 집으로 오다가 경운기 타고 가는 아부지를 만났는데요, 목욕을 하고 오라 캤거든요. 목욕탕에 갔을 끼라요. 그런데 면에 있는 목욕탕에 연락해봐도 그런 사람은 안 왔다 카고…… 온천에 갔는가 봐요. 온천에 가다가 우째 됐는가도 모르고……"

사람들은 또한 알게 되었다. 황만근은 전에 없이 전날 밤 그의 아들 방에서 잠을 잤다. 아들은 시험공부하느라고 친구집에서 밤을 새우고 아침에 들어오는 길이었다. 길에서 아버지를 만난 아들은 대번에 아버지가 자신의 방에서 잔 사실을 알아차렸다. 아버지가 자신의 점퍼를 입고 있었기 때문이다. 그래서 당장 옷을 벗어 내놓으라, 다시는 내 방에 들어오지 말라고 소리쳤고 덧붙여 제발 좀 목욕탕에 가서 씻고 오라고 했던 것이다. 황만근은 그 길로 목욕탕으로 간 것인지도 몰랐다. 아니면 궐기대회가 열리는 읍의 반대편에 있는 온천에 갔든가.

"내 펑생 반그이가 한번 씻는 걸 못 봤다. 냇가를 가도 샘에를 가도 들어갈 생각을 안하는구마. 목욕탕에 우째 가는 줄도 모를 낀데 온천이 여게서 어데라고 지가 찾아가노."

황규수가 입을 비틀며 웃었다. 민씨는 자신이 알고 있는 사실을 말할까 말까 하다가 끝내 입을 열지 못했다. 그 자신도 황만근에게 궐기대회장으로 꼭 가야 한다고 충동질한 사실이 있었다. 술김인지는 몰라도, 당신의 뜻을 많은 사람이 알아야 한다, 가서 이야기를 하라고 객기를 부렸던 것이다.

그러는 동안 모든 사람들이 알게 되었다. 황만근이 집으로 돌아오지 않았다. 동네 사람 누구든 하루이틀, 또는 한두 달 집을 비울 수도 있지만 그렇다고 그 사실을 모든 사람이 알게 되는 것은 아니다. 그러나 황만근만은 하루밖에 지나지 않았음에도 모든 사람이 그의 부재를 알게 되었다. 그렇지만 누구도 적극적으로 황만근을 찾아나서려 하지 않았다. 그는 있으나마나한 존재이면서 있었고 없어서는 안되는 존재이면서 지금처럼 없기도 했다. 동네 사람들은 그를 바보라고 했다. 두어 해 전에야 신대 1리로 들어와 황만근의 탄생과 성장, 삶을 처음부터 지켜보지 못한 민씨만은 그렇게 생각하지 않았다.

마을에서 젊은 축에 드는 마흔다섯살의 황영석은 황만근이 벽돌을 찍고 구덩이를 파서 지은 마을회관 변소에서 분뇨를 퍼내면서 황만근의 부재를 알게 되었다.

"만그이 자석이 있었으마 내가 돈을 백만원 준다 캐도 이런 일을 안

할 낀데. 아이구, 이 망할놈의 똥냄새, 여리가 싸놔 그런지 독하기도 하네. 이기 곡석한테 독이 될지 약이 될지도 모르겠구마."

황만근이 있었으면 군말없이 했을 일이었다. 늘 그렇듯이 벙글벙글 웃으면서.

"만그이가 있었으모 저 거름이 우리 밭으로 올 낀데. 만그이가 도대체 어데 갔노."

마을회관 곁 조그만 밭에 채소를 심어먹는 여씨 노인도 황만근의 부재를 알게 되었다. 황만근은 마을 공통의 분뇨를, 역시 자신이 판 마을 공통의 분뇨장으로 가져가서 충분히 익힌 뒤에, 공평하게 나누어주었다. 황영석처럼 제가 펐다고 바로 제 밭에 가져다가 뿌리지는 않았다. 특히 여씨 노인처럼 일찍 남편을 잃고 혼잣몸이 된 노인들에게는, 알고 그러는지 모르고 그러는지 더 자주 거름을 가져다주었다.

"만그이한테 물어보자."

아이들은 소꿉장난을 하다가 황만근의 부재를 알게 되었다. 공평무사한 것이 황만근의 평생의 처사였다. 그에게는 판단능력이 없는 듯했지만 시비를 물으러 가면, 가노라면 언제나 공평무사한 자연의 이법에 대해 깨우치게 되고 분쟁은 종식되었다.

또는 물어보나마나 명약관화한 일을 두고도 황만근을 들먹였다.

"만그이도 알 끼다."

또한 동네에 오래도록 내려오는 노래, 구태여 제목을 붙이자면 '황만근가'를 자신도 모르게 중얼거리게 되면서 사람들은 황만근이 없다는 사실을 알게 되었다.

황만근가, 황만근의 노래, 아니 황만근에 관한 노래는 이렇게 부른다. 먼저 "황" 하고 단호하고 크게 소리쳐서 주의를 끈 다음, 한 박자를 쉰 뒤에 "마안-그은" 하고 두 박자로 느릿하게 부른다. 이어서 "백분(번), 찝원(십원), 여끈(열 근), 팔푼, 두 바리(마리)" 하고 빠르게 센다. 마지막으로 "그래, 바안-그은" 하고 느긋하게 마친다. 이 노래에는 황만근의 일생이 들어 있고 모든 노래가 그렇다시피 노래를 부르는 마을 사람들의 대체 경험과 정서가 녹아 있다.

황은 성을 말한다. 신대1리는 황씨들이 오십여 호 모여사는 집성촌이다. 2년 전에 귀농한 민씨 같은 타성바지는 황씨 집안에 데릴사위로 들어온 노씨를 포함 전체에서 두 가구밖에 되지 않는다. 신대(新垈), 새터는 이름이 암시하듯 새로 생긴 마을이다. 황만근의 부친은 전쟁 중에 죽었다. 그의 어머니는 그때 이미 그를 배고 있었는데 남편을 여의고 황만근을 낳은 까닭에 항렬을 따서 이름을 지어줄 사람이 없어 집에서 우러러보이는 산, 만근산(萬根山)에서 이름을 받았다. 만근산은 신대1리에서 3리까지가 띠 모양으로 둘러 있는 천곡지(千谷池)를 병풍처럼 에워싸서 물을 가두고 또한 사철 물을 대주게 하는 역할을 하고 있다. 만근산의 천곡이라는 이름의 계곡을 막아 저수지를 만들고 계곡에서 흩어져 사는 사람들을 모아 한곳에 살게 한 곳이 바로 신대리이다. 이쯤만 해도 황만근이라는 이름이 곧 동네의 뿌리를 상징하는 이름임을 알 수 있다.

'백번'은 무엇을 이름인가. 황만근이 땅바닥에 넘어진 횟수가 백번임을 말한다. 황만근은 어릴 때부터 유난히 자주 넘어졌는데 동네 사람들 말대로 '골', 곧 자주 아는 척하는 윗마을 황학수의 말마따나 평형감각을 관장하는 소뇌가 미발달해서 그런지도 모른다. 사람들은 동네에서 툭, 소리가 나면 홍시 떨어지는 소리, 아니면 황만근이 넘어지는 소리라고 여겼다. 누군가 황만근에게 도대체 하루에 몇번 넘어지는지 세어보라고 했다. 기왕 넘어지는 거 셈공부나 하라는 충고였겠다. 저녁때 어린 황만근에게 몇번 넘어졌는가 물으면 황만근은 손가락을 꼽고 발가락을 꼬고 무릎과 허리까지 배배 꽈가며 용을 썼다. 그런데 황만근은 언제부터인가 그런 물음에 명쾌하게 '백분'이라고 대답했다. 하루에 백번, 한달에 백번, 일년에 백번, 평생 백번. 백은 황만근이 셀 수 있는 가장 큰 단위였다.

'찝원'은 면사무소가 있는 봉대 장터의 국숫가게 주인이 보태준 별명이다. 어느날 열서너살 난 더벅머리 황만근이 국수를 사러 와서는 가게 문간에서 이렇게 말했다. "꾹찌 찝원어찌만 쪼요." 국수장수가 무슨 말이냐고 물었다. 황만근은 신중하게 손가락을 헤아리더니 다시 '꾹찌'라고 하면서 가게 주변이 온통 환하도록 널려 마르고 있는 국숫가닥을 가리켰다. 그러고는 '찝원'이라고 했는데 주인은 그 말을 그의 손에 들린 십원짜리 지폐를 보고 겨우 알아들었다. 어린시절 황만근은 혀가 짧았던 것이다.

황만근은 나면서부터 물가(전국에서 다섯번째 깊이라는 천곡 저수지를 인근에서는 이렇게 이른다. 저수지를 자랑하고 싶을 때 담수량이나 넓이라면 모르되 깊이는 따져 무엇 하겠다는 건지, 동네에 처음 들어갔을 무렵 민씨는 알 수가 없었다. 다섯번째라면, 최소한 전국 다섯 군데 저수지의 깊이를 쟀다는 말인데, 그렇다면 그 깊이는 갈수기의 깊이인가, 장마철의 깊이인가, 평균의 깊이인가, 측정 당시의 깊이인가, 최대의 깊이인가, 가운데의 깊이인가. 생각할수록 무한한 함수가 생겨나는 이런 기준을 과연 누가 만들었는가. 민씨는 알 수가 없었다. 또한 민씨는 그 불투명한 기준에서 첫째도 아니고 다섯번째에 불과한 것이 어째서 내세울 만한 게 되는지도 알 수가 없었다. 하여튼 그 저수지에 '물'이라는 본질적인 이름을 붙이고 그 저수지 주변에 띠처럼 붙어서 만들어진 동네를 대범하게 '물가'라고 부르는 사람들이 신대리에 산다)의 제일 바깥쪽 동네, 곧 신대 1리에서도 제일 바깥의 마을 어귀에 살고 있다.

동네를 집으로 비유하면 황만근의 집은 행랑채에 해당한다. 행랑채가 그렇듯 동네의 다른 집에 비해 황만근의 집은 작고 보잘것없다. 6·25 후에 계곡 입구를 막아 저수지를 완공했으니 마을 대부분의 집은 전쟁 직후에 지은 것이다. 황만근은 그때 젖먹이였고 아버지는 죽고 없었다. 이웃들은 저마다 각자의 집을 짓느라 바빠 과부 시어머니와 과부, 그리고 젖을 빠는 유복자에게 집을 지어줄 만한 여유가 없었다. 수숫단으로 벽을 하고 짚멍석으로 바닥을 한 뒤에, 형편이 닿는 대로 나무와 흙으로 조금씩 지어나간 그 집은 계속 덧칠을 한 그림처럼 엉성했다. 세월이 흘러 집꼴은 갖춰졌을망정 지붕이나 방, 문, 마당 할 것 없이 집을 이루는 구성요소란 구성요소는 빠짐없이 늘 손이 가야 형체를 유지했다. 비가 오면 새는 곳을 막아야 했고 바람이 불면 지붕이 날아가지 않을까 걱정해야 했다. 눈이 오면 무너질까 걱정, 불을 때면 방바닥에서 올라오는 연기에 눈물을 쏟아야 했다. 집은 온통 때우고 바르고 받쳐놓고 묶어 간신히 붙들어놓은 모양이었으며 어느 것 하나라도 모르고 건드리면 일순간 폭삭 쓰러질 것 같았다. 그래도 방이 두 개에 마루 흉내를 낸 널쪽이 앞쪽에 붙어 있는 한일자 형인데 황만근은 집에 있을 때면 늘 그곳에 앉아 있었다. 수십년을 여일하게 집보다 높은 길을 내다보며 지나가는 동네 사람에게 큰 소리로 인사를 건넸다. 밥을 먹을 때면 마루는 상으로 변했고 황만근은 마당으로 내려가 쭈그려앉아 밥을 먹었다. 여름에는 거적때기 같은 이불홑청을 깔고, 겨울에는 바깥에 비닐을 두르고 마루 아래로 나오는 굴뚝의 온기에 의지해 잠을 잤다. 왜 방을 놔두고 엉덩이 하나 걸치기도 비좁은 마루에, 노상 거적때기 같은 홑청을 깔고 앉아 있느냐 하면, 방에는 사람이 있기 때문이었다. 그 사람들은 동네 사람들과 마찬가지로 황만근을 '반쪽' 또는 '싸래기'로 취급했고 자신이 있는 방으로 들어오는 것을 싫어했다.

"들어올라만 털고 씻고 들어와!"

황만근 자신이 방에 들어가 자는 것에 낯설어했으므로 들어가서 자는 일은 거의 없었다. 그는 이미 수십년 동안 밖에서 자는 게 익숙해져 그런지 방에서 자면 옷을 모두 벗어젖히는 버릇이 있었다. 벗어젖힌 몸에서는 무슨 벌레가 기회다 싶어 기어나오는지, 황만근이 자고 간 방에는 살충제를 한통씩 뿌려도 잡히지 않는 벌레가 남는다 했다. 황만근의 집에 있는 두 개의 방을 하나씩 차지한 사람들은 그의 젊은 어머니와 고등학교에 다니는 그의 아들이었다. 어느날 황만근에게 지나가던 우체부가 집에 누가 있느냐고 물었다. 그러자 황만근은 가슴을 펴고 '두 바리'라고 자랑스럽게 말했다. '바리'는 가축 같은 짐승이나 곤충의 머릿수를 뜻하는 '마리'의 신대리 사투리다. 우체부는 공연히 그 말을 동네방네에 퍼뜨려 황만근을 다시 한번 바보로 만들었다. 누가 그렇게 해달라고 한 것도 아닌데. 우체부가 황만근에게 무슨 악의를 가지고 있어서 그랬던 것은 아닐 것이다. 신문 보는 사람도 없던 시절, 기껏해야 군대간 자식에게서 오는 편지가 뉴스이던 시절, 사람들은 자기들끼리라도 드라마를 만들어 웃고 싶어했다. 황만근은 가장 그럴듯한 소재였고 배역이었다. 사람들은 다른 사람이 한 실수나 바보짓도 늘 황만근에게 가탁해서 그를 점점 더 바보로 만들어갔다.

황만근을 낳은 그의 어머니는 집안의 안방을 차지하고 있다. 어머니는 어머니인데 젊다. 그리고 아주 곱다. 두 사람이 나란히 있으면, 그런 경우가 일년에 한번 있을까 말까 할 정도로 보기 어렵다, 한 사람은 눈이 오나 비가 오나 방안에 있고 한 사람은 눈이 오나 바람이 부나 밖에 있으니 말이다, 모자간이 아니라 오누이간으로 보이기 십상이다. 물론 황만근이 오빠로 보인다. 언뜻 봐서는 황만근의 나이를 짐작하기 어렵다. 늘 입을 벌리고 벙글벙글 웃는 한가지 표정에 굵은 주름이 이마와 뺨을 종횡으로 가로지르고 있어서 마흔은 확실히 넘었지만 그에 30년을 더한다 해도 통할 수 있다. 그의 어머니는 황만근이 철이 든 후에는 한번도 찬물에 손을 담가보지 않고 대갓집 마나님처럼 살아서 그런지 동네의 또래 노인들보다 예닐곱살은 적어 보인다.

왜 그렇게 나이 차이가 적은가 하면, 황만근의 어머니가 돈을 받고 팔려와서 열댓살인가에 황만근을 낳았기 때문이다. 지금은 신대리도 하루 네 번씩 버스가 들어올 정도로 개명했지만, 전쟁이 있기 전에는 시집 장가 가는 일이 아니면 외지 사람을 구경하기도 힘들 정도로 두메였다. 신대리에 나서 살아온 여자들은 때려죽여도, 아니 맞아죽어도 신대리 사람에게는 시집을 가지 않으려고 했다. 그래서 신대리 총각들은 이십리쯤 떨어진 낙양군 봉대면 면소재지 저잣거리에 가서 '처녀 구함'이라는 팻말을 목에 걸고 서 있다가 그에 반한 넋나간 처녀를 잡아채어 신대리로 돌아오든가, 중간에 사람을 놓아 험난한 시절 딸을 팔아서라도 살아남으려는 사람들에게서 처녀를 구해 장가를 갔다. 물론 후자의 경우가 대부분이었는데, 이를 두고 중매라고 하는 사람도 있고 그렇게 해서 마을에 들어온 처녀를 '민며느리'라는 이름으로 부르는 사람도 있는데, 이름이야 어떻든 그런 경로로 신대리에 들어온 처녀들은 해가 가기 전에 아이를 낳게 마련이었다.

신대리에는 처녀가 시집을 오기가 어렵지 오기만 하면 '물'의 깊은 곳에 있는 용왕이 밤마다 찾아와서 틀림없이 아들을 점지해준다는 전설이 있다. 그래서 그런지 신대리의 집집마다 아들이 없는 집이 없었고 그 아들들이 자라면 장가 때문에 아버지 같은 어려움을 겪었다. '물'에서 가장 깊은 곳은 저수지가 생기기 전부터 깊이를 알 수 없다는 소(沼)가 있었고 그 속에 용궁으로 통하는 길이 있어 무명실 세 꾸러미를 풀어도 끝이 안 난다고 했다. 물론 용왕은 점지만 해주지 실제로 아들을 갖게 하는 건 신대리 사내다. 만약 용왕이 점지를 넘어 무슨 해괴한 다른 일을 벌였다면, 신대리 사람들이 해마다 대보름에 일미터가 넘는 얼음을 깨고 색동옷을 입힌 돼지 한 마리씩을 용왕에게 바칠 리가 없을 것이다. 하여튼 황만근의 어머니는 어리고어린 나이에 팔려오다시피 신대리에 들어왔고 여자로서의 징후가 나타나자마자 용왕의 점지에 따라 아이를 배었다. 그러고는 전쟁이 일어나 어쩌다 신대리가 전사에 기록될 정도로 격전장이 되었다. 황만근의 아버지는 천곡 계곡의 양안을 오가는 포탄과 총알의 불빛과 소리를 구경하러 나갔다가 유탄에 맞아 세상을 버리고 말았다. 그때 황만근은 어머니 뱃속에서 여덟 달째 머물러 있던 중이었는데 소식을 들은 그의 어머니가 벌떡 일어서면서 그만 황만근을 아래로 빠뜨리는 바람에 머리가 앞뒤로 긴 '남북 짱구'가 되었고 열 달의 십분(十分)에서 두 달이 모자라는 '팔푼'이 되었다고도 한다. 그후로 시어머니, 곧 황만근의 할머니가 황만근과 그의 어린 어미를 함께 키웠다. 황만근이 열다섯살이 되던 해, 할머니마저 세상을 버리자 그때부터 황만근이 어머니를 봉양하게 되었는데, 서른살이 될까 말까 한 젊은 과부는 그때까지 밥을 어떻게 하는지조차 몰랐고 그후로도 황만근이 있는 한 알 필요가 없었다. 농사를 짓든 비럭질을 하든 쌀을 들고 들어오는 것도 황만근이었고 그 쌀을 씻어 솥에 안치고 불을 피우는 것도 황만근, 상에 밥과 반찬을 차려서 먹으라고 갖다주는 것도 황만근, 물린 상을 들고 가서 설거지를 하는 것도 황만근이었다. 그의 곱고 새파란 어머니는 황만근이 밥과 집에 관련된 일을 하는 동안 시어머니가 물려준 곰방대에 담배를 채워 연기를 코로 뿜으면서 황만근이 하는 짓을 물끄러미 건너다보고 있을 뿐이었다.

그런데 이런 일이 있었다. 황만근의 나이가 차자 군대 징집영장이 나왔다. 동네는 물론 온 면에서도 알려진 바보라 황만근은 당연히 면제가 되었겠지만, 일단 신체검사와 소집면제에 필요한 절차를 밟기 위해 군청이 있는 읍에는 가야 했다. 황만근은 쌀밥을 한솥 해서 간장과 소금으로 간을 한 뒤에 참기름으로 맛을 내어 주먹밥을 만들었다. 주먹밥 몇덩이는 보자기로 싸서 허리에 차고 나머지는 상 위에 얹어 놓고 어머니에게 말했다.

"배고프면 이거 먹어라. 내 얼릉 갔다올게."

어머니는 쓰다 달다 말도 없이 황만근이 하는 양을 지켜볼 뿐이었다. 신체검사는 황만근의 생각처럼 얼른 끝나지 않았다. 그때만 해도 황만근은 입가에 침만 좀 흘렸을 뿐, 또래의 친구들처럼 스무살 남짓한 건강하고 잘생긴 청년으로 보였다는데, 징집을 감독하러 온 사람들이 이리 뜯어보고 저리 물어보고 으르고 협박하느라 시간이 많이 걸렸던 모양이다. 황만근은 결국 샛별이 뜨는 저녁이 되어서야 신체검사장에서 풀려날 수 있었다. 밤길을 도와 백릿길을 걸어서 어머니가 혼자 기다리는 집으로 돌아오던 황만근은 평생을 좌우할 기이한 경험을 하게 된다. 당시에는 군청이 있는 읍에서 신대리까지 오는 버스도 없었고 있다 해도 끊어질 시각이라 산길로 오는 게 빨랐는데 네 개의 봉우리를 돌거나 넘어야 했다. 그중 네번째 고개의 이름은 토끼고개다. 어지간히 다 왔다 싶었는데, 어쨰선지 걸어도 걸어도 고갯마루가 나오지 않고 한군데서 맴도는가 싶더니 문득 어둠속에서 털이 눈부시게 하얗고 창날처럼 뻗친 수염과 홍보석처럼 붉은 눈을 가진 토끼가 달려나왔다. 그날은 그믐 때여서 달빛조차 없었는데 눈부시게 희었다니 그 무슨 바보 같은 소리냐고 사람들은 말한다. 황만근이 그날의 일을 수백번도 더 말했지만 처음과 다르게 말한 적은 한번도 없었다. 그나저나 토끼가 너무 컸다. 토끼의 귀가 황만근의 머리보다 더 높이 솟아 있을 정도였다. 게다가 토끼는 입을 움직이며 사람의 말을 했다.

"너는 집에 못 간다. 너는 집에 못 간다. 너는 집에 못 간다. 너는 여기서 죽는다."

토끼의 입술이 갈라진 사이로 황만근의 엄지손가락만한 날카로운 이가 반짝였다. 무슨 불빛이 있어서 반짝이기까지 했느냐고. 초봄이라 토끼고개에는 눈이 채 녹지 않고 있었다. 하다못해 별빛에라도.

"그기 뭔 소리라? 내가 내 집에 내 발로 가는데 니가 뭐라꼬 집에 못 간다 카나. 귀신이마 썩 물러가고 토끼마 착 엎디리라. 내가 너를 타고서라도 집에 갈란다."

거대한 토끼는 황만근이 한번도 맡아본 적이 없는 비린 냄새를 풍기면서 느릿하고 탁한 음성으로 다시 말했다.

"너는 여기서 죽는다. 너는 여기서 죽는다. 너는 여기서 죽는다. 너는 집에 못 간다."

황만근은 온몸에 소름이 돋고 털이란 털은 모두 위로 곤두섰다. 그래도 있는 힘을 다해 토끼를 밀치며 "비키라!" 하고 소리를 질렀다. 그런데 토끼를 밀친 황만근의 팔이 토끼의 털에 묻히는가 싶더니 진공청소기에 빨려드는 파리처럼 쑤욱 안으로 빨려들어가는 것이었다(황만근이 한 말이 아니라 그 말을 들은 민씨의 표현이다). 황만근은 한 팔로 옆에 있는 나무를 붙잡으면서 빨려들어간 팔을 도로 빼려고 안간힘을 썼다. 황만근을 빨아들이려는 공간은 아무것도 잡히지 않을 정도로 넓었고 허전했고 또한 소름끼치도록 차가웠다. 토끼는 토끼대로 쉽게 끌려들어오지 않는 황만근을 마저 끌어들이기 위해 온몸을 떨면서 뒷발을 든 채 버티고 있었다.

그런 상태로 시간이 하염없이 흘렀다. 어느새 동쪽 하늘이 부옇게 밝아오기 시작했다. 그러자 토끼는 황만근을 향해 "너는 이제 살았다. 너는 이제 살았다. 너는 이제 살았으니 나를 놓아라" 하고 말했다. 황만근은 오기가 나서 "택도 없는 소리 말거라. 니를 탕으로 끓이서 어무이하고 나하고 마주앉아서 먹어치울 끼다. 니 가죽을 빗기서 어무이 목도리를 하고 내 토시를 하고 장갑을 할 끼다. 니는 인자 죽었다, 자슥아" 하고 소리쳤다. 토끼는 다급하게 물었다. "그럼 어떻게 하면 네 팔을 빼겠느냐." 황만근은 팔을 안 빼는 게 아니라 못 빼고 있는데 토끼가 그렇게 물어오자 할말이 없었다. 그래서 되는 대로 "내 소원을 세 가지 들어주기 전에는 니까잇 거는 못 간다" 하고 말했다.

"네 소원이 뭐냐."

"우리 어무이가 팥죽 할마이겉이 오래오래 사는 거다."

(팥죽 할마이란 팥죽을 파는 할머니, 혹은 늘 팥죽을 쑤고 있는 할머니 같은데 그 할머니가 누구인지, 어째서 오래 산다고 하는지 민씨

는 모른다.)

토끼는 마을이 있는 서쪽으로 고개를 기울였다가 몸을 소스라치게 떨고 나서 힘겨운 목소리로 말했다.

"지금 들어주었다. 그 다음은?"

"여우 같은 마누라가 생기는 거다."

"송편을 세 번 먹으면 네 집으로 올 거다. 다음은 무엇이냐?"

"떡두깨(떡두꺼비) 같은 아들이다."

"마누라가 들어오면 용왕이 와서 그렇게 해준다. 이제 나를 놓아라."

"내가 언제 니를 잡았나. 니가 가뿌리만 되지, 바보자슥아."

그러자 토끼는 속았다는 걸 알았는지 얼굴을 무섭게 부풀리더니 황만근의 얼굴에 뜨겁고 매운 김을 내뿜었다. 황만근이 눈을 뜨지 못하고 쩔쩔매다가 간신히 떠보니 어느새 자신의 팔이 돌아와 있는 것이었다. 황만근의 주변에는 토끼털이 무수히 떨어져 바늘처럼 반짝이고 있었다. 황만근은 제대로 숨쉴 겨를도 없이 집으로 달려갔다. 동네 곳곳의 닭들이 횃대에서 소리쳐 울고 있었다. 황만근은 밖에서 "어무이, 어무이" 하고 소리치면서 마당으로 뛰어들어갔지만 방안에서는 아무 기척이 없었다. 방안에 들어가보니 그의 어머니는 그가 나갔을 때의 모습 그대로, 얼굴이 백지장처럼 변해 앉아 있었다.

"어무이, 어무이!"

그가 어깨를 흔들자 젊은 어머니는 모로 쓰러져버렸다. 그러면서 "카악!" 하고는 목에서 주먹밥 덩어리를 토해냈다. 황만근이 어머니를 껴안고 통곡을 하다가 손발을 주무르고 온몸을 어루만지자 어머니는 눈을 떴다.

"니 와 인자 왔노?"

"밤새도록 토깨이 귀신하고 씨름을 하다 왔다. 니는 괘않나."

"니 기다리다가 아까 해뜰녘에 닭이 울길래 밥 한딩이를 입에 넣었다가 목이 맥히서 죽을 뻔했다. 움직있다가는 더 맥힐 거 같애서 손가락 하나 까딱 모하고 이래 니가 오기 기다리고 있었니라. 이 문디 겉은 놈의 자슥아, 와 밥만 해놓고 물은 안 떠다놨나!"

황만근은 울다가 웃다가 덩실덩실 춤을 추었다. 그러고는 어머니에게 엉덩이를 채어 물을 뜨러 동네 우물로 달려갔다. 그날 우물가에서는 황만근의 기이한 체험이 여러 사람의 입으로 하루종일 수십번 되풀이되었고 종내 황만근이 우물가로 초청되어 입이 아프도록 같은 이야기를 늘어놓아야 했다.

송편을 세 번 빚을 만큼의 시간, 곧 세 해가 흐른 뒤에 토끼의 말대로 어떤 처녀가 그의 집으로 들어왔을 때 동네 사람들이 황만근을 보는 눈이 달라졌다. 그 처녀는 이웃 군에서 농기계상을 하는 사람의 수양딸이었는데 어떤 연유로 자살을 하러 '물'에 들어갔다. 기왕 물에 빠지려면 인적이 없는 곳에 빠지는 게 좋았겠지만, 죽으려는 마음이 급해서 동네 어귀에 들자마자 곧바로 물에 몸을 던졌다. 그런데 동네 어귀, 길 아래 물가에 조그만 집 마루에서 지나다니는 사람에게 인사를 하기 위해 늘 바깥을 내다보는 눈이 있음을 몰랐다. 그 눈의 주인은 처녀의 허리가 물에 들어가는 중에 뒤에서 "짬깜, 짬깜!" 하고 뛰어왔다. 그러고는 혀 짧은 소리로 무슨 말인지를 했는데 처녀는 알아듣지를 못했다. 처녀를 건져낸 황만근은 "빨개동이맨쭈로물에서모욕하마우엄하고미기잡아여" 하는 중얼거림을 수십번은 되풀이했다. 요지인즉 '어린아이처럼 저수지에서 멱을 감으면 목숨을 버릴지도 모르고 더불어 옷을 버릴 수 있다'는 것이다. 황만근의 집에 끌려온 처녀는 황만근의 어머니가 내준 옷으로 갈아입고 황만근의 어머니와 함께 뜬 눈으로 밤을 지냈다. 그러고는 무슨 마음을 먹었는지 황만근의 집에 그대로 머물게 되었다. 어쩌면 그 무렵이 황만근의 인생에서 가장 빛나는 때였는지도 모른다.

처녀는 농기계상의 딸답게, 아니 황만근으로 하여금 동네 최초로 경운기라는 농기계를 동네에 들여오게 함으로써 농기계상의 딸이라는 말이 돌게 되었는지도 모르지만, 황만근에게 경운기 모는 법을 가르쳤다. 그 덕분에 황만근은 더이상 길에서 넘어지지 않아도 되었다. 황만근은 일곱 달 동안 경운기 조종법, 간단한 수리, 구조에 대해 배웠고 경운기에 대해선 동네 누구보다도 많이 아는 사람이 되었다. 하긴 그 일곱 달 동안 동네에서 경운기를 가진 사람이 황만근밖에 없었으니 당연한 결과이기도 하다. 경운기 덕분에 황만근은 사람 대접을 받기 시작했고 동네 사람이 먼저 옷깃을 잡아당기려는 사람이 되었다. 그는 누구의 부탁도 거절하지 않았고 어떤 일도 마다하지 않았다.

경운기를 몰기 전까지 황만근은 황씨 문중의 종답 세 마지기를 얻어 벼농사를 짓는 외에, 동네 머슴으로 갖가지 궂은일을 다했다. 모내기나 추수 때처럼 품앗이를 할 때는 아이나 여자처럼 장정의 반밖에 안되는 품으로 취급받아 제값을 받으려면 남들의 두 배 되는 시간 동안 일을 해주어야 했다. 그런데 경운기가 들어옴으로써 어엿한 농군으로서, 아니 다른 집에 경운기가 들어오기 전까지는 한 사람 이상의 대접을 받으면서 행복하게 살았다.

'처녀가 용왕 사는 쏘(沼) 있는 천곡에 오기가 힘들어 그렇지 일단 오기만 하면 용왕은 최단시간에 백발백중 아들을 점지한다'는 전설대로 일곱 달도 지나지 않아 처녀는 아이를 낳았다. 당연히 떡두꺼비 같은 아들이었다. 그런데 그때부터 동네에 이상한 소문이 돌기 시작했다. 처녀가 어떤 연고로 황만근에게 시집을 왔는지 황만근은 물론 처녀나 시어머니 모두 입을 열지 않았고 버린 자식 취급하는 처녀의 친정에서 사람이 찾아올 리도 없는데, 어떻게 된 건지 동네 사람들이 처녀가 집을 나온 전말을 샅샅이 알게 되었던데다 없는 이야기까지 덧붙여져서 황만근이 없는 데서는 얘깃거리가 그것뿐인 듯했다. 이웃 군의 번화한 읍에 있는 농기계상의 수양딸이던 처녀는 친척에게 몸을 버렸는데 그 친척은 집안의 삼대독자였으며 자폭적으로 군대에 가서 지뢰매설공사를 하다 지뢰가 터져서 죽었다. 처녀는 나가 죽으라는 온 집안의 저주를 받고 집을 나왔다가 황만근에게 구해져서 함께 살게 되었으며 아기는 죽은 친척의 씨라는 것이다. 그 이야기가 처녀의 귀에 들려서였을까. 처녀는 아이를 낳은 지 삼칠일이 되던 날, 온다간다 말도 없이 사라져버렸다. 혼인신고를 하지 않았으니 처녀는 여전히 처녀였다. 총각 황만근은 아들을 강보에 싸안고 젖동냥을 하러 신대1리에서 3리까지 매일 돌아다녔다. 그럴 때마다 동네 아이들은 황만근 뒤를 졸졸 따라다니며 놀려댔다.

"만근아, 만근아, 네 등에 지고 가는 게 뭐라?"

"아들이다."

"누구 아들이라?"

"내 아들이라."

"토끼가 줬나?"

"아이다, 내 해다(내 것이다, 또는 혀 짧은 말로 내가 해서 낳았다로 이중적으로 해석될 수 있다)."

"몇근이라?"

"여끈(열 근, 혹은 여섯 근)."

아이는 몸무게가 열 근이 넘어서도 아버지에게 업히거나 아버지의 경운기에 실려다니며 사람과 소의 젖을 얻어먹었다. 집에 있는 아이의 할머니는 아이를 어떻게 키우는지 몰랐고 알았다 하더라도 손 하나 까딱할 리 없었다. 모든 건 황만근의 책임이었고 일이었다. 그렇게 자란 아이는 어릴 때 젖을 곯아서인지 유난히 식탐이 많았고 고집불통이었다. 친구가 없는 아이는 동네의 어떤 아이보다 많은 장난감을 가지고 놀았는데 이 모두 황만근이 손으로 깎고 다듬어 만들어준 것이었다.

황만근의 어머니와 아들, 조손은 입맛이 까다로워 비린 반찬이 없으면 먹지를 않는가 하면 비린 반찬이 있으면 밥상머리에서 돌아앉았다. 한끼에 두 번 상을 차리는 일이 예사였다. 어머니 한 상, 아들 한 상이었고 본인은 상이 없이 먹었다. 황만근은 하루 일이 끝나면 반드시 경운기에 고기를 매달고 집으로 돌아왔다. 일을 하는 동안 논 주변에서 잡은 붕어나 메기, 미꾸라지, 혹은 메뚜기, 방아깨비라도 짚에 꿰어 들어왔다. 동네에서 이따금 잡는 소나 돼지, 개, 닭, 오리, 토끼 같은 가축 모두 숨을 끊는 것에서부터 내장을 손질하고 뼈에서 살을 발라내는 포정(庖丁)의 업(業)에는 황만근이 반드시 필요했다. 스스로의 필요에 의해 오래도록 자주 하다보니 어느새 전문가가 된 것이었다. 그는 그런 일을 해주고 얻어온 고기를 뜨고 굽고 찌고 데치고 삶고 끓이는 데도 이골이 났다. 어쩌다 그가 만든 음식에 숟가락을 대본 사람은 이구동성으로 감탄을 하게 마련이었다. 그러고 나서는 남녀노소를 막론하고 "희한할세, 바보가" 하는 말을 덧붙이는 것을 잊지 않았다. 그는 만들어져 있는 조미료를 몰랐지만 재료가 가지고 있는 맛을 흠뻑 우려내어 조화를 시킬 줄 알았다.

황만근은 또한 책에 나오는 예(禮)는 몰라도 염습과 산역(山役)같이 남이 꺼리는 일에는 누구보다 앞장을 섰고 동네 사람들도 서슴없이 그에게 그런 일을 맡겼다. 똥구덩이를 파고 우리를 짓고 벽돌을 찍는 일 또한 황만근이 동네 사람 누구보다 많이 했다. 마을길 풀깎기, 도랑 청소, 공동우물 청소…… 용왕제에 쓸 돼지를 산 채로 묶어서 내다가 싫다고 요동질하는 돼지에게 때때옷을 입히는, 세계적으로 유례가 드문 일에는 그가 최고의 전문가였다. 동네의 일, 남의 일, 궂은일에는 언제나 그가 있었다. 그런 일에 대한 댓가는 없거나(동네 일인 경우), 반값이거나(다른 사람의 농사일을 하는 경우), 제값이면(경운기와 함께 하는 경우) 공치사가 따랐다.

"반근아, 너는 우리 동네 아이고 어데 인정없는 대처 읍내 같은 데 갔으마 진작에 굶어죽어도 죽었다. 암만 바보라도 고마와할 줄 알아야 사람이다. 아나 어른이나 너한테는 다 고마운 사람인께 상 찡그리지 말고 인사 잘하고 다니라. 아이?"

황만근은 황재석씨의 이런 긴 사설을 들을 때조차 벙글거렸다. 일이 끝나면 굽신굽신 인사를 했다. 춤을 추듯이, 흥겹게.

그의 집에는 그가 수십년 동안 만져온 연장이 그가 아니면 이해할 수 없는 순서로 잘 정리되어 있었다. 그 연장들 역시 그의 집이나 어머니나 아들과 마찬가지로 그가 매일 돌보는 덕분에 윤기가 흘렀다. 그는 집에 있는 모든 것을 일목요연하게 잘 알고 있어서 대부분의 고장은 스스로 고쳤다. 특히 경운기는 초기에 나온 모델로 지금은 부품도 제대로 없는 고물 중의 고물이었지만 자주 망가지는 수레만 열 번 넘게 갈았을 뿐, 엔진이 달려 있는 앞부분은 계속 고쳐 썼다. 그의 경운기는 구식인데다 하도 고친 데가 많아서 그가 아니면 운전은커녕 시동조차 걸 수 없었다.

다만 황만근은 술을 좋아했는데 가난한 까닭에 자주 취하게 마실 수는 없었다. 어쩌다 동네에 애경사가 있어 술을 공짜로 마실 기회가 생기면 반드시 고꾸라지도록 마셨다. 고꾸라진 그를 떠메어 집에 데려다 뉘어줄 사람이 없었던 까닭에, 동네 사람들이 몰인정하고 야박해서가 아니라 그런 일이 한두 번도 아니고 태어나서 한번도 제대로 씻지 않은 몸에서 풍기는 야릇하고 기이한 냄새가 남의 옷이나 몸에 배면 솥에 넣고 삶아도 쉽게 가시지 않는다는 평판이 있어서 떠메기를 싫어했다, 마당이나 길섶을 가리지 않고 누워서 잠을 잤다. 겨울에 애경사가 생기면 길에서 얼어죽을지도 몰라 아예 그를 부르지도 않았다. 그렇지만 그는 어떻게 알았는지는 몰라도 어김없이 그런 자리에 나타나 탄압과 만류를 무릅쓰고 반드시 고꾸라지도록 마셨으며 역시 취해서 마당에 쓰러졌다. 그래서 황만근의 아들은 철이 들면서부터 겨울이 되면 취한 아버지를 부축하고 집에 데려오는 게 일이 되었다. 얼마나 그런 일이 잦아 단련이 되었는지 중학생이 되자 벌써 아버지를 업을 정도였고 고등학생이 되어서는 발로 차며 올 수도 있게 되었다.

민씨는 어느 겨울날 신대 2리의 환갑잔치에 갔다가 얻어마신 낮술에 취해 일찍 집에 돌아왔다. 잠깐 잠이 들었다 깨니 어느새 밤의 어스름이 장년의 머리에 내린 서리처럼 서럽게 내려와 있었다. 느닷없이 찾아든 정한(情恨)에 힘이 빠진 민씨는 눈을 감은 채 누워 있었다. 그때 벽 하나를 두고 길에 맞닿은 방에서 들려오는 소리가 있어서 민씨는 무심히 귀를 기울이게 되었다.

"아부지야, 인마, 퍼뜩 일나라."

변성기에 들어선 소년의 목소리였다.

"쪼매만 더 앉아 있자. 내 니 엄마를 꿈에서 보다 말았다 안카나."

그것은 마흔을 넘긴 사내의 어리광 같았다.

"너는 우째 맨날 술을 처먹고 내 속을 썩이나. 너 때문에 내가 학교 공부도 못하겠고 인생도 싫고 고마 밥맛이 없다."

"아이고, 우리 아들, 아들님, 내 잘못했다. 한분만 봐조라."

"니가 자꾸 이렇게 비겁하게 나오기 때문에 동네 아들도 너를 무시하는 거 아이가. 제발 체면 좀 지키라. 시염(수염)만 어른이가. 내가 챙피해 죽겠다."

"체면이 뭐가 문제라. 사람이 지 손으로 일하고 지 손으로 농사지어서 지 입에 밥 들어가마 그마이지. 남 쳐다볼 기 뭐 있노. 하이고, 그란데 와 자꾸 눈이 깜기까."

"니 자꾸 이카마 할매한테 일라준다. 할매 부르까, 엉?"

"하이고, 제가 고마 크게 잘못했십니다. 아들님요, 일나께요. 제발 어무이만 부르지 마소."

그리고 벽에 쿵쿵 하고 머리를 부딪는 소리가 나더니 부자가 이인삼각으로 비틀거리며 집으로 돌아가는 듯했다. 민씨는 그때 동네에 들어온 지 얼마 되지 않았던 터라 그 부자가 삼강오륜을 모르는 별종인가 아니면 도깨비가 장난을 한 건가 하면서도 터져나오는 웃음을 참을 수 없었다. 그뒤 어쩌다 민씨가 소년과 만나게 되었을 때, 민씨는 그날의 일을 떠올리며 소년에게 이것저것 물어보았지만 그저 수줍고 평범한 시골 중학생일 뿐이었다. 하여튼 민씨는 그 일 이후로 그 부자를 눈여겨보게 되었다.

황만근의 주량은 실로 컸다. 그는 경운기 짐칸에 늘 한말짜리 술통을 끈으로 묶어 싣고 다녔다. 그는 어머니와 아들의 끼니를 지극정성으로 해다 바치는 것처럼 술통에는 늘 술을 채워두었다. 그는 밥을 먹기 전에 지름이 자신의 얼굴만한 양은그릇에 막걸리를 한 양푼 부어 반을 마시고 밥을 먹은 뒤에 나머지를 소리도 맛있게 마지막 한 방울까지 마셨다. 들일을 나가는 날이면 점심으로 라면 하나를 가지고 갔다. 봉지를 뜯기 전에 막걸리 반 양푼, 봉지를 뜯어 물을 붓고 흔든 생라면을 삼키다시피 먹고 나서 다시 반 양푼. 저녁때는 식구들이 밥을 먹는 동안 마루에 앉아 한 양푼이었다. 그것이 그의 저녁이었다. 식구들이 밥상을 물리면 설거지를 하고 난 뒤에, 동네 남정네들이 어디서 술판을 벌이는지 마을회관을 비롯, 동네를 돌며 커다란 코와 귀로 주의깊게 살피다가 그런 자리를 발견하면 그의 주량은 고꾸라질 때까지 무량이 되는 것이었다. 그러나 다음날 새벽이면 그는 부엌에서 정성껏 차린 밥상을 어김없이 방으로 들여보내는 것이었고 자신은 마루에 앉아 막걸리 반 양푼 뒤 식사, 그리고 반 양푼의 순서를 이어가는 것이었다.

그러던 어느날, '농가부채 해결을 위한 전국농민 총궐기대회'가 열린다고 이장이 방송을 해서 저녁에 마을회관에 사람들이 모였다. 황만근은 누구보다 먼저 나타났고 이장이 시키는 대로 마을구판장에서 막걸리를 받아왔다. 스테인리스 물잔이 두어 개밖에 없어서 한 사람이 마시면 다음 사람이 받고 하는 식의 술자리였다. 황만근은 자신의 차례가 되면 번개처럼 잔을 들어 마시고는 눈을 끔벅거리면서 잔이 도는 것을 쳐다보고 있었다. 황만근의 관심은 오로지 잔이 언제 돌아올까 하는 것뿐인 듯했다. 그래도 잔이 도는 속도는 너무 느렸다. 민씨에게는 좀 빠른 듯했지만.

"그래서 우리 동네서도 군청 앞에서 열리는 대회에 전원 참가를 해야겠다, 이 말이라. 집에 돌아가거들랑 경운기를 깨끗이 손질해가지고 내일 아침에 민소 앞까정 끌고 와서 집합을 하라는 기 행동지침이라. 그래가이고 군청까지 가는 국도로 깅운기로 길기 행진을 하민서 우리의 결의를 행동으로 보이주는 기라."

"경운기가 없는 사람은 어쩌나요?"

민씨가 물었다.

"농사짓는 사람이 깅운기도 없다 하마 농사꾼이 아니지럴. 그랜께 민씨는 농사짓는 기 아이라. 비니루하우스 안에 꽃 및송이 심가놓고 우째 농사를 짓는다 카나."

"어디 고장난 경운기는 없어요? 경운기가 꼭 있어야 합니까."

무안해진 민씨는 둘러보며 물었다. 새마을지도자인 황철석이 대답했다.

"말이 그렇다는 기지, 민소까지는 깅운기를 끌고 가든동 버스를 타고 가든동 하고, 그 담에는 깅운기를 같이 타마 되지, 까잇거. 그란데 민씨는 진짜 농사꾼도 아이민서 왜 자꾸 농민궐기대회에 나갈라꼬 캐싸."

"아아, 저도 부채는 남부럽지 않게 있어요."

또래인 황학수가 말을 이어받았다.

"농사를 지도 부채, 농사를 몰라도 부채. 아이고, 그라마 우리를 다 합치가이고 부채말고 선풍기를 해도 되겠네."

그날 분위기는 그렇게 무겁지 않았다. 그렇다고 시시덕거리며 끝낼 정도로 가벼운 것도 아니었다. 그 자리에 있는 사람 가운데서도 농협에서 융자금 상환을 하지 않는다고 소송을 해서 법원에 불려다니는 사람이 두셋 되었다. 스스로 진 빚도 문제였지만 서로 연대보증을 서는 바람에 한 가구가 파산하면 보증을 선 사람 역시 연쇄적으로 파산하는 일이 드물지 않았다. 그래서 어떤 동네 전체가 야반도주를 하는 일까지 벌어졌다는 소문도 돌고 있었다.

"이런 거 한다고 뭐 높은 데 사는 양반들한테 들리기나 하겠나. 질국 다 뺏기고 나앉는 거 아니요."

"뺏아봤자 저들한테도 남는 기 없을 낀데. 암만 빌빌하는 닭이라도 닭모가지를 비틀만 인제는 계란 한 개도 없을 낀데. 전부 다 손해라."

"전부가 아이지. 가들은 계란도 수입해다 먹으마 된께 우리사 죽어서 죽이 되든가 말든가 가들은 까딱마이지."

이장의 통고를 듣고 우울한 농담을 주고받은 뒤 한동안 말없이 술잔을 돌린 다음 자리는 끝났다. 마을회관에서 술잔이 오간 뒤, 항용 있는 노래방 타령도 없었다. 그럴 분위기가 아니었다. 황만근은 그 와중에서 남의 술잔을 가로채 먹다 여러번 손등을 맞아가며 핀잔을 들었다.

마을회관 밖, 어둠속에서 오줌을 누던 민씨는 우연히 이장이 황만근을 붙들고 무슨 이야기를 하는 걸 보게 되었다.

"내 이러키까지 말을 해도 소양이 없어. 보나마나 내일, 융자받아서 다방이나 댕기민서 학수겉이 겉농사 짓는 놈들이나 몇 올까. 만그이 자네겉이 똑부러지기 농사짓는 사람은 하나도 안 올 끼라. 자네가 앞장을 서야 되네. 자네 깅운기 겉은 헌 깅운기에다 농사짓는 놈 다 직이라고 써붙이 달고 가야 된께……"

민씨가 헛기침을 하자 이장의 이야기는 거기서 끝났다. 황만근이 약간 앞서고 민씨가 뒤를 따르면서 두 사람은 한동안 걷게 되었다. 그 날따라 하늘에는 별이 초롱초롱했고 아직 차가운 봄바람이 술로 달아오른 얼굴의 열기를 금방 씻어갔다. 민씨는 무슨 말을 꺼낼까 말까 망설였다. 이제까지 늘 여러 사람이 있는 데서만 만났지 한번도 황만근과 단둘이서만 제대로 이야기를 해본 적이 없는 탓도 있었다. 그런데 황만근이 먼저 입을 열었다.

"참 똘똘하기 잘도 돈다."

"뭐가 말씀입니까."

민씨는 조심스럽게 되물었다.

"저 빌(별)들 말이라. 시계맨쭈로 하루도 쉬지 않고 똑딱똑딱 나왔다가 들어갔다, 나왔다가 들어갔다 하지 않는기요."

황만근에 대해서는 부지런한 술주정뱅이 이상으로는 아는 게 없었던 민씨는 조금 어리둥절했다. 그러다가 그에게 알맞을 것 같은 물음을 찾아냈다.

"군청까지는 얼마나 걸릴까요. 경운기로 가면 말입니다."

"한나절은 걸릴 끼라."

"경운기 운전을 잘하신다면서요."

"동네에서는 내가 젤 오래 했응께. 깅운기도 마이 늙었어. 고집이 시가이고 나 아이만 발동도 안 걸리. 내가 제 똥창까지 환하게 안께 말을 듣는 기라."

"……내일 궐기대회에 가십니까."

"내사 뭐 어머이 밥도 끓이디리야 되고…… 모르겠소. 구장은 나 겉은 상농사꾼이 꼭 가야 된다 카는데."

"어머니 연세가 얼마나 되시죠?"

"올개가 환갑인데."

그제야 민씨는 그를 다시 보았다. 도시의 육십대는 되어 보이는 주름진 얼굴, 싱글벙글하는 표정, 멋대로 뻗친 흰머리, 거칠고 큰 손, 굽은 어깨를. 민씨는 갑자기 재미있어졌다.

"혹시 술이 모자라시면 제 집으로 가실랍니까. 집에 먹다 남은 소주가 있는데요. 안주는 없고."

황만근은 그럴 줄 알았다는 듯이 엉덩이를 가볍게 돌려대더니 민씨의 집으로 가는 곳으로 꺾어들었다.

다음날 새벽, 민씨는 새벽녘에 잠깐 동네 어귀에서 탈탈거리는 경운기 소리를 들었다. 탁, 탁, 탁…… 시동이 잘 걸리지 않는 모양이었다. 타닥, 닥, 타닥, 탁, 탁, 탈, 탈, 탈, 탈, 탈탈탈탈…… 그 뒤에도 궐기대회 가는 집마다 경운기를 끌고 나오려면 온 동네가 시끄럽겠다고 생각했지만 웬일인지 다른 경운기 소리는 더이상 들려오지 않았다. 경운기 소리가 아득히 멀어져가는 소리를 들으며 민씨는 까무룩 잠이 들었다.

전날 밤, 분명 꿈은 아니었다, 민씨는 황만근의 말을 이렇게 들었다.

"농사꾼은 빚을 지마 안된다 카이."

(한번 빚을 지면 그 빚을 갚으려고 무리하게 일을 벌인다. 동네 곳곳에 텅 빈 우사(牛舍), 마른똥만 뒹구는 축사, 잡초만 무성한 비닐하우스를 보라. 농어민 복지, 소득향상, 생활개선? 다 좋다. 그걸 제 돈으로 해야 한다. 제 돈으로 하지 않으면 그건 노름이나 다를 바 없다. 빚은 만근산의 눈덩이, 처마의 고드름처럼 자꾸 커진다.)

"기계화영농 카더이마 집집마다 바퀴 달린 기계가 및이나 되나. 깅운기, 트랙터, 콤바인, 이앙기, 거다 탈곡기, 건조기에…… 다 빚으로 산 기라. 농사지봐야 그 빚 갚느라고 정신없다."

(한 집에서 일년에 한 번 쓰는 이앙기를 들여놓으면 그게 일년 내내 돌아가던가. 놀 때는 다른 집에 빌려주면 된다. 옛날에는 소를 그렇게 썼다. 그런데 지금은 그렇게 하지 않는다. 서로 도와가면서 농사짓던 건 옛날 말이다. 한 집에서 기계를 놀리면서도 안 빌려주면 옆집에서는 화가 나서라도 산다. 어차피 빚으로 사는데 사기가 어려울까. 기계에 들어가는 기름은 면세유(免稅油)다. 면세유 가지고 기계를 다 돌리기는 힘들다. 옆집에는 경운기가 두 댄데 면세유는 한 대분밖에 나오지 않는다. 경운기가 왜 두 대씩 필요할까. 한 사람이 한꺼번에 두 대를 모는 것도 아닌데.)

"그런 기 다 쌀값에 언차진다(얹어진다). 언차져야 하는데 사실로는 수매하마 먹고살기 간당간당한 돈을 준다. 그 대신에 빚을 준다, 자금을 대준다 카는데 둘 다 안했으마 좋겠다. 둘 다 농사꾼을 바보 멍텅구리로 만든다."

(따라서 제대로 된 농사꾼이 점점 없어진다.)

"지 입에 들어갈 양석(양식), 곡석을 짓는 사람이 그 고마운 곡석, 양석한테 장난치겠나. 저도 남도 해로운 농약 뿌리고 비싸고 나쁜 비료 쳐서 보기만 좋은 열매를 뺏으마 그마이가?"

(모두 빚을 갚기 위해 그러는 것이다. 그러므로 빚을 제 주머니에서 아들 용돈 주듯이 내주는 사람, 기관은 다 농사꾼을 나쁘게 만든다. 정책자금, 선심자금, 농어촌구조 개선자금, 주택 개량자금, 무슨무슨 자금 해서 빌려줄 때는 인심좋게 빌려주는 척하더니 이제 와서 그 자

금이 상환능력도 없는 사람들을 파산지경으로 몰아넣고 있다. 이제 와서 그 빚을 못 갚겠다고 하는데 거기에는 충분한 이유가 있다.)

"내가 왜 빚을 안 졌니야고. 아무도 나한테 빚 준다고 안캐. 바보라고 아무도 보증 서라는 이야기도 안했다. 나는 내 짓고 싶은 대로 농사지민서 안 망하고 백년을 살 끼라."

일주일 뒤에 황만근은 돌아왔다. 그의 아들이 그를 안고 돌아왔다. 한 항아리밖에 안되는 그의 뼈를 담고 돌아왔다. 경운기도 돌아왔다. 수레는 떼어내고 머리 부분만 트럭에 실려 돌아왔다. 황만근 아니면 그 누구도 작동시킬 수 없는 그 머리가, 바보처럼 주인을 태우지 않고 돌아왔다.

황만근, 황선생은 어리석게 태어났는지는 모르지만 해가 가며 차츰 신지(神智)가 돌아왔다. 하늘이 착한 사람을 따뜻이 덮어주고 땅이 은혜롭게 부리를 대어 알껍질을 까주었다. 그리하여 후년에는 그 누구보다 지혜로웠다. 그는 누구에게도 해를 끼치지 않았듯 그 지혜로 어떤 수고로운 가르침도 함부로 남기지 않았다. 스스로 땅의 자손을 자처하여 늘 부지런하고 근면하였다. 사람들이 빚만 남는 농사에 공연히 뼈를 상한다고 하였으나 개의치 아니하였다. 사람 사이에 어려움이 있으면 언제나 함께하였고 공에는 자신보다 남을 내세워 뒷사람을 놀라게 했다. 하늘이 내린 효자로서 평생 어머니 봉양을 극진히 했다. 아들에게는 따뜻하고 이해심 많은 아버지였고 훈육을 할 때는 알아듣기 쉽게 하여 마음으로 감복시켰다.

선생은 천성이 술을 좋아하였는데 사람들은 선생이 가난한 것은 술

때문이라고 했다. 선생은 어느 농사꾼보다 부지런했고 농사일에도 익어 있었다. 문중 땅과 나이가 들어 농사가 힘에 부친 사람의 땅을 빌려 농사를 지었다. 농사를 짓되 땅에서 억지로 빼앗지 않고 남으면 술을 빚어 가벼운 기운은 하늘에 바치고 무거운 기운은 땅에 돌려주었다. 그러므로 선생은 술로써 망한 것이 아니라 술의 물감으로 인생을 그려나간 것이다. 선생이 마시는 막걸리는 밥이면서 사직(社稷)의 신에게 바치는 헌주였다. 힘의 근원이고 낙천(樂天)의 뼈였다.

전일에, 선생은 경운기를 끌고 면소재지로 갔지만 경운기를 타고 온 사람이 없어 같이 갈 사람을 만나지 못했다. 선생은 다시 경운기를 끌고 백릿길을 달려 약속장소인 군청까지 갔다. 가는 동안 선생은 여러번 차에 부딪힐 뻔했다. 마른 봄바람에 섞인 먼지가 눈을 괴롭혔다. 날은 흐렸고 추웠다. 이윽고 비가 내리기 시작했다. 경운기에는 비를 피할 만한 덮개가 없어서 선생은 뼛속까지 젖어드는 추위에 몸을 떨었다. 선생이 군청 앞까지 갔을 때 이미 대회는 끝나고 아무도 없었다. 어머니에게 가져다줄 생선을 사고 몸을 녹인 선생은 날이 어두워 오는 줄도 모르고 경운기에 올라 집으로 향했다. 경운기에는 빠르게 달리는 차량의 주의를 끌 만한 표지가 없어서 선생은 몇번이나 사고를 당할 뻔했다. 그때마다 멈추었다가 다시 출발하는 바람에 시간은 점점 늦어졌다. 어두워지면서 경운기는 길 옆의 논으로 떨어졌고 수레는 부서졌다. 결국 선생은 그 밤 안으로 집에 돌아갈 수 없다는 걸 알았다. 선생은 경운기에 실려 있는 땅의 젖에 취하여 경운기 옆에 앉아 경운기를 지켰다. 그러나 경운기는 선생을 지켜주지 않았다. 추위와 졸음으로부터 선생을 지켜주지 못했다. 아아, 선생이 좀더 살았더라면 난세의 혹염에 그늘의 덕을 널리 베푸는 큰 나무가 되었을 것이다.

어느 누구도 알아주지 아니하고 감탄하지 않는 삶이었지만 선생은 깊고 그윽한 경지를 이루었다. 보라. 남의 비웃음을 받으며 살면서도 비루하지 아니하고 홀로 할 바를 이루어 초지를 일관하니 이 어찌 하늘이 낸 사람이라 아니할 수 있겠는가. 이 어찌 하늘이 내고 땅이 일으켜세운 사람이 아니랴.

단기 사천삼백삼십년 오월 스무날

본디 묘지에나 쓰일 것〔墓碑銘〕이지만 천지를 대영혼의 집으로 삼은 선생인지라 아무 쓸모도 없는 이 글을, 새터말로 귀농하였다가 이룬 것 없이 다시 도시로 흘러가며, 남해인(南海人) 민순정(閔順晶)이 엎디어 쓰다.

—『동서문학』 2000년 겨울호

삼류호텔의 삼류 나이트클럽 간판이 세워진 삼류골목을 달려나오며 그는 복잡한 감정에 사로잡혔다.

분노, 착잡함, 쓸쓸함, 고약함, 불쾌감, 열패감……

그것은 그가 아는 감정 어느 것에도 전면적으로 해당되지 않으면서 그 모든 것의 속성을 조금씩 가지고 있었다.

천애윤락

천애윤락*

그는 여느 때와 다름없이 아내를 지하철역까지 차로 태워다주고 아이를 놀이방에 맡긴 뒤 집으로 돌아왔다. 막 아침을 먹으려고 찌개가 든 냄비를 식탁으로 옮기는데 전화가 울었다. 여덟시도 안된 시각에 전화를 한 사람이 친구라면 그건 문학이 틀림없었다. 대기업들이 조기 출퇴근인지 뭔지를 실시하면서 새벽 다섯시에 출근한다는 말을 듣기는 했지만 문학의 직장은 대기업과는 전혀 관련이 없는 법률사무소다. 문학은 시대의 흐름에 발맞추어 자신이 다니는 직장에서 유일하게 새벽 다섯시에 집을 나와서 수영을 하고 일어학원에 들렀다가 일곱시에 직장에 도착, 영어테이프를 듣는 중이라고 했다. 제가 그러면

* 천애윤락(天涯淪落): 중국의 시인 백낙천(白樂天, 772~846)의 「비파행(琵琶行)」에 나오는 구절 "同是天涯淪落人"에서 인용. 다음 구절은 "相逢何必曾相識"인데, 대략 번역하면 "모두 다 아득히 먼 곳을 떠도는 외로운 사람 어쩌자고 서로 만나 알게 되었는가"이다.

그렇지, 주부(主夫)로 재택근무하는 그까지 시대에 발을 맞추라는 것도 아니고 꼭두새벽이나 다름없는 이 시각에 전화를 한 것은 필시 다른 용건이 있을 것인데.

동환이 있잖아. 동환이가 결혼식을 한대. 너한테 청첩장을 보내도 되겠느냐고 나한테 물어보길래 전화한 거야.

동환이가 아직 결혼식도 안했어? 결혼식도 안하고 지지고 볶고 살다가 애 낳고 잃고 간통으로 감옥까지 갔다오고, 결혼 서너 번 한 사람보다 더 복잡하게 살았네.

그는 건성으로 대답했다. 청첩장을 보내면 되지, 뭐 전화를 미리 해서 청첩장을 보내도 되느냐고 묻느냐,라고 하지는 않았다. 동환은 원래 그런 인간이었으니까.

그 일로 전화한 거라면 빨리 끊어. 식전부터 동환이라는 소리를 들으니 밥맛이 다 떨어진다. 나한테 전화하면 죽여버린다고 전해.

그는 대답도 듣지 않고 전화를 끊었다. 하지만 결국 동환에게서 전화가 올 것임을 그는 알고 있었다.

스무살을 갓 넘겼을 무렵, 문학과 그는 동환에게 신세를 진 일이 있다. 문학과 그는 같은 대학에 다니고 있었는데 문학은 시골에서 농사를 짓는 부모가 올려보내는 돈으로 자취를 했고 그는 백수인 아버지가 어디서 가져오는지 모를 돈으로 등록금을 냈다. 그러다보니 다른 학생들처럼 미팅에 나가서 만난 아리따운 여학생의 손을 잡고 디스코테크에서 청춘을 불사르기는 쉽지 않았다. 그들은 학교에서 우연히 마주칠 때마다 가난한 집안에서 태어난 자신들의 처지를 한하고 부모를 탓하고 손잡고 쌍쌍이 걸어가는 청춘들을 흘겨보곤 했다. 그러던 어느날 문학에게서 전화가 왔다.

우리 둘 다 나이트클럽 가서 여자들하고 블루스 한번 땡기는 게 일생의 소원이잖냐. 동환이가 전화를 했는데 내 이야기를 듣고는 돈을 대주겠다고 하더라. 네 이야기를 했더니 너한테 전화해도 되느냐고 물어보던데. 전화하라고 해?

그때 그는 너야말로 진정한 친구라 외치면서 전화를 학수고대하고 있을 테니까 제발 빨리 전화하라고 하라고 말했다. 동환은 곧 전화를 해왔고 들릴락말락한 목소리로 어느 삼류호텔에 딸린 나이트클럽의 이름을 말했다. 대학생이라 공부하느라 시간이 없을 텐데 갑자기 나오라고 해서 미안하다고 덧붙이면서. 그는 밤까지 기다리지도 못하고 그 길로 호랑이처럼 달려나가 나이트클럽이 열리기를 기다렸다. 기다리는 동안 초등학교를 졸업한 뒤에 한번도 만난 적이 없는 동환이 왜, 어떻게 문학과 그를 나이트클럽에서, 디스코테크도 아닌, 놀 수 있게 해준다는 것인지 생각해보았을 법도 한데 그렇게 하지 않았다.

동환은 초등학교 시절 학교에서 가장 부유한 집의 외아들이었다. 또한 여학생들이 은근히 선망하는 미소년이기도 했다. 동환의 어머니는 동환에게 동화책에서 잠시 소풍 나온 왕자같이 옷을 입혔다. 그 옷에 달린 주머니에 늘 백원짜리 지폐가 서너 장 들어 있었다. 동환은 방과후에 학교 앞의 가게에서 그에게 학교에서 사먹지 말라고 하는 불량식품인 번데기·냉차·풋과일 등속을 사주고, 하지 말라는 야바위놀이를 하도록 돈을 대주었다. 어머니가 좋은 친구를 사귀라고 했다는데, 동환은 반에서 공부를 제일 잘하는 그를 좋은 친구로 여기는 것 같았다. 그가 생각할 때 동환에게 어울리는 좋은 친구는 변덕스러운 자신보다는 성실하고 착한 문학이었다. 문학은 주로 그가 동환이 대준 돈으로 야바위를 하는 동안 야바위꾼이 속임수를 쓰지 않는지 감시하는 역할을 했다. 그래봐야 속임수를 알아낼 순 없었지만, 속임수를 알아낸다 한들 어떻게 할 도리가 없었지만, 야바위꾼이 속임수를 쓰지 않을 리도 없었지만.

그날 밤 그와 문학은 동환이 대주는 돈으로 춤을 추고 술을 실컷 마셨다. 그렇지만 소원하던 블루스를 추지는 못했다. 나이트클럽에는 여자들끼리 블루스곡에 맞추어 춤을 추는 팀이 여럿 있었다. 그는 몇 번 그들에게 다가가 함께 춤을 출 수 있겠느냐고 물어보았다가 모두 거절당했다. 문학은 화장실에 갔다가 화장실을 청소하는 웨이터에게 비상금으로 가지고 있던 천원짜리를 빼앗겼다고 내내 징징거렸다. 동환은 춤을 추지 않았다. 자리에 앉아 술만 마시다가 그가 땀을 흘리며 자리에 돌아오면 재미있느냐고 웃어줄 뿐이었다. 스물을 넘어섰지만 동환에게는 아직 미소년 같은 인상이 남아 있었다. 동환의 아담한 몸에 딱 맞는 양복과 흰 얼굴에 잘 손질된 머리, 깨끗한 구두는 그가 입고 간 너저분한 청바지, 멋대로 자란 수염과 훌륭한 대조를 이루었다. 새벽 네시에 나이트클럽이 끝나고 난 뒤 그들은 밖으로 나와 노점에서 순두부를 사먹었다. 동환이 순두부 세 그릇 값을 내면서 수줍게 말했다.

다음번에는 내가 같이 놀 여자애들을 데리고 와도 되겠냐.

그는 뜨거운 순두부에 혀를 데고 동환에 대한 감동으로 가슴을 데었다. 그 '다음번'이 있을 줄은 꿈에도 몰랐던 것이다. 거기다 블루스를 함께 추어줄 여자까지 조달해온다니. 동환은 약속을 지켰다.

그 다음에 동환은 나이트클럽에서 가장 눈에 띌 만한 여자 둘을 데려왔다. 여자들은 모두 천사의 제복 같은 흰옷을 입고 왔는데 나이트클럽의 환상적인 조명 아래서 천사로 안 볼 도리가 없었다. 그와 문학에게 각각 천사가 배당되었고 드디어 그들은 숙원을 풀었다. 동환은 여전히 술만 마셨다. 초등학교 시절 동환에게 가장 잘 어울리는 친구가 될 수 있었던 문학이 동환에게 왜 춤을 안 추느냐고 물었다. 동환은 춤을 출 줄 모른다고 했다. 이제라도 좋은 친구가 되고야 말려는 듯 문학이 끈덕지게 춤을 배워보라고, 자신의 천사를 잠시 빌려줄 수도 있다고 하자, 동환은 자신은 세상에서 가장 좋은 친구들에게 나이트클럽에서 술을 사주고 춤을 추게 해주는 것으로 행복하다, 행복이라고 했는지는 확실하지 않지만 하여튼 그런 요지의 말을 했다. 그는 또 감동하지 않을 수 없었다. 나이트클럽이 끝이 나자 동환은 들릴락 말락하게 '다음'을 약속했다.

그런데 좀 이상하잖아. 동환이가 뭘 하길래 돈을 그렇게 잘 벌지? 여자들은 또 어디서 났을까. 어째 찝찝하다.

동환이 준 차비로 택시를 타고 돌아가는 중에 문학이 말했다. 그는, 인생을 즐길 수 있을 때 즐기지 못하는 너 같은 인간을 친구로 알아온 나 자신이 한심해서 눈물이 다 나오려고 한다고 대꾸했다. 원래 동환의 집은 부자였고 지금도 부자일 것이고 어머니가 좋은 친구를 사귀라고 양쪽 주머니에 만원짜리 지폐 두 뭉치를 매일 넣어주고 있다, 그 외에 무슨 다른 이유가 있겠느냐고, 다음에 동환을 만나서 그따위 질문을 해서 분위기를 깨면 가만 있지 않을 거라고, 오늘은 일단 이거나 먹으라고 검지와 중지 사이에 엄지손가락을 끼워 문학의 입에 들이대기까지 했다.

그 다음에 문학은 오지 않았다. 시험이 있다는 것이었다. 그는 자신에게 시험이 있는지 없는지 알아볼 생각도 하지 않았다. 그는 동환이 데리고 온 여자 두 명과 번갈아가며 춤을 추었다. 블루스를 잘 추는 여자와는 블루스만, 디스코를 잘 추는 여자와는 마주보며 디스코를 원없이 추었다. 동환은 여전히 자리에 앉아 맥주를 마시고 이따금 담배를 피웠다. 이제는 우리가 헤어져야 할 시간이니 다음에 또 만나자는 취지의, 나이트클럽에서 영업의 끝을 알리는 곡이 흘러나올 때 화장실에 따라온 동환이 그에게 말했다.

너하고 블루스 추던 여자 있지. 미스 민. 그 여자하고 자고 싶으면 내가 호텔방을 잡아줄게. 말만 해.

그는 나오던 오줌이 멈춰질 정도로 감동했다. 그러나 거기까지였다. 그는 돌아오는 길에 더이상 동환과 만나지 않겠다고 결심했다. 여자에게서 들은바, 여자들은 이른바 콜걸이었다. 동환은 여관 투숙객에게 여자들을 조달해주는 일을 하고 있었다. 동환은 그때마다 손님과 여자 양쪽에서 일정한 비율의 돈을 받았는데 나이트클럽에 따라온 여자들에게는 열흘 정도 돈을 받지 않았다고 했다. 여자는 어차피 동환이 요구하면 공짜로 한두 번은 자줄 생각이었다고 했다. 그러므로 동환에게 해주는 셈치고 그에게 돈을 받지 않겠다고 말했다. 돈을 받지 않아서 그런지 여자는, 처음으로 여자와 잠을 자게 된 그를 전혀 배려해주지 않았다. 그는 여자들의 옷이 얼마나 벗기기 어려운지 처음 알게 되었고 여자의 몸은 남자보다 훨씬 더 복잡미묘하다는 것을 처절하게 깨달았다. 겨우 여자의 몸에서 옷을 다 벗겨낸 뒤에 그는 여자의 몸속에는 들어가보지도 못하고 배 위에 사정을 해버렸다. 여자가 피식 웃고 나서 화장실에 씻으러 들어간 사이 그는 잽싸게 옷을 입고 호텔을 빠져나왔다. 삼류호텔의 삼류 나이트클럽 간판이 세워진 삼류골목을 달려나오며 그는 복잡한 감정에 사로잡혔다. 분노, 착잡함, 쓸쓸함, 고약함, 불쾌감, 열패감…… 그것은 그가 아는 감정 어느 것에도 전면적으로 해당되지 않으면서 그 모든 것의 속성을 조금씩 가지고 있었다.

며칠 뒤에 문학이 전화를 걸어왔다. 동환이 전화를 하고 싶어한다는 것이었다. 그가 그날 왜 그렇게 빨리 갔는지, 화가 난 건 아닌지 물어보고 싶다고. 그는 그날 새벽의 느낌을 되새기면서 동환에게 더이상 전화를 하지 말라고, 다시는 나이트클럽에 가지 않겠다고 전하라고 했다. 그 말이 효과가 있었는지 동환에게서 전화는 오지 않았다.

문학이 동환에게서 연락이 왔다고 전한 것은 그로부터 4년 만이었다. 동환은 그동안 직업을 여러번 바꾸었고 험하게 산 것 같다고 했다. 그는 군대를 갔다와서 이젠 어른이 된 기분으로 까짓거, 동환에게 전화해도 좋다고 전하라고 했다. 그 말을 옆에서 듣기라도 한 것처럼 동환은 곧바로 전화를 했다. 동환은 여전히 들릴락말락한 목소리로 그동안 바빴다고 했다. 그는 괜찮다, 사람이 살다보면 그럴 수도 있다고 대답해주었다. 동환은 자신이 고향에 자그마한 술집을 개업했는데 한번 와주었으면 한다고 했다. 그는 그러겠다고 선선히 대답했다. 그러나 술 한번 공짜로 얻어먹으려고 버스로 서너 시간이나 가야 하는 고향에 갈 생각은 전혀 없었다. 동환은 자신이 운영하는 술집이 어디에 있는지 세세하게 일러주었다. 그가 오겠다면 만사를 제쳐놓고 마중하러 달려나가겠노라고도 했다. 그러고는 수줍게 덧붙이는 말이, 술집에 데려다놓은 여자들이 있는데 수준은 믿어도 좋다, 자신이 대도시를 돌아다니면서 골라온 여자라는 것이었다. 그 여자들은 이미 그에 대해서 수십번도 더 들어서 귀에 딱지가 앉을 지경이며 단 한번이라도 그에게 술을 따라주는 게 소원이라고도 했다. 그는 할 수 없이 감동했다. 그래서 어떻게 해서 동환이 그 술집을 차리게 되었는지 찬란한 역사를 듣지 않을 수 없게 되었다.

서울에서 어느 중소도시로 간 동환은 한동안 다방에서 주방일을 배웠다. 다방에 무슨 주방일이 있어서 배우느냐고 할 사람도 있는데, 그게 문학이라는 인간인데, 동환의 말에 의하면 하기에 따라서 다방의 주방은 어느 일류호텔의 주방 못지않은 요리기술이 필요한 곳이라고 했다. 이를테면 하이볼이라는 것이 있다. 하이볼은 본래 위스키에 소다수를 탄 음료를 말한다. 하지만 동환에게 기술을 가르쳐준 주방장이 내린 정의는 다르다. 마음에 드는 여자를 처음 만났을 때, 그 여자와 자고 싶을 때, 그 여자가 말을 들을 것 같지 않을 때, 하긴 처음 만나자마자 자고 싶다고 하는 남자를 따라가는 정신나간 여자가 있을 리도 없지만, 반면에 그런 생각을 하는 남자는 남자 중 반은 넘을 것이지만, 술이라도 먹여서 정신을 잃게 하는 방법을 쓰려고 해도 여자가 눈치를 채고 술집에 가지 않으려고 하거나 술집에 갈 만한 시간이 없을 때, 바로 하이볼을 여자에게 마시게 하면 소원을 이룰 수 있다. 다만 하이볼에 위스키와 소다수 외에 무언가를 첨가하는데 그 무언가가 뭔지는 다방 주방에서만 비밀스럽게 전수되고 있다는 것이었다. 동환이 다닌 다방의 주방장은 그런 분야에 수십년을 종사해온 도사였다. 그렇다면, 그는 마른침을 삼키며 동환에게 물었다. 그 주방장이란 놈은 지금까지 몇명의 여자를 해치웠다는 거야. 그것도 제 마음에 드는, 처음 만난 여자를 말야. 동환은 수줍은 목소리로 그 주방장은 여자를 좋아하지 않는다고 대답했다. 주방장은 그런 비법을 여러가지 전수해준 대신 동환에게 자신을 스승으로서가 아니라 남자로서 사랑해달라고 했다는 것이다.

뭐어, 주방장이 남자야, 여자야?

동환은 물론 남자라고 대답했다. 사십대 중반에 수염까지 기르고 있는, 어느 모로 보나 사내답게 생긴 인간이 틀림없다는 것이었다.

그러면 너는 그 새끼가 하자는 대로 했었냐.

그는 언젠가 동환이 나이트클럽에서 여자나 춤에는 전혀 관심을 기울이지 않고 술만 마시던 광경을 떠올리면서 물었다. 동환은 한동안 대답하지 않다가 결국 들릴락말락하게, 아니, 하고 대답했다. 그는 자신도 모르게 한숨을 쉬었다. 주방장은 일이 끝난 뒤에 동환에게 그당시로서는 보기 드문 포르노 비디오테이프를 보여주고, 포르노가 귀한 게 아니라 비디오테이프와 비디오테이프를 재생하는 기계가 귀했다, 동환이 술을 원하면 술을, 담배를 가져오라면 담배를 가져다주었다. 동환이 비디오를 보며 담배를 피우는 동안 주방장은 조용히 동환을 지켜보고만 있었다. 동환은 주방장이 하이볼 같은 비법의 음료로 자신을 쓰러뜨리고 제 욕심을 채우는 것을 허용하지 않았다. 알고 있었으니까 늘 대비하고 있었다. 그러던 어느날 주방장이 술을 마시자고 했다. 동환은 주방장의 마법이 정말로 말을 듣는지 알아보기 위해 주방장 몰래 주방장이 마실 술에 가축용 최음제를 섞었다. 시간이 지나자 주방장은 옷을 벗어던지더니 흥분해서 동환의 옷을 벗기려들었다. 그날로 동환은 다방을 그만두었다. 다방을 나오기 전에 퇴직금 조로, 퇴직금은 다방 주방보조에 어울리지 않는 것이므로 받을 생각도 없었지만, 주방장의 가랑이 사이를 힘껏 차서 기절시켰다.

잘했다.

그는 자신도 왜 그러는지 모르고 거듭 한숨을 쉬며 논평했다. 동환은 다방 주인의 신고를 받고 출동한 경찰에게 붙잡혀 얼마 동안 유치장에 갇혀 있어야 했다. 그런데 피해자인 주방장이 처벌을 원치 않는다고 해서 곧 석방되었다. 그후 동환은 고향으로 돌아가 후배가 운영하는 술집에 지배인으로 들어갔다. 고향에서 스물서너살에 술집을 운영하는 후배라면, 대개는 건달이었다. 동환이 들어간 술집의 후배는 선배를 몰라보기로 유명한, 바로 그 때문에 건달로서의 명성을 갖게 된 후배였다.

그럼 그게 후배야, 뭐야?

그는 묻지 않을 수 없었다. 동환은, 맞아, 난 그 새끼 밑에서 그 새끼가 죽으라면 죽는 시늉을 하고 구둣바닥을 핥으라면 진짜 핥았어, 하고 대답했다. 다른 친구들이 그 술집에 와서 저를 보더니 너하고는 친구 안하겠다, 앞으로는 말도 걸지 말라고 그랬다는 것이다.

왜, 왜 그렇게까지 그 술집에 붙어 있어야 했는데.

동환은 자신도 모르겠다고 말했다. 그것은 동환이 그를 나이트클럽에 들여보내주고 여자까지 데리고 와서, 그 여자와 함께 호텔에서 잘 수 있도록, 비록 삼류이긴 하지만 호텔은 호텔인데, 해준 이유를 동환이 설명하지 못하는 것과 같았다. 그는 그 이유에 대해서는 더 묻지 않기로 했다. 동환은 나직한 목소리로 술집에서 겪은 사소한 일들에 관해서 말했다.

응, 나 있잖아, 후배 친구들이, 돈많은 친구들이 오면 무릎 꿇고 술도 따랐어. 그래서 우리 술집, 후배들한테 인기가 참 좋았다. 조금 늦게 태어난 게 무슨 죄냐. 사람 같지도 않은 선배들한테 설움받은 애들이 우리 술집에 많이 왔거든.

그는 하마터면 이 등신, 쪼다, 친구 개망신시키는 놈, 어쩌고저쩌고 나오는 대로 욕을 하려다가 그만두었다. 왜. 그래봐야 동환은 바뀌지 않을 인간이고 동환이 바뀌든 안 바뀌든 그는 아무 상관이 없었으니까. 동환은, 그렇게 한 결과 술집은 번창했지만 자신은 결국 일년 뒤에 술집에서 쫓겨났다고 했다. 술집을 운영하는 건 후배들만이 아니었고, 동환과 같은 또래나 동환의 선배들도 술집을 운영하고 있었으며 그들 역시 건달이었고 동환이 근무하는 술집이 선배가 후배를 왕으로 모시는 독특한 상술로 장사를 해서 잘되면, 그것 참 경사스러운 일이라고 손뼉을 쳐줄 사람들은 아니었기 때문이다. 그들은 어느날 똘똘 뭉쳐서 동환의 후배인 술집 주인을 불러냈고 동환을 쫓아내지 않으면 진짜 선배의, 정확하게는 선배들의, 뜨거운 맛을 합동으로 보여주겠다고 했다. 그러자 후배는 동환을 불러서, 야 너 나가, 하는 간단한 말로 동환을 쫓아냈다.

그래서 네가 술집을 직접 해보려고?

동환은, 응, 하고 천진한 목소리로 대답했다. 그는 기가 막혀서 아까 감동받은 것을 취소하려고 했지만 어설프게 감동해서 그런지 쉽게 취소가 되지 않았다.

그 술집에 나보고 오라는 거지. 가서 네가 공짜로 대주는 술을 마시고 여자랑 노래 부르고 춤추고 놀고?

동환은 제발 그렇게 해주기를 바란다고 했다. 그는 알았다, 언제 한번 가지, 하고 상대가 전화를 끊기를 기다렸다. 그런데 동환은 전화를 끊을 기색이 아니었다.

부탁이 있는데, 네가 우리집 이름을 좀 지어줘.

내가 네 술집 이름을? 왜 나야?

동환은 숨소리만 색색거리면서 한참 동안 가만히 있었다.

으응, 그냥. 네가 지으면 제일 좋을 것 같아서. 네가 나보다 훨씬 많이 배우고 아는 것도 많잖아. 너는 어릴 때부터 선생님 같았어. 선생님보다 더 많이 알았잖아. 지금은 박사가 됐을 거 아냐. 우리 아가씨들도 그렇게 알고 있어.

그는 소리내어 웃었다.

야, 나는 아직 대학도 졸업 못했어. 학사 졸업장도 없단 말야. 박사는 무슨 박사. 제발 나 가지고 이상한 생각 좀 하지 마라. 아가씨들한테도 그런 쓸데없는 말 하지 말란 말야.

그러나 동환은 진지했다. 그가 이름을 붙여주기 전까지는 술집 간판을 달지 않겠다고 했다. 그는 마음대로 하라고 하고 전화를 끊었다. 조금 있다가 문학이 전화를 했다. 동환이 전화를 했는데, 정 이름을 지어주기 어려우면 자신이 지은 이름 중에서 하나만 찍어달라고 했다는 것이다. 그는 소리내어 웃었다.

뭔데?

문학은 미리 이름을 적어뒀는지 부스럭거리는 소리를 내더니 첫사랑, 안개등, 무제(無題), 하고 발음했다.

그중 하나? 셋 다 유치해서 눈물이 다 나올라고 그러지만, 무제로 하라고 해.

다시 5년 동안 동환으로부터 전화가 오지 않았다. 취직을 하고 결혼하고 이사하고 전화번호가 바뀌었다. 문학이 결혼식 사회를 보러 온 길에 생각난 듯이 동환의 동정을 전해주었지만 그는 귓등으로 흘렸다. 보나마나 술집을 잘하거나 못하거나 한다는 거겠지. 결혼식이나 집들이, 아이 백일잔치에도 동환을 부를 생각은 하지 않았다. 생각이 나지 않았다. 그때도 문학이 와서 동환에 관해 무슨 이야기를 했지만 그는 전혀 귀담아듣지 않았다.

직장에서 바쁜 나날을 보내고 있던 그에게 어느날 문학이 전화를 걸어왔다. 동환이 전화를 했다는 것이다. 동환은 그가 짐작한 대로 그 동안 술집을 운영했다고 했다. 여자가 나오는 술집, 여자가 하나만 있는 술집, 여자가 없는 술집으로 여러번 형태를 바꾸었다는 것이다. 주종도 양주에서 막걸리까지 다채롭게 변했다. 그는 막걸리고 양주고 간에 여자가 없는 술집이 말이 되냐, 제가 여자라면 몰라도, 하고 공연히 소리를 질렀다. 문학은 조심스럽게 말했다.

그래서 말인데, 이제 술집을 관두었다더라구. 술집 여자하고 동거를 했다는 거야. 그 여자가 술집에 여자를 두는 걸 눈뜨고 못 보겠다고 해서 여자를 없앴더니 손님도 없어지더래.

그는 픽 웃었다.

거야 당연하지. 그런데 그 여자 웃기네. 자기도 술집에서 동환이를 만났으면서 술집에 여자를 두면 안된다는 거야?

문학은 진지한 어조로 그렇다고 말했다.

그래서 동환이가 여자하고 전혀 상관없는 일을 하게 됐거든.

그는 또 소리를 질렀다.

세상에 여자하고 상관없는 일이 어디 있어.

문학은 자신도 잘 모르겠다고 하면서 하여튼 동환이 너한테 전화를 했으면 하는데 받을 거냐고 했다. 그는 용건을 알기 전에는 전화를 받지 않겠다고 했다. 문학은 잠시 기다리라고 했고 이윽고 전화를 걸어서 동환이 몸에 좋은 염소, 보통 염소가 아니라 난 지 백일쯤 되는 염소를 개소주로 만들어서 먹기 좋게 팩으로 포장하고 파는 일을 하는데 그 개소주인지 염소소주인지를 보내도 되겠느냐, 주소를 알려달라고 전화를 할 것이라고 했다. 그는 그 순간 동환이 전화를 하려는 이유를 알 것 같았다. 그래서 전화를 할 것도 없고 개소주는 먹었다 치고 개값을 보낼 테니 그 자식 은행계좌번호나 불러달라고 했다. 문학은 잠시 침묵했다. 그러더니 왜 나한테 화를 내느냐, 내가 어떻게 동환의 계좌번호를 아느냐, 친구라고 생각해서 공짜로 준다는데 그것도 못 받느냐, 어쩌고저쩌고 떠들더니 전화를 탁 끊었다. 그는 어리둥절해서 문학에게 전화를 걸려다가 그만두었다.

그로부터 2년 뒤에 문학이 전화를 걸었다. 그는 2년 사이에 이사를 한번 했고 차를 샀다가 사고가 나서 폐차했고 직장을 옮겼다. 그동안 문학과는 만난 적도 전화통화를 한 적도 없었다. 물론 동환은 전화를 걸지 않았다. 문학은 애써 지어낸 듯한 사무적인 목소리로 동환이 전화를 하려고 한다고 했다. 그는 약간 미안한 마음에 용건을 묻지 않고 전화를 하라고 하라고 했다. 그런데 문학이 이번에는 전화를 받기 전에 미리 알고 있어야 한다면서 동환의 처가 어렵게 임신을 했는데 지금 동환에게는 땡전 한푼 없다, 아마 좀 도와달라고 말할 것이라면서 은행계좌번호를 불러주었다.

얼마나?

문학은 아직 감정의 앙금이 희미하게 느껴지는 목소리로 네가 알아서 하라고 하면서 전화를 끊었다. 그런데 동환이 전화를 해오지 않았다. 그는 그 계좌번호로 돈을, 옛적 나이트클럽의 입장료와 자신이 마신 술값과 어느 새벽의 삼류호텔 숙박비에 해당하는 금액을, 계산하다보니 그 금액이 의외로 큰 데 놀라면서, 보낼까 말까 생각하다가 전화가 오기까지 기다리기로 했다. 전화는 일주일 뒤에 걸려왔다. 어느 새벽, 그의 집으로.

나 동환이야.

그는 불을 켜고 시계를 보았다. 새벽 네시였다. 그의 아내가 무슨 소린가 내며 돌아누웠다. 그는 목소리를 낮추어 이 시각에 웬일이냐고 물었다.

미안하다.

동환은 그 말을 하고 한참 가만히 있었다. 동전이 떨어지는 소리가 들려왔다. 밖에서 공중전화를 하는 모양이었다. 동환의 목소리 너머로 들려오는 싸이렌 소리를 들으며 그는 거기가 어디냐고 물었다.

미안해.

동환은 울먹이는 듯한 목소리로 미안하다는 말만 하고 전화를 끊었다. 그는 마루로 나가 문학의 집으로 전화를 걸었다. 이미 깨어 있었는지 말짱한 음성으로 전화를 받은 문학은 동환의 처가 임신중독증으로 입원을 했고 제왕절개 수술을 해서 아이를 꺼내야 하는데 돈이 없는가 보더라, 하고는 지나가다가 개집을 넘겨다본 염소처럼 말했다. 그는 동환의 울먹이는 소리에 가슴 한켠이 빼근해져 있었는데 아기 이야기를 들으니 다시 그 부분이 눌리는 듯했다. 그게 잠에서 덜 깬 상태에서 울먹이는 소리를 들었을 때 나타나는 정서적 반응인지, 동환이라는 개인에 대한 연민 때문인지, 삶 그 자체의 비극성 때문인지, 아기와 임산부에 대한 인류애 때문인지 구별할 수가 없었다. 그는 어느 병원이냐고 물었다. 문학은 병원이 어디 있는지는 자신에게도 이야기하지 않았다, 동환에게 필요한 건 수술보증금이다, 알아서 적당히 보내라고 했다. 그는 다시 계좌번호를 확인하고 전화를 끊었다. 오전에 은행에 들러 송금을, 옛적에 동환이 자신에게 베푼 향응에 들어간 돈의 5분의 1 정도에 해당하는 금액을, 하고 나서 그는 동환의 일을 잊었다. 잊기로 했다. 그러나 오후에 문학이 전화를 걸어와 그의 기도를 가볍게 분쇄했다.

전화를 하고 싶대.

그 자식은 왜 너를 통해서만 전화를 하고 싶대?

네가 무서운가 봐.

이번엔 용건이 뭐래? 고맙다는 인사는 필요없다고 해. 옛날 신세를 갚은 거니까. 그걸로 끝냈으면 싶어, 솔직히. 가능하면 영원히 말야.

아침에 애가 태어났는데 이름을 지어야겠대. 네가 이름을 지어줬으면 하던데.

내가? 내가 뭔데? 그 자식은 왜 옛날부터 나만 보면 이름을 지어달란대? 내가 무슨 작명가냐?

몰라. 동환이는 네가 꼭 이름을 지어줘야 한다고 했어. 내가 지어주겠다고 해도 무조건 네가 지어야 된다고 안된대.

너희 지난번처럼 미리 짜고 그러는 거 아냐. 무조건 세번째 것으로 하라고 그래.

하여튼 전화하면 받을래?

전화하지 말라고 해. 아직 이름 안 지었으면 작명소 가서, 이름이 나오면 무조건 세번째 이름으로 지으라고 하라구. 이젠 정말 동환이 말만 들어도 지겹다. 이상 통화 끝.

석달쯤 뒤에 동환이 전화를 걸었다.

우리 몽선이가 백일이거든. 잔치를 하는데 꼭 와주라. 몽선이가 그동안 인큐베이터에 있었어. 내가 우리 애한테 네 이야기를 얼마나 많이 했는데. 우리 몽선이가 딴사람은 몰라도 너는 알아볼 거야.

네 애 이름이 몽선이야? 야 인마, 백일도 안된 애가 한번도 본 적이 없는 사람을 어떻게 알아봐. 또 인큐베이터에 있으면 어떻게 백일잔치를 하냐.

지금은 퇴원했어. 잔치를 우리집에서 했으면 좋겠는데 우리가 지금 단칸방에 세들어 살아서 손님을 오게 할 수가 없거든. 예전에 내가 술집 하던 데가 있는데 보통은 비어 있걸랑. 거길 빌렸어. 글루 오면 돼.

그럼 시골 아냐. 그것도 낮이라구? 직장에 매인 사람들이 어떻게 거기까지 가.

동환은 한동안 말이 없더니 들릴락말락하게 입을 열었다.

정말. 나는 생각도 못했어. 다른 사람들은 아무도 그런 말 안하던데. 어떡하지.

어떡하긴 뭘 어떡해. 다른 사람들이라는 게 안 갈 족속이니까 아예 묻지를 않지. 너는 어째 아직도 그 모양이냐. 아버지가 됐으면 좀 사람구실을 할 수 없니.

그는 아내가 옆에 있는 것도 아랑곳하지 않고 버럭버럭 소리를 질렀다.

문학이 통해서 어떻게 할 테니까 전화 끊어.

말을 하고 수화기를 내려놓으면서 그는 동환이 문학을 거치지 않고 곧바로 전화했다는 걸 깨달았다. 그게 동환이 변했기 때문인지, 사람구실을 하게 됐다는 뜻인지 구별이 가지 않았고 구별할 이유도 없었다. 그는 문학에게 전화를 걸어서 돌반지 하나 값에 해당하는 돈을 송금하겠다, 반지를 사다주든지, 돈으로 주든지 마음대로 하라고 소리를 지르고는 전화를 끊었다. 왜 집안에서 소리를 그렇게 지르느냐, 애들 교육에 나쁘다고 하는 아내에게, 내 집에서 내가 소리를 지르는데 뭐가 어떠냐, 남의 집에서 소리를 지르면 그 집 애들 교육에 좋겠느냐고 또 소리를 질렀다. 그리고 후두염에 걸려 일주일 넘게 호되게 앓았다.

그 반지를 다시 상기하게 된 것은 문학이 고향에 갔다와서 전화를 해왔기 때문이었다.

동환이 애가 죽었어. 백일잔치 하기 하루 전날. 폐렴이래. 애가 원래 골골해서 입원을 오래 했는데 치료비로 전세금까지 다 날렸다더라구. 백일잔치가 초상자리가 됐다더라, 참. 그래도 반지는 전해주고 왔다. 받고 나서도 계속 울더라.

그는 목이 메었다. 후두염 후유증이었다.

그놈 불쌍하네, 정말. 애가 그렇게 똑똑하다고 자랑하더니.

문학은 너에게 그런 말까지 했느냐고 했다. 그러고 보니 그런 말을 한 적이 없는 것 같았다. 그 아이가 자신을 알아볼 것이라고 한 말에서 유추한 것에 지나지 않았다. 하여튼 그는 목이 멘 채 수화기를 내려놓았다.

그로부터 다시 일년 동안 동환의 전화를 받지 못했다. 추석에 고향에 다녀온 문학이 그를 만난 자리에서 동환에 대한 이야기를 전해주었다. 아이를 잃고 나서 동환은 한동안 실성한 사람처럼 읍내를 헤매고 돌아다녔다. 폐인 같은 생활이 몇달 동안 계속되었고 미쳤다는 이야기까지 들었다. 그러다가 언제부턴가 정신을 차린 듯 다방에 취직해서 주방에서 일을 하기 시작했다. 동환의 손을 거쳐 나온 커피는 특별했다. 서울하고도 일류호텔의 커피 못지않은 격조가 있으면서도 다방 커피의 서민성, 친근감을 가지고 있었다.

그게 뭐냐 말야. 이것도 저것도 아닌 거지, 뭐가 특별해?

그가 묻자 문학은 한참 머뭇거리다가 대답했다.

하여간 마셔보면 알아.

결론적으로 동환의 커피는 한번 맛보면 다시 오게 하는 마력이 있었다. 어느 다방의 커피가 이상하게 맛있다는 소문이 퍼졌다. 이윽고 그 다방은 커피를 좋아하는 사람들이 매일 한번은 가야 하는 장소가 되었다. 소문은 날로 퍼져 냄새나고 허름한 구식 다방에 출입할 리가 없는 여학생들까지 다방을 메웠다. 심지어 이웃 도시에서 원정을 오는 커피광까지 생겼다. 동환은 커피로 성공을 한 다음에는 하이볼 같은, 근래에 다방에서 다루지 않게 된 음료를 가지고 마술을 부리기 시작했다. 다른 다방의 주방장들이, 하긴 근래에는 다방에 주방장이 따로 없었다, 아무리 흉내를 내려 해도 동환이 제조하는 비법의 맛이 나지 않았다. 손님들 중에 몇사람이 동환에게 이런 구질구질한 다방에서 아까운 솜씨를 썩히지 말고 돈을 대줄 테니 새로 산뜻하게 다방을 하나 차리라고 권하기도 했다. 그러나 동환은 부인과의 약속에 따라 월급쟁이 주방장으로 만족했다. 부인과의 약속이 무엇인가. 자신의 집에, 그게 사는 집이든 가게이든 부인 외의 다른 여자를 일절 쓰지 않겠다고 한 것이었다.

그럼 다방을 차리고 제 마누라한테 카운터를 보라고 하면 되잖아.

그 여자는 예전에 외간남자들 앞에 나섰던 사람이라 다시는 그런 짓은 못하겠다는 거지. 정말 이러지도 저러지도 못하는 거야.

그게 그 자식의 인생 아니냐. 원래 한 시절도 잘나간 적이 없어. 뭐가 꼬투리가 생겨도 생겨서 남들같이 정상적으로 사는 걸 못 봐. 그래도 다방에서 일하는 건 좋다니까 그게 걔한테는 딱 맞는 거야. 이젠 고생 끝이네.

그는 평생 처음으로 사심없이 동환의 행복을 빌어주었다. 설이 돌아왔을 때 그는 직장을 그만두었다. 정확하게는 회사가 그에게 그만둘 것을 종용한 것이지만, 그러다 결국 그 잘난 회사도 망해버렸지만.

그는 고향을 떠난 지 20여년 만에, 문학이 타는 고물차에 몸을 싣고 귀성객 틈에 섞여 고향으로 갔다. 성묘를 하고 오랜만에 친척들을 찾아 인사를 하고 나니 할일이 없어 명절이라 사람이 드문 읍내를 맴돌게 되었다. 다행히 연휴에도 문을 연 다방이 있어서 안으로 들어갔다. 어쩌면 동환을 의식한 것인지도 모른다. 그러나 동환이 어느 다방에 있는지 알아보지 않았다. 그가 들어간 다방은 동환이 있는 다방이 아니고 동환이 있던 다방도 아니었다. 그가 중년의 다방 여주인에게 넌지시 동환에 대해 묻자 그 여자는 고소하다는 듯 동환에게 일어난 일을 이야기해주었다.

동환이 일년 가까이 지역의 다방업계에 태풍을 몰고 온 것은 사실이었다. 지역에 있는 수십개의 다방은 동환으로 인해 큰 타격을 받았다. 여주인 역시 지금은 직업 자체가 없어지다시피 한 다방 주방장을 데려오기 위해 수소문했을 정도였다. 그는 그쯤에서 질문했다. 전문적으로 차를 파는 다방은 아가씨가 나오는 다방하고는 상관없는 일 아니냐고. 다방 여주인은 미스 민을, 다방 아가씨의 호칭의 70퍼센트는 미스 민이라고 하면서, 불러 자신에게도 주스를 한잔 가져오게 하더니, 사실 아가씨로 영업하는 '아가씨 다방'과 차를 파는, 차맛과 분위기로 승부하는 말 그대로의 '다방(茶房)'은 영업범위가 다르긴 해도 동환이 있는 다방에 워낙 손님이 몰리니 아가씨 다방도 분위기를 타지 않을 수가 없었다고 했다. 다방에서는 건전하게 차만 마시는 분위기가 형성되었다는 것이다. 그러던 어느날, 동환이 부인에게 간통죄로 피소되었다. 다방 여주인은 명명백백히 동환이 다방 내실에서 어느 여자와 나란히 누워 있는 현장을 부인에게 붙잡혔다고 했다. 동환 역시 자신의 잘못을 인정하고 제 발로 경찰서로 걸어들어갔다는 것이다. 그게 불과 일주일도 안된 일이었다. 나중에 그가 문학에게 들은 경위는 다방 여주인의 것과 달랐다.

부인은 첫아이를 임신했을 때 잘못되어 더이상 아이를 낳을 수 없게 되었다. 게다가 아이까지 죽고 나니 의부증이 병적으로 심해졌다. 그녀는 자신의 시간과 능력 모두를 동환을 의심하고 감시하는 데 쏟았다. 밥짓고 빨래하는 일도 동환의 몫이 되었다. 동환이 집안일을 하는 동안은 바람을 피우지 못할 것이고 그녀 자신은 동환을 스물네시간 감시하느라 바쁘고 힘이 없기도 했다. 사람좋은 동환은, 왜 좋다는 거냐고 그가 물었지만 문학은 무시했다, 그런 부인을 이해하려고 애썼다. 그러던 어느날 그가 옛날 다방 주방일을 배운 주방장의 여동생이 다방으로 동환을 찾아왔다. 그 여자 역시 다방을 운영하고 있었는데 어느 시골 다방이 환상적인 커피맛으로 유명하다는 이야기를 듣고 왔다가, 그 맛이 자신의 오빠가 만들던 맛과 비슷한 것을 알게 되었다. 다방의 주방장을 만나니 그 사람은 바로 오빠가 몽매에도 찾고 있는 바로 그 사람이었다. 여동생은 자신의 오빠가 폐인이 되어, 동환에게 사타구니를 걷어채어 여섯 달인가를 병원에서 치료를 받은 후에, 정신병자를 수용하는 요양원에 들어갔는데, 마지막 소원이 동환을 만나는 것이라고 했다. 착한 동환은, 그는 이번에는 동환이 왜 착하다는 거냐고 묻지 않았다, 그 말을 듣고 여동생의 차를 타고 요양원으로 주방장을 찾아갔다. 오늘의 다방 주방장이 과거의 주방장과 무슨 이야기를 했는지는 모른다. 여동생은 다시 동환을 출발한 곳으로 데려다 주었다. 여동생은 차를 여관 앞에 세웠는데 다방 주변에는 차를 세울 데가 없었기 때문이었다. 그리고 그들은 다방으로 올라가 동환이 만든 음료를 마시며 내실에서 무슨 이야기를 나누고 있었다. 왜 내실에 들어갔느냐 하면 주방장이 손님들과 함께 다방에 앉아 개인적인 손님을 만나는 게 적절하지 않았기 때문이다. 동환이 보이지 않자 동환을 찾아헤매던 부인은, 다방 주인에게서 동환이 묘령의 여인과 차를 타고 어디론가 갔다는 이야기를 들었다. 그 차는, 도무지 차의 이름까지 알 필요가 있을까 싶은데, 문학은 그 차의 이름을 떠올리지 못해 내내 안달했지만 결국 떠올리지 못하고 그냥 독일차라고 했는데, 나중에 그가 그 이름을 떠올렸으니 그 이름은 폴크스바겐이다, 읍내에서는 보기 드문 차인데다 생김새가 특이해서 차에 대해 문외한인 그 부인도 쉽게 찾을 수 있었다. 그 차는 백궁장이라는 여관, 문학은 차 이름은 모르면서 여관의 이름은 쉽게 기억해냈다, 앞에 당당히 주차되어 있었다. 부인은 여관에 들어가 주인에게 내 남편이 들어와 있다, 숙박계를 보여달라고 했다. 여관 주인은 물론 코방귀도 뀌지 않았다. 부인은 그 길로 파출소로 달려가 경찰을 데리고 나왔다. 여관에 다시 온 부인은 방 하나하나를 다 뒤졌지만 동환을 찾지 못했다. 결국 다방으로 간 부인과 경찰은, 다방의 내실에서 동환과 미모의 여인이 동환이 만든 특제 음료를 놓고 마주앉은 것을 발견했다. 부인은 대뜸 여인에게 달려들어 두 손으로 머리카락을 쥐어뜯었고 남은 무기인 입으로 동환의 코를 깨물어뜯었다. 동환의 얼굴은 순식간에 피투성이가 되었다. 동환은 한손으로 코를 잡고 다른 손으로 차가운 물을 떠다주며 부인을 진정시키려고 애썼는데 부인은 그 물에 독이 들었다고 외치면서 컵을 깨버렸다. 도저히 안되겠다고 생각한 동환은 부인의 주장을 일단 인정하고 순순히 경찰서로 따라갔다. 상대가 되는 여자, 곧 주방장의 여동생은 독일차 폴크스바겐을 타고 사라져버렸다. 부인은 여자가 사라진 것을 알고는 더 길길이 날뛰었다. 동환은 부인을 진정시키기 위해 경찰서에서 모든 사실을 인정했다. 상대 여자는 다방에 나갈 때부터 사귀어온 유부녀였다, 읍내와 교외의 여관 수십군데를 전전하며 관계를 맺었다, 그날은 여관에서 대낮부터 관계를 맺고 미진한 감정을 추스르기 위해 다방 내실로 온 것이라고 진술했다. 그러나 증거가 없었다. 상대 여자도 사라지고 없었고 동환은 그 여자가 어디 사는지, 이름이 뭔지도 몰랐다. 여관 주인도 두 사람을 여관에서 본 적이 없다고 증언했다. 부인은 동환이 자신이 시키는 대로 진술을 하지 않거나, 자신에게 불리한 증거가 나오면 그 즉시 기절했다. 기절한 척한 것까지 합쳐 스무 번도 넘게 쓰러졌다. 동환은 부인이 원하는 대로 자신을 처벌해달라고 경찰에 애원했다. 결국 동환은 구속되어 유치장에 갇혔다. 읍내에는 미결수를 수용할 시설이 없어서 재판을 기다리는 사람은 경찰서 유치장에 수감하게 되어 있었다.

정말 미친놈이네. 왜 짓지도 않은 죄를 지었다고 해. 마누라는 또 뭐야. 둘 다 정신병원에 갖다넣어야 되겠구만.

그는 동환이 왜 그렇게 하는지 이해할 수 없었고 자신이 왜 그런 말을 하는지도 이해할 수 없었다. 문학은 동환에게 면회를 가자고 했다.

야, 내가 미쳤어? 그런 놈한테 가서 무슨 말을 하고 무슨 말을 들으란 말야. 나는 정말 그놈한테 할 만큼 했어. 면회는 무슨 얼어죽을 면회야. 말을 들어보니 제가 자원해서 들어가 있는 거 아냐. 제 마누라가 의심하면 그 의심대로 행동해서 맞추는 기쁨을 줘? 열부 났구만, 열부 났어. 난 안 가. 못 가.

문학은 그를 설득하려고 하지 않았다. 그저 차를 경찰서로 끌고 들어가 마당에 세운 뒤에 이렇게 말했다.

설 아니냐. 불쌍한 우리 동환이 떡국이라도 한그릇 먹게 해주자고.

에이 썅.

그는 차에서 나와 경찰서 안으로 들어갔다. 동환은 얼굴 가운데를 붕대로 친친 감고 나왔다. 고무신을 신고 수의를 입었는데 몰골이 말이 아니었고 머리카락도 듬성듬성했다. 그는 스물한살 때의 미소년 같던 동환과 지금 눈앞의 동환이 같은 인물이라고 믿을 수가 없었다.

야, 너, 너 내 친구 동환이 맞아? 네 아버진 줄 알았다.

동환은 3분의 1을 붕대로 가린 얼굴을 숙였다. 그의 말투는 그때나 다름없었다.

미안하다.

뭐가?

그는 곧바로 크게 물었다. 동환은 들릴락말락한 소리로 대답했다.

이런 데까지 너를 오게 해서. 너는 평생 경찰서에 안 오고도 살 사람이잖아. 나는 네가 내 친구라는 게 늘 자랑스러웠어. 미안해. 정말, 미안하다……

동환은 몸을 떨기 시작했다. 그는 다시 언젠가처럼 가슴이 뻐근해지려는 것을 간신히 억제했다.

야, 네 마누라한테 가서 당장 고소 취하하라고 할게. 이게 무슨 만화 같은 일이냐. 취하 못하겠다고 하면 우리가 그 여자 죽여버릴 거야.

그가 소리를 질렀다. 동환이 고개를 들었다.

그렇게 해도 소용없어. 나 자발적으로 이리 들어온 거야. 그래야 그 사람이 편해질 것 같아서. 그 사람은 지금 많이 아파. 내가 나가면 그 사람이 들어와야 된다고 경찰이 그랬어.

그리고 동환은 더이상 아무 말도 하지 않았다. 순두부 스무 그릇쯤에 해당하는 영치금을 넣고 나오다 그는 동환의 마지막 말이 이상해서 경찰에게 물어보았다. 경찰은 지금 동환이 간통으로 들어가 있는 게 아니라고 했다. 살인미수라는 것이었다. 부인은 간통으로 고소를 했지만 두 사람은 사실혼 관계이지 아직 혼인신고도 하지 않은 사이였다. 애초에 간통죄는 성립하지 않았다. 부인은 그 사실을 알고 나자 동환이 자신을 죽이려고 오래 전부터 계획해왔으며 여러차례 독이 든 음료를 먹이려고 했지만 자신이 그때마다 컵을 깨버렸다고 고소했다. 그에 따라 사실 여부를 수사중이라는 것이었다. 법률사무소에 다니는 문학이 덧붙인 바에 따르면 동환이 증거 불충분으로 석방이 되면 부인이 아닌 그 여자는 경찰이 보는 앞에서 코를 물어뜯은 행위에 대해 폭행죄로 기소될 가능성이 많았다. 그외에도 무고혐의가 추가될 수 있었다.

이게 무슨 개떡 같은 경우야.

그는 경찰서를 나와 서울로 돌아오면서 그 말을 백번쯤 되풀이했다. 그러고는 정말 동환에게 일말의 관심도 가지지 않겠다고 굳게 결심하고 문학에게도 그 넌더리나는 인간이 혹시 나중에 전화를 해오더라도 자신에게는 절대 전화를 하지 말라고 하라고 했다.

걘 구제불능이야. 어떻게 해도 안돼. 안해도 안되고 해도 안돼. 나는 지금 걔를 이해할 능력이 없어.

그리고 또다시 일년이 지나갔다. 그의 주부생활도 본궤도에 접어들었다. 그는 밖에서 돈을 벌어오는 부인을 대신해서 살림을 하고 아이 뒷바라지를 하느라 눈코 뜰 새가 없었다. 살림에도 새록새록 재미가 들었다. 제대로 된 물건을 고르고 가구를 재배치하고 가족을 위해 몸에 덜 해로운 저공해식품을 찾아 시장을 헤맸다. 인터넷에 '아빠가 가꾸는 아름다운 집안'이라는 홈페이지도 만들었다. 그러느라 그는 정말 동환의 일을 잊었다.

그러나 동환은 전화를 했다. 분명히 문학을 통해 전화를 하지 말라고 했는데도, 전화를 하면 죽여버리겠다고 했음에도. 동환의 말투는 여전했다. 들릴락말락해서 듣는 사람으로 하여금 고개를 기울이게 만들고 종내는 이쪽에서 소리를 지르게 만드는 그 말투.

나 동환이야.

알아.

나 결혼해, 그 여자하고. 청첩장 막 부쳤어.

야, 이 새끼야, 너라는 놈은 참 못 말리겠다. 그리고 그 여자라니, 그때 너 못 잡아먹어서 안달하던 그 여자? 난 정말 너를 모르겠다. 너 사람이냐, 천사냐, 짐승이냐.

동환은 그전에도 그랬듯이 그가 말을 다 끝낼 때까지 기다렸다.

꼭 와.

내가 왜? 나 요새 바빠.

너 결혼식할 때 내가 청첩장이 없어서 못 갔잖아. 너는 내 결혼식에 꼭 와야 돼.

그게 무슨 말이야?

꼭 올 거지. 나 전화 끊는다.

전화를 끊고 난 뒤 그는 정말 이번이 마지막이다, 이 악연을 기필코 여기서 끝장내야겠다, 그러고 보니 특별히 악연이랄 것도 없지만, 멍청한 것 같으면서도 교묘하게 그의 감정을 자극해서 결국 제가 원하는 것을 관철하는 동환과의 관계를, 또 그러고 보면 동환이 원하는 게 정말 뭔지 한번도 심각하게 생각해보지 않았지만, 하여간 이젠 모두 끝이다, 끝, 끝, 끝, 지겹다고, 천장을 향해 콧김을 뿜으면서 결론내리고 문학에게 전화를 걸었다.

야, 나 이번에 동환이 결혼식에 갈 건데, 너도 갈 거지. 뭐 못 가? 너 죽고 싶어? 내가 요새 집안일에 얼마나 바쁜지 알기나 해? 그런 나도 간다는데 네 아가리에서 어릴 적 친구 결혼식에, 우리 동기 중에 장가를 못 간 마지막 친구의 결혼식에 안 간다는 말이 나와? 너 이 새끼, 이번에 안 가면 다신 너 안 본다. 인간 같지도 않은 소리 그만 하고 토요일에 차 끌고 우리집 앞으로 와. 알았어? 그래, 열한시. 시간 지켜.

전화를 끊고 나서 그는 뭔가 불길한 예감에 사로잡혔다. 그럴 만한 이유도 없었고 그럴 일도 아니었는데도. 며칠 뒤에 문학이 차를 가지고 그의 집앞으로 와서 전화를 걸었다. 그는 아이의 피아노 선생에게 줄 과외비를 헐어 일부는 봉투에 넣고 일부는 지갑에 넣었다. 가는 동안 문학은 내내 말이 없었다. 그는 몇번 문학에게 말을 붙이려 했다. 그때마다 문학은 미리 말을 막으려는 듯 얼굴을 찌푸리고 과격하게 차를 몰았다. 두시간 반 동안 한번도 쉬지 않고 결혼식이 열린다는 장소까지 달려 그 앞에 차를 세운 문학은 다급하게 화장실로 달려들어갔다. 그는 왠지 버림받은 듯한 낯선 느낌으로 결혼식장이라는 건물 앞에 섰다.

붉은 벽돌로 지어진 이층 건물이었다. 한때는 최신공법의 최신건물로 영화를 누렸는지도 모르지만 지은 지 20년은 넘어 보였다. 이층 유리창에 포도주잔 모양의 그림이 그려져 있었고 '무'라는 글자가 씌어 있었다. 무언가가 그려진 유리창은 단 하나뿐이었지만 그는 직감적으로 그 건물이 한때 동환이 운영했던 술집 '무제'임을 깨달았다. 건물 뒤로 돌아가니 '회관'이라는 글자가 남아 있는 간판이 썩어가고 있었다. 바로 그 집에서 동환은 술집을, 형태를 여러번 바꿔가면서 운영했던 것이다. 그는 다시 앞으로 돌아와 계단 입구에 섰다. 일층은 식당이었고 이층은 단체모임이 있을 때 식사를 제공하고 홀을 빌려주는 피로연장이었다. 동환은 그곳에서 결혼식과 피로연을 한다는 내용의 청첩장을 보냈다. 식사를 하면 결혼식에 드는 다른 비용을 안 받는가 싶기도 했지만 도대체 결혼식을 할 만한 장소로 보이지 않았다. 시간이 되었는데도 건물 앞에 있을 법한 화환 하나 없었다. 문학이 도로 나오기를 기다리며 10여분을 서 있는 동안 건물에 들어가는 사람은 물론이고 건물에 접근해오는 사람도 없었다. 그는 기다리다 못해 투덜거리며 계단을 올라갔다. 계단 중간에 있는 변소문이 열려 있었고 얼지 말라고 틀어놓은 듯한 물이 계단 구석으로 흘러내리고 있었다. 변소 안은 물론 청결과 거리가 멀었다. 그는 혀를 차며 수도를 잠그고 이층으로 올라갔다.

문을 열기 전에 그는 마이크 소리를 들었다. 결혼식을 하기는 할 모양이었다. 그는 안에 들어서면서 한떼의 사람들이 안쪽에 테이블을 붙여 길게 만든 자리에 마주앉아 있는 것을 보았다. 부조금을 받는 접수대가 어디 있나 두리번거리던 그는 종내 찾지 못하고 문학의 곁에 자리를 잡았다. 문학은 언제 준비했는지 카메라를 꺼내 필름을 넣고 있었다. 마이크를 잡은 사람은 음정이고 박자고 하나도 맞지 않는 노래를 한소절 부르더니, 노래방 반주기계가 없다고 불평하고는 삑삑거리는 마이크를 내려놓았다. 신랑 신부는 보이지 않았다. 신랑 신부의 가족으로 보이는 사람도 없었다. 그는 무럭무럭 치미는 짜증을 삼키면서 벽에 걸려 있는 국기와 국기 곁에 씌어 있는 국기에 대한 맹세를 읽고 또 읽었다.

나는 자랑스러운 태극기 앞에 조국과 민족의 무궁한 영광을 위하여 몸과 마음을 바쳐 충성을 다할 것을 굳게 다짐합니다.

하객 대부분은 점퍼 따위의 평상복을 입었다. 일하다 온 듯 흙이 묻은 바지를 그대로 입고 온 사람도 있었다. 사오십대로 보이는 여자들 대부분은 미장원에 가본 지 오랜 듯했다. 마이크를 잡았던 사람은 이미 전작이 있는 듯 얼굴이 벌게져서 마이크를 쓸 때보다 더 큰 소리로 노래를 안하겠다는 사람을 혼내고 있었다.

야, 이거 어떻게 된 거냐. 결혼식 하긴 하는 거냐?

그는 문학에게 물었다. 문학은 눈을 감고 고개를 끄덕였다.

이건 뭐, 주례도 없고 신랑 신부도 없고 식구도 없고, 무슨 결혼식이 이래.

문학이 그를 돌아보았다. 그를 나무라는 듯한 표정이었다. 그는 울컥, 하고 감정이 치솟는 걸 눌러 참았다. 참자, 참자. 조금만 참으면 정말 끝이다.

에에, 그럼 지금부터 신랑 신부 입장이 있겠습니다.

느닷없이 얼굴이 거무튀튀한 장사꾼 같은 손님이 마이크를 잡았다. 사람들이 손뼉을 치기 시작했다. 그도 건성으로 사람들을 따라하면서 신랑 신부가 나타나기를 기다렸다.

안쪽에서 커튼이 걷히면서 동환과 신부가 팔짱을 끼고 나타났다. 동환은 육십년대 영화 속에서 곧바로 튀어나온 촌스러운 신랑처럼 보였다. 빌려입은 게 틀림없는 검은 예복은 상복 같았다. 기름을 발라 넘긴 머리에 바짝 올려맨 커다란 꽃무늬 넥타이도 구질구질한 느낌을 지우지 못했다. 신부는 몸에 꼭 끼는 드레스를 입고 한손에는 손수건을 움켜쥐고 있었다. 동환은 어색하게 웃고 있었지만 옆에 있는 신부는 울다 나온 듯했다. 검은 눈화장이 번져 있었다. 그는 눈을 감았다. 정말 못 봐주겠다. 그는 문학에게 들릴락말락하게 중얼거렸다. 의자가 끌리는 소리가 났고 신랑 신부가 테이블의 앞자리에 앉는 듯싶었다. 마이크를 넘기느라 귀를 찢는 듯한 소리가 나자 기계를 만질 줄 안다고 자처하는 이들이 앰프 있는 곳으로 달려가는 소동이 벌어졌다.

마이크는 뭐 하러 써. 그냥 말로 해도 잘 들리는데. 아니, 아무 말도 안 들렸으면 좋겠네.

그는 중계석의 해설자 자리에 앉은 사람처럼 중얼거렸다.

감사합니다. 만장하신 내빈 여러분, 공사다망하신데도 불구하고 이렇게 멀리까지 찾아와주셔서 대단히 감사합니다. 지금부터 신랑 염동환군과 신부…… 아니 이거말고. 어, 이건 성혼선언문인데. 응, 이건가 보다. 아니다? 그런 건 없다구? 알았어.

그것은 분명 동환의 목소리였다. 그는 눈을 떴다. 뜨지 않을 수 없었다.

동환이 자리에서 일어나 마이크를 잡고 사람들을 둘러보고 있었다. 만장은커녕 스무 명이나 될까 말까 한 사람들이었다. 동환은 어색하게 웃으며 마이크에 입을 댔다.

그냥 하겠습니다…… 태호야, 고맙다. 창환아, 고맙다. 제수씨, 고맙습니다. 영만아, 장사 잘돼가지. 그리고, 저, 두관이 형님, 형수님, 애기 잘 크지요.

그런 식으로 동환은 사람 하나하나를 호명하며 인사를 했다. 인사를 받은 사람들은 모두 고개를 끄덕이거나 어색하게 웃었다. 대부분의 사람들은 동환과 한동네에 사는 사람들인 듯했다. 그의 차례가 다가올수록 그는 왜 자신이 긴장하는지 몰라 화가 났다.

문학아, 응, 바쁠 텐데 서울에서 일부러 여기까지 와줘서 정말 고마워. 그리고, 마지막으로, 기옥아, 기옥아.

그는 고개를 숙였다. 그냥 지나가주었으면 했는데 동환은 계속 그의 이름을 부르고 있었다. 그는 할 수 없이 고개를 들었다. 동환이, 들릴락말락한 목소리의 동환이, 마이크가 아니면 들리지도 않을 목소리의 동환이, 육십년대 반공영화의 간첩용의자 같은 차림의 동환이, 애타게 그를 불렀다. 그는 고개를 들어 웃어주었다. 동환은 안심하는 듯한 표정이 되었다. 문학의 카메라에서 플래시가 터졌다.

네가, 네가 정말로 제일 고맙다. 난 네가 안 올 줄 알았어. 정말 네가 올 줄 꿈에도 몰랐어. 여기 온 누구보다도 네가…… 네가 와준 게 고맙고 미안하다. 미안하다, 기옥아. 미안해. 기옥아, 고맙다.

그때 신부가 엉엉 소리내어 울기 시작했다. 그는, 정말 기가 막히는 결혼식입니다, 결혼식입니다, 결혼식이 분명합니다, 하고 소리나지 않게, 아무에게도 아닌 중계를 계속했다. 동환이 몸을 수그려 신부를 달랬다. 사람들은 그것으로 결혼식의 모든 과정을 마친 것으로 간주한 듯 음식을 재촉했다.

식어빠진 음식이, 상갓집과 흡사한 차림의, 이를테면 오징어회무침, 마른안주, 과일, 떡이 테이블마다 기본으로 제공되고 상갓집에서는 나올 수 없는 삼겹살이 구워지기 시작했다. 신부는 계속 울었다. 결국 몸부림치며 일어나 원래 있던 신부대기실로, 그런 게 정말 있는지 그는 확신할 수 없었지만 나중에 그게 반대편 계단의 여자화장실임을 알게 되었다, 갔다. 동환은 신부를 따라갔다. 문학은 동환을 따라갔다. 그는 회무침을 집었다. 눈물이 나도록 짜고 시었다. 그는 컵에 있는 술을 몽땅 마셨다. 그는 아는 사람이 하나도 없는 피로연장에 앉아 자작으로 맥주컵에 소주를 따라 마셨다. 그것말고는 할일이 없었다. 서너 잔을 마셨을까.

이윽고 좌석 중간에 앉아 있던 사내 하나가 그에게 다가왔다. 장화를 신고 축사에서 나는 냄새를 풍기는 사내였다.

형씨, 서울에서 왔소? 나도 옛날에 서울에 몇번 갔다왔는데. 멀리서 왔네요. 서울 참 좋지요?

그는 손을 흔들며 아니라고, 지옥 같다고 대충 말해주었다.

나는 저, 동환이하고 학교 동창인데요, 형씨는 동환이하고 무슨 관계요?

그도 술을 마시긴 했지만 사내의 온몸에서 풍겨나오는 술냄새를 확연히 느낄 수 있었다. 매일 술에 절어 사는 사람 같았다. 그는 자신도 동창이라고 대답했다.

동창요? 어느 학교 나왔어요? 동환이는 국민학교밖에 안 나왔는데요. 중학교 때 중퇴했잖아요. 아버지가 부도내고 자살해가지고. 중학교 동창이요?

그는 초등학교 동창이라고 대답했다. 그러자 사내는 그 옆에 털썩 앉았다.

아, 그럼 나하고 동창이네. 말 놔야지, 동창끼리. 나는 이십삼회다.

그는 자신이 몇회로 졸업을 했는지 잠시 생각해보았다. 그는 21회였다.

나는 이십일횐데. 우리는 말 놓을 사이가 아닌 것 같네요.

사내는 그의 앞에 놓여 있는 종이컵에 소주를 따라 벌컥벌컥 들이켰다.

아, 동네에서 한두 해 차이가 날 수도 있는 거지, 뭘 그런 거 가지고 까탈을 부리나. 서울내기들은 깍쟁이라더만 정말 그러네. 자, 내 잔 받어, 인마.

그는 의자를 뒤로 밀며 자리에서 일어섰다. 그 서슬에 맥주병이 넘어지며 상 아래로 떨어져 굴렀다. 그러자 사내는 그걸 공격신호로 알았는지 윗도리를 벗어젖혔다.

이 새끼가, 아까부터 아니꼽게 잘난 척하고 혼자 앉아가지고 내 부아를 지르더니만. 동환이 그 새끼가 우리는 사람으로도 안 보이나. 너한테만 특별히 고맙다고 하는 이유가 뭐야, 도대체.

그는, 이유를 모른다, 우리는 이유 같은 건 모르고 산다고 말했다. 말하면서 맥주병을 내리쳐 깨뜨리는 이유도 알지 못했다.

동환과 문학이 달려나와 그를 얼싸안았다. 그는 이 새끼들, 다 덤비라고 발광을 하면서 아래로 끌려나왔다. 자신이 왜 그러는지 정말 알 수가 없었다.

계단 아래에서 문학이 담배에 불을 붙여 그에게 건넸다. 그는 주부로 살림을 시작할 무렵 끊었던 담배를 받아들었다. 기침도 하지 않고 담배연기를 빨아들였다 내뿜었다. 동환은 우두커니 서서 하늘을 보고 있었다. 문학이 그에게 나직하게 경위를 말해주었다.

동환이가 마누라하고 혼인신고를 했는데 신고한 김에 결혼식을 해서 부조금 들어오면 그거 모아가지고 장사밑천이나 하자고 그랬대. 그런데 온 손님들이 너무 적어서 적자가 났어. 식당에도 돈을 줘야지, 손님들 먹어 조지지, 노래방 기계 빌려오라고 난리지…… 제수씨가 우는 게 그것 때문이래.

그는 동환에게 소리를 질렀다.

야, 이 새끼야, 너 이게 뭐라는 건지 말 좀 해봐. 너 뭐 하는 놈이야.

뭐야, 이거. 뭐냐고. 이럴려고 나보고 오라고 했어?

동환이 고개를 돌렸다. 그러고는 그의 손을 잡으며 들릴락말락하게 말했다.

나, 나 말야, 사람들을 자유롭게 해주고 싶었어.

동환은 울기 시작했다. 자유? 자유롭게? 잘해주고 싶었던 게 아니고? 그는 의혹과 경이에 찬 눈으로 동환을 보고 있었다.

동환은 제 무릎을 끌어안고 비죽비죽 울었다. 울음소리 역시 들릴락말락했다.

—『창작과비평』 2001년 여름호

날은 마침 중복이다. 쾌활냇가의 둥근 자갈들, 햇볕에 새하얗게 달아올라 곧 튀어오를 듯하다.

그러나 아이들은 날씨를 아랑곳하지 않고 맨발로 냇가와 냇물 사이를 오가며 뛰어논다.

한쪽에 걸어놓은 양은솥에서는 물이 설설 끓고 있고 여자들은 수양버들 얕은 그늘 아래 두셋씩 모여앉아 잡담에 빠져 있다.

쾌활냇가의 명랑한 옛날

쾌활냇가의 명랑한 곗날

날은 마침 중복이다. 쾌활(快闊)냇가의 둥근 자갈들, 햇볕에 새하얗게 달아올라 곧 튀어오를 듯하다. 그러나 아이들은 날씨를 아랑곳하지 않고 맨발로 냇가와 냇물 사이를 오가며 뛰어논다. 한쪽에 걸어놓은 양은솥에서는 물이 설설 끓고 있고 여자들은 수양버들 얕은 그늘 아래 두셋씩 모여앉아 잡담에 빠져 있다. 파라솔 아래에 총무 집에서 양념해서 가져온 갈비 스무 근, 신임 회장이 찬조한 개 한 마리, 흑염소 전골 다섯 냄비, 그외에 상추며 마늘 풋고추 등속의 야채, 양념거리가 각각 광주리에 담겨 자그마한 산처럼 쌓여 있다. 오늘은 곗날이다.

계원들은 미루나무의 길쭉하고 좁은, 그나마 성긴 그늘에 붙어앉아 냇물에 발을 담그고 있다. 혹은 냇물 건너 밤나무 과수원에서 얻어와 돌을 매단 뒤 냇물에 띄운 들마루 위에서 더위를 식힌다. 그러나 날씨는 덥다기보다 뜨겁다. 햇빛을 피할 수 있는 그늘은 별로 없는데 사람은 많으니 반 이상이 햇빛을 그대로 받고 있다. 이제 두세 명이 도착하면 초대, 2대, 3대, 6대 회장을 역임하고 지난 7차 연례총회에서 증경회장으로 추대된 정만기 회장의 인사말을 필두로 본격적으로 계가 시작될 것이다. 늘 그렇게 해왔던 것처럼.

친목계에 무슨 회장이 있고 총회가 있고 종교냄새가 나는 '증경회장'이라는 명칭까지 등장하느냐고 할 사람도 있을지 모른다. 이 계는 계라도 다른 계와는 다르다. 하긴 세상에 똑같은 계는 없다. 지역이 다르고 구성원이 다르고 계의 준칙이, 목적이 다르고 하다못해 곗날도 다르다. 이 계의 이름은 '상호친목계'인데, '한번 계원이 되면 상호간에 평생 친구가 되어 목숨을 걸고 서로를 지키는 계'라는 긴 말을 줄인 것이다. 강령도 있다. 가정에 충실하자, 맡은 일에 최선을 다하자, 각자 종교를 가지자. 가정에 충실한 증거가 곗날에 온 식구를 데리고 오는 것이다. 맡은 일에 최선을 다하자는 건 두고 볼 일이겠으나 증경회장이라는 단어에 종교냄새가 확 풍기지 않는가. 정작 증경회장 자신은 종교를 갖고 있지 않지만.

하여간 지금은 남의 계를 가지고 뭐라고 할 사람은 보이지 않는다. 교외에 뚝 떨어진 시냇가, 이름은 멋져 '쾌활천'이지만 말처럼 넓지도 않고 깊은 곳이라야 허리깊이 정도밖에 안되는 냇물뿐이라 동네 아이들도 잘 오지 않는다. 지역 사람들, 그곳보다 풍광이 뛰어나고 물도 깊고 나무 그늘이 많은 곳을 알고 있다. 어쩌다 지역사정을 잘 모르는 뜨내기들이 겉만 보고 들어오는 일이 있긴 해도 한번 와본 사람은 두 번 다시 오려 하지 않는다. 볼 게 없고 놀 게 없고 시원할 게 없다. 오로지 친목계에서만 줄기차게 이 장소를 고집하고 특히 여름에 곗날이 돌아오면 무조건 이곳으로 모여든다. 초대 회장이자 증경회장이 태어난 집이 냇가에서 멀지 않아서 자연스럽게 이곳으로 정해졌는데, 초대 회장의 임기가 끝난 뒤에도, 기왕이면 한 사람이라도 향수를 달랠 수 있다는 이유로, 계속 같은 장소가 이용되었다. 하긴 4대 회장은 초대부터 3대까지 연임한 회장의 첫째가는 개라는 쑥덕거림을 들었을 정도여서 감히 계모임 장소를 변경하려는 생각은 하지도 않았다.

"준수는 아직 안 왔나? 또 학철이 그 새끼가 안 보이는구만. 이 새끼들은 제시간에 오는 법이 없어."

초대 회장이 주위를 둘러보며 말한다. 체구가 계원 가운데 가장 크고 앉은키도 남들보다 목 하나는 더 높다. 따라서 언제든지 계원 전체를 굽어볼 수 있는 자세를 갖출 수 있고 대부분 그런 자세를 유지한다. 몸뿐만 아니라 구사하는 단어며 억양에서도 초대, 2대, 3대, 6대, 증경회장으로서의 위엄이 느껴진다. 증경회장이 말한 준수는 계원 가운데 유일하게 증경회장의 라이벌이 될 수도 있는 인물로 자타가 공인하는 사람이다.

준수는 시내 요지에 여러 채의 빌딩을 가지고 있다. 그전에는 여러 채의 집을 가지고 있었다. 그전에는 수백 마지기의 논밭을 아버지에게서 물려받았다. 빌딩에서는 어떤 사업도 벌인 적이 없고 집에서는 살림을 한 적이 없으며 논에 농사를 지은 적이 없다. 언제나 남에게 빌려주고 빌려준 댓가를 받아 새로운 집을 사고 팔아 빌딩을 짓고 그걸 다시 빌려주었다. 이른바 부동산 임대업자다. 준수의 논은 아버지에게서 물려받은 것이고 그의 아버지는 자신의 아버지에게서 물려받았다. 그래서 아무것도 물려받지 않고 자수성가한 증경회장으로부터 은근히 질시를 받고 있다. 당사자인 준수는 워낙 여러 곳에 빌딩을 가지고 있고, 그 빌딩을 매일 둘러보느라 바빠, 시간을 어기는 적이 많다. 시간을 어긴다는 점에서 공통점을 가지고 있지만, 증경회장으로부터 '새끼'라는 욕을 같이 덮어쓴 계원 학철은 어떤가.

학철은 월급쟁이 생활을 하고 있다. 계원들 대부분은 자영업을 하거나 다른 계원과 동업을 하거나 백수로 놀고먹거나 셋 중에 하나인데 학철만은 준수도 건물을 지을 때 가끔 거래하는 벽돌공장 공장장이다. 학철이 지역이 아닌 대도시에서 대학을 나왔다는 것이 월급쟁이가 되는 데 결정적인 작용을 했을 거라고 생각하기 쉬운데 사실은 아버지가 벽돌공장의 소유자다. 지역에도 역사만은 오래인 전문대학이 있고 증경회장을 비롯한 계원들 중 반수 가까이가 그 대학을 나왔다. 그런 이유로 학철 역시 약간의 질시를 받고 있다. 학철이 계모임에 자주 늦는 것은 벽돌공장이 근래 휴일에도 쉬지 않고 벽돌을 찍어낼 정도로 호황을 누리고 있어서이다. 그 역시 공통적으로 불황에 빠져 있는 계원들 대부분의 사업에 견주어 질시를 받을 만하다.

"우리가 먼저 시작할까. 그러지 뭐."

증경회장의 맞은편에 있는 바위 위에 앉아 막 땀을 훔치던, 온 사람 가운데 제일 늦게 도착한 정수가 말한다. 초대 회장은 흘깃 정수를 노려본다. 그런 말을 할 자격이 되느냐는 듯이. 정수는 증경회장의 눈길을 의식하고 웃저고리를 벗어 나뭇가지에 걸친다. 그러고는 소리내어 세수를 하기 시작한다. 정수는 얼마 전에 분식집을 차렸다. 식당이라는 특성상, 배달주문을 의식하지 않을 수 없다. 배달주문의 특성상, 계원들 하나하나를 신경써야 한다. 분식이라는 특성상, 계원들이 가게나 집에서 시켜먹기에는 뭣한, 중고생들이 좋아할 만한 떡볶이, 어묵, 튀김이 주력 품목이라는 게 다소 문제이긴 하지만. 원래부터 자기 의견이라는 게 없고 남들 하는 대로 따라하거나, 뒷전에서 부추기거나 편승하는 걸 계원으로서의 최선의 처신이라고 믿고 있는 정수다.

정수의 옆자리에 앉아 있는 대머리는 해성이다. 시장에서 철물점을 한다. 철물점이라고 만만히 보면 안된다. 아버지 적부터 해오다 보니 시장에서 가장 가게가 오래되었다. 못이나 철사 같은 철물을 쌓아두던 마당이 꽤 넓었다. 시장통이 개발되면서 땅값이 오르자, 그 마당 가운데 일부를 팔아서 더 넓은 공터를 확보했다. 물론 해성이 한 게 아니고 그의 어머니가 그렇게 했다. 아버지는 변화를 싫어하는 옹고집쟁이지만 그의 어머니는 여걸로 불려도 될 정도로 통이 크고 시원시원한 성격이다. 고등학교 때부터 철물점 점원을 하게 된 해성은 물건을 배달하다가 공사판의 밥집 여자와 심심찮게 바람을 피웠다. 고등학생이 무슨 바람을 피우느냐고 할지는 몰라도 상대 여자는 확실히 바람을 피울 만한 연배의, 로맨스와는 거리가 있는 삼사십대의 여자들이었다. 결혼을 하면서 해성의 불분명한 로맨스도 분명한 바람으로 분류되었다. 해성이 열 군데도 넘는 공사판의 밥집 여자들과 바람을 피운다는 말을 듣고 그의 어머니는 "사내가 뭐 밖에 돌아다니다 보면 그럴 수도 있지. 어느 사내가 열 계집 마다해" 하고 그만이었다. 반면 해성의 아버지는 며느리의 하소연이 시작되자마자 삽자루를 들고 "이 놈의 자식, 때려죽인다"고 시내 한길을 내달았다. 마침 해성은 시내의 이층 당구장에서 당구를 치다 잠시 창가의 의자에 앉아 있었는데 그의 눈에 어떤 노인네가 웃통을 벗어젖히고 백발을 휘날리며 누군가를 죽이겠다고 달려가는 게 보였다. 자세히 보니 그게 자신의 아버지가 아닌가. 그때 해성은 당구장 사람들 모두가 알도록 좋아라 외치며 덩실덩실 춤을 추었는데, 뭐라고 외쳤느냐 하면, "아이고, 우리 영감쟁이가 드디어 미쳤구나, 가는 김에 아주 가버려라!"

아버지를 '빨리 가버려야 할 영감쟁이'로 치부한다는 점에서 해성과 비슷한 윤호는 증경회장의 왼편 발치에 앉아 있는데, 한때는 시내 모든 처녀들의 가슴을 설레게 하던 전설적인 미남이었다. 혼기에 접어든 처녀가 있는 집안의 가장은 대부분 윤호의 아버지에게 술을 사줘가며 사위를 삼자고 하는 형편이어서 윤호의 아버지는 윤호가 고등학교에 다닐 때부터 자기 돈으로 술을 마신 적이 없다고 했을 정도다. 어느날 윤호는 고등학교 시절 통학하다 기찻간에서 사귀었다는 오종종한 처녀의 손을 잡고 집으로 들어섰다. 처녀는 장차 시어머니가 보기에 장차 시아버지가 만나고 다닌 읍내 골빈 유지들의 딸보다도 모든 면에서 한수 아래였다. 당대 최고의 미남 아들을 둔 '영감쟁이'는 처녀가 큰절을 올리고 자리에 앉기도 전에 아들을 향해 양팔을 겹쳐 거대한 가위형상을 그렸다. 처녀는 어리둥절해했고 아들은 황당해했다. 아들과 처녀가 손을 맞잡고 집밖으로 뛰쳐나갈 때까지 장래의 시아버지는 같은 자세를 견지하고 있었다. 윤호는 그 길로 집으로 들어가는 골목 입구에 있는 복덕방으로 가서는 골목 안에 있는 반지하방을 계약하고 그 처녀와 동거에 돌입했다. 따라서 그의 부모는 외출을 할 때마다 그들이 아는 바 세계 최고의 미남 아들과, 아들과 함께 사는 그들이 여기는 바 세계 최저 수준까지는 아니더라도 그저 그렇고 그런 처녀를 의식하지 않을 수 없었다. 아들 부부가 첫아들을 낳을 때까지 그들 부자는 소가 닭을 보듯, 닭이 개를 보듯 했다. 윤호는 계모임에서 '빨리 가버려야 할 영감쟁이'라고 자신의 아버지를 지칭하는 해성과 늘 가까운 자리에 앉았고 툭하면 누구 아버지가 먼저 갈 것인가를 가지고 논쟁을 벌였다.

드디어 증경회장이 자리에서 일어났다. 그는 계원 가운데 가장 긴 팔을 벌려 사람들의 이목을 끈 후에 개회사를 했다.

"자, 이제 시작하지."

잡담을 하던 계원들이 모두 돌아앉았다. 아이들은 물속에 뛰어들어 서로를 자빠뜨리거나 물을 먹이는 장난을 치고 있었고 양은솥 속으로 개고기가 들어갔다.

"우리 계원이 모두 열여덟 명인데, 오늘은 열다섯 명이 왔구만. 준수하고 학철이하고 영만이가 빠졌는데 준수하고 학철이는 이따가 온다고 했고 영만이는 개 팔러 갔어."

계의 총무인 혁기가 늘 해오던 방식대로 성원보고를 했다.

"영만이 문제는 잘 해결됐나? 언제 나왔지?"

누군가 물었다. 영만이 문제란 식용견을 키우는 영만이 개를 잡아서 팔다가 식품위생법 위반, 기타 등등의 죄목으로 구속된 사건을 말한다. 개를 잡아서 파는 게 문제가 된 것이 아니라 어느날 남의 개를 주인 몰래 때려잡아서 팔던 일이 들통난 게 문제가 되었다. 영만은 지나가다 마주친 그 개가 너무 맛있게 생겨서 주인과 나눠먹기로 하고 잡은 것이라고 주장했지만, 풍산개 순종을 애지중지 기르다가 졸지에 잃어버린 개주인의 동생인 경찰은 믿어주지 않았다. 화가 난 영만은 차를 몰고 집으로 갔는데, 일단 그게 음주운전이었다. 경찰과 개주인이 보는 앞에서만 소주를 두어 병 마셨던 것이다. 경찰이 쫓아오자 영만은 과속, 난폭운전으로 도망쳤고 경찰이 쳐놓은 바리케이드를 부수고 개를 키우는 농장으로 돌아갔다. 경찰이 농장 입구에 도착하는 순간 영만은 개와 뱀을 모두 풀어놓았다.

"뱀이 어디서 났는데?"

양계장을 하는 해구가 묻는다. 혁기는 그쪽은 보지도 않고 대꾸한다.

"뱀닭 만들어서 고아먹으려고 땅꾼한테 샀다는 거야. 백 마리를. 전에도 오십 마리를 샀는데 말야, 제 아버지하고 여기 냇가 와서 목을 끊어서 다라이에다 넣고 썩혔거든. 구더기가 나오면 닭한테 줄라구. 닭이 그 구더기를 먹으면 머리가 다 빠진다는구만."

"닭이 머리카락이 있나?"

창환은 계원 가운데 가장 소식이 늦고 궁금증은 참지 못하는 성격이다. 혁기는 귀찮아하지도 않고 대꾸한다. 그게 혁기를 영원한 총무로 만든 원동력이다.

"그래, 말 잘했다. 머리가 아니고 볏이 빠진다. 그 닭을 고아먹으면 몸에 그렇게 좋대. 그런데 그 뱀 썩는 냄새가 하도 심해서 신고가 들어갔어. 파출소에서 삐뽀차가 와서 양동이째 들고 가버렸걸랑. 그래서 또 뱀을 샀단 말야. 이번에는 백 마리."

뱀과 개를 푼 영만은 경찰과 만 하루를 대치했다. 결국 경찰은 지역에 있는 개장수와 땅꾼을 불러다 날뛰는 개와 뿔뿔거리고 기어다니는 뱀을 진압하고 영만을 체포했다. 이에 따라 특수공무집행방해죄와 식품위생법 위반이 죄목에 추가되었다.

"개하고 뱀은 식품 아냐. 식품을 무기로 삼아서 경찰하고 싸웠으니까 식품위생법 위반에 특수공무집행방해죄가 됐단 말야."

그때 혹 증경회장이 있었다면 금방 석방이 되도록 힘을 썼겠지만, 증경회장 자신이 범죄단체 조직의 혐의를 받아 재판을 받던 중이었다. 증경회장이 나오고 나서 며칠 만에 영만이도 풀려났다. 혁기는 땀을 뻘뻘 흘리면서 열심히 설명을 한다. 이제 풀려난 영만이 개를 몰고 파출소로 간 사연을 막 이야기하려는 참에 돌연 증경회장의 연설이 시작됐다.

"야, 인마, 혁기, 너 아가리 안 다물 거야? 여러분, 반갑습니다. 오늘 하느님도 우리 곗날을 아시고 이렇게 끝내주는 날씨를 보내주셨습니다. 오랜만에 그리운 이 고향 시냇가를 대하니 참, 우리 사이에 없던 정도 팍 생겨나지 않습니까. 내가 사직당국의 중대한 오해를 받아서 팔자에 없이 여섯 달이나 콩밥을 먹다보니……"

정말 하느님이 말을 알아들었는지 한줄기 바람이 불어온다. 어차피 증경회장이 연설을 시작한 이상, 한시간 안에는 끝나기 어려울 것이다. 평소에도 자기 떠들고 싶은 만큼 떠들다가 고기를 다 태우는 게 일이었는데, 몇달 만에 계모임에 나왔으니 오죽하겠는가. 얼마나 오래 갈지는 아무도 모른다. 길게 하느냐 짧게 하느냐는 증경회장의 마음에 달렸다. 체력은 문제없다.

"사실 말이 나왔으니 말인데 우리가 친목계를 시작한 게 벌써 십년을 넘었고 그때 기저귀 차고 다니던 애들이 이제 중학교에 다니는데 말야, 이제 와서 우리를 두고 범죄단체 조직이니 뭐니 하고 칼을 갖다 대니 그게 말이 돼?"

증경회장은 자신이 받은 범죄단체 조직 혐의에 대해 이야기하고 있다. 그는 범죄단체 조직과 수괴(首魁) 혐의를 받았다. 범죄단체 조직 혐의는 형법 114조 1항, 범죄를 목적으로 하는 단체를 조직하거나 이에 가입한 자는 그 목적한 죄에 정한 형으로 처단한다는 규정에 의거한 것이다. 깍지를 끼고 나무에 기댄 채 하늘에 시선을 향하고 있는 계철은 계원 가운데 유일하게 전과가 없는 것은 물론이고 한번도 경찰 신세를 진 적이 없다. 계철은 증경회장이 무슨 말을 하는지 모른다. 물론 범죄단체를 조직한 수괴는 10년 이상의 징역에서 사형까지 선고받을 수 있다는 것도 알 리 없다.

"내가 취조받으면서 검사하고 톡 깨놓고 얘기했다고. 우리 친목계 사람들이 청년회의소나 로터리 멤버하고 다를 게 뭐가 있나. 우리는 그런 형식적인 거, 폼잡는 거 싫어서 이렇게 식구들하고 모여서 복날에 개나 잡아먹는 건데, 이걸 무슨 범죄단체로 보느냐 말입니다."

단체라고 하면 첫째, 어느정도 지속성을 가지고 공동의 목적을 추구하며 구성원이 그 집단에 확실하게 소속되어 있어야 한다. 둘째, 전체 의사를 결정하는 체제가 갖추어져 있고 그것이 일인독재 방식이든 민주적 방식이든 구성원들이 형성된 전체 의사에 실제로 따르고 있어야 한다. 셋째, 최소한의 조직과 지휘통솔 체계는 갖추어져 있어야 한다. 두목이 한 사람 있다는 정도로는 부족하다. 친목계는 10년 이상 유지되어왔으니 지속성이 있고 계원이 구성원인 것은 확실했다. 전체 의사를 결정하는 방식은 물론 있었고 지휘체계도 갖추어졌다면 갖추어졌다.

"아, 우리가 없으면 이 지역사회가 어떻게 굴러가겠습니까. 지역의 경제, 사회, 축산, 유통, 요식업, 뭐 그런 각 분야에서 중추적인 역할을 하고 있는 우리를 전부 범죄자 취급을 하면 우리 지역사회가 범죄조직이지. 시장, 서장, 소방서장, 우체국장, 또 뭐뭐 하고 직함 가진 사람들, 여기서 목에 어깨에 힘주고 살면 전부 범죄단체 구성이란 말이야. 내 그렇게 이야기하니까 검사님도, 아니 검사도 알아듣고 잘못했다고 눈물을 줄줄 흘리더라구. 그런데 갑자기……"

증경회장은 점점 열을 낸다. 계원들은 잠자코 듣고 있을 도리밖에 없다.

증경회장이 경찰에 잡혀들어간 뒤, 대부분의 계원이 조직의 종사원이다, 간부다, 증언이다, 진술이다 뭐다 해서 경찰과 검찰에 불려가서 조사를 받았는데 계철만은 예외였다. 경찰서나 검찰청에 갔다온 뒤, 계원들은 한결같이 거기서 무슨 말이 오갔는지, 무슨 일이 있었는지에 대해 입을 다물었다. 그래서 계철만은 증경회장이 왜 그렇게 오래도록 잡혀 있었는지 사정을 알지 못했다. 계원들 각자가 자신은 범죄단체에 속해 있지 않다고 하면서 실적을 원하는 경찰과 검찰에 다른 계원들은 속해 있는지도 모른다고 해서 계철 자신을 제외한 계원 전원이 줄줄이 들어갔다 나온 사정도 알지 못했다. 그들은 경찰이 원하는 대로 증경회장이 범죄단체를 조직했는지도 모른다고 진술했고 그에 따르는 자그마한 가책을 가지게 되었다. 동시에 자신을 범죄단체에 가입했다고 일러바친 사람에게 큼직한 앙심을 품었다. 그러나 지역과 같은 조그마한 시골의 친목계를 두고 범죄단체 조직 같은 큰 혐의를 덮어씌우는 것은 어차피 무리였다. 경찰도 검찰도 알고 있었다. 그러나 경찰은 체면 때문에라도 증경회장을 그냥 놓아줄 수 없었다. 그들은 갖가지 사소한 죄목, 무전취식(후배가 운영하는 식당에서 밥을 먹고 깜빡 잊고 돈을 안 낸 것), 상습도박(경찰을 포함한 동창들과 후배의 식당에서 밥값내기 고스톱을 쳤다는 것), 미성년자 약취(후배 식당에 미성년자를 아르바이트로 쓰게 하도록 종용하고 첫 월급으로 선물을 사가지고 오라고 한 것), 폭발물 사용(후배 식당의 매운탕감을 대주려고 웅덩이에 소형 다이너마이트를 터뜨려 물고기를 잡아다준 것) 등의 혐의를 씌워 증경회장을 구속했다. 증경회장은 모든 걸 혼자 뒤집어쓰고 들어가겠다고 하고, 어차피 그는 손바닥만한 지역사회에서 늘 주목받는 존재였고 한번은 들어가서 맺힌 걸 풀기로 작정하고 있었다. 그 대신에 계원들 각자가 안에서 있었던 일과 서로에 대한 원한을 깨끗이 잊으라고 요구함으로써 계원끼리 원수로 반목하는 불행한 사태는 방지되었다. 계철은 그것도 몰랐다.

계철은 막 증경회장이 언급한 지역 각계의 중추 가운데 어느 계에도 들어 있지 않았다. 놀고 있었으니까. 어느 곳에도 취직해서 한달 이상 일해본 적이 없고 따라서 지역 각계의 중추, 권위자들의 모임인 친목계의 멤버로서도 적당하지 않게 보이는데 친목계에 들어온 것은 친목계에 계철의 초등학교 동창이 둘, 중학교 동창이 넷이나 들어 있기 때문이다. 초등학교 시절부터 계철은 혼자서 잘 놀았고 중학교 시절에는 가장 적은 출석일수로 무사히 학교를 졸업하는 전무후무한 기록을 세웠다. 일년에 40일씩만 학교에 가고도 4년 만에 졸업했다. 친목계에 중학교 동창이 많은 것은 그 때문이었다. 친목계에서 계철이 맡은 역할은 남는 음식 먹어치우기, 개 잡아서 그을리기, 계원들에게 이따금 바보라는 소리를 듣는 일이었다. 누가 그런 일을 대신할 생각이 없는 이상 계철은 부동의 계원으로 남아 있을 것이었다.

"저기 준수 온다."

냇가에서 백여 미터 떨어진 이차선 지방도에 차가 한대 서고 양복을 입은 사내가 내렸을 때, 모두 그게 준수임을 알았다. 증경회장이 한창 연설을 하는 중이라 감히 누가 그쪽을 향해 알은체를 할 수가 없었는데 계철이 자신의 소임을 다하고는 눈을 감아버렸다.

중간에 말이 끊긴 증경회장은 귀라도 물어뜯을 듯이 계철을 노려본다. 그 틈에 해가 높아지면서 짧아진 그늘 때문에 햇빛에 몸이 노출되었던 사람들은 비비적거리며 팔다리를 그늘로 우겨넣는다. 영원한 회장, 증경회장은 준수 쪽을 곁눈질한 다음, 예정에 없이 입술을 빠르게 놀린다.

"내가 국고로 지급되는 밥을 공짜로 먹으면서 가만히 생각해보니,

이래가지고는 도저히 우리 친목계가 지탱해나갈 수가 없을 것 같더란 말야. 힘이 있어야 된다구. 이것들은 눈에 보이는 힘이 없으면 사람을 바보 돌대가리 양아치로 안단 말야. 지금부터 내가 중대한 제안을 하겠습니다. 다음 지방선거에서 우리 중에 누가 출마를 한다. 우리 친목계에서 일인당 백 표씩만 맡아서 해주기만 해도 당선은 확실하다 이거야. 본인이 좀 노력하고 열심히 뛰면 돈도 많이 안 들 거라구. 그런데 누구를 내보낼까 생각하니까, 제가 골치가 딱 아픕니다. 지금 재판을 받고 있는 사람은 무조건 안되잖아. 그러면 이리저리 몇명은 빠지고 파렴치범 전과가 있는 사람도 선거전략상 안되니까 빠지고……"

파렴치범 전과가 있는 사람은 윤종밖에 없다. 윤종은 얇은 입술을 씹으며 고개를 돌린다. 윤종은 인근의 대도시에서도 알아주는 춤꾼이었다. 윤종은 춤 그 자체를 좋아해서 춤을 추러 가는데 윤종이 만난 춤방의 여인들은 하나같이 윤종을 좋아해서 한번 춤을 췄다 하면 모두 떨어지지 않으려 했다. 그래서 그중 몇몇 여인들과 친하게 지냈다. 어느 재수가 옴붙은 날, 남편들이 짜기라도 한 것처럼 들이닥쳐서 한꺼번에 세 사람에게 간통으로 고소당했다. 간통이라는 게 친고죄이고, 증거가 있어야 되는데 어떻게 한꺼번에 세 사람이나 고소를 할 수 있느냐, 한꺼번에 세 아줌마하고 홀딱 벗고 누워 있기라도 했느냐고 물을 사람도 있겠는데, 질문에 바로 답이 들어 있다. 일일이 상대하기 귀찮으니 한꺼번에 해볼 용의가 있는 용기있는 여성은 나서라고 하니까 윤종을 둘러싼 여인 가운데 세 명이 호응을 했던 것이다. 러브호텔에서 옷벗기 화투를 쳐서 결국 네 사람이 실오라기 하나 남기지 않고 다 벗은 순간에, 남편들이 몽둥이와 카메라, 밧줄을 하나씩 챙겨들고 세 방향에서 쳐들어왔다. 복도식 여관이니 두 방향에서 왔다는 건 이

해가 가지만 세 방향은 또 뭔가. 한 남편은 군대시절에 낙하산깨나 져본 경험이 있어서 옥상에서 타잔처럼 밧줄을 타고 창문을 깨며 멋있게 쳐들어왔다. 그렇게 해서 팔이 부러졌고 그것까지 윤종이 폭력으로 뒤집어쓰고 나니 두 해를 꼬박 복역해야 했다. 그런 윤종이 어떻게 이 수준높은 친목계 계원이 될 수 있었는가 하면, 복역중에 세금포탈과 뇌물공여죄로 들어온 준수를 만났기 때문이다. 부동산 임대업자인 준수에게 세금포탈이며 그를 눈치챈 공무원을 회유하기 위해 뇌물을 건네는 일은 흔한 일이었고 그게 없이는 부동산 임대업 자체가 성립하지 않는다고 준수는 믿고 있었다. 그렇지만 교도소 안에서의 생활은 고달프고 심심했다. 그 교도소 감방에서 윤종을 만난 것은 사막에서 오아시스를 만난 것이나 다름없었다. 준수는 수백명의 여성과 놀아봤다는 윤종의 이야기에 시간 가는 줄 몰랐다. 형기가 끝났어도 교도소에서 나가기가 싫을 정도로 재미있었다는 것이다. 윤종이 출소하자 준수는 윤종을 자신의 빌딩 경비로 취직을 시켜주고 틈틈이 불러 이야기를 들었다. 그런데 막상 사회에 나와서 하는 이야기를 들으니 교도소에서 듣던 것보다 박력이 없었고 재미가 훨씬 덜했다. 그런 가운데 윤종은 다시 인근 도시의 춤방으로 가서 아르바이트를 했고 거기서 결정적으로 돈많은 여자를 만나 같이 지역으로 들어와 교외에 식당을 열었다. 식당을 하려면 계원들의 협조가 필요했다. 윤종은 다섯 차례의 계모임을 자신의 식당 '이사도라 가든'에서 열었고 그 덕으로 친목계에 들어왔다. 그런데 정식 계원이 되자 친목계는 예전처럼 냇가에서 모이는 것이어서 이래저래 불만이 쌓였다.

불만은 별로 없지만, 돈많은 여자와 무슨 일이 있었다는 점에서는 증경회장의 턱밑에서 등잔 밑이 어둡다는 속담을 믿고 하품을 하는 태호도 윤종과 공통점이 있다. 태호는 아버지가 서예로 일가를 이룬, 교육자로 존경받는 반듯한 집안 출신이다. 위로 딸만 넷을 낳고 늦게 본 외아들인데, 그래서 너무 오냐오냐 하고 키운 탓에 고등학교 졸업할 때까지 사소한 칼부림, 몸부림으로 정학과 전학을 수없이 반복한 말썽꾼이었다. 그래도 아버지가 교육자라서 그럭저럭 학교를 졸업했고, 그래도 다른 말썽꾼과는 달리 글자를 조금 쓸 줄 알고, 그래도 뭔가 사내답고 매력적인 데가 있었다. 태호는 군대를 갔다오자 마음을 잡았다 하고 자동차교습장 근처에서 군대에서 배운 탱크 운전실력을 바탕으로 불법교습을 했다. 왜 불법이냐 하면, 교습을 해도 된다는 허가가 없었고, 최소한 교습을 하는 데 필요한 자동차 운전면허도 없었기 때문이다. 게다가 남의 합법적인 자동차 운전교습장 바로 옆에서 불법으로 선을 그려놓고 교습장에 오는 사람을 낚아채서 교습을 하니 어느 교습장 주인이 그냥 놔두겠는가. 결국 시비 끝에 저쪽에서 먼저 주먹이 나와서 받아쳤는데 어릴 적부터 단련된 태호의 주먹이 더 야무졌던 모양이었다. 저쪽은 뇌진탕으로, 넘어져서가 아니라 주먹에 맞아서 뇌가 흔들렸다는 이야기도 있다, 전치 6주, 이쪽은 주먹이 까져서 전치 2주의, 전치 2주는 성한 사람도 병원 찾아가서 끊을 수 있다는 게 지역의 통설이다, 진단이 나와서 태호만 잡혀들어갔다. 형을 살고 나온 태호는 다시 교습장 앞에다 지난번보다 더 크게 불법교습장을 차렸다. 그러던 중에 태호에게 잊지 못할 여인이 찾아들었다. 태호의 말로는 어느 재벌그룹 회장의 며느리라고 하는데, 그걸 곧이곧대로 믿는 사람은 없다, 어느 재벌이 며느리 자동차 교습을 이런 시골 구석에서 하게 할 것이며 게다가 불법교습이라니 본인이 마다할 일 아닌가, 하여튼 재벌 회장의 며느리인지 동네 아줌마인지가 돈이 좀 있었던 건 사실이었다. 증경회장이 가끔 말하는 대로 태호는 가슴에 털이 좀 난 걸 최대의 매력으로 생각하고 있는데, 계원 부인들의 평판에는 그게 들어 있지 않고 뭔가 아련한, 뭔가 아리송한 눈길에 매력의 백퍼센트가 들어 있다, 그것 때문인지는 확실치 않지만 교습을 하는 과정에서 두 사람은 열렬하게 서로를 사랑하게 되었다. 누군가의 며느리는 매달 수십 수백만원의 용돈을 태호의 계좌로 입금했고 다른 여자를 만나 사랑에 빠지는 사태를 방지하기 위해 불법 자동차 교습을 그만두게 했다. 태호는 그 돈으로 3년간을 빈둥거리며 놀았고 그 사이에 결혼도 했다. 물론 신혼살림에 들어간 돈은 모두 그 며느리에게서 나왔다. 며느리가 재벌 회장의 며느리 위치를 포기하지 못하는 이상, 태호가 남처럼 살아가도록 도와줄 의무가 있다는 게 두 사람 사이의 묵계였다. 태호가 첫딸을 낳고 백일잔치를 열었을 때, 계원들은 비로소 그런 사실을 눈치채게 되었다. 계원들이 가져간 반지와는 상대가 되지 않는 우람한 금두꺼비가 식탁 위에 놓여 있었고 태호는 뭔가 아련한, 뭔가 아리송한 표정으로 북녘 하늘을 쳐다보고 있었다. 돌잔치를 할 때에는 금송아지가 배달되었다. 그리고 그 여인은 떠났다. 떠나기 전에 그 여인은 태호에게 당신과의 황홀하고 가슴아픈 순간을 영원히 간직하기 위해, 무엇인가 당신에게 해주고 싶다, 원하는 게 무엇인가고 물었다. 태호는 눈물을 흘리며 만약 당신의 돈으로 땅을 사서 집을 지을 수 있다면, 나는 그 집에서 자고 일어나고 살고 밥을 먹고 숨쉬고 배설하면서 언제까지나 당신만을 생각하겠다고 대답했다. 뉘 집 며느리인지 돈많은 여편네는 그럼 그렇게 하라고, 지금까지 태호에게 주었던 돈의 총액과 맞먹는 돈을 퍼다주었다. 태호는 그 돈으로 땅을 사고 학철에게 싸게 산 벽돌 한장 한장을 정성스럽게 쌓았으며 해성에게 공짜로 얻은 못 하나하나를 직접 박았다. 그 집이 완성되었을 때 그 여인은 태호의 집에 들렀다. 태호와 그의 아내는 대문 밖까지 나와서 정중하게 여인을 영접했다. 그 여인은 확실히 부잣집 출신임을 증명하는 벤츠인가 뭔가 하는 외제차를 타고 왔는데 썬글라스를 한번도 벗지 않아서 잘 모르긴 하지만, 계속 눈물을 흘리고 있었던 게 아닌가 하는 것이 계원말고 계원 부인 가운데 나이가 어린 축에 속하는 이들의 짐작이었다. 지금도 태호의 집은 어느 계원의 집보다 견고하고 아름다운데, 하루도 쉬지 않고 집을 돌보는 태호의 손길로 언제나 윤이 난다. 태호는 잔디를 깎다가 마당을 쓸다가 문득 고개를 북쪽으로 돌리고 뭔가 아련하고 아리송한 눈길로 하염없이 바라보는 때가 하루에도 몇번씩 있다.

"아, 이거 다 모였구만. 늦어서 미안해, 미안해."

뙤약볕에 달아오른 자갈을 밟으며 준수가 걸어온다. 그는 자신을 흘겨보는 증경회장의 눈길을 모른 척하고 그늘의 바깥쪽에서 햇빛을 피하지 못하는 계원들과 악수를 나눈다. 물론 그늘 안쪽의 계원들은 모두 증경회장과 가까운 사람들이다. 준수는 그런 판도를 누구보다 잘 알고 있다. 준수는 자신이 아는 것을 활용하여 계에 긴장과 활력을 부여한다. 계철이 없다면 계원들끼리 서로를 바보로 부르다가 싸움이 자주 나는 정도의 사태가 벌어지겠지만 준수가 없다면 계는 몇달 못가 깨질지도 모른다. 증경회장의 권력이 강력하긴 해도 계는 권력과 강력으로만 유지되는 것이 아니다. 구성원 상호간의 친목을 도모하고 구성원 각자의 발전을 기하고 구성원이 속한 사회의 내일을 기약하기 위한 모임이 계인데, 계의 회칙에도 명명백백히 반영되어 있는 바인데, 권력이나 체중, 목청, 위협, 강압, 전과의 다과, 전과의 내용, 전과의 시기로 위계질서가 성립하고 친소관계가 결정된다면 그건 계가 아니라 전과자들의 모임이다. 물론 전과자들도 계를 하지 못한다는 법은 없지만, 적어도 이 친목계는 전과자들의 계로 만든 것은 아니다. 증경회장 역시 준수의 역할과 존재를 인정한다. 그러나 오늘은 교도소에서 나온 뒤 처음으로 계에 나온 날, 교도소에서 수백번이나 꿈꾸던 연설의 순간이다. 증경회장은 목청을 돋운다.

"그래서, 오늘, 우리 중에 내년 지방선거에 나갈 인물을 누구로 할 것인가를 의논해서 결정하고 그 사람에게 우리가 가진 역량을 총동원해서 몰아주자는 거야, 내 말은. 반대하는 사람 있으면 손들어!"

증경회장은 계원들 머리 위로 머리를 세우고 눈을 크게 떠서 계원들을 굽어본다. 모두들 손 하나 까딱하지 않는다. 못한다. 손을 까딱하는 것으로 보일까 싶어 손에서 힘을 뺀다. 준수 역시 이럴 때는 증경회장의 힘을 인정한다. 자리에 앉아 양말을 벗은 뒤에 발을 까딱거리고 있다. 증경회장이 제안한 것은 증경회장의 마음대로 결정될 것이다. 모두 눈을 돌려 이의가 없음을 표시한다.

아이들이 다시 와아아, 소리치며 냇물에 뛰어든다. 일찍 결혼한 영구의 아이가 열세살로 제일 위이고 이제 겨우 기어다닐 정도인 형두의 딸까지 스무 명이 넘는 아이들이다. 아이들은 와와 소리치며 서로에게 물을 끼얹고 물에다 처박고 넘어지고 서로를 두들겨패며 즐거워한다. 계원들은 그런 아이들을 쳐다보며 미소를 짓는다. 그중에서도 가장 흐뭇해하는 사람은 톡톡히 대장 노릇을 하고 있는 아들을 보고 있는 광태다.

광태는 집집마다 보일러가 보급될 무렵, 보일러 기술을 배웠다. 경쟁자가 거의 없이 호황을 누려왔는데 초기에 연탄보일러를 놓으면서 가스를 너무 마신 후유증인지 시도때도없이 잠을 자는 버릇이 생겼다. 어느날인가는 자신이 보일러를 놓아준 집에서 그대로 잠이 들었는데 주인이 이사를 들어오는 것도 몰랐다. 문제는 주인도 보일러 기술자가 잠을 자고 있을 거라는 생각을 하지 못했다는 것이다. 한밤중에 잠에서 깬 광태는 화장실에 갔다가 방을 잘못 찾아서, 자기 집이 아니니까 방을 잘못 찾을 수도 있고 잠에서 덜 깨어서 잘못 찾을 수도 있고 가스를 많이 마셔서 머리가 나빠진 까닭에 방을 잘못 찾을 수도 있다고 나중에 경찰서에서 진술한 대로, 주인이 자고 있는 방에 들어가 주인 부부의 사이에 누웠다. 그리고 정신을 차려보니 주인 마누라와 옷을 홀딱 벗은 채 엉켜 있는 것이었다. 자기가 설치하기는 했지만 보일러의 성능이 워낙 좋아서, 따뜻하다 못해 더워서 옷을 벗게 되었다고 변명했으나 신체의 일부가 다른 사람의 신체의 경계선을 넘어 들어가 있는 것에 대해서는 할말을 찾지 못했다. 새 집에 이사를 오자마자 눈뜨고 젊은 부인을 도둑질당한 늙은 주인은 다듬잇방망이로 광태를 죽지 않을 정도로 두들겨팼다. 광태는 주거침입죄와 강간죄로 구속됐는데 주거침입죄는 증경회장이 손수 보일러 놓은 집마다 찾아다니며 전에도 그런 적이 있었다는 집주인들의 진술을 받아서 검찰에 제출함으로써 무혐의가 되었다. 그게 증경회장의 방식이었다. 모든 일은 사람 사이에서 일어나고 사람 사이의 일은 사람이 못 풀 일이 없다는 게 그의 지론이다. 그러면서 협박, 공갈, 폭력이 조금 쓰이기도 하는데 그렇다고 그게 법으로 해결할 일이냐, 오해는 풀고 상처는 치료하고 감정은 씻으면 그만이다, 이게 사람이 사람으로 사람답게 사는 일이라고 그는 말하곤 했다. 하여튼 광태의 강간죄 혐의도 그럭저럭 무마되었다. 젊은 부인이 늙은 남편에게 버림받고 홧김에 광태를 찾아와서 강간에 관한 부분은 고소를 취하하고 처벌을 원치 않는다고 진정을 해주었기 때문이다. 그 일에 증경회장이 관여했는지는 확실하지 않다. 증경회장은 그렇다고 믿고 있고 광태는 잘 모르고 젊은 부인은 입을 열지 않았다. 광태가 일곱 달 만에 교도소에서 나와서 다듬잇방망이로 머리를 맞은 후유증을 치료하기 위해, 이번에는 불면증에 시달리게 되어, 병원에 갔는데 바로 그 병원에서 만삭의 젊은 부인을 만났다. 부인은 뱃속에 있는 아이가 당신의 아이가 틀림없으니 함께 사는 게 어떠냐고 제안했다. 광태는 두 팔을 하늘로 들어올리며 그렇게 하자고 했다. 부인은 광태와 결혼 전부터 부인이었고 결혼 후에는 당연히 부인이었으며 아이를 낳은 뒤에는 광태가 보일러를 놓아주러 다닐 때 늘 같이 다녔다. 어느 재벌 며느리와 마찬가지로 남편과 다른 부인 사이에 무슨 일이 일어나는 것을 방지하기 위해.

"그럼 우리 중에서 누가 나갈 거냐, 그걸 결정해야겠는데 말야. 자, 돌아가면서 민주적으로 한 사람씩 추천을 해봐."

증경회장이 민주적인 방식으로 다른 사람의 의견을 구한다. 선거가 민주주의의 표본적인 제도이고 그 선거에 나갈 사람을 뽑는 자리이니 민주적으로 처리해야겠다는 태도다. 범죄단체는 전체 의사를 결정하는 체제가 갖추어져 있고 그것이 일인독재 방식이든 민주적 방식이든 구성원들이 형성된 전체 의사에 실제로 따르고 있어야 한다는 해석이 있는데 여기서는 일인독재 방식이 아니라 민주적인 방식을 취한 것이다. 물론 친목계는 범죄단체가 아니고 범죄단체일 리도 없다. 그렇지만 계원들은 이런 민주적인 방식에 익숙하지 못하다. 증경회장이 눈을 부릅뜨고 민주주의를 실천하고 있으니 계원들은 모두 불편하다. 대관절 민주주의가 무엇인가. 어떤 괴물 같은 놈이 만든 건가, 햇빛은 뜨거워 죽겠는데. 어떤 강아지가 물고 다니는 개뼉다귄가, 개고기는 익어가는데. 침묵이 지속될수록 민주주의에 대한 적개심이 강해져가고 있다. 그런 공감대가 형성되어 도저히 욕이라도 하지 않고서는 참을 수 없게 되었을 즈음에 준수가 살짝 손을 든다.

"당선 가능성이 있는 사람을 뽑아야 하지 않겠습니까. 저는 증경회장님을 추천합니다."

사방에서 박수가 터져나온다. 만장일치의 박수다. 증경회장이 모든 것을 뒤집어쓰고 혼자서 감옥에 갔다, 그의 드넓은 아량으로 계원 상호간의 반목이 없어졌다, 우리의 계는 영원하리라. 그러자면 증경회장이 선거에 나서서 시장이 되든 도의원이 되든, 시의원이 되든 되어야 한다. 몇몇은 환성까지 지른다. 그러나 증경회장의 얼굴이 점점 찌푸려지기 시작해서 노골적으로 이를 드러내며 분노를 표시하자 박수소리는 차츰 잦아든다. 눈치가 없는 영구의 손에서 난 소리를 마지막으로 완전히 그친다.

"준수, 너 나를 엿먹이자는 거야? 내가 나가면 당선 가능성이 높아? 내가 지금 집행유예중인 걸 몰라? 누군 나가고 싶지 않아서 안 나가는 거야?"

모두들 놀란다. 증경회장 자신도 놀란 얼굴이 된다. 증경회장은 자신이 나갔을 경우 어떻게 될지 이미 알아볼 만큼 알아보았던 것이다. 그것이 탄로나자 당황한 것이다. 반면에 준수는 빙글빙글 웃는다.

"그런가? 난 몰랐는데. 그럼 우리 중에 집행유예에 안 걸린 사람을 뽑아야겠네. 보자, 계환이도 안되고 영구는 어렵겠고……"

준수의 말투도 증경회장처럼 반말로 바뀐다. 그는 완전히 몸을 일으켜 증경회장의 맞은편에서 증경회장과 대립하는 형세를 이룬다. 증경회장의 실수를 틈타 순식간에 지금까지 증경회장이 누려온 권력을 분점한 것이다. 준수는 범죄단체 조직 사건에서 누구도 끌어넣지 않았다. 그건 증경회장도 인정하는 바다. 준수에게는 마음의 부채도 가책도 없다. 그는 느긋하게 일동을 굽어보며 증경회장처럼 말한다.

"모르겠다. 그럼 지금 집행유예 아닌 사람만 손들어봐."

"이거 사회가 누군지 헷갈리잖아. 회장이 정리를 좀 해봐."

형두가 누구를 편드는지 애매한 말투로 한마디한다. 회장은 해성이었지만 증경회장이 있을 때는 가만히 있는 전임 회장들의 전례대로 가만히 있었다. 지목을 받자 결국 일어선다. 증경회장이 목에 힘을 빼며 해성에게 눈짓한다. 해성은 이른바 증경회장의 '개' 중의 두번째로 꼽히는 인물답게 증경회장의 기대를 저버리지 않는다.

"이준수 계원, 자리에 앉아주십시오. 그러면 지금부터 우리 친목계 팔월 모임을 시작하겠습니다. 먼저 국민의례가 있는데 생략합니다. 회계보고가 있는데 그것도 나중에 하고 곧바로 현안 처리에 들어가겠습니다. 오늘의 주요 안건은 증경회장님이 제안하신 내년 지방선거에 우리 계원 중에서 한 사람을 내보내자는 것입니다. 지금부터 말씀하실 분은 손을 들고 한분씩 발언해주시기 바랍니다. 먼저 지방선거에 우리 계원 중 한사람을 내보내느냐 마느냐 하는 문제를 가지고 표결에 들어가겠습니다. 반대하시는 분, 손을 들어주십시오."

아무도 손을 들지 않는다.

"그럼 가결되었습니다. 가결을 선포합니다."

해성은 주변을 두리번거리더니 오른주먹을 왼손바닥에 세 번 내리친다. 계원들은 어색하게 박수를 한다.

"다음으로 누구를 내보낼 것인가 하는 문제입니다. 회의 전에 이준

수 계원이 말한 대로 집행유예에 안 걸린 사람을 내보내야 할 것입니다. 유감스럽게도 우리 계원 중에 두 분이 집행유예중입니다. 야, 윤호야, 너 향군법 위반으로 걸린 거 어떻게 됐냐?"

윤호가 고개를 가로저으며 말했다.

"나는 벌금 내고 끝났는데, 사실 향군법 위반 같은 거는 위반도 아니지만, 막상 선거전에 들어가면 사소한 문제도 전부 상대편에서 들고 나올 수가 있으니까 이번 기회에 솔직하게 다 털어내고 가려서 사람을 내보내야 좋겠다는 게 제 의견입니다."

옆에 앉은 영구가 머뭇머뭇 손을 든다.

"저는 음주운전으로 걸렸다가 무면허운전으로 또 걸렸습니다. 아직 재판중입니다. 이상으로 제 의견을 말씀합니다요."

영구가 고해성사하듯 말을 마치고 땀을 씻으며 자리에 앉는다. 이번에는 정수가 손을 든다.

"전에 도 위생과에서 불시 합동단속 나와가지고 그 바람에 식품법 위반인가 뭔가 하는 데 걸렸어요. 우리 마누라 이름으로 돌려서 영업을 하고 있는데 상관이 있을랑가 모르겠네요."

증경회장이 혀를 찬다.

"너희 수준으로는 시장이나 시의원 아니라 동네 이장 선거에도 안 돼. 야, 회장, 지금 뭐 하자는 거야? 나가지도 못할 인간들이 쪼잔한 전과 자랑하는 자리야, 이거?"

증경회장의 발언중에 준수가 손을 든다. 해성이 증경회장의 말을 들어야 할지 준수를 지명해야 할지 갈팡질팡하는 동안 준수는 웃으며 계속 손을 들고 있다. 해성은 결국 감당하기 힘든 질문에 대답을 하기보다는 준수를 지명하는 쪽을 택한다. 준수는 다시 자리에서 일어선다.

"증경회장님 말씀이 맞습니다. 우리 중에서 시의원이든 도의원이든 시장이든 뭐로 나서서 될 사람은 사실 한 사람밖에 없지요. 그분말고 우리 같은 쫄따구들이 나가봐야 될 수가 없어요. 그런데 그분이 지금 집행유예중이라서 문제인데…… 이렇게 하면 어떨까요. 그분이 지명하는 사람이 나서면 그분이 나서는 것처럼 우리 계원들이 전폭적으로 지원을 해주기로 합시다. 일단 당선이 되도록 노력을 하고 당선이 된 뒤에 다음 선거전이라도 그분이 출마를 할 수 있게 되면 그 자리를 사퇴하고 보궐선거를 하게 해서 그 자리를 물려주는 거지요. 여러분, 제 말이 맞지요."

그때 여인네들이 모여 있던 곳에서 남편을 따라 자동으로 부인계회장이 된 해성의 부인이 소리친다.

"개장국 다 됐어요. 빨리 끝내고 밥먹고 합시다!"

준수는 사람들이 대답을 하지 않고 그쪽으로 눈을 돌리자 해성을 재촉한다.

"자, 그럼 그렇게 하는 걸로 하고 빨리 가결됐다고 해! 누굴 뽑을지는 밥을 먹고 나서 증경회장님한테 물어보면 되고."

해성은 증경회장의 눈치를 보며 우물쭈물한다. 증경회장은 눈을 감고 고개만 끄덕거린다. 그게 그렇게 하라는 것인지, 아니면 두고 보자는 뜻인지 몰라 망설이던 해성은 종내 증경회장이 눈을 뜨지 않자 다시 오른주먹을 왼손바닥에 내리치며 "밥먹고 합시다!" 하고 외친다. 기다렸다는 듯 계원들이 개장국이 끓고 있는 솥이 있는 곳으로 향한다. 수양버들 아래에 펴진 자리에 수박이 벌건 속살을 드러내놓고 있다. 아이들이 벌써 개장국 한 그릇씩을 앞에 놓고 땀을 뻘뻘 흘리며 퍼먹고 있다.

“야, 이거 냄새 죽이는데. 윤종아, 고기 구워라! 상추 당번 누구야?”

총무인 혁기가 자리를 잡으며 소리친다. 윤종은 부인네들의 평균연령보다 열살이 더 많은 자신의 부인의 팔을 잡아끈다. 윤종의 부인은 이미 입을 삐죽거리고 있다.

“저 사람들 우리 가게에 와서 고기 한근도 안 팔아주고 이런 모임 있으면 갈비 재와라, 파 썰어와라, 고기 구워라…… 우리가 집에서 장사하지 여기 와서도 장사하나. 나 참 내.”

윤종은 부인의 커다란 입을 막으며 참으라고 속삭인다. 고기 굽는 연기가 피어오르고 아이들이 그 주변에 다시 모여든다. 도로변에 차가 한대 멈추고 학철이 차에서 내려 걸어온다. 학철은 증경회장에게 그동안 얼마나 고생했느냐는 요지의 인사를 정중하게 하고 다른 계원들 사이에 자리를 잡는다.

“야, 이 새끼야, 너는 중요한 회의 할 때는 안 오고 먹을 게 차려지니까 어정어정 오는 거야. 저 새끼는 하여간 먹을 복은 타고났어. 잔 받아, 새끼야!”

이미 술로 얼굴이 벌게진 동환이 소리친다. 학철은 잔을 받는다.

“야, 말도 마라. 너도 요새 같은 복날에 벽돌 굽는다고 공장 안에서 기름 때고 있어봐. 오늘 샤워를 세 번이나 했다. 돌아서면 한가지야. 뭐 좋은 이야기 많이 했어?”

학철은 계원 가운데 가장 많이 배운 사람답게 말에 욕설을 섞지 않고 어조도 낮다. 그런 학철이 계에 어울리게 된 것은 물론 증경회장 때문이었다. 어린시절 증경회장의 옆집에 살았다는 이유로 계에 들어오라는 권유를 받기는 했지만 학철은 모임에 거의 나오지 않았다. 그러던 어느날 공장 내부에서 이상한 움직임이 포착되었다. 공장에는 스무 명쯤의 직원이 있었는데 그중 한명이 도시 어디에서 노조활동을 하다가 고향으로 돌아온 사람이었다. 그는 공장에 들어오자마자, 학철의 표현대로라면 양의 탈을 벗어젖히고 늑대로 변신해서 이빨을 드러내어, 얌전한 양 같은 공장 직공들을 부추겨 노조를 설립해서 이때까지 빼앗긴 권익을 되찾자고 설득했다. 마침 공장을 확장하려고 계획하고 있던 차라 그런 불온한 움직임을 차단할 필요가 있었다. 그런데 차단할 방법이 마땅치 않았다. 불법이 아니니 경찰의 힘을 빌릴 수가 없었고 고발을 할 수도 없었다. 학철은 그 직공을 불러 "계속 그런 짓을 하면 공장 문을 닫을 수도 있다. 너 하나만 가만히 있으면 공장도 잘 돌아가고 여기 있는 사람들은 여기를 천국에 있는 공장으로 알고 잘 살아갈 텐데 왜 그러느냐"고 했다. 직공은 '헌법'과 '노동삼권'을 들먹이며 많이 배우긴 했지만 제대로 배우지는 않은 학철에게 상당한 지적 충격을 안겨주었다. 학철은 며칠을 고민하다가 결국 증경회장을 찾아갔다. 증경회장은 "네가 언젠가 그런 일로 나를 찾아올 줄 알았다"고 하면서 다음 곗날에 쓸 일체의 먹을거리—암소갈비 스무 근, 염소 한 마리와 닭 열 마리, 소주 두 짝, 맥주 네 짝, 음료수 두 짝—와 노래방 비용 백만원을 출연하는 조건으로 그 문제를 해결해주었다. 즉 그날 밤 당장 문제의 직공 집으로 찾아가 그 직공의 다리를 부러뜨린 것이다. 직공은 다음날 깁스를 하고 와서 사직서를 냈다. 그렇게 하지 않으면 나머지 다리도 부러질 것이기 때문에. 그뒤로 학철은 증경회장이 소집하는 모든 모임에 빠짐없이 참석했다.

동환은 술이 들어가자 목소리가 한층 높아지고 잔을 돌리는 속도도 빨라진다. 동환은 술집을 운영한다. 후배가 운영하던 룸쌀롱에서 지배인을 하다 계원들의 지탄을 받고 독립해서 룸쌀롱을 차렸다. 지탄만

하지 생전 한번 가서 팔아줄 줄은 모르는 계원들을 기다리다 못해 룸 쌀롱을 춤과 노래를 겸할 수 있는 회관으로 바꾸었다. 호프집이 잘되는 기미가 보이자 호프집으로 변신했다. 그것으로 끝이 난 것은 아니다. 스탠드바가 되었고 까페가 되었다. 10년 넘게 술집을 했지만 많이 번 것도 없다. 유행을 따라가느라 가랑이가 찢어지는 줄도 모르다가 빚만 늘었다. 주량은 늘지 않았다. 술을 마시자마자 취하는 것은 같다.

증경회장은 말이 없다. 애초에 그는 자신을 대신할 인물로 준수나 학철을 점찍었는지도 모른다. 준수는 고분고분 말을 들을 것 같지 않으니 학철에게 마음이 더 기울었는지도 모른다. 그렇지만 학철을 아는 지역 사람이 거의 없다는 게 문제다. 영향력도 없다. 학철을 민다면 선거에서 이기기가 쉽지 않을 것이다. 그 문제를 생각하고 있는 것 같다. 준수가 갑자기 자신을 위하는 척하며 그의 의중을 대변하는 제안을 하는 것도 수상쩍다고 생각하고 있을 것이다. 준수가 조금만 고분고분하든가, 학철이 조금만 더 억세든가 하면 좋을 텐데 입에 맞는 떡이 없다. 증경회장은 주량 또한 증경회장감이다. 계원들은 경쟁적으로 그에게 잔을 들이댄다. 증경회장은 냇물처럼 술을 들이켠다.

날은 마침 중복이다. 먹을 만큼 먹은 아이들이 뙤약볕으로 뛰어나간다. 물을 튀기며 냇물로 뛰어든다. 술을 마시고 뜨거운 음식을 먹어서 열이 오른 어른들도 그렇게 하고 싶지만 아직 끝나지 않은 안건이 있어 증경회장의 눈치를 보고 있다. 보잘것없는 냇물이라도 살인적인 이 더위를 씻는 데는 도움이 될 것 같다. 증경회장은 여전히 심사숙고 중이다. 감히 말을 붙이는 사람도 없고 증경회장이 말을 건네는 사람도 없다. 계원들은 옷을 벗어던지고 모두 팬티바람으로 증경회장이 무슨 말인가를 하기를 기다린다. 자기들끼리 나눌 만한 화제도 이미 떨어졌다. 사실 화제랄 것도 없다. 망했다, 부도냈다, 튀었다, 큰일났다가 끝이다. 서로의 집에 숟가락이 몇개 있는지도 다 안다. 계원들은 마냥 기다린다. 바람 한점 없는 중복 더위 속에서 기다리고 기다린다. 부인네들은 남자들이 옷을 벗기 시작하자 따로 모여 숙덕거리다가 물이 깊고 그늘이 많은 다리 쪽으로 가버렸다.

문득 지방도에 커다란 외제 지프가 한대 멈춘다. 검은 양복을 입은 사내 하나가 내려서 사방을 둘러보더니 다시 차에 올라탄다. 지프는 지프답게 지프만이 들어갈 수 있는 흙길을 따라 과감하게 냇가로 들어온다. 평소에 계모임이 있으면 다른 계원들은 모두 도로변에 차를 두고 증경회장만은 냇가까지 차를 몰고 들어왔다. 그러나 오늘은 증경회장이 출옥하고 처음 모임에 나온 날, 총무가 집까지 가서 증경회장을 모시고 들어왔다. 지프가 아니면 들어올 수 없는 길이어서 총무의 차는 도로변에 주차되어 있다. 지금 들어오는 지프는 증경회장의 지프의 두 배는 됨직한 지프다. 검은 색깔이 위압적이다. 차 유리도 온통 시커멓게 썬팅을 해서 운전자 외에는 누가 타고 있는지 잘 보이지 않는다.

궁금할 건 없다. 지프에는 대도시 범죄단체의 진짜 건달들이 타고 있다. 두목은 아니고 확실한 범죄단체에서 서열 2위인 인물이 뒷자리에 타고 있고 그 전후좌우에 건달의 표본 같은 건달 네 명이 부동자세로 앉아 있다. 그들 모두 화려한 전과를 가지고 있다. 화려한 전과가 없이는 부두목 가까이 앉을 수가 없고 보통 전과 가지고는 전후좌우에 앉을 수 없다. 요컨대 그들은 진짜 가려뽑은 듯한 깡패 중의 깡패다. 부두목은 오랜만에 야외에 나가서 콧구멍에 바람을 집어넣자고 부하들을 소집했다. 두목은 지금 홍콩에 노름하러 가 있다.

"뭐야, 저 새끼들."

탈 거라고는 배달용 오토바이밖에 없는 정수가 먼저 말한다. 그는 바로 그 오토바이를 탈탈거리며 살인적인 햇빛을 뚫고 여기까지 왔다. 음주운전으로 면허를 빼앗긴 영구가 뒤를 잇는다.

"뭐야, 저 개새끼들."

동환은 그러지 않아도 온몸이 근질근질하다.

"뭐야, 저 씹새끼들."

고기를 접시에 담아오던 혁기도 말한다.

"뭐야, 저 좆만한 새끼들."

누구랄 것도 없이 서너 명이 외친다.

"뭐야, 저 좆같은 새끼들."

지프 안에 있는 사람들은 그 말을 듣지 못한다. 완벽한 방음시설이 되어 있고 실내에는 부두목이 좋아하는 남도민요가 흐르고 있다. 지프는 이윽고 냇가 모래밭에 완전히 들어와 멈춘다. 그냥 멈추는 게 아니고 반원을 그리면서 멋지게 멈춘다. 달아오른 자갈이 바퀴에 튀어 날아오른다. 자갈 가운데 몇개가 계원들이 식탁으로 여기고 있는 신문지 위에 떨어진다. 먼지가 일며 계원들이 냉장고로 여기고 있는 파라솔 아래의 야채며 고기에 내려앉는다. 계원들은 벌떡 일어난다.

"뭐야, 이 좆만이들. 여기가 저희 안방이야? 안방이라도 그렇지 남의 음식에다가 먼지 뒤집어씌워도 돼? 길에서 얼마나 된다고 걸어들어올 것이지 차를 끌고 들어와? 차를 끌고 들어왔으면 곱게나 세울 일이지, 지 맘대로 온갖 폼 잡아가면서 세워? 우리를 뭘로 보는 거야?"

증경회장은 여전히 눈을 감고 생각에 잠겨 있다. 그런 사소한 일에는 신경쓰고 싶지 않은 듯하다. 사실 그는 취해 있다. 평소의 두 배는 넘는 술을 마셨다. 몇달 동안 마시지 않은 술을, 여름 대낮에 마셨다. 쉴새없이 들어오는 잔을 받아 몽땅 마셨다. 계원들이 악을 쓰는 소리가 자장가로 들리는지 그는 마침내 뒤로 벌렁 드러눕는다. 코를 골기 시작한다. 증경회장다운 태도다.

지프 안에 있는 사람들은 아직 밖에서 무슨 소리가 나는지 모른다. 왜 그러는지도 모르고 알 필요도 느끼지 않는다. 부두목은 얼음같이 찬 음료수를 냉장고에서 꺼내들고 유리창을 조금 내린다. 에어컨에서 나오는 차가운 바람을 뚫고 비릿하고 텁텁하고 후덥지근한, 볼 것도 없고 즐길 것도 없는 시골 냇가의 공기가 섞여든다. 부두목은 얼굴을 찡그린다.

"멀리서 보니 그럴듯하더니 이거 완전히 동네 찜질방이네. 냇가에 있는 애들은 원주민 애들이구나."

부두목은 음료수를 쪼옥 빨아들이고 가자고 턱짓을 한다. 아니, 하려고 하는데 밖에서 웬 오뉴월 논두렁에 개구리가 우는 듯한 소리가 들려온다. 아, 차마 들어줄 수 없는 갖가지 욕설이 쏟아지고 있다. 부두목은 어리둥절해서 귀를 움직인다. 그에게는 귀를 움직일 수 있는 능력이 있다.

"저 좆만한 새끼들, 좆을 짤라서 떡볶이를 해가지고 개한테 먹일 개새끼들, 좆에다 못을 박아서 벽에 걸 놈들, 좆으로 기름을 짜가지고 보일러 돌릴 놈의 새끼들……"

이윽고 그 함성은 "좆, 좆, 좆" 하는 말로 통일이 되어 부두목의 움직이는 귀의 귓바퀴를 통해 부두목의 외이도에 도달한다. 이윽고 고막을 진동한 소리는 망치뼈, 모루뼈, 등자뼈로 이루어진 세 개의 이소골을 거쳐 달팽이관의 난원창(卵圓窓)에 전달되고 음압이 20배로 상

승한다. 달팽이관에서 나사 모양으로 돌며 기저막 위의 청세포에 전달된 소리는 청세포를 흥분시켜 신경으로 임펄스를 발사한다. 달팽이관 신경을 따라들어간 임펄스는 연수(延髓)에 들어가 연수의 올리브핵, 중뇌의 하구(下丘), 내측슬상체(內側膝狀體)에 의해서 시냅스 전달이 되고 대뇌피질 측두엽의 청각부에 이르러 드디어 청각이 발생한다.

"아니, 저 토인(土人) 애들이 복날 더위먹고 미쳤나. 왜 저런다니?"

앞에 앉아 있던 깡패가 머리를 꾸벅 하고 자리에서 일어선다. 늘 그래왔던 것처럼 천장에 머리를 부딪히고 늘 그래왔듯 부두목이 눈치채지 않게 살짝 신경질을 내며 문을 열고 차에서 내린다. 그는 내려서면서 양복이고 셔츠고 얼굴이고 가리지 않고 골고루 내리쬐는 폭양에 직면한다. 진짜 깡패가 속한 진짜 범죄단체에는 두목을 모시는 경호대는 늘 양복을 입어야 한다는 규율이 있다. 그 규율은 한증막에서도, 한증막 같은 곳에서도 적용된다. 부두목을 모시고 있을 때도 마찬가지다. 두목이 부재시에는 부두목이 두목이라는 규율이 있기 때문이다. 그는 견디기 힘든 폭양에 문득 양복을 벗고 싶다는 충동을 느낀다. 그의 앞에 있는, 거의 홀딱 벗다시피 한 일군의 사내들이 그런 충동을 불러일으켰는지도 모른다. 그러나 그는 그 충동을 지그시 참고 앞으로 발걸음을 내딛는다.

"뭐야, 너희들?"

차에서 내린 인물이 예상치 못한 덩치여서 관망하고 있던 계원들 사이에, 한꺼번에 너희라고 지칭되며 각자의 존재와 나이, 상호친목계 안에서의 비중을 무시당한 데 대한 분노가 삽시간에 번져간다. 그들은 누워 있는 증경회장을 돌아보고 하늘을 보고 땅을 보고 서로의 얼굴을 본다. 어떤 합의가 생겨난다. 계의 이름과 관련된 그 무엇. 강령과 관련된 그 무엇.

"너는 뭐 하는 새끼야?"

진짜 깡패는 입을 약간 벌리고 말한 사람을 내려다본다. 자그맣고 새카만 창환이 그의 얼굴에 막 침을 튀긴 참이다. 진짜 깡패는 진짜 깡패답게 어떤 상황에도 대처할 수 있는 능력을 가졌다. 그의 뇌는 곧 정상을 회복한다. 뇌보다 먼저 그의 주먹이 정상을 찾는다. 앞으로 뻗어가며 창환의 턱을 후려치려다 남아날 게 없을 것 같아서인지 잠시 머뭇거리더니 손이 펴지며 창환의 목을 잡고 들어올린다.

"뭐, 새끼? 이 새끼가 미쳤나. 누구보고 새끼래?"

말을 마치기도 전에 그는 아랫도리에 불이 붙은 듯한 통증을 느끼며 몸을 반으로 꺾는다. 뒤에서 살금살금 다가온 영구가 그의 아랫도리를 걷어찼던 것이다. 그가 창환을 놓으며 쓰러지자 차의 문이 열린다. 진짜 깡패 둘이 내린다. 그들은 쓰러져 있는 동료는 거들떠보지도 않고 영구의 턱뼈를 부순다. 창환 역시 갈빗대가 부러지며 쓰러진다. 공수부대 출신인 정수와 한때 해병대원이었던 혁기가 달려들지만 어림도 없다. 광태와 태호가 역시 같은 꼴로 패대기질을 당한다.

"야, 이 새끼들아아아!"

형두가 파라솔 대를 뽑아들고 달려가며 소리친다. 윤종은 식칼을 들었다. 진짜 깡패들은 코웃음을 치며 두 사람의 손에 들린 무기인지 살림인지를 빼앗아든다. 빼앗고 나서 그들을 냇물에 처박는다.

학철과 해성, 윤호, 동환, 해구가 덤벼든다. 학철의 옷이 쫘악 찢겨나간다. 윤호의 가위가 바닥에 떨어진다. 해성이 공중에 떴다 떨어지며 혀를 깨문다. 동환은 손을 대기도 전에 기절한다. 해구는 언제 쓰러졌는지도 모르게 쓰러져 있다. 증경회장 곁에 남아 있던 준수는 머리를 흔들며 어쩔 수 없다는 듯이 일어선다.

"아, 이거 우리 말로 합시다. 좋게 말로 하자구요."

깡패들은 얼굴을 마주보며 피식 웃는다. 준수는 같이 웃는다. 깡패들이 준수를 보고 웃는다. 준수도 마주보고 웃는다.

"너 왜 웃어?"

준수는 "네?" 하고 반문한다.

"왜 웃냐구?"

준수는 "제가 잘못했습니다" 하고 차렷자세로 말한다.

"늦었어."

준수는 또 "네?" 하고 반문한다. 옆에 서 있던 깡패가 준수의 귀뺨을 후려친다. 오른편에서 치고 왼편에서 치고 두 손으로 치고 리듬에 맞춰 친다. 준수는 쓰러지지도 않고, 쓰러지는 것을 잊은 오뚜기처럼 계속 뺨을 맞고 있다. 소리가 리드미컬하다. 철썩. 짝. 찰싹. 짜작. 누워 있는 증경회장의 얼굴에 미소가 번진다. 꿈을 꾸고 있는지도 모르고 바깥에서 벌어지고 있는 상황을 알고 있는지도 모른다.

그런데 문득 바닥에 쓰러져 있던 깡패가 비명을 지른다. 계철이 그의 머리를 돌로 내리치고 도망간 것이다. 차 안에 있던 남은 깡패가 나와 계철을 쫓는다. 진짜 깡패 셋이 나란히 계철을 따라 뛴다. 양복이 걸리적거려 달리기가 늦다. 거의 아무것도 입지 않은 계철은 여유있게 아래위로 도망다니다 원래 위치로 돌아온다. 뒤따라오는 깡패들을 돌아보다가 바닥에 깔려 있는 사람을 보지 못하고 아차, 얼굴을 발뒤꿈치로 짓이기게 된다. 계원이 아니라 자신이 돌로 머리를 깬 진짜 깡패다. 그의 코가 뭉개지고 눈과 입으로 쾌활천의 모래가 들어간다. 무좀균도 발가락 사이의 때도 따라들어간다. 깡패는 아픔보다 모욕감으로 신음한다. 계철은 냇가를 건너 산 쪽으로 도망간다.

아이들이 냇가 건너 언덕에 모여 구경을 하고 있다. 싸움이야 자주 보던 것이지만 양복을 입은 사람들이 이 더위에, 이 날씨에 뛰는 것을 보는 건 처음이다. 아이들은 손짓 발짓을 하며 계철이 잡힐지 안 잡힐지, 잡힌다면 검은 양복, 뚱뚱이, 푸른 양복 셋 중 누구에게 잡힐지를 가지고 토론한다.

부두목은 얼굴을 찡그리고 기사에게 차를 도로로 빼라고 지시한다. 기사가 차에서 내려 바닥에 쓰러져 있는 깡패를 부축해서 차에 태운다. 차가 움직이고 드러누워 명상중인 증경회장 머리맡을 지나 길로 올라간다. 계철이 도로로 달려온다. 길 위에 있는 준수의 차를 열어보다가 잠겨 있자 다시 냅다 뛴다. 계철을 쫓는 양복쟁이들의 모습이 길을 돌아 사라진다. 지프의 거대한 엉덩이도.

사방은 갑자기 고요해진다. 쓰러졌던 계원들이 하나둘 일어선다. 10분쯤 지나 부인네들이 돌아온다. 증경회장은 천둥처럼 코를 곤다. 아니, 완벽한 명상에 들어갔다. 부인네들은 익숙한 몸짓으로 아이들 숫자를 헤아려 차에 태우고 짐을 정리한다. 역시 익숙하게 남편들을 오리처럼 몰아서 차로 가게 한다. 계원 가운데 하나가 조심스럽게 증경회장을 깨운다. 증경회장은 일어나서 눈을 비비고 늘어지게 하품을 한다. 코를 휴지로 막은 해구, 퉁퉁 부은 혀를 입밖에 늘어뜨린 해성이 증경회장을 양쪽에서 부축한다. 차들이 출발한다.

이제 냇가는 텅 비었다. 한여름 오후 세시의 폭양 속 매미가 운다. 일생을 다해 미루나무를 기어오른 매미가 마음놓고 운다. 쌔름쌔름 운다.

—『세계의 문학』 2001년 여름호

…그런데 곧이고 한참이고 간에 도무지 연락이 없는 것이었다.

당숙은 내 작업실에 있던 백여 권의 소소한 책에 넋을 빼앗겨 자신의 짐이 어떻게 되었는지 관심도 없었다.

삼백 권이 되면 인간성을, 오백 권으로 영혼을 빼앗을 수도 있을 것 같았다. 그래봤자 뭘 하겠느냐만.

책

책

당숙

당숙은 책이 많다. 책이 많다는 기준은 사람마다 달라 열권도 많은 사람이 있고 만권도 적은 사람이 있다. 당숙의 기준으로는 책이 집안을 채우고 넘치게 되면 많은 것이고 더 들어갈 여유가 있으면 적은 것이다.

당숙에게 책이 많아진 건 이미 3년이 넘었다. 이로 인해 고민스러워진 사람은 당숙이 아니라 당숙모다. 당숙이 이런 일로 고민을 하는 사람이었다면 그 많은 책을 집에 들여놓지도 않았을 것이다. 당숙모는 3년 전부터 집을 채우고 남은 책은 아파트 지하에 창고를 지어 보관해 왔는데 그 창고마저 비워주어야 할 형편이 되자 이삿짐센터에 책을 맡겼다고 한다. 종이상자에 책을 담아 보관해주는 비용은 한달에 십

오만원쯤이고 일년으로 장기계약하면 십이만원으로 할인을 해준다. 당숙이나 당숙모 둘 중 아무도 그런 액수며 기한을 말한 적이 없다는데 그 말이 어떻게 내 귀에까지 들어왔는지 불가사의하긴 하다. 또 지금까지 내가 당숙의 형편을 그렇게까지 몰랐다는 것도 이해가 잘 안 가지만 나는 그 말을 듣자마자 책을 맡겠다고 나섰다.

"어떻게 책을 그렇게 취급할 수가 있어요. 책이란 묶여 있으면 무조건 상하고 마는 건데. 상자 속에 갇혀 있는 책은 책이라 할 수 없지요. 그 책들, 내가 맡을 테니 구경만 하시오."

당숙모는 전화에서 기왕 말이 나왔으니 말이지만 도대체 자신은 더 이상 어쩔 수가 없노라고, 책이 이렇게 괴로운 것인 줄은 결혼하고 나서야 알았다고 한숨을 쉬었다. 그러고 보면 당숙모에게 우리 식구들, 특히 조카들이 표창장이라도 주어야 하는데, 그 쉬운 일을 아직 하지 못했다. 표창장의 문안은 당숙이 결혼하던 무렵인 10년 전에 벌써 의논해두었다.

'사랑하는 우리 당숙모님, 우리 당숙하고 결혼해줘서 정말 고맙수. 조카 일동.'

당숙은 나와 동갑인데 당숙이 작은할머니가 마흔 넘어서 본 막내여서 그렇다. 당숙모는 나보다 다섯살 어리고 내 막내 여동생과 고등학교 동기동창이다.

어린시절 나는 당숙에게 반말을 했고 당숙은 나는 물론이고 사촌 포함 열명이나 되는 내 누나들 모두에게 반말을 썼다. 집안에서 그러는 건 그렇다 하더라도 바깥에서까지 아무개야, 아무개야 하고 한창 예민한 나이의 여학생 이름을 함부로 불러대니 누나들은 적잖은 원한이 쌓였던 모양이다. 누나들의 원한은 누나들을 노리는 늑대, 아니 사모하는 남학생들의 원한이기도 했다. 그래서 당숙은 밖에 나가면 지지리도 많이 맞고 다녔다. 누나들이 쥐어박은 건 아니고 누나들의 남자친구, 혹은 남자친구가 되지 못할 인간들까지 갖가지 빌미를 가지고 당숙을 쥐어박았다.

항렬이 높아서 반말을 하게 된 게 당숙의 책임은 아니다. 막내인 것도 마찬가지다. 건방지다거나 예의가 없다는 평판을 받았는지는 모르지만 그건 당숙 나름대로 댓가를 치르면 될 일이었다. 실제로 당숙은 댓가를 치렀다. 일찍부터 책과 관련이 없는 일상적인 사회활동은 대부분 포기한 것이다.

결혼하기 전 어느날 당숙이 고백한 바에 의하면 어린시절부터 이십대까지 당숙의 가장 친한 친구는 나였다. 그러나 나 역시 당숙을 잘 안다고 할 수는 없었다. 내게 당숙은 초등학교 6년 중학교 3년 해서 총 아홉해 동안이나 같은 학교에 다닌 동기동창이지만 쉽게 정체를 알 수 없는 이상한 친구였다. 당숙은 남들과 잘 어울리지 못했고 어떤 자리에서나 뒷전과 그늘을 택했다. 그래도 조금 알 만해지는가 싶은 어느 순간 당숙은 책을 가지고 간단하고 손쉽게 자신의 정체를 감추었다. 수업시간에 보는 교과서를 제외하고 어떤 책이든 당숙과 함께 있으면 당숙은 알 수 없는 존재가 되었다. 나중에 생각해보면 당숙이 책을 들고 있었는지, 읽고 있었는지, 걸어갔는지, 소리를 냈는지, 책을 베고 잠을 잤는지, 책으로 파리를 잡았는지 도무지 기억할 수 없었다. 책은 당숙을 희미하게 만들고 당숙은 책과 사물의 경계선을 흐렸다. 그러면서도 둘은 섞여서 존재했다고 말할 수 있겠다.

.당숙의 아버지, 곧 나의 작은할아버지는 목수였다. 어머니는 행상이었다. 당숙은 어머니의 젖을 떼면서부터 우리집에서 살았다. 열홀

이나 일주일에 한번 부모가 양식과 과자를 가지고 돌아오면 당숙은 누이들이 있는 집으로 돌아갔다. 당숙의 부모는 딸 넷을 두고 마지막에 당숙을 낳았다. 넷이나 되는 당고모들, 당숙의 누이들은 왜 처음부터 막내동생을 키우지 않았을까.

당숙은 어릴 적에 원인을 알 수 없는 병으로 죽을 뻔한 적이 있다. 내 기억과 상상을 총동원하고 모자란 것을 주위 사람들에게 물어본 결과 그 병은 뇌수막염과 채독(菜毒), 소아마비에 학질을 겸한 자폐증으로 추론된다. 하여튼 읍내 보건소 의사도 동네의 침쟁이 노인도 고개를 흔들 때 할아버지가 동네 사랑방에서 머슴들이 가지고 놀던 장기알을 푹 고아서 그 물을 당숙에게 먹이게 했다. 신기하게도 당숙은 곧 나았다. 할아버지는 그 비방을 옛날 이야기책에서 얻었다고 하는데 당숙이 여자들 사이에서 놀다가 양기를 너무 빼앗겨서 그런 증상이 나타난 것이라고 했다 한다. 그뒤로 당숙은 부모가 없는 동안에는 누나들만 있는 집으로 가지 않고 우리집에 있었다.

우리집에는 아무도 들어가지 않는 빈방이 있었다. 어떤 연고로 그렇게 많은 책이 모였는지는 알 수 없지만 그 방에는 책이 사방 벽에 그득했다. 역시 어린시절의 기억에 상상을 더하고 주위 사람들에게 물어본 결과 그 책의 3분의 1은 일제시절 유학을 다녀온 셋째할아버지가 모았고, 5분의 1은 무엇이든 버릴 줄 모르고 특히 이야기책이라면 보물처럼 생각하는 조부모가 모은 책이고, 6분의 1은 6·25때 피난온 누군가가 맡기고 간 책이고, 그외는 다섯 고모와 두 삼촌과 아버지, 두 형과 누나 넷이 모아들인 책으로 추론된다. 우리 집안에서 아이를 키울 만한 여성들은 각각 자신의 자식들로 바빴기 때문에 당숙은 우리집에 있는 동안 대부분 그 방에서 혼자 기어다녔다. 날이 어둑

한 저녁나절에 들어가보면 방을 빙 둘러가며 똥오줌을 싸놓는 한편 책장 맨 아래쪽 칸의 책을 모두 바닥에 꺼내놓았다고 했다. 다섯살이 되어도 당숙은 자신이 끄집어낸 책 사이를 기고 있었다. 하나뿐인 아들이 앉은뱅이가 될지도 모른다고 걱정한 부모는 당숙을 업고 안고 용하다는 의원을 찾아 이태나 돌아다녔는데 그다지 큰 효험은 없었다. 당숙은 일곱살이 된 해 어느날 스스로 일어나 자신의 키에 맞는 칸의 책을 꺼내 읽기 시작했다. 나도 그 방에 가보았지만 3분의 1 이상이 일본어로 되어 있었고 반의 반은 한자, 그 나머지가 그림책과 잡지, 한글로 된 책이었다. 한글로 된 책들 중 대부분은 열한 명이나 되는 학생들의 교과서와 참고서 따위였고 그외의 한글책들은 다른 언어로 된 책들에 비해 수준이 아주 낮고 상태도 좋지 않았다. 초등학교에 들어가기도 전에 당숙이 그림과 사진을 포함해서 책의 내용을 이해할 수 있었을까. 한글이고 일본어고 한자고 간에 도대체 배우지도 않고 글자를 읽을 수나 있었을까. 황당하게 들릴 수도 있겠지만 나는 그럴 수도 있다고 생각한다.

내가 보기에 당숙은 어떤 책을 읽어서 내용을 안다기보다는 디자인, 촉감, 냄새, 분량과 무게, 책장을 넘길 때 나는 소리, 거기에 더하여 책에 관한 독특한 육감을 가지고 총체적으로 파악하는 것 같다. 그는 무지막지한 속독파로 분류할 수 있는데 무협지처럼 허름한 책은 하루에 백권을 읽은 적도 있다고 한다. 그러나 그는 그러한 방법을 그다지 좋아하지 않는다. 책을 읽기보다는 느끼려고 한다. 글자 하나하나의 생김과 책에 있는 낙서며 흠, 색깔을 기억한다. 마치 야생의 동물 수컷이 암컷에게 다가가 냄새맡고 살펴보고 노려보고 툭툭 건드리며 시험을 하는 것 같다. 그러고는 서로가 맞는다고 생각하면 존재의 일부를 섞고, 때로는 과감하게 올라타고 할퀴어 피투성이가 된다. 책과 당숙, 두 존재의 혼재를 1+1이라고 하면 그 결과는 2가 아니고 0이거나 -2가 되기 십상이다.

당숙은 여자대학 도서관에서 사서로 일한다. 대학을 졸업하고 수삼 년간 잘 놀다가 그만한 책을 봤으면 제 밥값을 하라는 온 집안의 열화 같은 성화를 이기지 못하고 공무원 시험을 봐서 일년 동안 동서기 노릇을 했다. 동서기를 하는 게 너무 힘들었는지 그만두고 일년 가까이 책만 읽다가 다시 대포알 같은 누이들의 성화에 식당에 취직하기도 했다. 식당에서는 오로지 설거지만 했다고 하는데 설거지가 가장 하기 쉽고 시원한 일이고 스트레스가 쌓이지 않는 일이라는 것을 어디선가 읽어서 알고 있었기 때문이다. 그때 그는 얼마 되지 않는 월급을 받는 족족 책을 샀다. 그에게는 집이 없었고 동사무소나 식당은 한달 평균 백여 권의 책을 사보고 쌓아두기에 적당하지 않았다. 두 군데의 직장에서 부적응자로 낙인찍힌 그는 결국 남들의 예상을 벗어나지 않고, 어쩌면 자신이 책을 보고 쌓아두기에 가장 훌륭한 여건이 된다고 판단했는지 모르지만, 대학 도서관에 취직했다. 어디서 월급을 받든 그는 생존에 필요한 최소한의 돈만 남겨놓고 책을 샀다. 대학 도서관은 다른 직장에 있을 때보다 그의 괴벽을 숨기는 데 도움이 되었지만 그것도 3년이 한계였다. 그가 외국까지 출입하면서 컨테이너로 책을 사들이자 역시 문제가 되고 말았고 모든 책이 목록으로 표현되는 도서관에서는 목록 외의 책은 훨씬 더 빨리 눈에 띄게 마련이었다.

당숙모 역시 결혼 전에 네댓 권의 책을 번역한 번역가이다. 도서관 직원의 소개로 처음 당숙을 만난 자리에서 당숙모는 자신이 번역한 책을 하나도 읽어보지 않았지만 그 내용을 자신보다 훨씬 더 자세하고 정확하게 알고 있는 당숙에게 소름이 끼쳤다고 한다. 그무렵 당숙은 남들의 수십 수백배나 더 많은 책을 접하다보니 어지간한 책은 이 책 저 책에서 인용한 것만 읽어도 결국 그 내용을 다 꿰어맞추는 단계에 도달해 있었다고 한다. 소름이 끼치게 하는 사람과 결혼하는 여자의 속마음은 뭘까. 나는 모르지만 당숙은 알고 있었을지도 모른다. 책에 나와 있기만 하다면 그가 모르는 건 없었으니까.

결혼과 함께 당숙의 월급은 당숙모의 통장으로 들어가게 된다. 그건 당숙을 아끼던 전임 도서관장이 그렇게 만들었다. 도서관장은 당숙이 계속해서 책을 사들여 남몰래 도서관 한구석에 쌓아두거나 해외에서 날아오는 책의 목록만 하루종일 들여다보고 있는다면, 여느 사람들처럼 결혼을 하고 아이를 낳고 집들이를 하는 틈틈이 책을 보고 읽고 돌보고 애호하는 정도의 일상을 영위하지 못하겠다면 자신이 도서관장을 그만두는 한이 있어도 당숙을 기필코 도서관에서 쫓아내겠다고 선언한 사람이었다. 도서관장말고도 당숙의 누나들처럼 당숙을 아끼는 사람은 적지 않았고 그들도 한결같이 당숙을 평범한 인생의 무대로 끌어내기 위해 매일 잔소리에 협박에 애원에 공갈을 그치지 않았다.

이처럼 당숙은 주변의 강권에 못 이겨 결혼을 하긴 했지만 결코 책 모으기를 잊었거나 포기한 것은 아니었다. 그는 아내 모르게 카드를 쓰기 시작했다. 책밖에 모를 것 같던 이 골방샌님이 해외 유명서점에 팩시밀리로 주문을 내고 대금을 카드로 결제해서 무사히 집 마당에 야적하기까지의 복잡한 과정은 귀신처럼 잘도 해냈다. 주문한 책이 도착하자마자 카드는 폐기됐지만 카드회사는 수십군데가 넘었다. 그렇게 해서 쌓인 책이 3년 전부터 집의 부피를 간단히 초과해버린 것이다. 몇몇 사람에게서 서음(書淫)이라고 불리기는 해도 그는 나름대로 극한까지 가본 사람이다.

공간

책의 총수량 추정치 삼만 권. 아파트 지하에서 책 선반으로 쓰기 위해 조립했던 여섯 단짜리 앵글 열다섯 개. 책을 넣어두기로 한 작업실의 공간 가운데 가로 4.5미터 세로 6미터, 가로 5미터 세로 6미터짜리인 두 방을 쓰기로 하고 큰방에는 앵글을, 작은방에는 책상자를 쌓아놓기로 했다. 일단 이삿짐쎈터와 연락을 해서 짐을 옮겨올 날짜를 정하고 시간은 겨울의 짧은 해를 감안해서 오후 두시로 했다.

작업실이라고 하니 뭐 거창한 것 같은데 원래는 방이 두 개에 거실이 좀 넓은 스물네평 남짓의 조립식 집이다. 한달에 서너 번의 빈도로 가서, 한번 갈 적마다 사나흘씩 머무르는 곳인데 말과는 달리 작업을 한 적은 거의 없다. 이름도 내가 붙인 것이 아니라 집도 별장도 아닌 듯하니 그럼 작업실이냐고 물어오는 사람이 많다보니 그런 이름이 붙었다. 원래 가로 4.5미터 세로 6미터의 방은 별채로, 거실과 방 하나로 된 본채와 5미터쯤 떨어져서 지어져 있었다. 집의 폭이 6미터여서 별채와 본채 사이에 가로 5미터 세로 6미터의 빈 공간이 생겼다. 그 공간을 두고 오는 사람마다 도대체 여긴 뭐 하러 비워놓았느냐고 물어왔다.

"그곳은 중정(中庭)이다. 뜰은 원래 비워두는 법이다. 때가 되면 나무를 심을 것이다. 혹은 연못을 파서 물고기를 데려다놓고 눈이 내릴

적 바람이 불 적 상심낙사(賞心樂事)를 하리라."

사람들은 이해를 하지 못했고 하려 들지도 않았다. 친구까지 데려와서 묻고 또 물었다. 하도 귀찮아서 쓸데없이 궁금증이 많은 사람은 사전에 심사해서 입장료라도 받고 오게 할까 하다가 결정적으로 그 집이 내 집이 아닌 관계로 집주인의 의사를 물어서 두 건물 사이를 지붕과 벽으로 연결하게 되었다. 그러고 나니 예정에 없던 뜻밖의 공간이 생긴 셈인데 그러지 않아도 휑뎅그렁하던 집은 더욱 넓어졌다.

작업실의 공간이 난데없이 늘어난 이야기를 내가 당숙이나 당숙모에게 직접 한 적은 없지만 누군가 그 이야기를 당숙이나 당숙모에게 옮긴 건 틀림없다. 내 작업실의 빈 공간은, 당숙의 책을 갈치라고 쳤을 때 큼직한 가운데토막을 가져다놓을 수 있는 공간이었다. 그러나 당숙은 그 공간에 대해 내게 일언반구 하지 않았고 당숙모 역시 마찬가지였다. 전화를 건 것도 나이고 가지고 오라고 강권하다시피 한 것도 나였다. 왜 그랬을까. 책에 대한 막연한 경외감? 책에 깔려죽을지도 모르는 사람들에 대한 인류애? 허영심? 물욕? 이 분야에 관한 책은 없는가. 당숙에게 물어보면 이렇게 대답할 것이다.

"당연히 있지. 네가 못 찾아서 그럴 뿐."

책을 옮기기 이틀 전, 나는 작업실과 한마당을 쓰는 이웃에게 연락해서 집이 무너지지 않고 있는지 들여다봐달라고 부탁했다. 이웃은 책이 삼만 권이 들어온다는 소식에 대단히 고무되어 책이 들어오기만 하면 자신이 친자식처럼 돌보겠노라고, 아무 걱정 하지 말라고 했다. 나는 의붓자식처럼 대해도 상관은 없다, 가축으로 대해줘도 서운할 일은 아닌 것이 당신이 책이 아니고 내가 책주인이 아니기 때문이라고 횡설수설하고는 전화를 끊었다.

조금 뒤 작업실에 갔다온 이웃은, 책이 들어갈 작은방의 천장이 내려앉은 지 오래이다, 이번 기회에 고치지 않으면 책이 들어온 후에는 고치기가 어려울 것이라고 했다. 그는 일단 천장을 뜯어내는 것이 좋겠다고 했고 나는 그러라고 했다. 다음날 오전에 이웃에 사는, 마을의 대소사를 관장하는 대동회의 총무직을 역임한 공선생을 불러 천장을 뜯어냈다고 점심 무렵에 전화가 왔다.

"뜯어내고 보니까 지붕이 다 보이는 게 영 보기가 흉하네. 그전에 공사한 놈이 쳐죽일 놈이여. 천장이 이때까지 붙어 있었던 게 기적인겨. 제대로 고치는 것도 고치는 거고 단열도 문제가 있으니까 아무래도 합판 같은 걸로 야무지게 마감을 하는 게 어떨까 싶어."

나는 그렇게 해주신다면 고맙겠다고, 그 비용은 대겠다고 응답했다. 그는 내가 비용을 안 대면 자기가 돈 대고 남의 집 공사하겠느냐고 반문하고는 그렇게 하겠노라고 했다. 이슥고 저녁때가 다 되어 연락이 왔다. 막상 공사를 해보니 일이 만만치 않아 지나가는 전임 이장과 전임 이장의 조수인 맹씨를 불러 함께 공사를 하게 되었다는 것, 망치소리 듣고 구경온 왕씨 할아버지 하여 재료도 재료지만 사람 먹새가 커졌다는 것, 이래저래 실비로 이십만원은 있어야겠다는 것이었다. 나는 전임 이장, 전임 총무, 전임 새마을지도자 같은 고위직을 지낸 분들이 힘써 일을 해주시는 데 무한한 감사를 드린다, 그 돈은 기꺼이 부담하겠노라고 대답했다. 그렇게 전화 몇번 하며 농담을 조금 하다보니 어느새 이삿날이 되었다.

오전

아침 일찍 우체국에 들러 이삿짐센터의 팩시밀리번호로 작업실 약도를 보냈다. 오전 내내 천장을 수리한 방과 앵글이 들어올 큰방을 청소하고 방에 있는 책과 짐을 옆으로 모두 옮겼다.

난방도 신경쓰지 않을 수 없어 보일러를 돌렸더니 영락없이 고장이었다. 이놈의 보일러는 날씨가 눈만 흘겨도 고장이 나는데 내가 아무리 용을 쓰며 돌려도 꼼짝도 하지 않다가 수리공의 발소리를 들으면 금방 돌아가는 시늉을 한다. 철물을 사러 다니다 낯이 익은 보일러집 주인은 다시는 방바닥이 얼지 않도록 조치하는 데 부동액이 필요하다고, 주유소에 가서 그걸 사오라고 했다. 시퍼런 부동액이 배관에 들어가기 시작할 때 내 뱃속에서도 꾸르륵거리는 소리가 들려왔다.

직장에 토요일 하루 휴가를 낸 당숙이 버스로 도착했다. 터미널에 가서 데려오는 것도 내 일이었다. 버스에서 내리는 당숙의 손에는 시사주간지 한권과 신문 두 종류가 들려 있었다. 버스를 타고 오는 데 걸린 두시간으로는 신문과 주간지를 읽기에 부족했는지 그 인사는 인사를 하는 둥 마는 둥 내 차를 타고 오는 동안에도 신문과 주간지에 빠져서 고개를 들지 않았다.

전화

작업실로 들어온 것이 열두시. 두시까지 짐을 들여가겠다고 한 이삿짐센터에서 출발한다는 전화가 오기를 기다렸다. 이삿짐센터가 두

시간 거리에 있었으니 열두시에는 출발할 것이었다. 출발하면서 전화를 해달라고 부탁해두었다. 그러나 열두시 반이 되어도 전화가 걸려오지 않았다. 성질 급한 내가 전화를 걸었다. 어느 여자가 전화를 받더니 내가 보낸 약도를 받지 못했다면서 다시 보내달라고 했다. 나는 어리둥절해서 약도를 못 받았으면 진작에 이야기할 일이지 이제 와서 약도를 보내달라면 어떻게 하느냐고 물었다. 여자는 하여튼 약도가 없으면 출발할 수가 없다고 지금이라도 보내달라고 말했다. 나는 여긴 시골이라 가까운 데 팩시밀리가 없다, 약도를 보낼 수가 없으니 출발할 때 연락을 하면 구두로 일러주겠다고 했다. 여자는 알았노라고, 곧 연락하겠노라고 했다. 그런데 곧이고 한참이고 간에 도무지 연락이 없는 것이었다. 당숙은 내 작업실에 있던 백여 권의 소소한 책에 넋을 빼앗겨 자신의 짐이 어떻게 되었는지 관심도 없었다. 삼백 권이 되면 인간성을, 오백 권으로 영혼을 빼앗을 수도 있을 것 같았다. 그래봤자 뭘 하겠느냐만.

짐이 도착해야 할 두시가 다 되어서 이삿짐센터의 여자가 연락을 해왔다. 일이 많아서 '쬐끔' 늦을 거라는 것이었다. 나는 침착하고 조용하게, 난 짐주인이 아니므로 시간을 내 마음대로 결정할 수 없으니 짐주인과 이야기하라고 하고 당숙에게 전화를 바꾸어주었다. 참, 그 전에 당숙의 손목을 쳐서 들고 있는 책을 빼앗아야 했다.

"몇시요? 네시에서 네시 반? 그때 오나요? 할 수 없죠 뭐."

나는 통화를 하는 당숙 앞에서 손짓발짓에 입모양으로 그나마 그 시간이라도 꼭 지키라고 다짐을 하라고 다그쳤다.

"예. 그나마 그 시간은 꼭 지켜주세요. 기다립니다."

당숙은 잘했지, 하는 표정으로 나를 돌아다보았다.

"그나마라고 말하면 어떻게 해. 또 왜 그렇게 공손해? 죄졌어?"

알고 보니 이사비용을 선불로 지불했다는 것이다. 이삿짐쎈터에 짐을 맡기고 부도가 나든지 이민을 가든지 해서 아예 찾아가지 않는 사람들이 있어서 짐을 맡길 때 미리 받는다는 것이었다. 그러니까 이렇게 배짱이지. 갑갑했지만 별도리가 없었다. 세시가 넘고, 세시 반이 가까워오는데도 전화가 오지 않았다. 할 수 없이 내 편에서 전화를 걸었다.

"아, 지금 책을 싣고 있거든요. 늦어서 죄송해요."

여자는 마치 녹음기에 미리 녹음을 해뒀다가 이럴 경우 들려주는 것 같은 음성으로 말했다. 나는 미루어두었던 운동도 할 겸 자리에서 팔짝팔짝 뛰었다.

"아직 출발도 안했으면 어떡해요. 도착할 시간이 넘었는데."

"미안합니다. 미안해요. 곧 출발할 거예요. 다 실었어요."

나는 다시 출발할 때 전화를 하라고, 그래야 오는 방법을 일러줄 게 아니냐고 다짐을 했는데 전화에서 삐리릭 하고, 전화가 끊겼다는 재미없는 신호음이 들려왔다. 마냥 기다리고 있느니 밥이나 먹어두자고 내가 제안해서 당숙과 나는 차를 타고 밖으로 나갔다.

망미정

동네 가운데 오백년인가 묵었다는 은행나무 아래에 있는 정자 앞에 차를 잠시 멈췄다.

"이 동네가 옛적에는 유배지로 유명했대. 이 정자는 조선시대에 유배온 누가 지었다는데 불타고 없어져서 놔뒀다가 요새 형편이 좋아지니까 후손들이 군청 찾아가서 예산 타다가 복구를 했다는군. 그런데 이름이 척천리 망미정이라고 하는데 좀 이상하지 않아?"

척천리(尺千里) 하고 망미정(望美亭)이라. 당숙은 현판을 본 뒤 고개를 숙이고 중얼거리더니 그래 아마, 하고 입을 열었다. '그래 아마'는 그가 이십대에 입을 열 때 자주 쓰던 말이었으면서 어느 가수가 부르던 노랫가사에 들어 있기도 했다. 그 가사가 어떻게 되더라. 그래 아마 난 세상을 모르나 봐. 혼자 이렇게 먼길을 떠났나 봐.

"척은 어디에서 얼마나 떨어졌다는 뜻일 터이니까 천리가 떨어졌다는 뜻이고 망미는 미를 바라본다로, 여기서 미는 미인(美人)의 준말이지. 미인은 굴원(屈原)의 「이소(離騷)」에서부터 임금을 뜻하는 말로써. 송강(松江)의 「사미인곡」「속미인곡」 할 때 미인이 다 임금이듯이. 그러니까 도성에서 천리를 떨어져서도 임금을 그리는 뜻을 담은 정자라는 뜻이지. 그 사람 귀양에서 빨리 풀리려고 힘을 좀 썼겠구나."

그는 다시 눈을 감고 졸기 시작했다.

여자

저녁인지 점심인지를 먹은 시각이 다섯시 오십분. 날이 어두워졌다. 그때까지 전화는 걸려오지 않았다. 할 수 없이 내가 다시 전화를 걸었다.

"지금 싣고 있는데요. 담당기사 전화번호를 알려드릴게요. 직접 전화를 해보세요."

그러고 나서 여자가 불러주는 휴대폰의 번호는 바로 내 전화번호였다. 내가 기가 막혀서 그 번호말고 다른 번호는 없느냐고 했더니 당숙의 번호, 나나 당숙에게 연락이 되지 않을 경우에 대비해 불러준 이웃의 전화번호를 차례로 불러댔다. 내가 그때마다 아냐, 아녜요, 소리를 지르고 작업실에는 일반전화가 없다는 걸 말해주고 난 뒤에야 좀 찾는 시늉을 하더니 기사의 번호를 불러주는 것이었다. 돌아오는 차에서 그 번호로 전화를 걸었다. 기사의 말인즉 차 두 대가 필요한데 한 대가 길을 못 찾는지 아직 오지 않아서 앵글을 싣지 못했고 따라서 출발하지 못하고 있다는 것이었다.

“도대체 오늘 올 수나 있는 거예요?”

기사는 실어놓은 책을 내려야 자신들도 오늘의 일을 완수하고 내일 다른 일을 할 수 있으니 틀림없이 갈 것이라고 하고 작은 차가 오면 금방 출발하겠노라고 했다. 내가 지리를 아세요, 하고 묻는데 다시 삐리릭, 하고 전화 끊어지는 소리가 들렸다.

“아으, 추야장 밤은 긴데 아예 밤샐 각오를 해야겠구만.”

나는 새마을구판장에 가서 막걸리를 세 되 샀다. 집으로 가서 목이 나보다 더 빠진 이웃을 불렀다.

“두시에 온다던 책이 지금 여섯시가 넘었는데 소식도 없으니 어떻게 된 기여?”

그러게 말예요. 대답하다 말고 아직 지리를 일러주지 못했다는 생각이 났다. 금방 출발을 할지도 모르는데 어디인지 모른다면 잠시라도 지체하게 될 것이었다. 그래서 다시 기사의 휴대폰으로 전화를 했는데 아무리 기다려도 받지를 않았다. 할 수 없이 다시 그 재미없는 목소리의 여자가 나오는 번호를 눌렀다.

“짐 다 싣고 출발했는데요.”

여자는 그렇게 말했다. 나는 주소를 모르지 않느냐, 어디로 출발했느냐고 했다. 그러자 여자는 그곳이 어디냐고 하는 것이었다. 여긴 이천이다. 이천은 이천인데 이천보다는 음성에 더 가까워서 충청도 경계선까지 3킬로미터밖에 안된다. 그러니까 출발하기 전에 전화를 해 달라고 했는데 왜 전화를 하지도 않고 이제야 출발을 했다 하느냐.

“그런데 몇시에 출발했다구요?”

여자는 다섯시 반 조금 넘어서 출발을 했다고 했다. 나는 그 시각에 기사가 아직 차가 오지 않아서 앵글을 싣지 못했다고 말했다, 그 시각이 확실하냐고 물었다. 여자는 그런 걸로 알고 있다고 말을 흐리더니 거기가 음성에 훨씬 더 가깝냐고, 그럼 돈을 더 받아야 하는데, 하고 말하는 것이었다.

“이봐요, 지금 그걸 말이라고 합니까. 늦은 것도 어딘데 뭐 돈을 더 받아요? 다섯시 반에 짐을 다 싣지도 못했다는데 출발은 무슨 얼어죽을 출발이야? 얻다 대고 그런 거짓말을 해대는 거요? 그러고도 돈을 더 받아처먹어?”

여자는 그러니까 돈을 더 받아야 하지만 더 달라고 하지 않는 게 아니냐, 왜 소리를 지르느냐고 하더니 삐리릭, 하는 명랑한 소리를 들려주었다.

전화기

흥분으로 떨리는 손으로 기사의 휴대폰으로 전화를 하자 이번에는 그가 전화를 받았다. 나는 혹시 옆에 필기도구가 있느냐, 시골구석이라서 찾기가 어렵다고 했다. 그는 말하라고 간단히 대답했다.

"곤지암이라고 했죠. 거기서 중부고속도로를 탑니다. 일죽 인터체인지에서 장호원 방향으로 삼십팔번 국도……"

그러자 그는 "아, 우린 앵글 때문에 고속도로 못 타요" 하는 것이었다. 고속도로 생각만 하고 있던 나는 허둥거릴 수밖에 없었다. 이웃이 급히 지도를 펼쳐 보이고 나는 손으로 도로를 짚어가며 지리를 일러주었다.

"일단 이천으로 오세요. 거기서 장호원으로, 아니 모가면으로 가는 길이 있는데 그걸 타고 설성 지나서 삼백팔십삼번 지방도를 탑니다."

내가 문장을 끊을 때마다 그는 로봇처럼 네, 네, 할 뿐 도무지 유념하는 기색이 없었다. 시가지에서 2킬로미터쯤 남쪽으로 가면 좌측에 학교가 있고 거기서 1킬로미터를 더 가면 척천리라는 표지판이 있습니다. 표지판 앞에서 좌회전, 팔백미터를 들어오면 마을회관이 있는데 거기서 전화를 하세요. 마을회관을 돌아서 뒤로 들어와야 하는데 길이 좁아 차가 들어오기가 힘이 듭니다. 그는 마지막으로 약간 길게 네에, 하더니 삐리리리릭 소리와 함께 전화를 끊었다. 그때 내 휴대폰에 전원이 부족하다는 메시지가 나타났다. 하긴 어지간히 써먹었어야지.

"내 전화기 배터리가 다된 모양이야. 그 전화는 어때요?"

책을 보고 있던 당숙은 "내 거? 내 거는 진작에 맛이 갔지. 작년부터 암만 충전해도 한나절을 못 가더라" 하고는 무슨 혁혁한 전공이라도 세운 듯 자신의 고물 휴대폰을 흔들어댔다. 나는 둘 다 전화가 안 되면 이웃으로 전화가 올 텐데 싶어 이웃에게 전화기를 가져다달라고 부탁했다. 이웃이 무선전화기를 가지고 왔고 이웃과 나는 상 앞에 둘러앉아 막걸리를 마시기 시작했다. 당숙은 술도 싫고 밥도 모르겠고 짐은 알 바 아니고 그저 책이었다. 작업실에 이사올 때쯤 딸려왔던 책이니 5년 전에 나온 시 전문잡지였는데 그는 내게도 낯선 이름의 시인이 쓴 월평을 읽으며 뭐가 재미있는지 낄낄거렸다.

"거 이삿짐쎈터에서 전화 받는 사람들 말인데 그 사람들, 실제로 현장에 가보는 게 아녀. 사무실에 2424 같은 번호 달린 전화기 몇대 놓고 이리저리 중개를 하는 거라구. 전 총무 공총무 부인 공부인이 바로 그런 일을 하고 있어서 내가 잘 알어. 그러구 말여. 이쪽 동네 사람들 이상한 버릇이 있어. 남의 말을 절대 안 듣는다는겨. 내가 이 동네에 와서 살면서 빽하면 소리를 지르는 이유가 있어. 이 사람들 자신이 얘기하고 나서 상대방의 이야기를 듣는 게 아녀. 눈은 벌써 딴데를 보고 있는겨. 자기 생각을 절대 양보 안해. 양보하고 싶어도 못하는 게, 남의 얘기를 전혀 안 들었으니까 말여. 욕을 하고 소리를 질러도 겨우 그때뿐이여. 자기한테 불리한 건 또 금방 잊어먹어."

이웃은 자신이 그동안 살아오면서 겪은 이야기를 하기 시작했다. 나는 그가 이때까지 이 동네에서 만났던 사람들처럼 건성으로 대답을 하면서 차를 기다렸다. 당숙은 여전히 책에 빠져 있었다. 그런데 한시간쯤이면 올 거리에 있다던 차가, 한시간 반이 지나도 연락 한번 없었다. 당숙은 3년 전에 발간된 월간지 『자동차와 나』의 신차 시승기를 읽느라 침이 흐르는 줄도 모르고 있었다. 답답해진 내가 기사에게 전화를 다시 걸었다.

"거기가 지금 어딥니까?"

상대는 지금 막 면으로 들어가는 길로 우회전을 했노라고 했다. 나는 왜 그동안 전화를 안했느냐고 물으려다가 하나마나한 말인 걸 알고는 그 말을 삼켰다. 그 대신에 마을회관 앞에 와서 길을 모르겠으면 꼭 전화를 해달라고 다시 부탁했다. 15분쯤 지났을까, 마을회관 쪽에서 길게 경적을 울리는 소리가 들렸다. 마치 내가 미리 전화해서 마을에 들어오면 전화를 하지 말고 경적을 울려달라고 부탁한 것처럼. 나보다 먼저 내 이웃이 용수철처럼 퉁겨서 일어났다.

"아니 저 자식들이 여기가 어디라고 한밤중에 빽빽이를 빽빽거리는겨. 여긴 사람도 안 사는 줄 아남."

나는 당숙을 향해 책이 온 모양이라고, 나가보자고 했다. 옷을 걸쳐입고 나왔지만 삽시간에 몸이 떨려오기 시작했다. 이삿날을 어떻게 잡았는지 영하 10도가 넘는 추위였다. 그러게 낮에 왔으면 덜 추웠을 거 아냐. 중얼거리면서 나는 전원이 없다고 아우성치는 전화기의 통화버튼을 다시 눌렀다.

"제발 부탁이니 경적 좀 울리지 마쇼. 지금 이 동네 사람들 다 잘 시간이에요."

그제야 경적이 멈췄다. 시간은 아홉시가 가까웠다. 마을회관 앞으로 걸어나가자 이삿짐 컨테이너차가 눈을 부라리듯 전조등을 켜고 있었고 그 뒤로 앵글을 잔뜩 실은 차가 서 있었다.

청년들

"이거예요?"

인사를 건넬 마음도 나지 않아 나는 차 앞에 서서 따라오라고 손짓했다. 작은 차는 따라왔지만 큰 차는 모퉁이에서 돌지 못하고 멈추었다. 서른살쯤 되어 보이는 운전기사가 내리더니 가죽장갑을 끼며 내 뒤를 따라 집으로 왔다. 그때 마당에서 이웃이 걸어나왔다.

"자네들, 뭐 하는 사람들이여."

작은 차에서 내린 청년과 내 뒤를 따라오던 큰 차의 운전기사가 그를 보더니 나를 바라보았다. 누구냐, 하는 듯한 눈이었다.

"뭐 하는 사람들이냐 말야!"

청년이 대답했다.

"아, 이삿짐 나르러 왔죠."

"그래, 이삿짐을 나르러 왔으면 이렇게 빽빽거리면서 동네 뒤집어 놔야 혀? 지금 몇시여?"

뒤에 따라오던 청년 하나가 나섰다.

"아, 아저씨, 왜 그러시는데요."

"왜 그러긴 이놈의 자식들이, 얻다 대고 남의 동네에 와가지고……"

"아, 그런데 왜 욕을 하고 그래요. 아저씨가 뭔데."

"나보고 뭐냐구? 나 이 동네 주민이다, 이놈들아. 자다가 빵빵거리는 소리에 놀라서 뛰어나왔다. 됐어?"

큰 차를 운전해 왔던 청년이 이런 씨부랄, 하더니 휙 돌아서며 중얼거렸다.

"나잇값도 못하고 술 처먹고 떠들고 자빠졌어."

이웃이 소리를 질렀다.

"뭐야? 처먹고 자빠져? 이놈의 자식들이…… 이삿짐 필요없으니까 가지고 꺼져! 개만도 못한 놈들 같으니라구."

욕을 했던 청년이 침을 뱉더니 야, 가자 하고 소리쳤다. 청년들이 뒤를 따랐다. 답답한 건 나였다. 당숙도 아니고 이웃도 아니고 빼리릭 소리 좋아하는 여자도 아니고 구경하고 서 있는 전임 총무도 아니었다. 나는 전임 총무에게 제발 도와주는 셈치고 이웃을 데리고 안으로 들어가달라고 사정했다. 그 다음에 큰 차를 몰고 온 서른살 가량의 청년에게 가서 일을 되도록 해야지, 성질대로 해서 어쩌자는 거냐, 빨리 내려달라고 사정했다. 당숙에게는 차에 올라가라, 책을 분류해서 앵글에 진열할 책은 한쪽에 몰아서 쌓고 상자째 쌓아놓을 책은 밖으로 쌓게 조정해달라고 사정했다. 사정 끝에 그들은 각자의 일을 조금씩 해주었다.

전임 총무는 이웃을 데리고 이웃의 집으로 갔다. 큰 차가 후진으로 들어왔고 네 청년이 합세한 뒤 앵글을 내리기 시작했다. 그런데 앵글이 예상보다 훨씬 많았다. 열댓 개가 아니라 스물다섯 개였다. 높이가 맞지 않아 당장 들여놓을 수 없는 앵글은 마당에 뉘어놓고 이쪽 저쪽 하면서 들어오는 앵글을 배치하느라 정신이 하나도 없었다. 원래 이 일은 이사경험이 많고 눈썰미가 있는 전임 총무가 하기로 되어 있었는데 그쪽은 이웃을 붙들고 있어야 하니 눈썰미 없고 이사경험도 적은 내가 할 수밖에 없었다.

그럭저럭 앵글이 들어오고 작은방으로 책상자가 날라져오기 시작했다. 청년 중 하나가 방 유리문을 떼어내고 마루 아래에 벽돌을 쌓아 발을 디디기 쉽도록 만들었다. 책을 담은 상자 중에 큰 상자는 혼자 들기가 힘들 정도로 무거웠다. 작은 상자도 라면상자만했다. 청년들이 트럭 사이를 오가는 길은 삽시간에 그들이 뿜어내는 입김과 땀냄새로 가득 찼다.

보관료

짐을 나르는 청년들을 바라보며 나는 약간은 감동했다. 책은 이삿짐 가운데 가장 무거운 짐이다. 날라도 날라도 표시가 나지 않는 게 책이다. 이번의 이삿짐은 책 그 자체라고 해도 좋다. 그들은 짐을 나르면서 불평도 불만도 없었다. 그런데 그들이 등에 지고 나르던 책상자가 땅바닥으로 떨어지면서 책이 쏟아졌다. 그걸 보고 방에서 나오던 당숙이 어이쿠, 하고 마당에 나뒹그러졌다.

"왜 그래요, 왜?"

청년들이 만들어놓은 발판을 잘못 디뎌 그렇게 된 것이었다. 아고고. 삐었나 봐. 이거 어떡하나, 어떡해. 청년들은 여전히 바람소리를 내며 책상자를 날랐고 마당에 누운 당숙은 청년들이 지나갈 때마다 애처롭게 비명을 질렀다. 이 밤중에 어디 가서 침쟁이를 데리고 오나, 보건소 앰뷸런스를 부르나. 그때 이웃이 담배를 물고 밖으로 나왔다.

"이눔의 자식들. 인제 좀 열심히 하겠지. 감히 어디라고 여기 와서……"

이웃은 실금실금 웃었다. 나는 그에게 혹시 집에 찜질을 할 수 있는 뭐라도 있는지, 몽둥이는 빼고, 찾아달라고 했다. 이웃은 "아, 파스?" 하더니 돌아서서 갔다. 누워 있던 당숙은 그 와중에도 "아이고오, 그게 파스가 아니라 패친데…… 파스란 말은 바바리나 호치키스같이 제품 이름에서 나온 잘못된 이름이거든" 하고 중얼거렸다. 이웃이 금방 파스인지 바바리인지를 찾아왔고 거실로 당숙을 부축해 들어와 누인 뒤에 오른쪽 발목에 패친지 호치키스인지를 붙였다. 그런데 양쪽 발목 모두 다친 건 고사하고 살짝 부은 흔적조차 없이 아주 건강해 보였다. 당숙은 삔 데는 무조건 지져야 낫는다면서 바닥이 뜨거운 방으로 들어가 이불을 뒤집어썼다. 전임 총무가 터진 책상자를 추려들고 안으로 들어왔다. 거기에 들어 있는 책 가운데 해독할 수 있는 문자로 되어 있는 책들은 일본 출판사에서 나온 『조선어 소사전』을 포함해서 4분의 1도 되지 않았다. 이웃과 나, 전임 총무는 책을 제쳐두고 막걸리를 마셨다.

30여분 후에 나와보니 청년들이 모여 담배를 피우고 있었다. 단순하고 구김없는 모습이었다. 그들은 내게 그 여자로부터 이삿짐 부탁을 받은 것이 세시 넘어서였다고 말했다. 내 전화번호를 받지 못해서 전화를 할 수 없었다고도 했다.

방으로 들어오자 당숙이 다리를 절뚝이면서 나오더니 자신은 아무래도 오늘 집으로 돌아가야겠으니 택시를 불러달라고 했다. 이웃이 그렇게 하마고 했고 근처의 택시회사에 전화를 걸어 사만 오천원으로 할인을 해놓았다. 나는 당숙에게 그래도 짐이 다 들어오는 건 봐야지, 하고 물었다. 당숙은 그러겠다고 했다. 원래의 예정대로라면 두시에 책이 들어오면 상자를 풀어 앵글에 진열하고 밤을 새더라도 정리를 한 뒤에 집으로 가기로 되어 있었다. 그러나 짐이 너무 늦게 들어왔다. 그 짐은 한문을 비롯한 외국어로 된 책이 4분의 3이었다. 4분의 1이라도 우리 면에서는 그 누구도 따라올 수 없는 장서가 되겠지. 누군가 말했다.

"언제면 끝날 것 같아요?"

내가 소리쳐 묻자 청년 하나가 삼십분, 하고 대답했다. 당숙이 옆에서 말했다.

"아 참 그런데 내가, 이삿짐쎈터에 마지막 달 보관료를 안 준 거 같애. 오늘 주려고 돈은 찾아왔는데."

나는 너무 좋아서 온몸의 털이 다 곤두서는 것 같았다. 30분 뒤에 별은 더욱 초롱해졌다. 청년들의 씨근거리는 숨소리가 멈추었다. 유리문을 달고 차문을 닫고 그들은 떠날 준비를 했다.

"택시 왔어."

이웃이 말했다. 당숙은 부축을 받아 밖으로 나섰다. 택시가 집앞으로 오기 전에 나는 이만원을 당숙의 지갑에서 뺐다. 내 지갑에 남은 만원을 보태 청년 중 가장 나이가 많아 보이는 이에게 내밀었다.

"이삿짐센터에서 한 소행으로 봐서는 정말 욕밖에 안 나오지만, 둘 다 피해자니까 이걸로 식사라도 해요."

청년은 이를 드러내며 웃고 어둠속으로 사라졌다. 차를 탕탕 치는 소리와 출발, 하는 소리가 들리고 트럭들이 움직이기 시작했다. 당숙은 택시에 올랐다. 나는 택시 문을 붙잡았다.

"내가 허락하기 전에는 그 여자한테 절대로 그 보관료 주면 안돼."

당숙은 이미 무슨 책인가를 보느라 정신이 없었다. 나는 책을 빼앗으며 다시 같은 말을 되풀이했다. 당숙은 그러겠다고 하면서 차 문을 닫았다. 내가 차에서 손을 떼자 당숙은 오른쪽 주머니에서 새로 문고판 책을 한권 꺼내들며 출발, 하고 소리쳤다. 택시는 떠났다.

방으로 들어오는 길에 보니 바닥 이곳저곳에 책이 떨어져 있었다, 만나처럼.

책

책은 무엇인가. 엉뚱한 과학사이다. 책은 지성의 몰락이며 글쓰기의 유혹이다. 책은 중국 중세사회로의 여행, 책은 중국 과학의 사상, 책은 사기(史記), 책은 인류 최후의 날이다. 책은 밤을 놓아주지 않는 사람들을 지나 실학파의 정치사상과 사회정치적 견해이고 독서술이며 동물의 미술이고 일본사와 동아시아 연표이다. 전염병과 인류의 역사이며 생명의 기원이다. 육조단경(六祖壇經)인 책, 흥미있는 화학 이야기인 책, 팝리얼리즘인 책. 책은 권력과 지성이고 도연명 시집이자 엔트로피이다. 책은 천재의 정신병리의 발현이고 인간의 수상(手相)과 지문이자 표지가 떨어진 미학사전이다. 미국의 송어낚시에 요가, 태고사, 실크로드의 역사인 책. 책, 책, 책은 책에 담긴 모든 것이다. 재앙, 짐, 한 사람의 생의 자취, 모험, 여행, 유적이며 폐허 아니면 그저 책, 돈으로 삼억원, 종이로 팔면 몇십만원, 권수로 삼만 권. 이게 다인가.

아무도 모른다. 아직 아무도 모른다. 우리는 아무것도 모른다. 아무것도 모른다는 사실이 형광등처럼 껌뻑껌뻑 명멸하더니 얇고 네모진 심연 앞에 쭈그리고 앉은 나를 환하게 밝혀왔다.

—『현대문학』 2002년 3월호

그 냄새는 시골 어린아이 특유의 비린내와 두엄더미 근처에서 나오는 발효와 부패의 합작물에,
시골길에서 시시로 밟게 되는 소 말 나귀 개 닭 거위 염소의 똥, 남가이 자신에게서 나와서
온몸 구석구석에 골고루 묻혀진 마르고 진 배설물, 먼 훗날 남가이에게서 풍겨나오게 되는
고아한 향기의 원형이 희미하게 결합된, 냄새 자체로 이미 괴물이었다.

천하제일 남가이

천하제일 남가이

남가이(南可伊)를 배기 전에 그의 어미는 이런 꿈을 꾸었다. 포동포동하고 하얀 새끼돼지가 장날 수소풍선처럼 하늘로 올라가는 것이었다. 그러고 보니 장날이었다. 장에 나온 사람들 모두 하늘로 올라가는 돼지가 그려진 풍선, 아니 하얀 새끼돼지를 올려다보고 있었다. 아이고, 저 아까운 돼지, 돼지가 기냥 하늘로 올라가버리네. 누군가 안타깝게 손뼉을 치며 소리를 질렀다. 자전거를 대놓고 풍선에 수소를 넣어서 파는 사내도 이마에 손을 얹고 돼지를 바라보고 있었다. 돼지의 발목은 잘록했고 멀어지는 몸은 작아질수록 귀여웠다. 모두들 우러러보는 가운데 문득 돼지의 입에서 침방울이 떨어졌다. 하늘에서 내려오는 침방울, 그건 내려오면서 커다란 구슬로 변했다. 그걸 눈치챈 사람은 거의 없었다. 장터에서 가장 높은 삼층건물 옥상에 호호백발의 노파가 나타났다. 노파는 자신을 바라보는 유일한 사람, 곧 남가이의 어미인 처녀를 보더니 지팡이로 그 방울을 가리켰다. 처녀는 정신없이 그 노파가 가리키는 방향을 따라 달려갔다. 문득 깊이가 허벅지쯤 되는 냇물이 나타났다. 처녀는 치마를 걷어올리고 냇물을 건너기 시작했다. 하늘에서 떨어져내리는 구슬을 쳐다보며 냇물을 건너는데, 짙푸른 냇물 속에서 거대한 이무기가 불쑥 고개를 내밀었다. 처녀는 이무기의 대가리에 떠받혀 공중으로 솟아올랐다. 공중에 떠 있는 채로 처녀는 치마를 한껏 펼쳐 구슬을 받아안았다. 그 순간 아랫도리에서 그지없이 뜨거운 기운이 몸속으로 왈칵 밀려오는 것이 느껴졌다. 이무기가 뿔로 처녀의 아랫도리를 들이받았던 것이다. 처녀는 비명을 지르며 아랫도리를 감싸안았다. 그 바람에 구슬은 물속으로 떨어졌다. 구슬이 떨어지자 이무기가 그 구슬을 받아삼켰다. 그러더니 소금물에 집어넣은 미꾸라지처럼 요동을 치며 거품을 뿜어댔다. 남을 해코지한 죄로 죽어가는 것이었다. 처녀는 이 모든 과정을 되풀이하고도 남을 기나긴 시간 동안 비명을 지르다 깨어났다.

처녀는 자신의 몸 위에 엎드러져 코를 골고 있는 낯선 사내를 밀치고 일어나 앉았다. 자신이 꾼 꿈에 대해 생각해봤지만 영문을 알 수 없었다. 이윽고 잠에서 깬 사내에게 꿈이야기를 했다. 남의 집 머슴살이를 하면서 이따금 처녀의 거적집을 찾아오던 사내는 끝까지 이야기를 들으려고 하지 않고, 처녀에게 주려고 가져온 복숭아 중 하나를 와삭와삭 깨물어먹고는 가버렸다. 처녀의 움막에 아침해가 비쳐들었다. 늘 그렇듯이 개들이 코를 들이밀고 킁킁거렸다.

그로부터 얼마나 시간이 지났는지 모르지만, 이윽고 때가 되어, 느닷없이 동네 개들이 처녀의 움막 주위로 몰려들었다. 줄에 묶여 있는 개들도 낑낑거리며 안달을 했다. 수십마리의 개들이 마치 움막을 옹

위하듯이 침묵을 지키며 앉아 있었다. 무슨 일이 났는지 궁금해하던 사람들도 개 때문에 접근하지 못했다. 간간이 안에서 신음소리가 났지만 그뿐이었다. 밤을 불러들인 새벽이 아침을 낳았다. 천지에 미만한 안개가 냇물처럼 흘러들어 움막을 감싸안았다. 그 뒤로 술취한 거인의 시뻘건 눈알 같은 해가 둥실 솟을 때에 아이는 태어났다. 아이가 태어나자마자 개들이 요란하게 짖어댔다.

아이는 어미의 뱃속에서 빠져나오면서 다른 아이들처럼 울지 않았다. 밖에서 짖어대는 개소리에 귀를 기울이는 듯 가만히 있었다. 제대로 씻어줄 사람도 없었고 제가 씻지도 않았는데 아이의 몸은 희고 깨끗했다. 그러나 곧 백일이 되기도 전에 아이의 몸은 움막 안의 먼지와 제 어미의 몸에 붙어 있는 때가 이사오면서 시커멓게 변했다. 그뒤로 아이가 초등학교 들어갈 때까지 남산 밑 샘골 사람들이 십시일반으로 아이와 그 어미를 돌아가며 먹이고 재워주고 헌옷이나마 입혀주었다. 때에 절어 새카만 얼굴에 멋대로 긴 머리며 손발톱, 얼어터지고 헐어터진 손등 발등이며 먹을 것이 없나 늘 땅만 보며 말없이 돌아다니느라 노인처럼 구부정한 허리, 주려서 유난히 커 보이는 눈, 부스럼, 버짐에 쥐벼룩과 이에 괴롭힘을 당해 피가 나도록 긁어대느라 붉게 헌, 천지에 여윈 몸이 초등학교 들어가기 전의 아이의 모습이었다. 물론 동네의 여염집에서 자라나는 아이들하고는 비교가 되지 않았다. 동네의 제일 가난한 집의 개보다도 못했다.

아이가 난 움막이 동네의 남쪽에 있었고, 아이가 태어날 때 피냄새를 맡고 온 개들이 있었다는 사실을 알게 된 동네 노인이 아이의 이름을 남개똥(南介童)이라고 지어주었다. 아이가 학교에 갈 때가 되어 호적에 이름을 올리게 되었을 때 아이의 이름은 '개'를 풀어쓴 한자 '가이'가 되었다.

남가이는 학교에 들어갔지만 다른 아이들처럼 가방을 멜 수가 없었다. 팔이나 어깨가 없어서 그랬던 건 아니다. 가방이 없어서 그랬다. 또 코 닦는 손수건을 가슴에 매달 수가 없었다. 가슴이 없었느냐. 아니다. 가슴에 달 핀이 없었고 손수건이 없었다. 그래서 다른 아이들처럼 코를 찔찔 흘릴 수가 없어 아예 흘리지 않았다.

다행인지 불행인지 그당시 초등학교 교육은 의무교육이었다. 적령기에 달한 아동은 의무적으로 학교에 가야 했다. 의무교육이므로 교육의 댓가로 지불하는 납부금은 없었지만 육성회비라는 게 있었다. 남가이는 육성회비를 학교에 가지고 갈 수 없었다. 돈이 없었기 때문이다. 남가이는 학교에 다니는 동안 육성회비를 한번도 내지 않았다. 그 때문에 곤란하게 된 건 담임선생님이었다. 학교당국은 명목상으로는 교사와는 아무런 상관이 없는 육성회비를 교사들로 하여금 걷게 하고 그 실적을 그래프로 표시해 교무실과 각 교실의 뒤에 걸게 했기 때문이다. 그 그래프 때문에 스트레스를 받은 교사들 중 심약한 사람은 아이들을 협박하고 회초리를 휘두르기도 했다. 육성회비를 학교에 가지고 오지 않고 중간에서 횡령하는 아이들을 색출한다는 명분으로. 그렇게 함으로써 걷어지지 않는 육성회비, 가지고 갈 수 없는 육성회비, 걷을 수 없는 육성회비가 하늘에서 떨어지는 것도 아니어서 심약한 교사들은 더욱 심약해지곤 했다. 하여튼 남가이는 한번도 육성회비를 내지 않고 초등학교를 졸업했다. 그 기적을 불가능한 일을 가능케 하는 사나이 남가이의 출발점으로 생각해도 되겠다.

학교에서 첫번째로 남가이에게 관심을 가지게 된 사람은 1학년 때의 여선생이었다. "오늘까지도 육성회비를 안 가져온 나쁜 어린이?"

하고 반의 아이들을 둘러보다가 그녀의 눈이 우연히 남가이에게 돌아갔다. 남가이는 태평스럽게 옆에 앉은 아이와 장난을 치고 있었다. 그 아이는 읍내 네거리에 있는 목공소와 신발가게와 술도가, 엿도가를 가진 사람의 아들이며 맨 처음 육성회비를 낸 아이로, 자신과 상관없는 똑같은 대사를 열번 이상 들어와서 신경을 쓰지 않는 게 당연했다. 그러나 육성회비를 내지 않은 남가이는 그러면 안되었다. 더구나 육성회비를 담아오는 봉투로 옆에 앉은 아이의 이마를 후려패는 짓은 적절하지 않았다. 적어도 그 여자선생님이 판단하기로는 그랬다. "남가이! 당장 장난 그만둬. 일어서. 앞으로 나와." 남가이는 즉시 장난을 그만두기는 했지만 일어서지도, 앞으로 나오지도 않았다. 몇번 남가이를 외쳐부르던 선생님이 직접 남가이에게 갔다. 그당시 남가이는 첫잠을 자고 난 누에처럼 우화(羽化)를 하려면 먼, 그저 흉하고 가련한 벌레처럼 보였을 뿐이다. 남가이의 남가이다운 면은 전혀 드러나지 않았다. 가까이 가면 우선 고약한 냄새가 코를 찔렀다. 그 냄새는 시골 어린아이 특유의 비린내와, 두엄더미 근처에서 나오는 발효와 부패의 합작물에, 시골길에서 시시로 밟게 되는 소, 말, 나귀, 개, 닭, 거위, 염소의 똥, 남가이 자신에게서 나와서 온몸 구석구석에 골고루 묻혀진 마르고 진 배설물, 먼 훗날 남가이에게서 풍겨나오게 되는 고아한 향기의 원형이 희미하게 결합된, 냄새 자체로 이미 괴물이었다. 당연히 여선생은 걸음을, 아니 호흡을 멈추었다. 그녀는 짐승의 우두머리가 가질 법한 강력한 페로몬에도 고개를 돌릴 나이인, 스물서너살, 결혼 전의 몸이었다. 멈추어 서는 그녀를 남가이는 검고 흰 동자의 선이 또렷이 구별되는 눈으로 쳐다보았다. 그 일별(一瞥)에 그녀의 눈앞이 캄캄해졌다면 좋았겠으나 아직까지 남가이는 미완성이었다.

그저 한 사람의 처녀선생을 움찔하게 만들 정도밖에 안되었다. 고약스러운 냄새와 어린아이답지 않은 눈초리에 여선생은 한동안 머뭇거리며 말을 꺼내지 못했다. 그러나 갓 학교에 부임한 여선생에게는 앞뒤를 가리지 않는 젊음이 있었다.

"너 이게 뭐야? 넌 어떻게 된 아이가 선생님이 말씀을 하시는데 장난을 치고 있어? 너 육성회비도 안 냈지? 너희 부모는 애를 학교에 보내놓고도 아무 생각도 없는 사람들이니? 가정교육을 어떻게 받은 거니? 넌 아버지가 없다며? 네 어머니는 술집을 다니다가 실연하는 바람에 미쳐서 돌아다니다가 너를 낳았다고 하더라. 너는 세상에 태어난 게 즐겁니?"

여선생은 자신이 하는 말이 도무지 자신의 입을 통해 나오는 것 같지 않았다. 누가 들어도 마찬가지였을 것이다. 여기저기서 주워들은 이야기와 짐작가는 것들, 가정기록부의 내용이 최대한 악의적으로 결합되어 젊은 여교사의 입에서 흘러나오고 있었으니. 여선생은 자신의 입을 틀어막으려 했다. 그러나 손이 입에 닿기도 전에 어떤 강력한 힘이 여선생의 조그맣고 예쁜 입을 더 빨리 놀리게 만들었다.

"내가 너희처럼 거지발싸개 같은 애들을 가르치자고 비싼 돈 들여서 사범학교를 다닌 줄 아니. 그렇지 않아. 난 너희들에게 전혀 관심이 없어. 교양있고 우아하게 학교에 다니면서 부자인 청년실업가가 나타나서 나를 데려가주기를 기다리고 있는 거야. 그때까지 너희가 나의 심기를 건드리지 않았으면 좋겠어. 내 속에 있는 괴물이 잠에서 깨지 않도록. 이상이야. 아이, 피곤해."

초등학교 1학년밖에 안되는 아이들이라고 해서 어른들의 사고, 어른들의 말을 이해하지 못하란 법은 없다. 아이들은 벌린 입을 다물지 못했고 여자아이들 중 일부는 울먹이기까지 했다. 아이들의 입을 통해 여선생이 한 말은 사방으로 퍼져나갔다. 어른들은 믿을 수 없어했지만 한두 아이가 아니고, 수십명의 아이가 같은 이야기를 하니 사실일 수밖에 없었다. 정작 당사자인 남가이는 입을 꾹 다물고 있었다. 여교사는 그 일 이후로 남가이의 육성회비에 관해서는 일절 입을 열지 않게 되었다. 자살을 기도했다는 풍문이 돌기도 했지만, 그건 과장일 것이다. 인생 백년에 쏟아놓는 말이 수십만언일진대 어찌 일이분 동안의 실수로, 그렇다, 명백히 실수라고 할 수밖에 없다, 자살까지 기도하겠는가. 하여튼 그 여교사는 남가이가 초등학교를 졸업할 때까지 자신의 월급봉투에서 초등학생의 육성회비에 해당하는 돈을 꼬박꼬박 덜어냈다.

그런데 초등학교에 다니는 데 육성회비만 필요한 게 아니라는 것은 그당시 초등학교에 다녀본 사람은 누구나 다 알 것이다. 가령 점심시간에는 도시락이, 체육시간에는 체육복이 필요하고 소풍에는 김밥이, 실내에서는 실내화가, 미술시간에는 크레용이, 음악시간에는 트라이앵글이 필요하다. 남가이에게는 그런 걸 준비해줄 사람이 없었다. 그래서 그냥 다녔다. 그걸 이상하게 생각하고, 나아가 괘씸하게 생각한 사람이 또 있었다. 그는 남자였고 남가이의 4학년 담임선생이었다. 그러니까 그전의 3년 동안은 남가이가 그런대로 무난하게 학교생활을 해왔다는 말이 된다. 어쩌면 그 여선생이 은밀하게 다른 것까지 챙겨주었는지도 모른다. 사실 그런 풍문이 돌고 있었다. 그 여선생을 마음에 두고 있던 남선생은 그 풍문의 진위를 확인해보고 싶었을 것이다. 왜 결혼도 하지 않은 아리따운 처녀선생이 학교 전체를 통틀어 가장 가난하고 더럽고 못생긴 아이에게 그렇게 하는가, 혹시 그 아이의 친척이라도 되는가, 그렇지 않다면 그렇게 할 수밖에 없는 다른 이유가 있는가. 어느날 남선생은 점심시간이 지났는데도 철봉에 매달려 있는 한 아이를 발견했는데, 그 아이는 바로 자신이 관심을 가지고 있는 여선생이 관심을 가지고 있다고 알고 있는 바로 그 녀석이며 자신이 담임하고 있는 아이였다. 남선생은, 성이 남씨가 아니고 남쪽 출신도 아니니 이선생, 아니 저선생이라고 하자, 저선생이라지만 멧돼지〔猪〕와는 아무 상관 없다, 저선생은 그 아이에게 다가갔다.

"야, 이 새끼야, 너는 왜 종이 울렸는데도 여기서 놀고 있는 거야. 다음 시간이 체육시간이야? 그럼 체육복이라도 입고 나왔어야지. 아니잖아. 넌 우리반인데 우리반은 다음 시간이 음악이지. 음악시간의 준비물은 트라이앵글. 그런데 왜 철봉에 거꾸로 매달려 있어? 야, 이 새끼야, 내 말이 말 같지 않아?"

남가이는 박쥐처럼 철봉에 거꾸로 매달려 눈을 말똥거리고 있을 뿐이었다. 그때쯤 남가이의 면모는 두 잠을 잔 누에에 해당된다 할 만했다. 덩치는 조금 커졌지만 비약적인 변화는 없었다. 비가 와서 자연히 씻어주기 전까지 씻지 않는 건 여전했으므로 신학기라 막 봄을 맞은 시기, 노출된 피부마다 때가 반질거렸다. 그래서 더욱 말똥거리는 눈이 돋보였다. 저선생은 일단 아이를 철봉에서 떼어내려고 했다. 그런데 의외로 아이의 손에는 힘이 들어 있었다. 철봉에 바짝 붙은 손가락이 여간해서 떨어지지 않았다. 저선생은 아이의 손가락을 하나하나 떼어내면서 다시 소리쳤다.

"넌 도대체가 돼먹지 않은 놈야. 넌 지금 나한테 반항을 하는 거야. 네 속에 어떤 똥덩어리가 들어 있는지 나는 다 알고 있다. 불성실하고 반항적이고 무식하고 돌대가리에 희망이 없는 놈. 나는 너 같은 놈을

볼 때마다 창자를 꺼내고 간을 씹어먹고 싶어진다."

그러나 그 여선생의 경우와는 달리 주변에는 아이들이 없었다. 막 체육수업을 시작한 반이 있었지만 저선생의 목소리가 들릴 정도로 가깝지는 않았다. 저선생은 자신이 무슨 말을 하고 있는지도 몰랐다. 어떤 광포한 충동이 그를 그렇게 하도록 내몰고 있는 것이었다. 저선생이 남가이의 손가락을 하나씩 비틀어 철봉에서 떼어낼 때마다 다른 손가락이 요술처럼 철봉에 달라붙었다. 저선생의 이마에서는 땀이 나기 시작했고 아이 하나를 감당하지 못한다는 생각이 핏대를 세우게 했다. 저선생은 있는 힘을 다해 아이를 잡아끌었다. 그러자 아이는 문득 두 손에서 힘을 풀었다. 저선생은 갑자기 떨어져내리는 아이를 받아들다가 더러운 벌레라도 되는 듯이 바닥에 집어던졌다. 의외로 철봉에서 떨어져나온 아이는 가벼웠다. 던지자 곧 패대기를 친 꼴이 되었다. 아이는 개구리처럼 바닥에 쭉 뻗어서 몸을 떨었다. 저선생은 아이의 가슴에 발을 올려놓았다.

"알았느냐? 네가 반항해도 소용이 없다는 걸. 너는 내가 담임을 맡아본 놈 가운데 제일 재수가 없는 벌레 같은 놈이다. 솔직히 지금 네가 여기서 죽어도 내가 아무 상관이 없다면 그렇게 하고 싶다. 너는 수업 전에 예습 복습을 하지 않고 수업에 필요한 물건을 준비하지 않고 실내화도 없이 맨발로 돌아다닌다. 그렇게 해서 네가 나하고 맞설 수 있다고 생각하면 오산이다. 나는 너를 일년 동안 담임하고 끝내지 않겠다. 네가 버러지에서 인간으로 바뀌거나 죽어서 사라질 때까지 너를 내 밑에 두겠다. 각오해라. 내가 담임을 하는 동안에 준비물을 준비하지 않고 수업을 제대로 받을 자세가 되어 있지 않으면 너는 사는 게 사는 것 같지 않을 것이니."

저선생은 아이의 가슴에 올려두었던 발을 간신히 떼고 검푸른 눈으로 자신을 올려다보고 있는 아이를 일으켜세웠다. 아이는 의외로 고분고분하게 일어섰다. 그게 또 왜 저선생의 심기를 건드렸는지 모를 일이지만 저선생은 거기서 그치지 않고 옆에 있는 버드나무 가지를 꺾어들고 아이를 사정없이 후려치기 시작했다. 아이는 두 팔을 옆구리에 바짝 붙인 차렷자세로 말없이 회초리를 맞았다. 비명을 지르지도 않았고 손발로 몸을 가리지도 않았다. 저선생은 수업을 하다 말고 달려온 다른 반 선생에 의해 회초리질을, 실은 채찍질에 가까웠으며 가지는 거의 부러져나갔다, 멈출 수 있었다. 팔이 붙잡힌 그는 넋이 나간 사람처럼 우두커니 서 있었다. 자신이 무슨 일을 했는지, 왜 그랬는지 도무지 이해할 수 없다는 표정이었다. 남가이는 당시 선생에게 맞은 아이로서는 드물게 학교에서 곧바로 병원으로 실려갔다. 철봉에서 떨어지면서 팔이 부러졌기 때문이다. 회초리질로 난 수백 가닥의 잔혹한 외상에 대해서 나이 든 의사가 의심을 했지만 학교측에 의해 어떻게 무마되었다. 저선생은 일체의 치료비를 부담했다. 그 일 이후로 가이가 졸업할 때까지 내내 담임을 자청했고 준비물을 준비하는 데 한치의 빈틈도 없었다.

남가이는 학교를 가고 싶으면 갔고 쉬고 싶으면 쉬었다. 학교에 가면 언제나 벙글벙글 웃는 얼굴로 이 교실 저 교실을 돌아다녔다. 그 누구도 그를 간섭하지 않았다. 그를 건드리면 흉한 일이 생긴다는 전설은 아이들은 물론 선생들 사이에서도 나날이 커져갔다. 모두가 그를 벌레처럼 싫어했다. 그러나 초등학교 과정은 의무교육, 누구도 남가이가 의무를 다하는 것을 방해할 수는 없는 노릇이었다. 어떻게 보면 초등학교 시절 남가이의 힘은 스스로 잠재하고 있는 그 무엇이 아니라 작용에 대한 반작용으로서의 힘이라고 하겠다. 상대가 강하면 더욱 강해지는 이 힘은 나중에 남가이가 구현하게 되는 최상의 우미(優美)와 마찬가지로 자연에 존재하는 힘이다. 헐벗은 인간은 연약하다. 그러나 헐벗은 인간의 대표격인 아기들은 그 연약함으로 강철과 같은 모성의 보호를 받는다.

6년의 의무교육이 끝난 뒤 남가이는 빈둥거리며 마냥 놀고 잤다. 양식은 언제나처럼 정신이 오락가락하는 그의 어미가 구걸하거나 훔쳐왔고 땔감은 남가이가 구해왔다. 그게 있는 한 모자는 꿈쩍도 하지 않았다. 중학교에 진학한 아이들이 새 자전거에 새 교복, 새 신발을 갖추어 아침마다 열을 지어 학교로 가는 광경이 일년에 수백번은 되풀이됐다. 그러나 남가이는 전혀 부러워하는 빛이 없었다. "너도 학교 가고 싶지 않니?" 하고 언젠가 누가 남가이에게 물었다. 남가이는 말을 하지 않고 빙그레 웃기만 할 뿐이었다. 물이 오르기 시작하는 나무처럼 남가이의 웃음에도 무엇인가 남다른, 그러나 뭐라고 집어서 말하기 힘든 힘이 자리잡기 시작했다. 질문을 한 사람은 그 웃음을 보자마자 가슴이 뻐근해지고, 자신이 뭔가 잘못한 것 같아서 돌아서고 말았다. 남가이의 나이는 호적에 올라가 있는 것보다 두세살 위였다. 그래서 그런지 이미 사내로서의 징후가 그 시기에 조금씩 드러나기 시작하고 있었다.

노는 사이에 키가 훌쩍 자라 어른과 비슷해졌다. 가슴은 채 벌어지지 않았고 어깨는 여전히 가냘퍼서 상체를 보면 소녀를 연상케 했지만 뱀이 허물을 벗듯, 사춘기에 접어들어 왕성해진 호르몬 분비로 피지가 벗겨지자 부드럽고 붉은 피부가 군데군데 드러나기 시작했다. 얼룩덜룩한 그 자리는 화상자국처럼 보이기도 해서 처음 보는 사람은 남가이를 고약한 병을 가지고 있는 사람으로 알고 가까이하지 않았다. 궂은일을 하는 적이 없는 손은 희고 연약했다. 농촌에서 그런 손은 악덕의 상징이었다. 그러나 전체적으로 보면, 곧 조금 떨어져서 남가이를 보면 남다른 윤곽이 은연중에 느껴지는 것이었다. 나이 든 여자들 가운데 이미 남가이의 매력을 의식하기 시작한 사람들이 더러 있었다. 그들은 콩밭에서 허리를 들 때, 고구마밭에서 이삭을 줍다가 눈길을 돌릴 때 남가이가 훅 눈에 들어오면 알 듯 말 듯한 한숨을 내쉬곤 했다. 명백하게 연정을 표시하는 사람은 없었고 있을 수도 없었지만, 이따금 남가이의 집 쓰러져가는 담벼락에 꿔다논 보릿자루 같은 영문모를 자루가 기대어져 있기도 했다. 그래서 먹고살 걱정이 전혀 없어진 건 아니지만, 남가이는 일을 거의 하지 않고도 먹고놀 수 있게 되었다. 그 몇해는 남가이에게는 엄청난 의미가 있었다. 그는 스스로를 바꿔나가고 있었다. 그 일 외에는 다른 일을 할 틈이 없었다. 자연은 그에게 놀라운 잠재능력을 주었고 그는 그걸 자신이 알든 모르든 간에 조용히, 그러나 올바르고 효과적인 방식으로 전력을 다해 계발하고 있었다.

그러던 어느날, 남가이는 어미를 불렀다. 가마솥에다 물을 끓이라는 것이었다. 솥이 없다고 하자 이웃집에서 빌려오라고 했다.

"누가 우리한테 솥을 빌려주겠노. 말도 안되는 소리 하지 마라."

"지금 내 고무신을 들고 이웃집에 가시오. 솥을 씻는 사람이 있는데 그 사람에게 내가 솥을 빌려달란다고 하시오."

어미는 남가이의 다 떨어진 고무신을 들고 이웃으로 갔다. 이웃의 늙수그레한 아낙이 숟가락으로 바닥을 긁어가며 솥을 씻고 있었다.

"그 솥 좀 빌려오라네, 우리 아들이."

이웃 아낙은 픽, 웃으며 대꾸도 하지 않았다. 남가이의 어미는 땅바닥을 보며 다시 한번 똑같은 말을 중얼거렸다. 세번째로 말을 해도 듣는 기색이 없자 집으로 돌아가려고 자리에서 일어섰다. 그런데 언제부터인가 고개를 갸웃거리며 코를 킁킁거리던 아낙이 남가이의 어미에게 물었다.

"와, 솥은 뭐에 쓸라꼬?"

"우리 아들이 몸을 씻는다 합니다. 물을 끓여서 말이오."

"살다살다 까마구가 목욕한단 말을 다 듣겠구마. 그란데 니 손에 들고 있는 거기 뭐꼬."

"우리 아들 고무신이오."

"니 정신이 쪼매 돌아왔는갑네. 따박따박 대답도 잘하고."

그러면서 아낙은 연신 고개를 갸웃거리더니 "이 무슨 우물가에 향낸지 똥낸지 불상(不祥)시럽게" 하고는 느닷없이, "니 그 고무신 좀 조봐라" 하더니 한손으로 고무신을 뺏어다 냄새를 맡는 것이었다. 그러고는 무엇에 홀린 듯 솥을 남가이의 어미에게 안겨주고는 고무신을 안고 방으로 들어갔다. 남가이의 어미가 물을 끓이자 남가이는 솥에 들어가 목욕을 했다. 태어난 지 십수년이 되도록 한번도 씻지 않은 몸에서 풀려나온 때는 솥의 밑바닥에 좍 깔렸다. 그 때에서 풍겨나오는 냄새는 그가 태어날 때처럼 동네 개들을 운집하게 했다. 목욕을 하는 동안 그의 어미는 그의 지시에 따라 뒷집에 가서 남은 고무신 한짝과 옷을 바꾸어왔다. 남가이는 그 옷을 입은 뒤에 읍내로 갔다. 그건 아마도, 남가이가 최초로 자신의 능력을 시험하는 행차 내지는 출도였을 것이다.

운이 좋았는지 실제로 그의 능력이 뛰어났는지 읍내 초입에서 처음 만난 상인이 그에게 점원이 되어줄 것을 요청했다. 절대로 남가이가 먼저 부탁하지 않았다. 그는 점원이 뭔지, 상인이 뭔지도 몰랐다. 상인 역시 점원이 필요한 상황은 결코 아니었다. 그러나 두 사람은 그날 만나자마자 점원과 가게주인으로 관계가 맺어졌다.

아침마다 남가이는 수첩과 전대를 들고 시장을 돌았다. 상인은 상품을 외상으로 받아다 외상으로 다른 가게주인에게 넘겨주고 그 물건이 팔리면 수금을 해서 원래 외상으로 물건을 가져온 곳에 대금을 주고 중간에서 이문을 남기는 전형적인 장사꾼이었다. 수금이 가장 중요한 일이었으므로 그 일을 남에게 넘겨준다는 것은 그 남, 즉 남가이를 분신이나 다름없이 신뢰한다는 뜻이 되었다. 그전에 수금을 하던 사람은 상인의 아들이었다. 하루아침에 아들을 알건달로 만든 상인의 처사를 다른 상인들은 이해할 수 없어했다. 그러나 단 한번이라도 남가이의 얼굴을 본 사람들은, 곧 고개를 끄덕이게 되었다. 남가이가 일을 성실하게 잘했다거나 신뢰를 주어서가 아니라, 그냥 남가이를 보면 고개를 끄덕이는 것이었다. 남가이는 첫날부터 상인의 아들이 했던 것보다 훨씬 많은 금액을 상인에게 가져다주었다. 상인은 남가이에게 밥을 주고 옷을 사주었으며 사무실에서 잘 수 있도록 해주었다.

남가이는 하루종일 할 일을 아침나절에, 일주일 동안 할 일을 하루에, 한달 동안 할 일을 일주일에 해냈다. 상인은 그 때문에 자신의 아들이 그동안 상당한 액수를 횡령했다고 확신하게 되어 그 부자는 치고받는 싸움 끝에 의절을 하고 말았다. 읍내에서 생활하면서 남가이는 놀랄 만큼 달라지게 되었다.

그는 수많은 사람이 슬퍼하고 수많은 사람이 기꺼워하는 것, 수많은 사람이 대화를 나누는 것을 지켜보았다. 수많은 사람의 수많은 발걸음은 그의 발걸음으로 수렴되었다. 경쾌한가 하면 절도가 있고, 묵직한가 하면 소풍 가는 아이처럼 춤을 추는 듯하고 빠른가 싶으면 단정하게 움직였다. 사람들은 그의 발걸음이 어딘가에서 본 것 같다고 여겼다. 그러면서도 누구도 흉내낼 수 없는 그만의 독특한 발걸음임을 인정했다. 수많은 사람의 슬픔은 그에 의해 걸러지고 정화되어 애잔함이 스며 있는, 고독하고 아름다운 표정으로 나타났다. 한번 본 사람은 결코 잊을 수 없는, 인상적이고 정결한 슬픔이 우러났다. 그런 표정은 겨우내 시장 상인들에게 유행이 되었다. 시장에서는 노래가 끊기고 손님을 부르는 소리가 줄었으며 대장장이의 망치소리에는 힘이 없었다. 봄이 되자 남가이는 겨울옷을 벗어던지듯 새로운 표정으로 나타났다. 깨끗한 미소, 대면하는 사람에 대한 배려가 들어 있는 선의의 웃음, 따뜻한 호의가 담긴 표정이었다. 그 때문에 시장은 다시 시끌벅적해지고 활기에 넘쳤다. 물론 시장 사람들은 그 활기가 어디에서 왔는지 정확히 알지 못했다. 봄이 되어 만물이 살아나고 농사일이 시작되니 경기가 좋아지는가 했을 뿐이다.

어떻든 남가이는 열예닐곱 남짓의 소년이었다. 그는 수많은 사람들을 환호하게 할 만한 무슨 일을 해내거나, 인생을 바꿀 연설을 하거나, 하다못해 4년 만에 한번씩 돌아오는 선거에서 특정한 후보를 지지하게 하는 일도 해낼 수 없었다. 그는 수첩 속의 목록처럼 간단명료했고, 숫자처럼 침묵했다. 눈을 크게 뜨고 보지 않으면 보이지 않았다. 관심을 가지지 않으면 평범한 청년일 뿐이었다.

그와 같이 초등학교에 들어갔던 아이들이 고등학교를 졸업할 무렵, 그는 집으로 돌아갔다. 그전에도 이따금 상인의 자전거를 빌려타고 시오리 떨어진 집으로 가서 어머니를 만나곤 했으니 집에 돌아간 게 새삼스러울 건 없었다. 그러나 이번에는 그 집에서 읍내로 빌린 자전거를 타고 나오지 않았다. 그 전날 그는 오랫동안 그를 돌보아준 상인에게서 그동안의 일에 대한 댓가를 받았다. 쌀 스무 가마와 자전거 한 대. 당시 시골 농가에서 상머슴이 일년 동안 일하고 받는 댓가가 쌀 다섯 가마니 정도였다.

남가이의 집에는 스무 가마나 되는 쌀을 쌓아놓을 공간이 없었다. 그래서 그는 그 가마니들을 실어오는 데 필요한 수레와 나귀를 사는 데 쌀의 반을 지불했다. 열 가마도 많았다. 그래서 그는 헛간을 짓는 데 세 가마를 썼다. 그래도 많았다. 그는 일년 동안 모자가 먹을 만한 양을 제외하고는 그 쌀을 주고 산중턱에 있는 자그마한 밭을 샀다. 그 밭에는 바로 그 밭만한 마른 웅덩이가 딸려 있었다. 웅덩이에 밭이 딸려 있었다고 해도 상관없다. 밭주인은 동네 사람들에게 이렇게 설명했다.

"나를 보고 물정 모르는 아이를 속여 처먹었다고 하네만, 나도 다 사정이 있네. 본시 논도 아닌 밭에 무슨 웅덩이가 필요했겠는가. 돈을 많이 쳐서 받은 것도 아니라네. 웅덩이 값은 받지 않았으니까. 나도 팔기 싫었어. 팔기 싫은데 그 총각이 팔라고 하니까 이상하게 꼼짝을 못하겠데. 내가 하는 말이 무슨 말인지 모르지만 말이 안되는 건 맞겠지?"

아침마다 남가이는 나귀를 매단 수레를 끌고 읍내로 나갔다. 가서는 안면이 있는 사람들에게 변소에서 나오는 인분을 퍼주겠다고 했다. 읍내에 농사와는 전혀 관계없이 사는 사람들이 생겨난 지 10년, 그러지 않아도 변소 구덩이가 꽉 차서 골치를 앓고 있던 사람이 많았다. 하수구나 정화조 시설이 제대로 되어 있지 않은 시절이었고 인분을 갖다버리려면 사람을 고용해야 했기 때문에 모두 남가이를 서로 오라고 잡아끌었다. 남가이는 그 인분을 퍼다가 수레에 실어 자신의 밭으로 갔다. 그러고는 마른 웅덩이에 인분을 부었다. 동네 사람들은 멀찌감치서 남가이가 매일 되풀이하는 짓을 지켜볼 뿐이었다. 남가이가 하는 짓은 도무지 이해가 가지 않는다는 표정이었다. 남가이가 실어나른 인분은 손바닥만한 밭을 백번은 뒤덮고도 남을 양이었다. 이윽고 봄이 되고 농사철이 다가왔다. 거름이 필요해진 농사꾼들에게 갑자기 남가이의 밭에 있는 똥덩어리가 향기로운 냄새를 풍기기 시작했다. 사람들은 하나둘 남가이에게 와서 말을 걸었다. 어떻게 시작하든 간에 대화의 끝은 거름을 좀 나눠달라는 것이었고 남가이는 그때부터 먼산을 바라보기 시작했다. 나귀의 등을 쓰다듬고 수레를 발로 툭툭 찼다. 대개는 그쯤이면 눈치를 채고 그 향기로운 똥의 댓가에 관해 이야기를 꺼내게 마련이었다. 그렇게 하기 싫으면 자신이 직접 수레를 끌고 읍내에 가든가, 온 식구가 똘똘 뭉쳐 농사에 필요한 만큼의 양을 만들어내야 했다. 한두 사람이 소를 수레에 매고 나가서 읍내 사람들에게 부탁을 했지만 모두 고개를 저었다. 사람들은 어쩌다 한번 와서 똥을 달라고 하는 사람보다는 지속적으로 오갈, 잘생기고 그 분야의 권위자로 보이는 청년에게 자신의 똥에 관한 모든 권리가 있다고 여겼다.

웅덩이의 인분을 가져가는 대신 어떤 사람은 소를 끌고 와서 남가이의 밭을 갈아주었다. 어떤 사람은 콩을 뿌렸고 어떤 사람은 옥수수를 심었으며 어떤 사람은 김을 맸다. 어떤 사람은 남가이의 밭에 자기 집 변소에서 나온 질좋은 거름을 뿌렸다. 남가이는 그 밭에서 콩을 거두고 고구마, 옥수수, 깨, 고추를 수확했다. 어떤 사람이 지은 농사보다 잘되었다. 그는 그걸 팔아서 다시 주변의 밭을 사들였다. 그렇게 몇해 동안 남가이의 논밭은 쑥쑥 불어났다.

남가이는 일주일에 한번씩만 읍내로 가서 인분을 퍼왔다. 그 정도만 해도 읍내 사람들이나 주변의 농사꾼에게나 충분했다. 읍내 사람들은 그를 온 읍내를 깨끗이 해주는 사람으로 칭송했고 동네 사람들은 거름을 대주는 사람으로 아꼈다. 그동안에도 남가이는 쑥쑥 자랐다. 똥냄새와 똥더미, 똥수레, 늙어빠진 나귀 때문에 쉽게 눈치채이는 일은 없었지만 그의 생김새는 거의 완성되고 있었다. 그중에서도 특기할 만한 것은 향내였다.

사람에게서 나는 향내란 겨드랑이 따위에 많이 분포한 아포크린샘과 에크린샘에서 분비되는 물질이 박테리아와 결합해서 신맛과 함께 발산하는 것이다. 수년간 똥 속에서 살다보면 그런 미약한 향내는 사라질 수밖에 없다. 그러나 남가이는 특별한 사람이었다. 그는 거의 씻는 법이 없었다. 천생적으로 남보다 수십배 강력한 페로몬을 발산할 수 있었는데 이 페로몬은 아무 냄새가 없어 일반 후각기관으로는 인지할 수가 없었다. 훗날 제2의 후각기관인 서골비기관(鋤骨鼻器官)으로만 맡을 수 있다고 알려진 이 향기에 여자들은 남자보다 백배는 더 민감했다. 결국 그들 중 일부는 눈치를 채고 말았다.

남가이가 어디를 가나 그 냄새 아닌 냄새를 맡은 여자들은 고개를 들었다. 그러나 후줄근한 옷을 입고 때에 전 수건을 맨, 그리고 똥을 푸는 도구를 들고 다니는 그를 보고는 대부분은 아닌가, 하고 고개를 돌렸다. 향기 뒤에는 폭우와 같은 똥냄새가 엄습했다. 여자들은 코를 막았다. 그러면서 희미하고 사랑스러운 냄새를 더이상 맡을 수 없게 되었다. 그러나 세무서장의 딸은 달랐다. 그 여고생은 단 한번에 그 냄새의 주인공이 남가이라는 것을 알아차리고 자신도 모르게 그를 향해 고개를 쳐들고 가슴을 내밀며 치렁치렁한 머리칼을 귀여운 망아지처럼 뒤흔들었다. 혹은 미소를 지으면서 눈썹을 치켜올렸다가 갑자기 얼굴을 가리고 키들거리는가 하면 얼굴을 돌려서 먼산을 쳐다보았다. 두 어깨를 활짝 펴고 등을 뒤로 젖히며 머리카락을 추스르는 동작도 포함되어 있었다. 다만 머리를 추켜세우고 부끄러워하면서 남가이를 올려다보는 행동은 하지 않았는데 그 행동은 세무서장의 딸보다 더 저돌적인 경찰서장의 아내에게서 나타났다. 물론 경찰서장의 아내 역시 자신이 왜 그러는지 명확히 알지는 못했다.

남편의 관용차를 타고 시장에 가는 길에 그녀는 남가이의 냄새를 맡았다. 그녀는 차를 세우라고 명령했다. 그녀는 창문을 활짝 열었지만 그 냄새가 더이상 나지 않자 차에서 내렸다. 그러고는 지나가는 사람들을 향해 검문하듯 코를 킁킁거리기 시작했다. 그녀의 앞으로 똥을 실은 수레가 다가오고 있었다. 코를 막기 직전, 그녀는 자신이 찾는 냄새가 바로 그곳에서 희미하지만 지속적으로 풍겨나오는 것을 깨달았다. 당연히 그녀는 자신의 코를, 아니 감각 자체를 의심했다. 수레 위에 밀짚모자를 깊숙이 눌러쓰고 앉아 있던 청년은 길을 가로막고 선 경찰서장의 관용차 때문에 나귀를 멈추었다. 그러고는 수레에서 내려 나귀의 등을 쓰다듬으며 무관심한 눈길로 경찰서장의 아내를 응시했다. 그녀는 무릎에 힘이 빠지는 것을 느끼면서 입술을 깨물었다. 그녀는 살진 옆구리에 손을 얹으며 청년을 쳐다보지 않으려고 안간힘을 썼다. 마침내 남가이는 턱을 조금 들었다. 그의 얼굴이 8분의 1쯤 드러났다. 경찰서장의 아내는 그것만으로도 숨이 막혀 가슴에 손을 얹어야 했다. 남가이는 턱짓으로 관용차를 가리켰다. “이 차는 그대의 차인가?” 경찰서장의 아내는 눈빛으로 대답했다. “제 차가 아니고 남편의 차입니다. 남편은 경찰서장이라는 하잘것없는 직함을 가지고 있지요. 제가 시장에 가려고 타고 나왔답니다." 남가이는 먼산을 바라보며 귀밑을 긁었다. "관용차를 사사롭게 사용하다니 해괴한 일이로다. 또 대로에 차를 세워놓고 뭇 자전거와 우마차의 통행을 방해하고 있으니 우습고도 용서 못할 일이다. 당장 차를 치우고 원래의 자리에 돌려놓은 뒤 그대는 시장에 가든지 변소에 가든지 그대의 일을 보라. 나는 나의 길을 가겠노라." 남가이는 할말이 다 끝났다는 듯 팔짱을 꼈고 경찰서장의 아내는 고개를 떨구었다. 불과 30초도 안되는 시간 동안 일어난 일이었으므로 두 사람 사이에 오간 무언의 대화를 눈치챈 사람은 아무도 없었다. 경찰서장 사모님의 표정을 살피며 운전석에 앉아 있던 경찰관조차 몰랐다. 사모님은 다소곳이 차에 올라 "돌아가" 하고 침울하게 말했다. 관사 앞에서 사모님은 아까 똥을 푼 수레를 끌고 가던 젊은이가 누구냐고 물었다. 경찰관은 "한마디로 더럽기 짝이 없는 똥 푸는 놈"이라고 말했다가 공연히 야단을 맞았다.

그녀에게 또다른 경쟁자가 생겼다. 결혼적령기를 넘긴 여선생이다. 이 여선생은 남가이에게 육성회비를 대준 그 여선생과는 아무런 관련이 없었다. 이 여선생은 유수한 청년들의 구혼을 속되도다, 뿌리치고 오로지 교직을 천직으로 알고 아이들을 사랑하며 살아가던 여선생 중의 여선생이라 할 만한 여선생이었다. 그녀는 아침마다 구혼자들이 집앞에 대령하는 자가용을 마다하고 버스를 타고 학교에 다녔는데 어느날 버스 속에서 수레를 끌고 지나가는 남가이의 옆모습을 보고 첫눈에 반하고 말았다. 맨 처음 버스 유리창을 통해 남가이를 보았던 까닭에 남가이가 풍기고 다니는 인분냄새를 전혀 맡을 수 없었다. 나중에는 냄새에 대해 알게 되었지만 그때는 악취고 향기고를 떠나 노도와 같은 염정에 휩싸인 뒤였다. 따라서 그녀는 남가이의 모습만을 보고 반한 첫번째 여성으로 기록할 만하다. 아침마다 일정한 장소에서 시동을 걸고 더 탈 손님을 기다리고 있는 버스 앞을 남가이는 밀짚모자를 눌러쓰고 고개를 푹 숙인 채 지나가곤 했다. 어쩌다 나귀가 방귀를 뀌는 바람에 고개를 들었는데, 마침 그 순간에 이 여선생이 남가이의 옆모습 3분의 2 가량을 목도한 것이었다. 겨우 옆모습, 겨우 3분의 2라고 우습게 알아서는 안된다. 금강석처럼 단단하던 처녀의 마음이 한순간에 무너지고 말았으니. 사랑에는 국경이 없고 나이차, 직업의 귀천은 문제되지 않는다. 낡아빠진 영화대사 같은 그 말 마디마디가 이 여선생의 폐부를 찔러댔다. 단 한번이라도 눈이 마주쳤으면, 자신의 존재를 알아주었으면 금방 죽어도 좋을 것 같은 심정이었다.

세 여성은 누구도 드러내놓고 남가이에게 접근하지 못했다. 그래서 서로의 존재에 대해 명확히 알고 있지 못했다. 그러나 때가 왔다. 일년에 단 하루, 단옷날에 온 읍내 사람들이 모여서 벌이는 축제가 열렸다. 곳곳에서 사람들이 모여 그네를 뛰고 읍내 성곽을 한바퀴 도는 이어달리기를 하고 공을 찼다. 모두 한껏 성장을 하고 일년 중 가장 아름다운 계절을 만끽했다. 저녁에는 촛불이며 횃불을 들고 온 읍내를 노래하며 도는 행사가 있었다. 그날 배고픈 사람은 아무도 없었다. 못난 사람도 없었고 슬퍼하는 사람도 없었다. 심지어 그날은 아무도 죽지 않았다.

바로 그날, 왜 하필 그날이었느냐 하면 때가 되었으므로, 꽃이 피고 새가 울고 열매가 익어 떨어지는 것이 다 때에 맞추어 그러하듯, 남가이는 스무해 넘게 내밀하게 꽃피워온 자신의 전모를 드러냈다. 그로부터 사흘 전 남가이는 냇가에 가서 흐르는 냇물에 온몸을 담근 뒤 그동안 쌓인 때를 모두 밀어냈다. 때가 쌓여 있던 자리의 희고 부드럽고 붉은 피부가 드러나자 달빛이 어두워지는 듯했다. 박하처럼 강렬한 향기가 냇물에 실려 하류로 내려가자 빨래를 하던 여인네들은 어지럼증을 느꼈다.

단옷날 남가이는 몸에 조금 큰 듯한 비단옷을 하늘하늘하게 걸치고 긴 머리칼을 어깨까지 치렁거리며 읍내에 나타났다. 당시 대도시에서는 장발이 유행이었고 군인 출신인 대통령이 장발을 싫어한다고 해서 경찰이 장발단속에 나서는 일도 있었는데 읍에서는 사내들은 아무도 머리를 기르지 않았다. 따라서 읍내의 경찰도 장발단속은 해보지 못했고 어떻게 하는 줄도 몰랐다. 그는 경찰을 구경하고 그네 타는 처녀들을 구경하고 오월의 싱그러운 나무를 구경했다. 겨울이나 여름이나 쓰고 다니던 밀짚모자를 벗어젖힌 건 물론이다. 오래도록 남가이를 봐온 사람들도 그가 누구인지 쉽게 알아보지 못했다. 남가이도 자신이 어디에서 왔는지, 누구인지 말하지 않았다. 그가 가진 숱한 아름다움 가운데 언어분야는 아직 충분히 발달하지 못했는지도 모른다. 그는 사람들의 말에 "예"라는 단 한마디로 대답했다. "누구시던가요." "예." "어디서 오셨지요." "예." "부모님은 어떤 분인가요." "예." "혹시 낙양고등학교 26회 졸업생 아니신가요." "예." 사람들은 모두 그 "예"에서 대답을 얻었다고 여겼다. 그는 "예"라고 말하면서 조금씩 표정과 몸짓을 바꾸었다. 때에 따라 그것은 말하기 싫다, 대답할 의무가 없다, 그런 줄 알고 있어라, 남의 일에 신경쓰지 마라, 네 말이 맞다, 네 멋대로 생각하라로 해석되었다. 그렇지만 듣는 사람을 기분나쁘게 하지는 않았다.

세 여성들 역시 축제를 맞아 거리를 거닐고 있었다. 그들은 공통적으로 밀짚모자를 쓰고 인분냄새를 풍기는 청년을 찾아 눈을 한껏 크게 뜨고 사방을 두리번거리고 있었다. 그가 보이지 않자 그들은 짜기라도 한 것처럼 한숨을 내쉬었다. 그 좋은 시절에, 그 아름다운 사람들 틈에서, 풍요로움과 즐거움이 공평하게 나눠지는 금쪽 같은 그 시간에 한숨짓는 사람은 세 사람뿐이었다. 남가이는 유유히 헤엄치듯 사람들 사이로 걸어다녔다. 그러나 단 한번도 특정한 이성을 향해 눈길을 오래 보낸 적은 없었다. 지나는 중에 훈장을 주렁주렁 단 정복을 입은 경찰서장이 피둥피둥 살이 찐 사십대 초반의 부인을 데리고 왕과 같이 흐뭇한 미소를 띠고 지나가는 것을 보았다. 그러나 단 일초도 시선이 머물지 않았다. 그는 또 오랜만에 교복을 벗어던지고 막 피어나는 몸과 마음을 어찌하지 못해 뛰다시피 하며 깔깔거리는 여학생 무리를 보았다. 그중 단연 눈에 띄는, 어여쁜 여학생의 귀감 같은 여학생이 있었지만 그때도 그는 눈길을 돌렸다. 그는 또한 얌전하게 양산을 쓰고 귀부인처럼 긴 치마를 살짝 든 채 조심스럽게 길을 걷는 지성과 교양, 조신함의 화신 같은 어느 여성을 보았다. 그러나 그 여인도 그의 눈을 단 일초도 머물게 하지 못했다. 세 여인은 본능적으로 그가 자신들이 찾는 사람임을 알아보았다. 그러고는 그때까지의 궤도에서 벗어나 멀찌감치서 남가이의 뒤를 따르기 시작했다. 그래서 경찰서장은 갑자기 마누라를 잃어버렸고 여학생들은 사랑스러운 친구를 놓쳤다. 남가이의 눈길이 단 일초라도 넘어 머무는 곳은, 그 대상이 사람이든 풍경이든 씨름판이든 간에 여인들은 격렬한 질투를 느꼈다. 남가이는 눈길을 주지 않았지만 남가이에게는 수많은 사람의 눈길이 집중되고 있었다. 크고 시원한 눈. 보기 좋게 뻗은 코. 옥으로 조각한 듯한 귀. 붓으로 그린 듯 선명한 입술. 이따금 입을 벌리면 눈부시게 드러나는 이. 깨끗이 면도한 턱. 사람들의 머리 위에 솟아 있는 큰 키. 적당히 벌어진 가슴. 유유한 발걸음. 희고 부드러운 손이 머리칼을 추스를 때마다 살짝 드러나는 상앗빛 목덜미. 남자들은 그를 여자 같다고 느꼈고 여자들은 그를 남자 중의 남자로 느꼈다. 남가이를 새롭게 인식하게 된 또다른 여인들이 무의식중에 그를 따르기 시작했다.

이윽고 축제의 장 전체에 미묘한 변화가 일어났다. 무의식중에 그의 뒤를 따르는 여인들의 뒤를, 그들의 연인, 남편, 친구, 형제, 혹은 사랑을 호소하려는 총각들이 따랐다. 군중이 이동하면서 노점상인들 역시 바삐 움직였다. 아이들은 노점상이 내건 솜사탕과 풍선, 장난감에 끌려 그들을 쫓아갔다. 남가이는 자신이 무리를 이끄는 줄 아는지 모르는지 여전히 미소를 띤 채 시계방향으로 온 읍내를 한바퀴 돌았다. 그는 아무것도 먹지 않았다. 따라서 그를 따르는 여인들도 아무것도 먹을 수 없었다. 그러나 배고픔을 느낀 사람은 없었다. 그날은 일 년에 단 한번, 아무도 배고프지 않은 날이었으니까. 노을이 지며 온 읍내가 신비한 물감으로 채색되는 듯 붉어졌다. 남가이의 얼굴에도 붉은 물이 들었다. 그를 따르던 여인들은 일제히 눈자위가 붉어졌다. 비로소 남가이는 자리에 앉았다. 점을 친다는 깃발을 세우고 앉은 어느 맹인 앞이었다.

"점을 치시겠소." 자리를 깔고 앉아 있던 노인이 물었다. 남가이는 "예"라고 대답했다. "복채는 천원이오." "예." "뭘 알고 싶소." "예." "뭘 알고 싶으냐 말이오. 길흉화복, 사주, 궁합, 택일, 작명, 그중에 뭘 원하시오." "예." 남가이의 대답에는 미묘한 억양의 차이가 있었고 장단이 달랐으며 표정과 몸짓이 달랐다. 그러나 노인은 맹인인데다가 가는귀가 먹었다.

"젊은 사람이 날 놀리는 거요. 뭐가 알고 싶냐고 했소. 복채는 있소." "예." 남가이는 주머니에서 돈을 꺼내 노인의 손바닥에 놓았다. "아항, 총각이시구만. 사랑사업이 잘되나 보려구?" "예." "바로 찾아왔소. 내가 바로 월하노인(月下老人)이오. 이룰 수 없는 사랑을 이루어주었다가 옥황상제에게 죄를 지어 지상으로 잠시 귀양온 신선이 바로 나요. 자아, 사주를 대보시오." "예." "사주를 대보라니까." "예." "사주를 모르오? 하긴 요새 젊은 사람들은 그런 걸 모르지." "예." "그럼 또 수가 다 있지. 얼굴을 내보시오." "예." 남가이는 얼굴을 노인의 손에 가져다댔다. 노인은 천천히 남가이의 얼굴을 어루만지기 시작했다. "아아, 이상한데……" 어느 순간부터 노인은 신음소리를 냈다. "총각, 혹시 처녀요?" "예." "아니야, 이 코는 여자일 리가 없어. 그렇다면 이 귀는? 그래, 여자일 리는 없어." 노인은 계속 중얼거리며 이따금 아함, 아아함 하며 앓는 소리를 냈다. 주변에서 그네를 타는 척하며, 화장을 고치고 땀을 닦는 척하며, 친구와 수다를 떠는 척하며, 아이를 추스르는 척하며 남가이를 지켜보고 있던 여인들은 노인의 거친 손이 남가이의 얼굴을 헤집는 것을 보며 이를 갈았다. 남가이는 그걸 아는지 모르는지 빙글빙글 웃으며 얼굴을 내맡기고 있었다. 느닷없이 노인이 뒤로 쓰러지며 소리쳤다. "가시오, 가. 당신은 남자도 여자도 아니야. 사람이 아니야. 사람일 리가 없어. 당신에게는 상(相)이 없어. 당신은 낮도깨비가 환생한 거요. 아니, 천년 묵은 너구리, 여우로구나…… 무섭다, 무서운 일이야. 온 읍내에 재앙이 온다! 이 나라에 보지 못하던 환란이 닥친다! 이 복채, 필요없으니 가지고 당장 꺼져!" 노인은 돈을 집어던졌다. 돈이 들어 있던 통을 집어던지고는 주변에 있던 돌멩이까지 집어 남가이에게 던지기 시작했다. 그때였다. 사람의 장벽을 이루고 있던 여인들이 누가 떠다민 듯 남가이와 노인을 덮쳤다. 한시라도 늦으면 안된다고 생각한 모든 여인들이 비명을 지르며 몸을 던졌다. 남가이는 간신히 몸을 굴려 자리에서 벗어났다. 남가이가 있던 자리에는 경찰서장의 부인이, 그 위에는 세무서장의 딸이, 그 위에는 여선생이, 그리고 그 위를 셀 수 없는 수많은 사람들이 덮쳐눌렀다. 그들은 서로를 쥐어뜯고 깔아뭉개고 목을 졸랐다. 어디서 근원했는지 알 수 없는 적개심이 온 읍을 뒤덮었다. 경찰이 출동하고도 사태는 진정되지 않았다. 서로의 몸 위에 올라타는 것을 축제의 일부로 착각한 청년들이 아무나 찍어누르고 환호성을 질러댔다. 누가 깔리면 곧 그 위에는 수십층이나 되는 사람의 탑이 쌓였다. 수백개의 탑이 생겨나고 무너졌다. 그날 세 사람이 죽었다. 모두 여성이었고 한 사람은 경찰서장의 부인, 한 사람은 세무서장의 딸, 또 한 사람은 아리따운 여선생이었다.

모든 것이 미남 하나 때문이다. 그러나 아무도 그 사실을 믿을 수 없었다. 부인을 잃은 경찰서장은 그런 식으로 말하는 사람이 있으면 무조건 빰부터 갈겼다. 그러고는 무슨 소문이든 소문을 퍼뜨리는 자는 무조건 유언비어 유포죄로 유치장에 처넣으라는 명령을 내렸다. 경찰서가 생긴 이래 처음으로 그런 죄명이 생겼기 때문에 경찰서장 직속부하까지 유치장에 갇히는 사태가 벌어졌다. 금옥처럼 곱게 기른 외동딸을 잃은 세무서장은 딸을 잃은 슬픔을 잊기 위해 일에 파묻혔다. 그 때문에 그냥저냥 넘어갔던 세금들이 수천장의 고지서에 적혀온 읍내의 상인들에게 부과되었다. 여선생을 잃은 아이들은 일제히 가출을 해서 여선생을 추억하는 노래를 지어 부르고 다녔다. 그 아이들을 찾으러 학부형들이 거리며 냇가를 헤매야 했다. 시간이 지나자 사람들은 남가이를 현실로 받아들이기 시작했다.

경찰서장이 쌍권총을 차고 남가이를 찾아갔으나 그 앞에서 한마디도 못하고 돌아왔다는 소문이 돌았다. 세무서장은 남가이를 대면하고 나서 반백인 머리가 완전히 세어버렸다고 했다. 점쟁이 노인의 산통과 고무신이 저수지 옆에서 발견되었다. 아이들은 남가이가 읍내에 나오면 공부고 놀이고 뭐고 집어치우고 그의 뒤를 따라다녔다.

남가이를 추방하자는 논의가 조심스럽게 사람들 사이에 퍼지기 시작했다. 동네에서는 동네 사람들이, 시장에서는 상인들이, 학부형회의에서는 학부형들이 비슷한 논의를 했다. 그러나 논의에 그쳤을 뿐, 남가이를 대면하게 되면 모두 입이 얼어붙고 머리회전이 멈추는 것이었다. 그의 아름다움은 이제 남녀를 불문하고 숨이 막히게 하는 수준으로 발전했다. 그가 그의 아름다움의 힘으로 사람을 해치기로 마음먹는다면, 그를 막을 수 있는 것은 없어 보였다. 공포와 매혹, 무력감과 시기심이 온 읍내를 뒤덮었다.

그러던 어느날 남가이는 영장을 받고 군대를 갔다. 가주었는지도 모른다. 마지막으로 그를 목격한 것은 영장을 가지고 간 우체부였다. 영장을 펼쳐본 그는 크게 소리내어 웃더니 "엄마야, 대가리 깎아라, 군대가면 건빵 준단다" 하고 노래하며 제 손으로 5월의 보릿대처럼 소담스럽고 풍성한 머리를 깎았다. 늙은 우체부는 자전거에 그의 짐을 실어 역까지 날라주었다. 그는 사람들 눈에 띄지 않게 박박 깎은 머리에 모자를 깊이 눌러쓰고 역사를 빠져나가 기차를 탔다.

훈련소에서 그는 중대장의 눈에 띄는 즉시 훈련과정을 생략하고 당번으로 배속되었다. 중대장이 대대장이 주관하는 회의에 참석하러 가던 날, 그를 따라갔던 남가이는 당연히 대대장의 당번으로 보직이 바뀌었다. 대대장은 일주일쯤 후에 연대장이 주관하는 회의에 참석하면서 그를 데리고 가는 어리석음을 범했다. 연대장은 대대장보다는 그릇이 큰 사람이었다. 그를 보자 자신이 데리고 있을 만한 사람이 아니라고 판단하고 곧바로 지프에 실어 사단본부로 보냈다. 사단본부에서는 그를 사단장의 당번으로 배속시켰지만, 사단장의 부인과 딸이 동시에 밤마다 일개 당번병의 이름을 흐느껴 부르는 이상한 증세를 보임에 따라 사단장은 남가이를 누구도 가기 싫어하는, 하긴 그 부대가 있다는 사실을 아는 사람 자체가 극소수인 특수전 전문부대에 보냈다. 특수전 부대는 갖가지 종류의 전술과 전기(戰技), 전략을 연구 연마하고 있었다. 그중에는 특수전으로 산전수전 다 겪은 특수한 경력의 전투전문가도 있었는데, 그는 남가이 이병을 보자 무기력증에서 벗어나 고금에 드문 새로운 전기 전술에 관한 착상을 했는데, 그것은 바로 적진의 여군들을 무력하게 만드는 미남계였다.

그는 곧 공문을 작성했다. 각 사단에서 가장 잘생긴 병사로만 차출을 해서 보내라는 내용이었다. 공문에는 최고사령관의 서명이 들어있었다. 서명이야 어쨌든 그 발상은 유치한 것임에는 틀림이 없다. 잘생긴 것의 기준은 잘생긴 사람의 숫자만큼이나 많았다. 어쩌면 자신이 잘생겼다고 생각하는 사람의 숫자만큼 많았을 수도 있다. 예하부대의 사령관들은 그 기준을 정하지 못해 결국 자신과 가장 닮은 병사들을 보냈고 남가이 일병을 필두로 미남부대를 창설하여 '미남전(美男戰)'이라는 전무후무한 전술을 창안하려던 기도는 물거품이 되었다. 그런 졸렬한 기도에는 부작용이 따르게 마련인데 시험에 참가한 여군들이 한동안 식음을 전폐하고 남자다운 남자를 구해달라는 시위에 들어갔다. 무낙하산 낙하, 무잠수함 잠수, 자갈로 바위깨기 등의 인간의 한계를 넘는 격렬한 특수훈련을 연속해서 받은 끝에 겨우 그 증세가 고쳐졌다. 훈련에 참가한 여군들은 세계 최고수준의 특수여군으로 거듭나 각종의 크고작은 훈련과 전투에서 남자로 이루어진 부대를 연전연파하는 솜씨를 보였다. 특히 시원찮은 남군(男軍)은 끝까지 추적해서 격멸하고야 마는 강인한 집념으로, 여군이 남군의 선봉에 서는 새로운 전술의 개막을 알렸다. 이로써 미남전에 관한 일체의 기록은 파기되었다.

제대를 일주일 가량 앞두고 남가이 병장은 양복에 가운을 걸쳐입은 세 사내의 방문을 받았다. 그들은 정중하게 자신들은 군통수권자의 명령을 받고 왔다고 밝혔다. 그들은 또 육군 병장 남가이에게 협조해줄 일이 있으며 같이 가주어야겠다고 말했다. 남가이는 특수하게 제작된 차량을 타고 특수한 길을 따라 특수한 건물로 들어갔다. 거기서 옷을 모두 벗고 키, 몸무게, 시력, 질병 유무를 검사받은 뒤, 특수한 방으로 안내되었다. 그의 신체구조에 관한 갖가지 검사가 실시되었다. 혈액과 오줌, 심지어 정액까지 채취되어 특수한 용기에 담겨 연구소 산하의 특수한 것만 전문적으로 연구하는 특수한 연구실로 보내졌다. 결과가 나오기까지 그의 일거수일투족은 모두 사진으로 찍혔고 감시카메라에 의해 포착되었다. 결과가 어떻게 나왔는지는 모르지만, 그들은 남가이에게 검사를 받는 사이에 병역이 완료되었으며 지금부터는 연구소의 직원 신분이라고 말해주었다. 그리고 직원들만 사는 아파트와 육군 병장 출신의 대학졸업생이 받는 액수의 두 배에 해당하는 월급이 지급될 것이라고도 했다. 안락한 가구와 최신형 전자제품도 한꺼번에 제공되었다. 그에게 없는 것은 다른 곳으로 갈 수 있는 자동차, 여자친구뿐이었다. 남가이는 그런 것이 그다지 필요하지 않다고 말했다. 직원 신분이라고 해도 남가이가 하는 일은 이따금 사진을 찍히고 무슨 전문분야의 학자라는 남녀들과 대화를 나누고 혈액을 채취당하는 일뿐이었다.

믿을 수 없는 일이지만 그들은 인종 개량을 시도하고 있었다. 남가이의 체세포를 난자에 이식해서 대리모의 뱃속에 집어넣은 뒤 대량으로 남가이를 생산하려고 했다. 혹은 그의 유전자를 냉동보관해서 길이 남기려고 했다. 혹은 다양한 특질을 지닌 여인들을 남가이와 관계를 가지게 함으로써 2세에서 변이가 어떻게 일어나는지 관찰하려고 했다. 그는 제품의 재료였고 프로젝트의 출발점이었고 실험동물이며 관찰대상이었다. 그 모든 실험에는 시간이 오래 걸렸다. 윤리적인 논쟁을 피하기 위해 실험은 극비리에 격리되어 진행되었다. 남가이는 시험관 안에서 자라는 자신의 분신, 초대형 초음파사진 화면으로 나타나는 뱃속의 2세, 수정된 상태로 냉동된 자신의 분신, 전자현미경 속의 자신의 씨앗을 보았다. 그는 그때마다 토할 것 같았다고 술회했다. 그러면서 그의 상태는 조금씩 나빠졌다. 그는 점점 자신에게서 아름다움이, 그 힘이 사라져가는 것을 알게 되었다.

최후의 순간에 그는 모든 능력을 발휘해 연구소장을 현혹했다. 그로부터 뒷일은 걱정 말고 시원하게 고향에 다녀오라는 허락을 받아낸 뒤 나가는 도중에 여성 연구원 십여명과 마주쳤다. 그는 그들이 생각할 겨를이 없도록 눈을 크게 뜨고 그들 각자의 눈 속을 응시함으로써 그들의 뇌 속에 순간적으로 도파민의 분수가 솟아나도록 만들었다. 그들은 눈사람처럼 얼어붙었고 입을 벌린 채 복도에 서 있었다. 수위가 하필 환갑이 넘은 늙은 남자여서 문을 열게 하는 데 그는 죽을 힘을 다 써야 했다. 그후에 그의 눈가에는 주름이 잡히고 눈꺼풀이 떨리는 증상이 나타나게 되었다. 그런 희생을 치르고서야 그는 그 지옥 같은 연구소를 탈출해서 고향으로 돌아올 수 있었다. 그 연구소가 어떻게 되었는지는 알 수 없다. 그의 아름다움의 공격이 예전만큼 효과가 있었다면 그 연구소는 자폭했을 것이고 연구소장은 자살했을 것이다. 여성 연구원들은? 아직 얼어붙어 있을지도 모른다. 아무도 그를 찾아오지 않은 것을 보면 그럴 수도 있다. 그러나 그는 확신하지 못했다.

10년 만에 고향에 돌아온 그를 사람들은 알아보지 못했다. 그는 여전히 미남이었지만 예전과 같은 강렬한 인상을 주지는 못했고 그저 잘생긴 사람에 불과했다. 그는 밭으로 돌아가 몽매에도 그리워하던 웅덩이부터 찾았다. 그 냄새를 맡으려고 했지만 인분은 흔적도 없었다. 읍내의 각 가정에는 정화조와 하수구가 설치되었고 거름은 비료로 대체되었다. 그는 직접 경운기를 타고 밭을 갈아야 했고 농사짓는 법을 익혀야 했다. 아무리 그래도 그는 남다른 미남이었다. 사람들은 그에게 호의적이었고 무슨 일을 하든 도와주려고 했다. 그는 그렇게 사람들 틈에 섞여들었다.

중매로 다른 읍의 여자를 소개받아 결혼했다. 결혼식에는 하객들이 많이 왔지만 10년 전 단옷날의 그 소동을 기억하는 사람은 아무도 없었다. 어쩌면 입밖으로 꺼내기를 두려워했는지도 모른다. 남가이는 여느 신랑처럼 발바닥을 맞았고 주는 대로 술을 받아마시다가 취해서 첫날밤에 함께 덮고 잘 이불에 구토를 했다. 그 다음날부터 아내의 잔소리를 듣게 된 것은 물론이다. 아기가 태어났다. 다른 아기들보다 특별히 예쁘달 것도 없고 미울 것도 없었다. 그는 남모르게 가슴을 쓸어내렸다.

"등 따시고 배부르면 최고지, 인생의 재미가 별것이던가. 나한테 딱 한가지 한이 있는데 어머니가 돌아가실 때 지켜드리지 못한 거야. 마지막 가시는 자리에서 아버지가 진짜 누군지 물어보려고 했거든."

친구가 사는 동네 입구에 있는 낡은 술집에서 그는 내게 말했다. 한참 전에 마흔을 넘었다는 그의 목소리에는 여전히 윤기가 남아 있었다.

친구를 찾아가다 들른 그 술집에서 나는 한 사내가 혼자서 술잔을 기울이고 있는 것을 보았다. 나는 그가 시골에서 아주 보기 드문, 농사짓는 사람치고는 대단히 세련된 인상의 미남이라는 데 놀랐다. 내가 그에게 말을 걸기도 전에 그가 나를 우아한 손짓으로 불렀다. 나는 극성이 다른 자석에 이끌리듯 그에게로 다가가서 나도 모르게 "참 미남이시네요" 하고 말했다. 그래서 우리의 대화는 시작되었다. 나는 헛기침을 서너 번 거듭하고 나서 그에게 물었다.

"아버지가 누구인지 알면 어떻게 하시려구요."

"그냥 궁금한 걸세. 내 아버지가 어떤 사람인지 알면, 내가 왜 이렇게 되었는지도 알 수 있을 것 같애. 아니, 나는 알고 있어. 내 아버지는 쓰레기 같은 사람이었을 거야. 똥구덩이라고 해도 좋아. 내 어머니가 그랬어. 내 어머니는 동네 사람들의 똥을 받아먹었다구. 그래서 내가 태어난 거야. 내가 자네나 사시 패스한 윤생(친구의 이름)이처럼 똥을 주는 사람의 아들로 태어났다면 나는 아무것도 아니었을 거야."

나는 그가 자신에 대해 지나친 자부심을 가지고 있다고 생각했다. 미남이라니, 그게 어쨌단 말인가. 경국지색은 있어도 경국지남은 없지 않은가. 내가 그런 식으로 대응하자 그는 자신이 살아왔던 길고긴 이야기를 해주었다. 그걸 제대로 받아적지 못한 건 내 잘못이다. 그렇지만 그의 말은 허황하고 황당했다. 나보다 훨씬 잘생기긴 했지만, 뭐 그 정도 가지고 사람이 죽고 전술이 바뀐다느니 하는 일이 생기겠는

가. 질투 때문에 하는 말이 아니라 그는 여러 외국작가의 작품을 잘라내서 짜깁기한 뒤 자신의 작품이라 주장하는 사람의 편저(篇著)처럼 보였다. 그나마 군데군데 오류와 파탄이 드러나는.

"자네는 잘생긴 게 뭔지 아는가. 미남이 뭔지 아냐구. 세상에는 수많은 미남이 있어. 인종이 다르고 민족이 다르고 세대가 다르고 생각이 다르지만 어디에나 미남은 존재하거든. 그렇다면 본질적으로 미남은 뭔가. 진정한 미남은 그걸 아는 법이지. 가짜들은 몰라. 가짜 미남은 진실을 모르지."

헤어지기 전에 그는 내 귀에 냄새나는 입을 바짝 대고 비밀스럽게 말했다.

"아무리 멀리서 봐도 사람처럼 보이는 얼굴, 명백히 사람일 수밖에 없는 얼굴, 이런 얼굴이 미남의 얼굴이야. 잘생겼다는 건 사람답다는 걸 말하는 거지. 천하제일 미남은 천하에 짝이 없이 사람답다는 거야. 그런 사람이 흔할 것 같지. 하지만 세상 어디에서도 찾기가 어렵다네."

그로부터 3년쯤 지난 어느날 그는 죽었다. 자신이 인분을 갖다붓던 그 웅덩이에 큰대자로 누워 있다 아침에 발견되었다고 한다. 그때 그의 나이는 채 쉰도 되지 않았다. 그의 얼굴은 평화로웠고 웃음기마저 돌고 있었다고 한다.

—『실천문학』 2000년 여름호

나는 그 봉투를 최대한 천천히 집어들고는 아무렇게나 주머니에 집어넣었다.

그리고 내 방으로 돌아와서 침대에 몸을 던졌다. 나만 믿는다니.

운명의 수레바퀴가 삐걱거리며 돌기 시작하도다. 세상이 나를 돈많은 과부와 결혼하게 할지도 모르겠구나.

욕탕의 여인들

1) P.-A. 르누아르 「목욕하는 여인들」 1918년, 캔버스에 유채. 펜실베이니어 반즈 파운데이션.

욕탕의 여인들[1)]

바느질하는 여인[2)]

스무살 무렵 내 꿈은 그당시 유행하던 농담처럼 '돈많은 과부하고 결혼해서 평생 놀고먹는 것'이었다. 그러다 그 과부가 대자연의 순리에 따라 나보다 일찍 죽으면 젊고 예쁜 여자를 새로 만나서 남은 인생을 구가하자는 아름다운 계획이다. 미리 말해두지만 나는 타고난 난봉꾼이 아니고 그렇다고 구제불능의 게으름뱅이도 아니다. 나이 스무살에 그따위 생각이나 하는 한심한 인간이라고 여길 사람이 있을지도 모르는데, 내가 먼저 그렇게 생각한 게 아니라 세상이 나를 그렇게 생각하도록 만들었다고 대꾸해주고 싶다.

나는 그당시 내 또래 대부분이 그러했듯 아무 생각 없이 대학에 들어갔다. 내 부모는 평범한 사람들이었고 아들에게 학비와 용돈을 넉

2) 르누아르 「바느질하는 여인」 1879년, 캔버스에 유채, 시카고 아트 인스티튜트.

넉하게 줄 수 있는 입장이 아니었다. 집에는 나말고도 부모에게 돈을 타써야 하는 학생이 세 명이나 되었다.

그래서 나는 과외를 해서 용돈을 벌기로 했다. 내가 영어를 가르치게 된 아이는 중학교 1학년이었다. 바로 그 아이의 어머니가 돈많은 과부였다. 중학생이나 되는 아이를 둔 여자이니 나이가 꽤 들었겠거니 하고 짐작했을 뿐, 과외를 시작하고 한참이 지나서도 나는 그 여자를 보지 못했다. 과외와 관련해 내가 주로 만난 사람은 먼친척이자 집사로 짐작이 되는, 아이가 '이모'라고 부르는 신경질적인 이십대 후반의 여자였다. 그 이모가 아는 사람이 나를 추천했고 이모의 심사를 받고 과외교사로 채용되었다.

특별히 후한 보수를 받는 것은 아니었지만 입시생보다는 부담이 훨씬 덜한 중학교 1학년이라서 나는 그 일을 쉽게 받아들였다. 하긴 내 실력으로는 입시생을 감당할 수도 없었다.

나는 일주일에 두 번, 한번에 두 시간씩 아이를 가르쳤다. 내가 가르치는 방식은 간단했다. 언어는 배우고 가르치는 게 아니라 외우면서 습득하는 것이다. 첫시간에 나는 아이에게 이렇게 말했다.

"자, 책을 펴라. 오늘은 2과까지 배운다."

아이는 부잣집 외동아들답게 초등학교 시절부터 수많은 과외선생을 갈아치운 경험이 있었고 언제든 제 어머니에게 내 무능이며 허점을 고자질하겠다는 자세를 갖추고 있었다.

"근데요, 선생님, 우리 엄마가 돈많은 과부라는 거 알아요?"

책을 펴기도 전에 아이는 그런 말로 나를 시험해왔다. 나는 모름지기 유능한 과외선생은 모르는 게 없는 전지전능한 인간의 면모를 보여줘야 한다고 생각하고 있었기 때문에 냉큼 고개를 끄덕여주었다.

"알고 있다."

"어른들은 돈많은 과부를 제일 좋아한다면서요."

나는 반짝이는 소년의 눈망울을 들여다보며 또 고개를 끄덕여주었다.

"그렇단다. 그런데 이 재미있는 이야기를 계속하려면 책을 펴야 한다. 혹시 누가 들여다보고 있다가 우리가 공부는 하지 않고 잡담이나 하고 있는 걸로 오해하면 내가 금방 쫓겨나지 않겠니."

"그래요. 책 폈어요."

"오늘 공부할 내용은 간단하구나. 나는 소년이다. 너는 소녀다. 내 이름은 톰이다. 네 이름은 주디니? 이게 끝이다. 자, 외워봐라."

아이는 대화를 계속하기 위해 금방 그 문장을 외워냈다. 나는 너 같은 천재는 처음 보았다고 잔뜩 칭찬을 해주고 다음 시간까지 2과 전체를 외워오게 했다. 아이는 그러마고 했다. 나는 농담처럼 이렇게 간단한 내용을 외우지 못하는 머저리는 벽에다 머리를 박고 죽어야 할 터인데, 머저리라 그런 이치를 잘 모를 것이므로 내가 그걸 도와주겠다, 곧 외우지 못하면 한 문장에 '빳다' 한대씩을 때리겠다고 했다. 아이는 멋도 모르고 고개를 끄덕였고 우리는 서로를 둘러싼, 서로가 경험해 온 머저리들에 관해 한바탕 토론을 나누고 헤어졌다. 아이는 썩 만족하는 눈치였다. 나같이 말랑말랑하고 이야기가 잘 통하는 선생은 처음 만난다고 생각했을 것이다.

다음 시간에 나는 아이에게 1과와 2과 전체를 외우게 했다. 아이가 한 문장을 제대로 외우지 못했으므로 나는 약속대로 아이의 엉덩이를 치는 시늉을 하고는 그 다음 시간까지 2과와 3과를 외워오게 했다. 나머지 시간 동안 우리는 지난 시간에 이어서 '돈'과 '많음의 정도', '과부'에 관해 진지한 이야기를 나누었다. 집사처럼 보이는 여인이 과일을 내왔지만 우리는 그걸 집어먹을 생각도 할 수 없을 정도로 그 주제에 집중했다. 행여 누가 듣기라도 하면 곤란했으므로 우리는 서로의 입과 귀를 바싹 붙이고 비전(秘傳)의 절기(絶技)를 주고받는 사제처럼 서로에게 속삭였다.

그 다음 시간에 아이는 3과를 반쯤밖에 외우지 못했다. 나는 괴롭다는 표정으로 아이의 엉덩이를 빗자루로 다섯 대쯤 두들겨주었다.

"네가 자꾸 이런 식으로 나오면 나는 한달도 못 채우고 쫓겨날 거야. 내가 너를 때리는 걸 보면 네 어머니가 나를 어떻게 생각하시겠니. 내 아르바이트 자리가 문제가 아니라 이야기가 통하는 친구로서 너와 헤어지는 게 섭섭할 거야. 너도 그렇게 생각하지. 그러면 다음 시간까지 3과와 4과를 전부 외워오도록 해."

아이는 맹세하다시피 그러겠다고 했고 우리는 나머지 시간 내내 사춘기에 일어나는 신체적 정신적 변화에 관해 토론하고 학교까지 따라오는 운전기사를 골탕먹이는 법 따위에 관해 심도있는 공동연구를 했다. 그 다음 시간에 아이가 과제를 제대로 해왔으므로 우리의 잡담은 더욱 길어질 수 있었다.

나는 이미 초등학교 4학년 때 사타구니에 털이 나기 시작한 슈퍼맨으로서, 중학교에 들어가자마자 3학년짜리 두목을 단 한방에 때려눕히고 중학교 3학년 때는 고등학생 및 재수생들과 어깨를 나란히하고 여학생들과 무전여행을 다닌 화려한 경력을 이야기했다. 그 과정에서 치러낸 무수한 전쟁, 전쟁터에서 입은 영광의 상처에 관해 상상력과 시간이 허용하는 한 떠들어댔고 몇군데의 흉터도 보여주었다. 그런 식으로 두달을 가르치자 아이는 입학해서 한번도 들쳐보지 않았던 영어책을 반 가까이 외우게 되었다.

영어든 다른 외국어든 외우는 것만큼 효과적인 학습법은 없다. 아이는 내게 영어를 배우는 것말고도 종합적으로 모든 교과과정을 가르치는 현직 교사들의 과외도 받고 있었는데(그게 불법인지 아닌지에 관해서는 관심없다), 그 교사들의 입을 통해서 갑자기 아이의 영어성적이 쑥쑥 올라간 것이 아이 어머니에게 보고되었을 것이다. 그러나 나는 아이에 관해서는 전혀 관심이 없었다. 처음부터 아이의 영악스럽고 버릇없는 태도에 정나미가 떨어졌던 것이다. 아이의 입을 통해서 아버지가 사관학교를 나와서(어느 사관학교인지에 대해서도 역시 관심이 없었다) 동기들의 선두주자로 진급을 거듭하던 중에 별을 달고 나서 아이를 낳지 못하는 부인과 이혼하고 아들을 잘 낳게 생긴 처녀와 결혼, 아이를 낳았다는 것을 알게 되었다. 군인인 아이의 아버지가 어떤 식으로 치부를 했는지, 어떤 절차로 아이의 집 뒤의 산동네 쉰 가구에 해당하는 집을 때려부수고 초호화판 저택을 짓게 되었는지에 관해서도 관심이 없었다. 어떻든 느닷없이 아이의 아버지가 죽었을 때 잠자리를 함께했던 여자는 그 아이의 어머니가 아니었다는 이야기가 약간의 관심을 끌었지만 그때뿐이었다.

나는 관심없는 아이를 가르쳐서 받은 두달분의 과외보수를 솜털도 벗어지지 않은 1학년짜리 여대생의 환심을 사는 데 모두 꼬나박았다. 그리고 그렇게 한 다른 멍청한 사내녀석들처럼 아무 성과도 없이 내 사랑은 끝나버렸다. 그 여학생을 따라다니는 솜털 좋아하는 양복쟁이 복학생들이 한둘이 아니었다. 아르바이트로 번 돈으로 꽃이야 인형이야 사들고 졸졸 쫓아다니는 풋내기의 행태를 잘 봐줄 리가 없었다. 나는 그 때문에 한동안 의기소침했다. 목표로 하는 여학생이 날아가고 없는데 돈은 벌어서 무엇 하리. 그래서 고시공부를 시작했다는 핑계를 대고 과외를 그만두었다.

아이의 영리한 눈동자와 마주하고 있는 일도 신물이 났고 거짓말을 주워섬기는 것도 짜증스러웠다.

그로부터 2년 뒤에 나는 그 돈많은 과부를 직접 만나게 되었다. 생각보다는 젊어 보였고 미인이었다. 돈 때문인지, 죽은 남편의 지위 때문인지는 모르지만 상당한 기품도 엿보였다.

"우리 애가 선생님 아니면 죽어도 과외를 하지 않겠다고 해서 이렇게 모셨습니다. 꼭 좀 부탁드릴게요."

그당시 정권이 바뀌었고 정권이 바뀌는 것에 대학생 과외가 무슨 장애가 되기라도 했는지 대학생 과외는 불법이 되었다. 집사가 전화를 걸어왔을 때 나는 그런 사정을 충분히 설명했다. 그랬는데도 어떻든 만나자고 해서 그 돈많은 과부와 대면을 했던 것이다. 과부에게서는 내가 그토록 애달아하던 여학생들에게서 전혀 느끼지 못했던, 진짜 여자의 강렬무비한 매력이 풍겼다. 그 매력은 거듭되는 실연에 지쳐 있던 내게 신천지의 보물섬처럼 여겨졌다. 나는 과외를 하는 게 불법이 되었다고 다시 말하고, 아이를 가르치고는 싶으나 내가 어쩔 수 있는 일이 아니라고 설명했다. 그랬더니 그 여인은 내게 "아무 걱정하지 말고 선생님은 가르치기만 하세요. 제가 뒷일은 무조건 책임집니다. 오, 내 생각에는 선생님이 우리집에 입주를 해서 가르치시면 어떨까 싶네요. 방은 충분하니까요. 혹시 운전면허가 있으시면 집에 있는 차를 하나 내드릴 테니까 학교 다닐 때 쓰세요" 하고 꿈같은 제안을 하는 것이었다. 나는 버스로 두 시간 가까이 걸리는 학교와 집의 거리, 한방에 책상을 세 개나 들여놓고 책상 아래에 들어가 새우잠을 자야 하는 형편, 장학금을 받지 못하면 군대라도 가야 하는 처지를 생각하고 응낙을 하고 말았다. 그동안 같잖은 연애에 바빠 장학금은커녕 낙제를 걱정해야 할 판이었다. 여인을 알현하고 나오는데 2년 사이 신경질이 꽤 늘어난 듯한 인상의 집사가 다가와 쟁반 위에 놓인 흰 봉투를 내게 집으라고 했다. 봉투를 열어보니 아이가 1학년일 때 받던 과외보수의 세 배에 해당하는 금액이 들어 있었다. 집사는 그게 한달치 과외보수를 선불하는 것이라고 하면서, 기사를 딸려보낼 테니 집에 가서 짐을 싸오라고 했다. 나는 싸올 짐이 없었으므로 운전기사와 함께 남산에 올라가서 야바위꾼들과 놀다가 그 집으로 돌아갔다. 성이 김이라는 기사는 은연중에 자신이 바로 그 집사를 노리고 있다는 암시를 했다. 그 집에서 절대적인 권력을 가지고 있는 과부 어르신에게 내가 말을 잘해준다면, 그래서 얼음장 같은 집사의 마음을 조금이라도 움직이게 할 수 있다면, 내게 충분한 보답을 하겠다는 암시도 했다. 내가 스무살짜리였다면 그런 암시를 알아듣지도 못했겠지만 나도 2년 전과는 많이 달라졌다.

될 수도 없는 일을 가지고 함부로 허풍을 떨지도 않았고 세상사는 그런 사소한 암시에 의해 얼마든지 바뀔 수 있다는 것을 알게 되었다. 2년 동안 너절하고 가련하고 한심한 연애행각을 계속해오면서 얻게 된 교훈이었다.

중학교 3학년이 된 아이는 더이상 아이가 아니었다. 잘 먹고 잘 입힌 부잣집 아이들이 그렇듯이 2년 사이 삽시간에 몸이 커져서 키는 거의 나와 비슷했다. 중학교 1학년 때 내가 목도했던 바로 그 씨알머리 없는 영악스러움은 희미해진 대신 세상에 대한 영문모를 적의(세상이 저에게 잘못한 게 없는데도)는 큰키나무처럼 무성하게 자라 있었다. 그 적의의 거름이 된 것은 바로 무리생활을 하는 수컷들에게 나타나는 경쟁심리였다. 암컷, 혹은 무리의 권력을 오로지하려는 본능적인 충동 말이다. 우습게도 내가 2년 전에 이야기한 말도 안되는 경험담이 그 아이에게는 사실로 받아들여져서, 아이는 내가 말한 그대로 놀고 있었다.

그당시 훈은, 아이의 이름이 훈이었다, 교내 폭력써클의 두목으로서 그 적의를 조직화, 구체화해나가는 한편 폭력 고등학생들이 주축이 된 고등 폭력써클에 가입해서 똘마니노릇을 착실하게 하고 있었다. 누구에게도 명령을 받아본 적이 없던 아이로서는 폭력써클의 규율과 명령체계, 위계질서 따위가 신천지의 보물섬처럼 느껴졌을 것이다. 아이는 자신이 경험하는 현실을 누군가에게 이야기하고 싶어했고 그 성과를 확인받고 싶어했다. 그래서 나를 과외선생으로 선택한 것이었다. 하여튼 훈과 나는 다시 만난 날, 이런 대화를 나누었다.

"형, 반갑수. 내가 그동안 형 생각 가끔 했지. 그래도 내가 이때까지 오래 살아오면서 나를 이해해준 첫번째 사람이 형이라구. 앞으로 잘 해봅시다."

"이 새끼가 대가리 좀 굵었다고 막 기어오르네. 잔말 말고 책이나 펴. 그리구 앞으로 나를 무조건 선생님이라고 불러, 뒈지게 얻어터지기 전에."

"아이 씨, 좀 쉬었다 합시다. 나 말야, 그동안에 영어고 뭐고 이년동안 책을 한번도 안 봤거든. 그래서 형, 아니 선생님이 가르쳐준 것까지밖에는 몰라요. 연합고사가 내일모렌데 내 실력은 중학교 일학년 중간밖에 안되니까 우리 마마상(mamaさん인지, 媽媽相인지 확인해보지도 않았고 확인하고 싶은 생각은 눈곱만큼도 없었다) 걱정이 늘어질 만도 하지. 난 고등학교 갈 생각이 없어. 갈 수도 없구. 이대로

그냥 멋있는 건달이 됐으면 좋겠어. 일본 야쿠자같이 되는 게 내 꿈이야."

"누가 너한테 그런 거 시켜주기나 한대냐? 네 형이라는 고등학생들도 진짜 깡패세계에 가면 똘마니도 안 시켜주는데. 일단 고등학교에 가서 실력을 쌓아야 그 다음에 진짜 건달이 될 수 있는 거란다. 그 다음이 궁금하지? 자, 일단 책부터 펴라. 책을 펴면 진짜 사나이들의 세계에 대해서 이야기해주겠다."

우리의 수업방식은 전과 같았다. 무조건 외우기. 못 외우면 맞기. 외우는 시간을 제외하고는 잡담으로 때우기. 전과 달라진 것은 맞는 게 진짜 야구방망이로 바뀌었다는 것인데, 그건 건달이 되는 과정으로서 기초적인 단련과 극기를 위해 훈이 자청한 일이었다. 성과는 금방 나타났다. 한달 동안 훈은 1학년과 2학년 과정의 교과서를 모두 외워냈다. 어떻든 머리가 나쁘지는 않은 아이였다. 훌륭한 야쿠자는 본래 머리가 좋은 법이며 진정한 야쿠자의 '오야붕'은 전문분야의 학자와 대등한 수준으로 학문적인 토론을 할 수 있다는 나의 노가리도 진도를 나가는 데 보탬이 되었는지 모르겠다. 한달쯤 뒤의 모의고사에서 훈의 영어성적은 일백퍼센트 뛰었다.

백점 만점에 50점을 맞았던 것이다. 훈 자신도 놀랐다. 무엇보다 과부 마마의 놀라움과 기꺼움이 가장 컸을 것이다. 어느결에 나는 그녀를 내 인생의 중요한 요소로 받아들이고 있었다. 그녀의 일거수일투족은 모두 나의 관심사였고 훈의 입에서 그녀에 관한 이야기가 한마디라도 나오면 나는 귀를 곤두세웠다. 그러나 그녀는 일주일에 한두 번 정도 우연히 마주치는 일을 제외하고는 얼굴 한번 보기 힘들었다. 그런 그녀가 훈의 성적표가 나온 날 나를 이층으로 불렀다. 그 덕분에 내 상상은 구체의 옷을 입게 되었다.

그 집에는 방이 열댓 개 정도 있었고 나는 밖으로 나가는 문이 따로 나 있는 일층 구석방에서 기거했다. 과부 마마는 주로 이층에서 기거했다. 이층에 따로 부엌과 화장실 등 생활에 필요한 설비가 다 갖추어져 있어서 외출할 때를 제외하고는 일층으로는 아예 내려오지도 않았다. 외출도 한달에 몇번 정도로 아주 드물었다. 나는 그녀가 가죽소파에 깊숙이 몸을 묻고 아리따운 손길로 바느질을 하거나 한땀 한땀 수틀에 수를 놓는 것을 상상했다. 또는 털옷을 짜고 있는지도 모르는데, 그 털옷은 바로 내가 다가오는 겨울에 입을 것이다. 비로드 휘장은 무겁게 내려져 있고 시계는 무뚝뚝한 소리를 낸다. 문득 아, 하는 가벼운 탄성이 들리고 여인은 바늘에 찔린 손가락을 입으로 가져간다. 그 손가락, 그 입 둘 중 하나가 내것이었더라면! 여인은 한숨을 쉬며 이마에 맺힌 땀방울을 가볍게 훔친다. 그 땀방울에도 진짜 여자만의 향기로움이 배어 있다. 막상 가보니 커튼은 묵직하긴 했지만 비로드는 아니고 당장 옷으로 해입어도 좋을 비단이었다. 바닥에는 두꺼운 수제 카펫이 깔려 있었다. 가죽소파는 그녀의 우아하고 긴 다리를 쉬게 하기에 충분했다. 아쉽게도 바느질하던 옷이나 짜다 만 털옷은 보이지 않았다. 그러나 그녀는 아름답고 친절했다. 그녀는 내게 값도 이름도 모를 꼬냑을 하사했다.

"훈이가 선생님을 나보다 더 좋아할까 걱정이에요. 훈이는 선생님을 학교 선생님보다 훨씬 더 존경하는 것 같아요. 어떻게 그렇게 만들 수 있었지요?"

나는 향기로운 꼬냑으로 혓바닥을 축이고는 꼬냑보다 더 향기로운 그녀의 체취를 조금이라도 더 맡으려고 조용히 기를 쓰며 대답했다.

"남자들 사이에 통하는 게 있거든요. 훈이도 다 자란 거겠지요. 그래서 그 신호를 알아보는 겁니다. 주제넘는 말씀인지도 모르겠습니다만, 선생님이나 아버지들은 그 노릇을 오래 하다보면 사고나 감각이 고정돼버리는 경향이 있거든요. 일방적으로 한가지 신호만 송신할 줄 알고 사내아이에게서 오는 구원의 신호를 수신할 줄 모르지요."

"그렇군요. 앞으로도 선생님만 믿겠어요."

그녀는 회견이 끝났다는 듯 가볍게 고개를 끄덕였고 나는 그쯤에서 자리에서 일어날 수밖에 없었다. 한잔 더 권하면 다음에, 하고 사양하면서 다음에 다시 만날 빌미를 만들 셈이었는데 아쉽게도 과부 어르신은 내가 인사를 할 때에도 미소를 지을 뿐이었다. 집사가 일층까지 따라와서 역시 쟁반에 담은 봉투를 내밀었다. 나는 그 봉투를 최대한 천천히 집어들고는 아무렇게나 주머니에 집어넣었다. 그리고 내 방으로 돌아와서 침대에 몸을 던졌다. 나를 믿다니.

나만 믿는다니. 운명의 수레바퀴가 삐걱거리며 돌기 시작하도다. 세상이 진정 나를 돈많은 과부와 결혼하게 할지도 모르겠구나.

선불된 과외비는 그 전달의 두 배였다. 나는 그 돈을 학비나 가사에 보태지 않고 모두 저금했다. 돈을 쓸 일이 없었다. 솜털이 채 벗어지지 않은 여학생을 졸졸 따라다니던 짓은 걷어치웠다. 나는 오로지 과부만 생각했다. 그 여인과의 황홀한 미래를 꿈꾸었다. 거추장스러운 혹 같은 훈을 야쿠자의 세계로 떠나보낸 다음의 둘만의 인생을 설계하고 지우고 다시 설계했다. 풀장의 물을 수돗물에서 산에서 내려오는 자연수로 갈 것이다. 운전기사 둘 중 말많고 탈많은 김은 해고한다. 테니스장을 연회장으로 개조해서 매일 파티를 연다. 기껏해야 월급쟁이일 내 또래의 녀석들을 딱 한번만 초청해서 눈이 튀어나오게 만든다……

다시 한달이 흘렀다. 훈은 3학년 과정을 외우면서 힘들어하기 시작했다. 문장이 길고 복잡해졌으며 모르는 단어가 자주 나오기 때문이었다. 그때서야 나는 사전 보는 법을 가르쳐주었다. 다시 한달 동안 훈은 중학교 3학년이 그 무렵까지 배우는 과정을 모두 외웠다. 그 과정에서 몽둥이찜질이 많아질 수밖에 없었다. 어느 때는 맞다 말고 이를 드러내고 뒤를 돌아볼 때가 있었는데, 그때마다 조금 켕기기도 했다. 나는 더욱 열렬하게 일본의 야쿠자, 미국의 마피아, 홍콩의 트라이어드에 옛날 중국의 협객들의 행각에 대해 공부했고 내 경험으로 각색해서 들려주어야 했다. 성적은 기대처럼 빠르게 오르지는 않았다. 백점 만점에서 70점에 도달한 뒤, 늘 그 언저리에서 머뭇거렸다. 나도 답답했고 내 학습방법에 회의가 오기 시작했다. 그렇지만 나는 다른 방법을 몰랐다.

훈이 영어에만 집중하고 나머지 과목은 등한시했기 때문에 전체 성적은 오히려 떨어졌다. 영어말고도 다른 과목의 과외선생이 있었는데 그 바람에 그들 중 몇명의 목이 잘렸다. 하긴 그들에게 배당된 시간에도 훈이 눈을 부라리고 이를 갈며 영어만 외우는데 어떤 선생이라도 소용이 없었을 것이다. 그렇게 모순이 차츰 심해지는 것을, 그래서 파국이 가까워진 것을 나는 몰랐다.

훈이 연합고사를 두달쯤 앞둔 어느날, 나는 일주일에 한번 정도로 정례화된 우리, 그녀와 나의 만남을 위해 일찍 집에 돌아왔다. 아니, 그 집으로 돌아갔다. 나를 절대적으로 신임하게 된 그녀는 제법 중요한 가정사도 나와 의논하려 했다. 나는 일찍이 내게 모종의 암시를 했던 김이라는 운전기사를 해고하라고 충고해서 결국 그 일을 성사시켰다. 다음 목표는 테니스장을 연회장으로 개조하는 일이 되겠지만, 훈의 시험을 앞두고 큰 공사를 벌일 수는 없는 노릇이라 조금 미루고 있었다. 나는 일층의 목욕탕에 들어가 뜨거운 물에 몸을 담갔다. 그녀가 이번에는 무슨 말을 해올까 생각했다. 훈의 시험이 끝나면 공사를 맡기고 해외여행을 하게 될 것이다. 행선지는? 풍요와 기회의 상징인 미국이 나을까, 아니면 클래식의 오스트리아, 혹은 우아함의 영국이 좋을까. 누구를 데려갈 것인가. 집사? 훈? 나는 그녀의 입장에서 생각하려고 애썼다. 그리고 목욕탕의 물처럼 넘치지 말자고 다짐했다. 그녀가 묻는 말 외에 주제넘는 대답을 해서는 안된다. 아직도 그녀는 이 집의 소유자이며 권력자이며 무엇보다 내 인생의 미래를 보장하는 돈 많은 과부인 것이다. 목욕탕의 물이 식은 듯했다. 나는 물을 더 틀기 위해 몸을 일으켰다. 그때 다급하게 누군가 목욕탕의 문을 두드렸다.

"선생님, 선생님, 여기 있어요? 큰일났어요. 빨리 나와봐요."

나는 집사의 버릇없는 말투에 인상을 찡그렸다. 여기 계셔요, 빨리 나와보셔요,라고 하면 듣기도 좋고 말대로 빨리 할 수도 있을 텐데. 어떻든 저 여자를 다시 한번 평가해봐야겠다. 나는 입맛을 다시고 몸을 닦은 뒤, 문을 열었다. 집사가 발을 동동 구르고 있다가 내 팔을 잡아챘다. 나는 그 행동을 꾸짖으려다가 입을 다물었다. 피내음이 코에 스며들었다. 계단을 따라 핏방울이 떨어져 있는 게 눈에 들어왔다. 강도? 나는 집사의 손을 뿌리치며 도망갈 자세를 갖춘 채 물었다.

"무슨 일인데요."

"아아, 정말 큰일이 났어요. 빨리 이층으로 가요."

"무슨 일이냐구요."

나는 난간을 붙잡고 버팅기며 물었다.

집사는 머리가 헝클어지고 얼굴이 온통 물투성이였다. 땀인지, 눈물인지, 그냥 물인지 관심없었지만.

"훈이가, 훈이가……"

"도련님이 어쨌는데요."

나는 집사의 위치를 상기시켜주며 다시 난간을 잡은 손에 힘을 주었다.

"훈이 도련님이 밖에서 칼에 찔려서……"

그제야 나는 손을 난간에서 떼었다. 이 녀석이 내 생각보다 조금 빨리 가줄 모양이구나. 저 험하고 외로운 사나이들의 세계로, 혹은 영원의 세계로. 이층으로 가는 계단을 오르며 나는 다시 생각했다. 아니, 아직은 갈 때가 아닌지도 모른다. 그녀와의 유대가 떼려야 뗄 수 없는 것으로 공고해지기 전까지는 훈이라는 돌대가리가 필요하다. 참, 나는 돌대가리에게는 관심이 없다. 나는 오로지 돈많은 과부와 나의 찬란한 미래에 관해서만 관심이 있다.

계단이 끝나는 곳에는 떡갈나무로 만든 묵직한 문이 황금빛 손잡이를 달고 버티고 있었다. 내가 몇날 며칠 밤을 이 문앞에서 망설였던가. 훈이만 없었더라면 진작에 이 황금빛 손잡이를 돌리고 그녀의 품속에 뛰어들었으리라. 그녀는 열에 들떠 있는 몸을 내게 맡긴다. 문은 열려 있다. 돌려라, 그러면 열릴 것이다. 어둠속에서 수없이 중얼거렸지만 나는 밤중에는 한번도 그 문을 열지 못했다. 나는 손잡이를 비틀었다. 문은 부드럽게 열렸다.

소파에 널브러진 육체가 있었다. 그러나 처음에는 육체로 보이지 않았다. 손잡이가 달린 육체는 없다. 그런데 그 육체에는 손잡이가 달려 있었다. 등에 등산용 도끼를 꽂고 있는 중학교 3학년의 몸. 쉼없이 흘러나오는 피가 바닥에서 소파까지 흥건하게 적시고 있었다. 그 앞에서 두 손을 쳐들고 처절하게 오열하는 그녀, 돈많은 과부. 나는 간신히 발을 떼어 그 기괴한 그림 속으로 들어갔다. 훈이는 거세게 숨을 몰아쉬며 어머니, 어머니, 어머니, 어머니 하고 외치고 있었다. 돈많은 과부, 아니 그 어머니는 치명상을 입은 아들을 바라보며 얘야, 얘야, 얘야, 얘야 하고 짐승처럼 울었다. 나는 할말이 없었다. 내가 할 수 있는 일은 아무것도 없었다. 그들 사이에는 바늘끝 하나도 끼여들 여지가 없었다.

박이라는 나이 든 운전기사가 뛰어올라왔다. 그는 실팍한 등을 돌려대고 훈을 업었다. 일주일이 가도 밥먹는 일 외에는 한번도 입을 떼지 않을 사람이었다. 하품을 할 때는 입을 떼긴 하겠지만 그가 하품하는 것을 본 적이 없었다.

"밀어요, 어서!"

집사가 나를 재촉했다. 그러나 나는 미는 데는 관심이 없었다. 밀라는 육체를 낳은 어머니의 손, 피에 흠뻑 적셔진 손을 정신없이 바라보고 있었다. 그 손은 의외로 컸고 거칠었으며 주름이 져 있었다. 나중에야 나는 나이가 맨 먼저 손으로 온다는 이야기를 듣게 되었다. 그 손은 아름답기커녕 끔찍했다. 그 손이 앞으로 뻗어나와 내 앞을 거쳐 허공을 짚었다. 훈의 다리가 계단에 닿을 때마다 턱턱, 하는 소리가 났다. 나는 뭔가 말을 해야 했다. 그렇지만 한마디도 할 수 없었다.

이틀 뒤에 훈이 깨어났다. 출혈과다로 사경을 헤매었던 것과는 달리 회복은 아주 빨랐다. 훈은 자신이 고등학생과 재수생 사이에 벌어진 패싸움에 끼여들었다가 도끼를 맞았다고 했다. 그 싸움에 끼여든 중학생은 자신 하나밖에 없었다는 것, 도끼를 피할 수도 있었지만 한번 맞아보려고 했다는 것도 이야기했다. 웃으면서 몇번이고 되풀이했다. 그러다가 때때로 말을 멈추고 나를 건너다보았다.

나는 내가 소싯적에 주류판매권을 둘러싼 조직간의 3년전쟁의 막바지에 상대의 두 다리를 꺾은 대신 도끼를 등에 맞았을 때 차라리 시원했다고 이야기한 것을 기억해냈다. 피가 빠져나갈 때의 황홀감에 대해서도 말했다. 훈의 시선이 경멸을 담은 것이 틀림없다면, 그는 시원하지도 황홀하지도 않았던 것이 분명했다. 그러면 그 느낌은 무엇인가. 그 다음에 다른 아이를 가르칠 때를 대비해서 미리 공부를 해두고 싶은 생각도 들었지만, 나는 포기했다. 그런 기회가 다시 올 리는 없었다. 인생은 짧고 과외는 불법이니.

그녀는 병원에 계속 머물렀다. 병실 청소, 환자에게 밥먹이기, 운동시키기, 말상대가 되는 것도 모두 그녀의 몫이었다. 다른 사람, 하다못해 간호사에게도 그 일을 넘기지 않았다. 병실에는 먼지 하나 없었고 병실 유리의 바깥쪽까지 그녀가 몸을 내밀고 손수 닦았다. 목숨수당을 받을 만한 위험한 일인데도 누구도 말리지 못했다.

훈이 입원한 병원이 하필 내가 다니는 대학의 부속병원이어서 나는 강의가 없을 때 가끔 병실에 들렀다. 그녀는 내게 또 오라거나 오지 말라거나 하는 말을 일체 하지 않았다. 그녀는 내게 관심이 없었다. 오로지 훈만이 그녀의 관심사였고 전부였다.

나는 훈이 퇴원하기 전에 그 집으로 돌아가서 짐을 쌌다. 그러고 보니 싸간 짐이 없었는데도 가지고 나올 짐은 꽤 되었다. 나는 불에 탈 수 있는 것들을 모아 마당에 나가 불태웠다. 박이라는 운전기사는 멀찌감치서 지켜볼 뿐이었다. 마지막으로 그녀의 속옷을, 어느날 밤에 목숨을 걸고 옥상으로 기어올라가 훔쳤던 속옷을 불에 집어넣으면서 나는 돈많은 과부와의 행복한 미래가 끝장났다는 것을 실감했다.

군대를 다녀오니 훈이 내가 다니던 학교에 입학해 있었다. 큰 키에 잘생긴 청년이 씩씩하고 쾌활하게 캠퍼스를 활보하는 것을 보며 나는 몸을 아래로 낮추었다. 혹시 들키기라도 해서 어색한 장면이 연출될까 두려워서였다. 구내 찻집에서 우연히 들은 이야기로는 그녀가 운전기사 출신의 사십대 남자와 결혼했다는 것 같았다. 그것도 아들의 강권으로. 나는 관심이 없었다. 나의 관심은 이제 돈많은 집안의 아가씨로 옮겨져 있었으니까.

파라솔을 쓴 소녀[3)]

내게는 돈많은 집안의 아가씨와 결혼할 수 있는 절호의 기회가 한 번도 아니고 두 번이나 있었다.

첫번째 기회는 남들만큼이나 평범했다. 결혼할 만한 나이의 돈많은 집안의 아가씨임을 미리 알고 소개를 받았으며 별탈 없이 사귀어서 성사단계에 이르렀던 것이다. 돈많은 집안의 아가씨와 결혼하면 무엇이 좋은가. 그걸 꼭 집어서 말하기는 뭣해도 돈이 없는 집안의 아가씨와 결혼해서 아무 덕도 못 보는 것보다 낫다는 것은 누구나 알 것이다. 또 돈없는 과부와 결혼하는 것보다 낫다는 것은 누구나 인정할 것이다. 그러니 내가 특별히 돈과 인륜대사인 결혼을 결부시켜서 생각하는 나쁜 놈이라는 생각은 들지 않는다.

군대를 다녀와 4학년으로 대학에 복학한 뒤 후배에게 소개를 받아 사귀게 된 아가씨는 유복한 집안에서 자란 티가 나는 복스러운 용모

3) 르누아르 「파라솔을 쓴 소녀」 1883년, 캔버스에 유채. 빠리 다비드-베유 콜렉션.

에 구김이 없는 성격이었다. 그녀는 나를 좋아했다. 특별히 가진 것도 없고 물려받은 것도, 잘난 것도 없는 나를 인간적으로 사랑했다. 험한 꼴이라고는 한번도 보지 않은 순진한 여대생이어서 그랬을 것이다. 그렇게 반년쯤 사귀다가 대학을 졸업하고 각자 직장에 들어갔다. 내가 나쁜 놈이었다면, 처음부터 계획적으로 자신에게 접근해서 목적을 달성하고자 하는 악질적인 놈이었다면 그 아가씨가 진작에 나를 알아봤을 것이다. 우리가 만난 일년이 짧은 시간은 아니니까. 그렇다고 내가 그당시 유별나게 선의로 가득 차서 그 아가씨를 사귀었다고 주장하는 것은 아니다.

취직을 하고 여섯달쯤 지난 어느날, 그 아가씨는 이제 때가 되었다고 생각했는지 부모님을 뵈러 오라고 먼저 이야기했고 나도 별생각 없이 수락했다.

우리는 결혼을 전제로 사귀고 있었고 결혼을 하기 전에 어차피 거쳐야 할 과정이었으니까. 직장을 마치고 밖에서 만난 우리는 내 복장과 정신머리를 세심하게 확인하고 돈많은 집안의 아가씨, 곧 의심할 바 없이 가까운 장래에 내 배우자가 될 아가씨의 집으로 향했다. 아가씨는 집으로 향하는 지하철 안에서 내게 입을 벌리게 하고 혹시 냄새라도 나는지 다시 확인했다. 집 근처에서 넥타이를 다시 매어주는 것도 잊지 않았다. 남의 이목도 있는데, 우리는 그런 걸 그다지 의식하지 않았다. 그때만 해도 우리의 관계는 그처럼 확고했다.

돈많은 집안은 우선 담장이 길다. 대문과 쪽문을 포함해서 대략 사십미터쯤 되는 기다란 담장이 서울의 중심가에서 약간 비낀 주택가에 있었다. 그 주택가에서는 그 집말고도 두어 채쯤 되는 집이 그와 비슷한 규모였다. 그 집들의 주인은 알 만한 회사의 회장이라고 했다.

내가 미리 알고 있던 사실은, 그녀의 아버지가 시골에서 빈주먹으로 올라와 장사로 자수성가한 사람이라는 것, 따라서 사람을 보고 판단하는 능력이 남다르며 사람 그 자체에 집중하고 그 사람이 나처럼 자그마한 직장에 다니든 사법연수원에 다니든 상관하지 않는다는 것이었다. 그 말은 곧 그 집안에서 여차하면 사윗감을 후계자로 삼을 수도 있다는 말이 되었다. 아 참, 그 집안에는 아들이 없었다. 딸만 다섯인 딸부잣집이었다. 위로부터 넷은 그냥저냥 본 딸이고 그녀는 장녀였다. 내가 결혼하게 되면 곧 맏사위가 되는 셈이었고 후계자로 최우선으로 고려될 만한 위치였다. 내가 그런 것까지 계산했는지 안 했는지 모르겠다고 한다면 나는 좀 뻔뻔스러운 놈이다. 그녀의 입에서 다섯 자매의 장녀라는 말을 처음 들었을 때 그 말이 끝나기도 전에 이미 계산했다. 그런 계산은 중학생도 할 수 있으니까. 막내는 중학생이었다. 스물여섯의 나이인 장녀 아래로 연년생으로 둘이 있었고 넷째가 대학에 막 들어갔는데 막내가 중학생인 것은 그 부모가 아들을 낳으려고 애를 쓰긴 썼다는 뜻이다. 그래서 그냥저냥 태어나서 그냥저냥 자란 딸들 넷은 막내인 중학생을 자신들 '포'와 맞먹는 '플러스 원'이라고 시샘과 특별한 존재에 대한 배려, 귀여움이 섞인 복합적인 감정을 바탕으로 칭했는데 막내는 이름도 '하나'였다.

"어머니, 저희 왔어요!"

장녀가 가볍게 소리치면서 팔짱을 낀 채 집안으로 들어섰다.

'저희'라는 결정적인 용어를 구사한 데서 알 수 있듯 그때는 나도 그녀도, 자꾸 말해서 미안하지만, 우리의 미래를 조금도 의심하지 않았다.

"오, 그래, 어서 와라. 어서 오세요."

대문에서 쉰 걸음쯤 걸어들어가니 화강석으로 견고하게 지은 집이 있었고 그 집의 현관에 앞치마를 두른 복스러운 인상의 여인이 서 있었다. 얼굴에는 엷은 화장기가 돌고 있었고 미소가 담겨 있었으며 옷은 전형적인 가정주부의 검소한 차림이었다. 다만 가슴에 꽂힌 브로치가 작은 다이아몬드로 장식되어 있는 것이 남다른 점이었다. 그녀는 내 팔짱을 풀고 어머니에게 달려가 어리광을 부리듯 과장되게 안겼다. 그것은 모녀간에 미리 약속한 대로 오늘의 모든 일정을 진행해 달라는 다짐이요, 긴장해 있는 나를 배려하는 가벼운 연기였다. 나는 흐뭇한 표정으로 그 광경을 머릿속에 새겨넣었다. 언젠가 우리가 나이가 들었을 때, 이야깃거리가 되리라 여기면서. 집안으로 들어서자 단순히 크고 견고해 보이기만 하던 집의 외관과는 달리 곳곳에 섬세하고 화려한 인테리어가 방문객을 압도했다. 방의 갯수는 열 개쯤 되었다. 딸이 다섯이나 되다보면 그 정도는 이해할 만한 수준이고, 또 미구에 들이닥칠 사위들을 감안한다면 필요하고도 충분한 숫자였다. 방이 열댓 개나 되는 돈많은 과부의 집에서 몇달간 기식을 해본 적이 있는 나로서는 갯수는 인상적이지 않았다. 그러나 각 방이 용도에 따라 세세한 부분까지 철두철미하게 디자인되었다는 게 인상적이었다. 이층에 있는 다섯 개의 방은 세 딸에게 각각 하나씩 배정되고 나머지 두 방은 서재와 리스닝룸으로 나뉘었다. 막 대학에 입학한 넷째와 눈에 넣어도 아프지 않을 막내딸은 부모와 함께 아래층에서 기거했다. 잠깐 살펴본 서재는 서가가 천장까지 올려져 있었고 깊숙이 앉아서 책을 읽기 좋은 소파가 있었다. 문이 달린 벽에 붙여진 육중한 마호가니 책장과 의자가 있었는데 의자 하나만도 웬만한 고급 책상과 의자를 합친 값의 두어 배는 됨직해 보였다. 웬만한 고급 책상과 의자라 함은 내가 다니던 회사 사장의 아버지인 회장의 방에 있는, 회장이라

하여 한걸음 뒤로 물러난 듯해도 실은 반 발도 물러나지 않고 매사에 시시콜콜 간섭하는 그 회장의 트레이드마크나 다름없는 책상과 의자를 이른다. 대량제조, 대량공급, 곧 규모의 경제를 지향하는 유명한 가구회사에서 만든 최고급 아니라 극상품이라도, 누대를 내려오며 이름을 떨친 외국의 장인이 수공으로 만든 의자에 비할 수는 없었다. 책상 한구석에 걸쳐져 있는 스탠드등 역시 수공품이었고 장식처럼 놓여 있는 촛대, 거기 꽂힌 초 역시 수공품이었으며 파이프와 담뱃갑, 안경, 무연난로 모두 수공품이었다. 그 방에서 수공품이 아닌 것은 서가에 꽂힌 수천 권의 책뿐이었다. 물론 그 책의 목록 역시 범상한 것은 아니었다. 절반 정도는 외국에서 직접 골라 들여온 책이었다. 국내에서 출간된 책들은 그 내용이나 성가가 주인의 감식안을 통과할 만한 수준이어야 서가에 꽂히는 듯했다. 그러므로 신간은 9할 이상이 버려지거나 시립도서관에 기증된다고 했다. 시립도서관에 기증한 도서로만 따로 한 코너를 꾸밀 수 있을 거라고 그의 장녀는 나에게 귀띔했다. 그러나 그녀의 아버지가 자신의 이름을 딴 코너가 만들어지는 것을 극구 사양하는 바람에, 자신은 장사꾼에 불과하며 좋은 책을 알아보는 눈이 없다는 이유에서, 그 코너는 아직 꾸며지지 못하고 있다고 그녀는 내게 덧붙였다.

서가를 훑어보면서 나는 당연히 내가 다니는 출판사에서 나온 책이 없는가 살펴보았는데, 회장이 입을 열었다 하면 한국 최고라는 바로 그 출판사에서 나온 책은 단 한권도 없었다. 나는 남몰래 얼굴이 벌게졌다.

서가의 주인은 출판사의 유명도는 고려대상에 넣지 않은 듯했다. 서가의 주인은 또한 어떤 분야에 특별한 취향을 가지고 있는 것 같지도 않았다. 그 서가는 어차피 다섯이나 되는 그의 딸들도 이용하게 될 것이었고 그 딸들이 어떤 분야에 관심을 가질지는 알 수 없는 일이었으므로. 서가의 주인은 단순하고 눈에 잘 들어오는 장정, 오자와 오문, 비문이 없는 내용, 저자의 숨결이 느껴지는 문장, 멋보다는 가독성에 주안점을 둔 실용적인 디자인, 편집자의 꼼꼼함과 자질이 느껴지는 책을 기준으로 삼았다. 그 모두가 수공을 지향하는 요소들이었다.

리스닝룸은 어떠한가. 다른 방보다 천장이 높으면서도 두툼한 커튼과 방음판으로 울림이 없도록 설계되었다. 음반이나 기기에 먼지가 끼지 않도록 오디오룸과 리스닝 공간이 유리로 격리되어 있었고 리스닝 공간에도 수시로 사람이 묻혀들어올 먼지를 제거할 수 있도록 진공청소기가 놓여 있었다. 그당시엔 오디오에도 진공청소기에도 문외한이었던 나는 도대체 그 기기들이 어떤 물건인지 알 수가 없었다. 그렇긴 해도 최신기술로 만들어진 기기와 수십년 전에 성가를 이룩한 클래식한 디자인의 기기가 조화를 이루고 있다는 것 정도는 알아볼 수 있었다.

구경을 하는 중에 집주인이 손님을 맞을 준비가 되었다는 전갈이 왔다. 그 전갈을 가져온 사람은 예의 막내로서 인형가게에 당장 내놓으면 10초 안에 팔릴, 깜찍하고 귀여운 중학생이었다.

"아저씨가 형부 될 사람인가 봐."

묻는 것인지 혼잣말인지 모를 그 말을 전갈에 덧붙이고 인형처럼 커다란, 흑과 백이 선명한 눈으로 나를 올려다보고는 하나는 깡총거리며 일층으로 내려갔다. 일층과 이층을 연결하는 계단의 난간은 둥글게 휘말린 금속이었는데 지나치게 매끄럽지도 않고, 거칠지도 않은 촉감으로 안도감을 주었다. 올라올 때는 느끼지 못했지만 계단 역시 가파르지도 않고, 느리지도 않은 경사로 안온하게 설계되어 있었다.

집주인은 중후한 인상의 오십대 사내였다. 살쩍에 흰머리가 나기 시작하고 짧게 기른 수염에도 흰 터럭이 드문드문 섞였는데 표정은 없었다. 그는 한복을 입고 궤안을 앞에 놓은 채 팔걸이에 손을 얹어놓고 있었다. 나는 나도 모르게 무릎에 힘이 줄어드는 듯해서 이를 앙다물었다. 어차피 한번은 거쳐야 할 과정이라고 다짐하며 침을 삼켰다.

"편히 앉으시게."

그의 말은 반말도 아니었고 높임말도 아닌, 기분이 나쁘지도 않지만 즐거워할 수도 없는, 적당한 수준의 환영과 함께 현재 내가 시험에 들어 있음을 상기시키는 어조였다. 나는 어색하게 그의 앞에 앉았다. 나 역시 그 앞에 넙죽 절하고 "따님을 제게 주십시오!" 하고 무슨 유행가 가사처럼 대들어야 할지, 꿔다놓은 보릿자루처럼 고분고분 처분에 맡겨야 할지 잘 모를 기분이 되었다. 미리 계획한 것은 그의 앞에서는 무화되고 도모한 것은 도무지 기억나지 않았다. 이윽고 그의 장녀이자 곧 나의 신부가 될 아가씨가 차를 가지고 방안으로 들어왔다.

"그래, 너 왔느냐."

집주인의 눈꼬리가 살짝 들리면서 미소가 새겨졌다 사라졌다. 그의 딸은 조신하게 그의 앞에 무릎을 꿇고 차를 상에 올려놓았다. 딸을 지켜보는 그의 표정에는 곧 결혼하게 될 딸에 대한 아쉬움과 자애로움이 교차하고 있었다. 내게도 어떤 표정이 교차하고 있었을 것인데 거울이 없어서 모르겠고 있었다 하더라도 들여다볼 여유가 없었기에 모르겠고 들여다봤다 하더라도 모를 것 같다. 딸을 약탈하러 온 도둑의 표정은 아니었을 것이다. 칼을 던지고 투항하러 온 자의 표정도 물론 아니었을 것이다. 정략결혼을 강요하러 온 자의 표정도 아니었고 애끓는 사랑을 호소하러 온 자의 표정도 아니었으리라. 확실한 건 거쳐야 할 과정을 거쳐내야 하겠다는 의지였다. 침묵 속에 차를 마시면서 나는 혹시 후룩거리는 소리가 나지는 않을지 걱정했고 넥타이가 비뚤어지지 않았는지, 소매에 때가 묻지 않았는지 걱정스러웠다. 그렇다고 그가 나를 보고 있는지 힐끔거릴 수도 없는 일이었다. 다행히 식탁이 다 차려졌다는 전갈이 막내딸에 의해 전해졌다. 그가 일어서는 것을 따라 일어서다가 나는 순간적으로 그와 눈이 마주쳤다. 키가 나보다 약간 더 큰 그는 크면서도 예리한 빛이 번뜩이는 눈으로 나를 내려다보았다. 보통 눈이 크면 호인의 인상을 주는 법인데 그의 범상치 않은 눈빛은 그렇게 세상을 단순화하는 것을 허용하지 않을 듯했다. 나는 고개를 숙이고 그의 뒤를 따라 따뜻한 불빛 아래 그릇들이 반짝이는 식당으로 갔다. 한식이 정갈하게 차려진 식탁에서 식사를 하는 동안 그의 부인, 곧 나의 장모가 될 게 틀림없는 여인이 내게 이런저런 질문을 했다. 고향과 부모, 친구, 학창시절, 현재의 직장에 관해서. 나는 그 질문에 최선을 다해서 대답을 해나갔다. 부인은 부드럽게 고개를 끄덕이며 이야기를 들었고 이따금 그의 딸이 보충설명을 했다. 그는 묵묵히 밥과 반찬을 입으로 가져가서 유난히 오래도록 씹었다. 어떻게 보면 다른 사람의 말을 듣는 것 같기도 하고 자기 나름의 생각에 빠져 있는 것 같기도 했다.

"좋아요. 그래요. 그래, 너도 이제는 어미 품을 떠나가겠구나. 애고, 이 어린 새를 어떻게 떠나보낼꼬."

부인은 웃음과 한숨을 섞어 내게 또 딸에게 말을 건넸다. 어떤 부분은 기정사실화하고 어떤 부분은 자기의 몫으로 남겨두었으며 어떤 부분은 미래의 몫으로 돌렸다. 나는 그의 입에서 무슨 말이 나오기를 내

내 기다렸지만, 그는 단 한마디도 하지 않고 식사를 끝냈다. 그가 식사를 마치자 저녁이 끝났다. 부인은 내게 디저트로 무엇을 할까 물었다. 내가 아무것이나 괜찮다고 했을 때 문득 그가 고개를 들어, 나를 보고는 다시 고개를 딸에게 돌렸다. 나는 '아무것'이라는 말이 무책임하게 들리지는 않았을까 또한 근심했다.

"주인양반이 얼마 전에 디저트용으로 달콤한 포트 와인을 가지고 오셨답니다. 말씀은 안하셔도 다 이런 자리를 대비해서 그러신 게지요. 한번 드셔보세요. 아 참, 술은 조금 한다고 들었어요."

부인이 포도주병을 내왔고 수공품이 틀림없는 병따개가 자연스럽게 내 손에 쥐어졌다. 나는 어쩔 수 없이 병을 잡았다. 병을 따고 잔에 술을 따르는 일은 소믈리에, 또는 집사가 해야 하는데, 그 집은 그런 종류의 사람을 키우지 않는 모양이었다. 그는 내가 병을 쥐고 상표를 확인하는 것을 보며 고개를 끄덕이는 듯 마는 듯했다. 쓴웃음이 그의 입가를 지나갔는지도 몰랐다. 한번도 제대로 된 와인을 다뤄본 적이 없던 나는 잔뜩 긴장했다. 병 주둥이에서 포일을 따내는 건 고등학교 다닐 때 마시던 복숭아샴페인과 같았다. 접시에 놓여 있던 흰 수건으로 병을 닦고 나서 나는 코르크 스크루를 잡았다. 스크루 양쪽에 날개가 달려 있는데 그게 무슨 역할을 하는지 알 수가 없었다. 하여튼 나사처럼 된 곳을 코르크에 박아서 돌리는 것은 분명했다. 나는 자리에서 일어나 코르크에 스크루를 가져다댔다. 힘주어 돌리자 스크루의 톱니가 안에 박혀 돌아갔다. 돌리는 중에도 그 날개가 어떤 역할을 하는지 생각해보았지만 도무지 알 수가 없었다. 다른 사람들은 이제 이야기를 나누거나 혼자 생각에 빠져서 내가 하는 일을 전혀 신경쓰지 않는 듯했다. 아니, 내 일거수일투족에 한껏 신경을 기울이고 있는지도 몰랐다. 나는 스크루 윗부분을 잡고 힘으로 마개를 뽑아올리려고 했다. 그때 그녀의 손가락끝이 살짝 내 손을 스치며 주의하라는 신호를 보냈다.

나는 동작을 멈추고 다시 생각했다. 그건 내가 그 집안에 들어서 부딪힌 최대의 난제가 틀림없었다. 그러나 거쳐가야 할 과정이었다. 나는 순간적으로 그녀를 쳐다보며 구원의 신호를 보냈다. 그녀는 고개를 숙이는 듯하면서 손가락을 쭉 펴서 눈가를 훔쳤다. 나는 날개가 하는 역할을 깨달았다. 그때 나는 보았다. 그의 눈이 그녀를 향하고 있는 것을. 비난인지, 애처로움인지 분간이 되지 않는 눈빛이었다. 나는 날개를 양쪽으로 서서히 접으면서 병 쪽으로 끌어내렸다. 날개가 지렛대 역할을 해서 코르크가 손쉽게 뽑혀나왔다. 나는 안도의 한숨을 가만히 내쉬면서도 그런 기미가 눈치채이지 않도록 주의해야 했다.

"아빠, 이젠 제가 따라도 되죠?"

그녀가 일어섰다. 나는 양보하는 체하며 자리에 앉았다.

"여자가 술을 따르는 법이 어디 있니. 하긴 아빠니깐 상관없긴 하지. 그래도 먼저 나서는 건 아닌데……"

부인이 웃음을 띠고 딸이 나서는 것을 제지했다.

그러나 이미 그녀는 술잔에다 포도주를 따르고 있었다.

"엄마, 내가 아빠께 술 따라드릴 날도 얼마 남지 않았다구요……"

그녀는 무슨 농담인가 이어서 하려고 했지만 집중해야 할 일 때문에 말을 멈추었다. 포도주를 잔에 3분의 1 가량 따른 뒤 그녀는 병을 살짝 안쪽으로 돌려 술이 방울져 떨어지지 않도록 했다. 그러고는 내게 병을 건네며 말했다.

"어머니께 따라드리세요. 엄마는 나를 따라주면 되겠수. 그러면 엄마가 좋아하는 예의에도 벗어나지 않잖아요."

"그래, 젊은 남자한테서 술을 받아보는 기분도 괜찮겠지. 이게 얼마 만이니. 나 괜찮아요, 여보? 삼십년 만인데."

그는 다시 고개를 약간 숙였다 들었다. 마치 아래에 걸리적거리는 것이 무엇인지 살피다가 고개를 다시 드는 듯한, 긍정의 동작이었다. 나는 그녀가 했던 대로 와인 글라스의 3분의 1이 차도록 술을 따르고 병을 가볍게 돌려 식탁에 술방울이 떨어지지 않도록 했다. 그 동작 역시 평소에 쓰지 않던 근육을 동원해야 하는 일이라 서툴렀다. 술잔이 모두 채워지고 저마다 술잔을 기울였다. 나는 갑자기 이 모든 것을 무로 돌리고 싶다는 난폭한 충동에 휩싸였다. 그래서 울컥, 하고 한모금을 입에 넣고 삼켰다. 다시 한모금을 더 삼키려고 술잔을 기울이려는데, 어떤 섬세한 손가락이 아래로 처져 있는 내 손을 건드렸다. 그녀의 손가락이 아니었다.

그녀의 어머니의 손이었다. 부인은 웃음기가 넘치는 눈으로 나를 보고는 말했다.

"젊은 양반이 술솜씨가 보통이 아닌 모양이네요. 포트 와인은 바로 그렇게 첫모금은 과감하게 마시는 거랍니다. 입 전체로 감싸서 맛을 보는데, 특히 달콤한 맛을 한꺼번에 느끼려면 풍족하게 마셔야 하죠. 우리같이 술이 약한 사람은 그렇게 할 엄두를 내지 못하지만."

"엄마, 난 비싸서 못해요. 이 술이 얼마야? 삼십만원? 그렇지? 그 정돌 거야."

내 월급이 그당시 기본급 25만원이었다. 나는 모녀의 합작공격에 내 충동을 억눌러버렸다.

"사실 저는 포트 와인을 처음 마십니다. 대한민국 국군이 쐬주 마시는 식으로 한번 마셔봤습니다. 그런데 정말 맛이 좋군요. 술에도 맛이 있는 줄 오늘 또 처음 알았습니다."

그는 두꺼운 눈꺼풀로 눈을 반쯤 덮고 조금씩 음미하며 포도주를 마시고 있었다. 옆에서 무슨 수다를 떨든 상관없다는 투로. 이윽고 그 지옥 같은 자리가 끝났다. 그가 기침을 하더니 자리에서 일어섰다.

"자네 혹시 담배 피우나?"

"네, 아닙니다."

나는 엉거주춤한 자세로 대답했다.

"감출 것 없네. 나는 담배야말로 기호품이라고 생각하니까. 아들이 있었으면 진작에 맞담배질을 했을 거야. 따라오게."

그는 빠른 어조로 말하고는 걸음을 옮겼다. 그 뒤에서 그의 부인이 높은 톤으로 말했다.

"서재에 가실 거죠? 과일 가져갈게요."

"당신 좋을 대로 하시구려."

그는 뒤도 돌아보지 않고 말했다. 나는 그를 따라 이층 서재로 들어섰다. 그는 익숙한 솜씨로 파이프에 담배를 담고 불을 붙였다. 그리고 내게 소파에 앉으라고 한 다음 담배에 관한 그의 견해를 말했다. 담배는 승자와 패자의 국경선 중간지점에 있는 섬 같은 것이라고. 알 듯 모를 듯한 말이 끝나기 전에 과일과 포도주가 날라져오고 그의 부인과 딸이 무릎덮개를 하고 앉자 그는 다시 침묵했다. 나는 술의 힘을 빌려 간신히 그 자리를 견뎌나갔다.

갑자기 그 거북한 상황이 종결됐다. 그의 나머지 세 딸이 친구들을 데리고 들이닥친 것이다. 세 딸 가운데 셋째는 나의 대학 후배였고 그녀의 남자친구는 어릴 때부터 그 집을 제집처럼 드나들어온 인근의 부잣집 아들로 바로 내 신부감을 내게 소개해준 장본인이었다. 그를 따라온 친구들 역시 내가 모두 얼굴을 알 법했다. 게다가 그들은 맥주를 두 상자 지고 서재에까지 돌격해왔다. 이 모든 것이 그들—딸들과 그의 친구들, 딸들의 어머니—의 각본에 들어 있던 일이었다. 나는 백만대군을 얻은 듯 든든해졌다. 그 역시 이런 상황을 예기한 듯, 바란 듯 부담스러운 자리에서 벗어나 일층으로 내려갔다. 곧이어 맥주파티가 열렸다. 나는 때맞추어 들이닥친 그들을 일일이 축복했고 그들의 앞날에 아리따운 신부와 평생의 부가 함께 따르기를 기원했다. 별일이 없다면 어차피 그들은 그렇게 될 것이었다. 술을 마셔도 전혀 취하지 않는 밤이 깊어갔다. 그는 과연 나를 어떻게 평가했을 것인가. 지금 안방에서는 그와 그의 부인 사이에 어떤 이야기가 오가고 있을까. 혹 고성이 오가고 찻잔이 공중을 나는 일은 없을까. 침묵 속에 이층의 동정에 귀를 기울이고 있을까. 아니면 아쉬움과 흐뭇함이 교차하는 표정으로 부부가 서로의 손을 맞잡고 있을 것인가. 술에 취한 젊은이들이 노래를 부르기 시작했다. 자리는 널찍한 리스닝룸으로 옮겨진 지 오래였다. 음악이 흐르고 누가 그 음악을 따라부르기 시작하자 합창이 이어졌다. 분위기가 절정에 도달할 무렵, 막내딸이 베개를 들고 리스닝룸으로 들어왔다.

"오빠, 그거 나도 마셔보고 싶어. 나도 좀 줘."

나는 그때 몹시 피곤했다. 포도주 전작이 있었고 게다가 나 자신의 문제, 이를테면 아들 다섯과 딸 둘, 부모, 조부모가 방 네 개에 기거하고 있는 마당에 아들 하나가 결혼을 하면 방이 새로 새끼를 두 마리 낳아줄 것인가 하는 문제에 골몰하고 있었다. 그래서 막내딸의 존재를 잊고 있었다. 오빠라고 불린 후배들이, 나의 원군들이 중학교 1학년밖에 안된 어린아이에게 번갈아가며 독한 포트 와인과 맥주를 먹이는 것을 몰랐다. 그렇게 파국이 왔다.

하나는 술에 취해 손뼉을 치고 노래를 부르기 시작했다. 그 자리에서 술을 제일 많이 경험한 사람은 나였다. 어린아이에게 술이 얼마나 큰 타격을 가하는지 알고 있는 유일한 사람도 나였다. 그들은 학생, 그게 대학생이든 대학원생이든, 대학을 다니다 군대를 갔다왔든 학생은 학생, 어른이 아니었다. 그녀는 언제부터인가 자리를 비우고 없었다. 많이 마셔서 붉어진 얼굴을 찬물에 식히러 갔다고 나중에 들었다. 하나는 춤을 추기 시작했다. 어디서 배웠는지 모르지만 옷을 하나씩 벗어던지면서. 장난스럽게 응원을 하며 잘한다고 손뼉을 치던 아이들은 하나가 마지막 한겹 남은 옷을 벗기 위해 옷자락을 움켜쥐자 모두 숨을 멈췄다. 그때서야 나는 상황을 깨달았다.

"그만 해! 뭐 하는 거야? 어떻게 된 거냐구!"

내가 버럭 고함을 지르자 하나가 인형 같은 눈으로 나를 돌아보더니 손가락질을 했다.

"너는 나쁜 놈! 너는 나쁜 놈! 왜 하나한테 소리를 지르지? 우리 언니 데려가지 마! 난 알아! 알고 있어! 너는 나쁜 놈이야! 나쁜 놈이야!"

그러고는 한꺼번에 아래위의 옷을 벗어버렸다. 당황한 아이들이 점퍼며 베개며 저고리를 하나의 몸에 덮었다. 한꺼번에 여러 사람의 손길이 닥치자 하나는 찢어지는 듯한 비명을 지르기 시작했다. 격리되어 독립적으로 설계된, 그래서 어지간한 소리는 들리지 않는 리스닝룸에서 난 비명소리를, 일층 하고도 깊숙한 안방에서 부모가 그 소리를 듣고 뛰어올라올 때까지 한없이 길고긴 비명을 질렀다. 나는 귀를 막았다. 그러나 그 비명소리는 끈질기게 따라왔다. 취기가 뻐근하게 올라왔다. 부모 앞에서 아기처럼 알몸이 된 그의 막내딸이 쓰러졌다.

"빨리 앰뷸런스 불러."

나는 멍한 표정으로 서 있던 그녀에게 속삭였다. 그녀는 얼빠진 표정으로 거실에 놓인 화려한 장식의 수제(手製) 전화기를 들었다. 나는 이가 부서져라 하고 깨물고 무릎에 힘을 준 다음 그 자리를 빠져나왔다. 담장 한쪽만의 길이가 삼십 내지 사십미터였다. 서울의 중심가에 가까운 곳에 그만한 크기의 땅 위에 집을 지은 부잣집은 흔치 않다. 그 담장 끝에 이르기도 전에 앰뷸런스의 경적음이 들려왔다. 어쩌면 내가 너무 천천히 걸었는지도 모르겠다.

마지막으로 돌아보니 그가 애지중지하는 막내딸이 담요에 싸인 채 차에 실리는 것이 눈에 들어왔다. 번쩍이며 돌아가는 불빛 속에 나타났다 사라졌다 하는 그들 모두 인형가게의 인형 같았다. 나와는 다른 세계에 사는 사람들이었다. 내가 끼여들 수 없는 세계의 원주민들이었다.

도시에서의 춤[4]

그 다음부터 나는 내게 알맞은 상대를 찾게 되었다. 내게 알맞지 않은 회사를 그만두었고 스무해 넘게 긴가민가하던 식구들과도 결정적으로 불화가 생겼다. 나는 알맞지 않은 사람, 관계를 떠났고 잊었다. 다른 사람들도 나를 버렸고 잊었다. 그러다보니 내가 이 세상에 머무를 이유가 없었다. 나는 떠났다. 어디로? 일단 안개시(市)라고 부르기로 하자.

4) 르누아르 「도시에서의 춤」 1883년, 캔버스에 유채. 빠리 오르쎄미술관.

구름도(道) 안개시 부생동(浮生洞)에 나는 다섯 달을 머물렀다.

구름의 길을 따라 안개시에 도착했을 때 내 주머니에는 아껴쓰면 한달쯤 쓸 수 있는 돈이 들어 있었다. 나는 그 돈의 반을 선불하고 하숙집을 구했다. 그 다음에 일자리를 구해 안개 속을 돌아다녔다. 안개는 무엇이든 숨겨주고 허물을 가려줄 것 같지만 막상 그 속에 들어가면 선뜩하도록 차갑고 매정했다. 나는 입주과외, 인쇄소 직원을 겸하여 신문배달을 할 수 있다고 나를 소개했는데 대도시에서는 그런 일로 제 한몸 먹여살릴 만큼의 돈을 벌 수 있을지 모르지만 안개시는 작았다. 게다가 아주 오래된 도시였다. 오랫동안 한군데에서 같이 살아온 사람들의 가치관은 완고했고 믿을 수 없을 만큼 단결이 잘 이루어지고 있었다. 자기들끼리는 모두 인척간이거나 친구거나 적어도 잘 아는 사이였다.

이를테면 여관 간판 아래에 씌어 있는 '욕탕 완비'의 완비처럼 물샐 틈 없었는데 외래의 이족, 이물질에 대해서는 가혹하리만치 냉랭했다. 나는 매일 아침 하숙집에서 빠져나와 일자리를 찾아 온 도시를 헤매고 다녔지만 보름이 가도 공사현장의 일용직 자리도 얻지 못했다. 그곳에서도 아는 사람이 아니면 쓰지 않았다. 하긴 모든 것이 완비된 오래된 도시 안개시에서 무슨 큰 공사가 벌어질 리도 없었다.

그렇게 쏘다니다가 저녁이 되면 나는 기진맥진해서 내가 아는 안개시의 유일한 술집 '이방인'으로 들어갔다. 프랑스의 실존주의적인 소설을 연상시키는 제목과는 달리 이방인은 뒷골목의 중간쯤에 자리잡은 허름한 선술집으로 세련과는 거리가 멀었다. 이방인에서 실존을 자각케 하는 유일한 장치는 '변소 업씀'이라는 계산대 옆의 팻말이었다. 말 그대로 변소가 없어서 주변의 아무 곳에서나 오줌을 갈기면서

'투입=배출'의 실존공식을 구현하는 스스로의 육체에 대해 자각하고, 단결 빼면 시신이나 다름없는 골목 주민들의 단합된 욕설을 들으면서, 재수가 없으면 물벼락을 뒤집어쓰기도 하면서, 한계상황의 인간조건에 대해 쓰디쓰게 깨닫게 되는 것이었다. 버스가 끊어지고 난 뒤 하숙집으로 돌아가는 밤길은 또 얼마나 황량하고 추웠는지. 그럴수록 하늘의 별은 더 또렷하고 공기는 맑았다.

친구가 없었고 원군이 없었고 아는 사람도 없었고 함께 어깨를 겯고 소리지를 사람도 없었다.

뼛속까지 고독했다. 그러나 나는 역시 행운아였다. 그곳에서도 믿을 수 없을 정도로 친절한 여자를 만났던 것이다. 태초에 혼돈이 있었고 혼돈이 태극을 낳았다. 태극은 음양을 낳으니 음양은 원래 서로 다르다. 그 여자는 나와 정말 모든 면에서 달랐다. 우선 그녀는 나와 달리 월급을 받고 있었다. 그것도 내 또래의 사내들이 대학 졸업하고 취직해서 받는 월급의 두세 배쯤에 해당하는 금액을. 안개시에서 월급을 받는 이십대 중 남녀를 통틀어 최고액이 아니었을까. 그녀는 안개시에서 유일한 대학에 다니고 있었는데 학생이나 교수의 신분이 아니라 무슨 부설기관의 장(長)이었다. 무슨 부설기관이길래 이십대의 여성을 장으로 앉히느냐. 그건 내 관심사 밖이지만 꼭 말하란다면 '이십대 여성 미래 리더십연구소'라고 하겠다. 하여튼 대학에 다니고 있어서 일반 직장인보다 훨씬 더 시간이 많은 듯했다. 내가 그녀를 어떻게 만나게 되었는지에 대해서는 말하고 싶지 않다.

좀 비참한 이야기가 되기 때문이다. 그래도 꼭 말하란다면 말할 도리밖에 없는데, 나는 궁핍을 견디다 못해 내가 떠나온 세상의 사람들에게 돈을 빌려달라고, 인정을 베풀라고 편지를 썼다. 아울러 외로움을 견딜 수 없다고 호소했다. 자살하겠다고 위협하고 도둑이 되어 감옥에서 다시 편지를 쓰겠노라고 징징거렸다. 대부분의 사람들은 침묵했고 무시하고 경멸했다. 단 한사람, 나를 잘 모르는 고등학교 선배만이 내게 응답을 해주었는데 그는 우체국 소액환으로 얼마간의 돈을 부쳐주었다. 그리고 자신이 가르친 제자가 내가 편지를 보낸 곳 근처에 사는 것 같다고 연락을 한번 해보라고 했다. 연락을 한 다음 어떻게 하라는 이야기는 물론 없었다. 나는 우체국에 가서 소액환을 돈으로 바꾸고 나서 제자에게 연락을 했다. 내 짐작으로는, 그는 그의 제자라는 사람에게 얼마간의 빚을 졌는데 그 알량한 돈으로 차라도 한잔 대접하라는 것 같았다. 그와 그가 연락을 하라는 사람의 나이 차이는 불과 다섯살이었다. 따라서 정상적인 사제지간으로는 볼 수가 없었다. 수화기를 통해 들려온 목소리가 여자였던 까닭에 내 짐작은 확신이 되었다. 세상에는 꼭 제도권의 학습방식으로 사제지간이 되는 관계만 존재하는 것은 아니다. 비록 나이가 더 많다 해도 뭘 배우면 제자이니 예컨대 과외선생도 선생일 수 있다. 전화를 받은 이는 마침 '선생님'의 안부가 궁금했다면서 선생님의 안부를 묻기 위해 나를 만날 장소로 안개시의 유일한 호텔의 커피숍을 지정했다. 그 여자의 입에서 나오는 '호텔'이나 '커피숍'의 발음이 너무 유창해서 나는 그 호텔이며 커피숍이 마음에 들지 않았다. 안개시가 오래된 도시인 까닭에 안개시 유일의 호텔이며 안개시의 이름을 딴 호텔은 당연히 오래된 호텔이었다. 오래 전에 지었기 때문에 요즘 지은 호텔 같지 않게 구석구석 사람의 손이 미쳐야 했다. 물론 그 사람들은 안개시의 주민일 것이고 그들은 자기 집처럼 성심껏 손질을 할 것이다. 그래서 그런지 대리석 바닥은 너무 미끄러웠고 구식 샹들리에는 너무 크고 아슬

아슬했으며 화장실 거울은 너무 깨끗해서 마음에 들지 않았다. 커피값이 비싼 것도, 거기다 무슨 봉사료인지 세금인지가 붙은 것도, 무엇보다 내가 그 커피값을 내야 한다는 의무감이 마음에 들지 않았다. 그걸 내고 나면 그 잘난 소액환의 소액의 3분의 1 가까이가 날아갈 것이었다.

그녀는 호텔이 동네 목욕탕이라도 되는 양 여유있게 걸어들어와서 커피숍을 휘둘러보았다. 그날 그 호텔에 드나든 사람 가운데 가장 호텔에 안 어울리는 사람이 나였다면 내가 호텔에서 본 사람 가운데 가장 호텔에 잘 어울리는 사람은 그녀였다. 그녀는 단박에 나를 알아보고는 우아하면서도 단호하게 내 앞으로 걸어왔다. 나는 그런 그녀를 처음에는 모른 체했다. 커피숍에는 나만큼이나 할일 없어 보이는 인간들 서너 명이 앉아 있을 뿐이었다.

"유선생님이시죠?"

그녀는 고개를 약간 기울인 채 내게 물었다. 나는 어쩔 수 없이 손을 활짝 폈다.

"그렇습니다. 반갑습니다."

그녀는 가볍게 치마를 들었다 놓으면서 자리에 앉았다. 그러고는 손수건을 꺼내 가볍게 이마를 훔쳤다.

"제가 만나자고 한 게 실례가 안되었나요? 바쁜 시간을 내주셔서 감사합니다."

실례는 무슨 실례. 나는 시간밖에 없는 사람이야, 이 사람아. 나는 속으로 중얼거렸다.

"뭘 드시겠습니까."

그 말이 내 입에서, 그리고 언제 다가왔는지 모르게 다가온 웨이터의 입에서 동시에 나왔다. 나는 그것도 마음에 들지 않았다.

“성선생님 안부가 너무 궁금했거든요. 이해해주세요.”

그녀는 나와 웨이터의 말을 한꺼번에 무시하면서 자기 할말만 했다. 그렇게 궁금했으면 직접 전화를 하거나 편지를 하지 그랬어. 나는 중얼거리면서 그녀 쪽으로 보지도 않은 메뉴를 밀었다.

“저는 커피로 하겠습니다.”

내가 주문한 뒤 그녀는 웨이터를 올려다보았다.

“잠깐만 기다려주세요.”

웨이터는 내 주문을 들었는지 말았는지 고개를 끄떡하더니 가버렸다. 그녀는 손가락끝으로 메뉴를 넘기면서 한참을 고르고 나서 웨이터를 다시 불렀다. 그동안 나는 급한 성질을 탓하면서 우두커니 바깥을 바라보아야 했다.

“이분은 커피, 나는 에스프레쏘로 주세요.”

웨이터는 다시 고개를 숙이고는 메뉴를 들고 갔다. 그러고 보니 그놈의 웨이터는 나에게는 단 한번도 고개를 숙이지 않았다. 그녀는 엄지손가락보다 조금 큰 잔에 담긴 에스프레쏘를 마시고 나는 바가지보다 조금 작은 잔에 담긴 밍밍한 커피를 마시면서 대화를 했다. 성선생님 잘 있느냐. 잘 모른다. 아이는 있느냐. 모른다. 결혼을 했느냐. 모른다. 집은 어디냐. 모른다. 성선생님 어머니는 여전히 시장에서 이불가게를 하시느냐. 원래 그런 일을 하시는 줄도 몰랐다, 모른다. 어떤 일로 이 외진 안개시까지 왔느냐. 말하자면 너무 번거로워서 말할 수 없다. 그리고 안개시는 궁벽하지 않은 곳이다. 사람들은 고집과 긍지가 있고 전통을 숭상하며 옛집과 옛거리의 면모가 고스란히 살아 있어서 주눅이 든다.

"언제까지 여기 계실 건가요."

"글쎄요, 돈이 떨어질 때까지? 일단은 그렇게 예정하고 있습니다."

"무슨 일을 하시는지 여쭤봐도 될까요?"

"뭐 흔한 겁니다. 예술요."

오래된 안개시에는 널린 게 예술가였고 빨래보다 흔한 게 예술품이었다.

내가 그렇게 말하자 그녀는 흥미롭다는 듯 웃었다. 그때부터 나는 내 처지를 과장스럽게 떠벌리기 시작했다. 나는 무명의 가난한 예술가이다. 조실부모하고 어린 동생들을 키우며 살아왔던바, 이제 동생들이 고등학교를 졸업하고 취직을 해서 제 앞가림을 하게 되었길래 원래 내가 하려고 하던 예술을 공부하려고 하고 있다. 지금은 끼니걱정을 하는 처지지만 이 처지가 또한 공붓거리라고 생각한다. 배고픈 것도 공붓거리이고 쓸쓸함도 공부이며 헐벗음도 공부의 과정이다.

그 무엇인가를 성취하기 전에는 결단코 포기하지 않을 것이라고 말했다. 나는 내친 김에 선배에게서 온 소액환, 그 소액환을 바꾸러 갔다가 그녀에게 전화를 했다는 것도 이야기했다. 혹시 그 선배가 빚을 진 게 있으면 그걸 돌려줘야 할 것 같아서 망설였다는 것까지. 그날 내가 그녀에게 이야기한 것 중에 유일한 진실은 그것뿐이었다. 그러나 그것이 진실이었기 때문에 그전에 한 이야기가 진실의 자성을 띠게 되었는지도 모르겠다. 그녀는 나를 한동안 가엾게 바라보다가, 선배가 부채감을 갖는 건 돈 때문이 아니라 자신이 재직하는 연구소의 일과 관련된 것이라며, 다음날이 월급날인데 함께 저녁을 먹자고 말해주었다. 나는 형편을 봐가며 그러겠다고 했지만 그 다음날 그녀가 지정한 식당에 30분이나 일찍 도착했다. 그 식당, 이름은 기억나지 않는다. 그렇지만 나이 든 웨이터의 눈길은 기억이 난다. 허름한 점퍼 차림의 나를 올려다보며 "예약을 하셨습니까"라고 묻던. 식당은 지하에 있었다. 이딸리아 음식을 전문으로 하는 양식당이었다. 그때까지 나는 이딸리아 음식을 먹어본 적이 없었다.

그런 내가 어떻게 이딸리아 음식을 전문으로 하는, 뭔지 비밀스럽고 고급스러운 냄새가 나는, 그 망할놈의 양식당에 예약을 하겠는가. 나는 그렇게 말하지는 않았다. 그냥 고개를 쑥 빼고 그녀가 와 있는지 살폈다.

"손님, 우리 레스또랑은 예약한 분만 받습니다."

나이가 내 두 배는 됨직한 웨이터가 다시 한번 나를 채근했다. 나는 어쩌다 남의 집에 잘못 들어간 개처럼 쫓겨났다. 바깥에서 그녀가 오기를 기다리며 숨어 있어야 했다. 약속시간에서 5분쯤 지났을 때 그녀가 택시에서 내렸다. 그녀가 지하로 사라진 뒤, 나는 심호흡을 하고 다시 지하 레스또랑으로 내려갔다. 이번에는 젊은 웨이터가 내게 물었다.

"예약하셨습니까."

"했어요."

웨이터는 펜을 꺼내들더니 "성함이 어떻게 되십니까" 하고 물었다. 나는 모른다고 대답했다. 웨이터는 눈을 치켜떴다.

"예약한 사람의 이름을 모른다구요. 여자분인데…… 지금 막 들어간 사람 있죠?"

웨이터는 나를 슬쩍 훑어보고는 전화기를 들었다. 스위치를 누르더니 내게 대화가 들리지 않도록 나지막한 소리로 무언가를 확인했다. 그리고 수화기 한쪽을 막은 채 다시 물었다.

“성함이 어떻게 되십니까.”

나는 폭발하고 말았다.

“여기가 식당이오, 경찰서요. 왜 자꾸 이름은 묻고 그래요. 그리고, 여기 하루 저녁에 예약하는 사람들 중에 여자가 얼마나 되길래 사람을 이렇게 오래 세워놓는 거요. 나 참 더러워서. 방금 들어갔다지 않아요.”

안쪽에서 늙은 웨이터가, 알고 보니 지배인이었다, 빠른 걸음으로 걸어나왔다. 내게 가볍게 고개를 숙이더니 안쪽으로 안내를 하는 것이었다. 그런데 정말 안내가 필요할 정도로 복도가 길었다. 맨 마지막 방문 앞에서 그는 노크를 하고 문을 열었다. 나는 안으로 들어섰다. 방안도 안내가 필요할 정도로 넓었다. 칠팔미터는 됨직한 긴 탁자 끝에 그녀가 앉아 있었다. 나는 엉거주춤하게 서 있다가 문 바로 옆에 있는 자리에 앉았다. 그녀는 미소를 지을 뿐 아무 말도 하지 않았다. 그 상태에서 주문을 했고 식사를 했고 차를 마셨다. 말이 들리려면 고함을 질러야 할 것 같아서 나는 되도록 말을 하지 않았다. 그녀도 마찬가지였다. 무엇을 먹었는지 기억나지 않는다. 다만 눈부시게 흰 식탁보, 흰 벽, 흰 천장, 흰 의자는 기억에 남는다. 흰 와이셔츠를 입은 웨이터와 웨이트리스가 접시를 들고 왔다갔다할 때 까만 보타이가 제비나비처럼 흰 공간을 가로질러가던 것도 기억에 남는다. 그녀는 전날 호텔에서 찻값을 지불했듯 그날도 음식값을 냈다.

그 다음에는 제대로 음식맛을 볼 수 있는 식당에서 만났다. 일식집이었다. 무엇을 먹었는지도 또렷이 기억한다. 훈제연어였다. 연어라는 물고기를 연기로 쬐어 익힌 요리. 한 마리가 아니라 한 토막이었다. 요리하는 데 시간이 좀 걸린다길래 나는 데운 청주를 주문했다.

30분이 지났을 무렵, 나는 빈속에 청주를 작은 병으로 한 병쯤 마셨다. 그녀는 가벼운 전채를 주문해서 먹었다. 나는 투덜거렸다.

"버스를 타고 항구에 가서, 배를 타고, 베링해협에 가서 연어를 잡은 뒤에 한국으로 돌아오고 식당까지 와서, 옷을 갈아입고, 그 다음에 배를 따고 처리를 한 다음에 불을 피우고 숯을 만들어서 연어를 훈제하는 모양이죠. 이렇게 시간이 걸리는 걸 보면."

"제대로 된 연어를 제대로 요리하려면 사실 시간이 좀 걸립니다, 손님."

언제 내 말을 들었는지 주방장은 그렇게 말했다. 나중에 알았지만 실제로 그랬다. 일류식당의 일류주방장, 냉동이 아닌 자연상태의 재료를 구하기 위한 노력, 최고의 조리과정을 거친 훈제연어는 한 토막에 10만원을 한다 해도 비싸지 않다.

주방장은 심혈을 기울여 훈제연어 한 토막을 요리해서 내왔다. 거의 한 시간 만에.

나는 훈제연어 한 토막에도 최선을 다하는 그의 태도에 깊은 감명을 받았다. 하여튼 나는 연분홍 빛깔이 생생하게 살아 있는, 육질이 꼬들거리면서도 고소하고 연기의 풍미가 배어 있는 지상 최고의 훈제연어를 먹었다. 그후로도 나는 일식집에 가면 훈제연어를 찾았지만 그때만큼 맛있는, 정성어린 훈제연어는 먹어본 적이 없다.

역시 나중에 알게 된 것이지만 주방장이 나를 위해서 그렇게 한 건 아니었다. 물론 연어를 위해서 그런 것도 아니고.

그런 식으로 유서깊은 도시 안개시에서 각 분야의 최고인 식당을 섭렵했다. 물론 돈은 언제나 그녀가 냈다. 내가 돈을 내려는 시늉이라도 할라치면 그녀는 펄쩍 뛰다시피 했다. 언젠가 내가 돈을 안 내본

지 하도 오래되어서 돈내는 방법을 잊어버렸다고 걱정을 했더니 그녀는 내게 지갑을 건네주고 대신 내게 했다.

어느덧 다섯달이 흐르고 안개시를 떠날 때가 되었다. 돈이 다시 떨어졌던 것이다. 아니 완전히 떨어지지는 않았다. 안개시를 떠나 집으로 돌아갈 버스비가 내가 가진 돈 전부였다. 돈을 빌릴 곳은 모두 빌렸고 손을 벌릴 데도 모두 벌린 처지라 더이상 부탁할 데도 없었다. 그렇지만 그녀에게 저녁을 한번 내 식으로 사고 싶었다. 다섯달 동안 일흔번 이상의 식사를 함께한 그녀에게, 수만 마디의 장광설을 들어준 그녀에게, 언제나 돈을 낸 그녀에게, 내 돈으로 저녁을 사주고 그녀의 말을 끝까지 들어주고 저녁을 온전하게 함께해주고 싶었다. 그런데 돈이 없었다. 떠날 날이 가까워올수록 초조해졌다. 은행이라도 털고 싶은 심정이었다. 그럴수록 나는 난폭하게 술을 마셨다. 손도 닿지 않은 채 음식이 식었다. 그녀는 이유를 알고 싶어했지만 그런 말을 할 수는 없었다. 나는 예정을 앞당겨 떠나기로 했다.

그동안 하숙비는 언제나 선불로 내왔다. 보름 정도 지났으니 보름치가 남은 셈이었다. 나는 하숙집 주인을 찾아가, 지금 당장 떠나게 되었으니 먼저 낸 하숙비 가운데 반은 돌려달라고 했다. 하숙집 주인은 무슨 말도 안되는 소리를 하느냐며 갈 테면 그냥 가라고 했다. 나는 하숙집에서 그동안 겪었던 괴로움(하루 걸러 벌어지는 주인집 내외의 부부싸움과 그에 이어지는 부부관계에서 우러나는 소음을 들어야 하는 이중적인 괴로움)과 평균 이틀에 한끼밖에 먹지 않은 음식, 아니 사료만도 못한 무지막지한 식사를 생각한다면 다섯달치 모두를 돌려받아야 마땅할 것이나 특별히 반달치만 받겠다고 백 보를 양보했다. 그러나 주인은 어림반푼어치도 안되는 소리 하지 말라면서 문을 닫아걸었다.

그래? 정말 그래? 순간적으로 눈에 뵈는 게 없었다. 없어야 했다. 그런데 수돗가에 놓여 있는 등산용 버너와 코펠 세트가 보이는 것이었다. 아마 부부가 함께 등산을 다녀온 뒤 씻으려고 내놓은 것 같았다. 나는 배낭에다 그것들을 쑤셔넣었다. 그때만 해도 등산용 버너는 꽤 값이 나가는 물건이었다. 하숙비 반달치는 될 성싶었다. 하숙집에서 나와 씩씩거리면서 버스정류장으로 걸어가는데 하숙집 주인이 속곳바람으로 달려나와 내 배낭을 붙잡고 늘어지는 것이었다. 나는 배낭에 하숙집 주인을 매단 채 버스정류장까지 갔다. 그러고는 값이 안 나가는, 가져가봐야 아무짝에도 쓸모없는 코펠을 돌려주고 버스를 탔다. 하숙집 주인은 그게 다인 줄 알았을 것이다. 스웨덴제 버너는 이미 배낭 맨 아래에 감춰두었다. 시내로 나와서 나는 곧바로 눈에 띄는 전당포로 뛰어올라갔다. 전당포에서는 주민등록증까지 확인하더니 버너 값의 반의 반 정도에 해당하는 돈을 내주었다. 아마 내가 안개시의 거주자였다면 반값을 주었을 것이다. 하여튼 나는 그녀에게 전화를 했다.

"오늘은 저녁 되기 전에 만나자구. 조퇴라도 해. 저녁이 되는 걸 보고 저녁을 먹고 저녁을 같이 보내는 거야. 이런 걸 저녁정식이라고 할걸. 오늘은 내가 전부 다 낼 거야. 기회를 줘. 지금 나올 수 있어?"

그녀는 웬일이냐고 하더니 잠시 기다리게 한 다음, 나갈 수 있다고 했다. 나는 술집 이방인의 위치를 가르쳐주었다. 10분도 되지 않아 그녀는 택시를 타고 도착했다. 이방인을 보고는 자기가 안개시에서 20년 넘게 살았지만 이런 곳은 처음이라고 놀라워했다. 나는 소주와 김치찌개를 주문했다. 그게 이방인에서 파는 술과 안주 겸 식사 전부였다. 이방인 주인은 이방인에는 도무지 어울리지 않는 그녀를 조금 부담스러워하는 듯, 무뚝뚝하게 소주잔과 술병, 김치찌개를 놓고 돌아갔다. 그녀는 김치찌개와 밥을 먹었고 나는 늘 그랬던 것처럼 소주만 마셨다.

"나도 한번 마셔볼게요."

"술을? 못 마시는 줄 알았는데."

"한번 마셔봐요. 얼마나 좋길래 늘 그렇게 마시나 궁금했거든요."

나는 소주를 그녀의 잔에 따랐다. 그녀는 소주잔을 들고 이리저리 돌려보며 재미있어했다. 그러고는 조금 맛보더니 얼굴을 찡그렸다.

"거 봐. 술만 버렸지."

"아녜요, 맛있네요."

"그래, 이 술은 피와 다름없는 거니까. 사실 내 작품이 하나 팔렸어. 말도 안되는 똥값이긴 하지만. 그래서 기념으로 사는 거야."

"정말이에요? 축하해요. 건배해요, 우리."

우리는 잔을 부딪쳤다. 그리고 잔을 들어 단숨에 마셨다. 김치찌개는 식은데다 남은 것도 별로 없어서 숟가락을 갖다대는 시늉만 했다. 얼마나 더 술을 마실지 몰랐기 때문에 나는 감히 안주를 더 주문할 용기가 없었다. 그런데 이상한 일이 벌어졌다. 술집 주인이 와서 고춧가루를 버무린 단무지를 한 접시 놓고 가는 것이었다. 게다가 김치찌개가 담긴 냄비를 들고 가더니 김치와 물을 반 넘게 더 넣더니 끓여서 내오는 것이었다.

"어라? 평생 안하던 짓을 다 하네. 앞으로 내가 다시는 못 오게 될 줄도 모르고."

그녀는 미소를 띤 채 내 이야기를 듣다가 다시는,이라는 말을 듣고는 "역시 그랬군요" 하고는 꼼짝하지 않았다. 나는 어색하게 가만히 있다가 다시 소주를 마셨다. 그녀는 문득 자신의 잔에 술을 따랐다. 내가 병을 빼앗으려고 했지만 소용이 없었다. 단숨에 두 잔을 마신 그녀는 배시시 웃으면서 내게 잔을 내밀었다.

"나도 좀 마시는 편이에요. 이제 평등하게 마시죠 뭐."

얼마나 마셨을까. 이방인의 간판불이 꺼졌다. 주인은 다른 탁자를 정리하며 가라는 듯 눈치를 주었다. 나는 휘청이는 몸을 간신히 지탱하며 자리에서 일어섰다. 계산을 마치고 돌아오니 그녀는 탁자에 엎드려 자고 있었다. 그 순간 정신이 번쩍 났다. 택시비는 계산에 넣지 않았던 것이다. 내게 남은 돈은 안개시에서 가장 값싼 여인숙에서 하룻밤 지낼 돈과 다음날 아침 안개시를 벗어나는 시외버스비뿐이었다.

"이봐, 이봐, 자는 거야? 끝났어. 끝났다구."

그녀는 대답이 없었다. 가볍게 코까지 골면서 달게 자고 있었다. 언제부터인가 주인이 빤하게 나를 쳐다보고 있었다.

"버스는 끊어졌겠죠?"

나는 주인에게 물었다. 주인은 천천히 고개를 가로저었다.

"큰일이네. 택시비가 없는데. 같이 여인숙에 갈 수도 없고."

여인숙이라는 말을 듣더니 주인이 계산대의 서랍을 열었다. 그는 까마귀가 짖는 듯한 쉰 목소리로 말했다.

"좀 빌려줄까?"

나는 난생 처음 그에게 말다운 말을 들은 것이 반말이라는 게 기분이 나빴다.

"됐어요, 됐어. 사람이 자기 형편대로 해야지."

나는 그녀의 겨드랑이에 팔을 넣어 자리에서 일으켰다. 묵직한 핸드백을 목에 걸고 배낭을 진 채 부축을 하려니 쉽지가 않았다. 주인이 문을 열어준 뒤에 팔짱을 낀 채 우리를 주시했다. 우리는 비틀거리며 길거리로 나왔다. 마침 택시 한대가 푸른 불을 밝히고 다가왔다.

나는 그녀를 반쯤 차에 기대놓은 채 택시 문을 열었다. 택시 안에 들어서자 그녀는 내게 완전히 기울었다.

"어디로 갈까요."

그러고 보니 나는 그녀가 어떤 동네에 사는지도 몰랐다. 나는 다시 그녀를 깨우려고 뺨을 가볍게 쳤다.

"이봐, 사는 동네가 어디야, 어디냐구."

택시기사는 인상을 찌푸리고 그렇게 듣기 싫은 말투는 처음이라는 듯한 표정을 지었다. 몇달을 있었어도 나는 안개시의 사투리를 조금도 익히지 못했다. 나는 처음부터 이방인이었고 끝까지 이방인이었다.

"나 참 큰일났네. 어쩌지?"

나는 담배를 꺼내물었다. 주머니를 뒤졌지만 라이터가 없었다. 택시기사는 창문을 열어놓고 마침 담배를 피우고 있었다.

"아저씨, 불 좀 빌립시다."

택시기사는 고등학생에게서 반말을 들은 노인네처럼 영 마땅찮은 표정으로 라이터를 건네주었다. 그러다가 언뜻 그녀를 보았다. 그러고는 차를 출발시켰다.

"아저씨, 어디로 가는 거예요. 어느 동네인 줄도 모르는데."

택시기사는 갑자기 신중해진 태도로 대답했다.

"그 아기씨 집이 어딘 줄 모르면 안개시에서 택시 못 몰지."

아기씨? 아가씨가 아니고? 나는 어리둥절해져서 담배만 피우고 있었다. 담배연기에 그녀가 쿨룩거리기 시작했다. 그러고는 사레가 걸린 듯 괴로워하다가 내 손바닥에 우렁찬 재채기 소리와 함께 가래 한 덩이를 쏟아냈다. 그러고는 완전히 잠에서 깨어 일어났다. 그와 함께 택시가 멈췄다.

"여기예요?"

택시기사는 아무런 말도 하지 않고 문을 열고 내리더니 차 뒷문을 열었다. 원래 안개시의 택시기사들이 모든 승객에게 그런 대접을 하는지는 모르겠다. 택시기사는 그녀가 내리는 동안 시종처럼 옆에 서 있었다. 내가 낑낑거리며 배낭을 들고 내리자 왜 그러는지 말도 하지 않고 나를 향해 눈을 한껏 부라리더니 문을 닫고는 가버렸다.

"저 바보, 택시비도 안 받고 가네."

비웃으면서 사방을 살펴보는데 끝이 보이지 않는 담장이 담장 위의 가로등에 비춰지고 있었다. 폐곡선을 그리며 돌아가는 담장의 길이는, 끝이 보이지 않았지만 가로등의 숫자로 미루어보건대 1킬로미터쯤 되지 않았을까. 담장에는 묵은 담쟁이덩굴이 달라붙어 있었고 담장 건너편에 수십채의 집이 잇달아 세워져 있었다. 마치 영주의 성채와 성채에 물건을 대주고 먹고사는 농민, 공인, 무사의 집 같았다. 어안이 벙벙해서 그 광막한 광경을 지켜보는데 문득 그녀가 말했다.

"미안해요."

뭐가 미안하다는 것인지는 지금도 잘 모르겠다.

"들어갔다 갈래요?"

나는 고개를 저었다. 그러면서 그 모든 음식점의 종업원과 주인들의 태도가 왜 그랬는지 이해했다. 물론 택시기사의 행동도.

"나한테 왜 그렇게 잘해줬지……요?"

가로등 너머로 희미하게 별이 보였다. 얼마나 별이 밝았으면 그랬을까.

"그렇게 하고 싶었어요. 당신은 가난하고 외로운 예술가라면서요……"

"배고프고 춥고."

덧붙이면서 나는 웃었다.

"들어가요. 괜찮아요."

그녀는 대문을 가리키면서 말했다. 대문 크기만 해도 내가 쫓겨난, 두고 온 우리집만했다. 나는 갑자기 내가 떠나온 집이 보고 싶어졌다.

"집이 커서 나 같은 놈 백명도 재울 수 있겠네요. 그래도 난 갈 데가 있어요. 내가 살던 곳과 여기는 너무 달라요. 우리집과 이 집도 너무 다르군요. 우리는 또 얼마나 서로 다른지…… 그런데 시내로 돌아갈 택시비가 없군요. 좀 빌려줄래요?"

그녀는 고개를 저었다. 그 정도는 네가 알아서 하라는 듯 입술을 한껏 앙다물고 있는 것 같기도 했다. 착각이겠지만.

"할 수 없지, 뭣도 없는 놈이 택시가 당키나 하단 말가."

나는 배낭을 메고 걸음을 뗐다. 그녀는 나를 보며 조금도 움직이지 않았다. 담장은 정말 길었다. 굽어져서 그녀가 보이지 않는 곳까지 와서 나는 담 아래 배낭을 놓고 그 위에 주저앉았다. 택시가 온다 해도 그 기분으로는 여인숙에 갈 수 없었다. 택시가 안 온다면 더더구나 여인숙에 갈 수 없었다. 멀리서 잠수함이 부상할 때의 소리처럼 웅장한 소리가 은은히 들렸다. 대문이 열리고 닫히는 소리렷다. 담에 기대 앉아 꾸벅꾸벅 졸며 밤을 새웠다. 추웠다. 라이터도 없었다.

욕탕의 여인[5)]

남들보다 두어 해 정도 늦게 나도 남들이 대학 졸업 후 취직하는 기업에 들어갔다. 꼭 나이 때문만은 아니었겠지만 면접을 하러 간 자리에서 경영자들은 내가 학교를 졸업하고 두어 해 동안 무엇을 했는지 물었다. 나는 본래 거짓말을 못하는데다 굳이 숨길 일도 아니고 해서 그동안 혼자서 공부를 했다고 대답했다. 무슨 공부? 가수가 되려고 했다. 나는 원래 노래에 소질이 있다는 이야기를 많이 들었다. 대학을 졸업하고 평범한 사람처럼 취직을 할 때가 되자, 내게는 그 시간이 마지막으로 내가 하고 싶은 일을 한번 시도해볼 만한 시간으로 여겨졌다. 그래서 나는 어느 산중의 폭포로 가서 내 목청이 폭포소리 속에서도 낭랑하게 들릴 수 있도록 피나는 수련을 했다. 물론 대중가수가 되려는 것도 아니고, 전문적으로 음악을 배운 것도 아니면서 독학으로 오페라 가수가 되겠다는 것이 힘겨운 일이라는 것을 몰랐던 건 아니다. 또 실력이 된다 해도 무대에 서려면 또 얼마나 많은 과정을 거쳐야 하는지, 운이 따라줘야 하는지 몰랐던 것도 아니다. 그렇지만 그 시간이 조금도 아깝지 않다. 그러면서 나는 나 자신을 발견했다. 내가 하고 싶은 일을 한다는 것이 어떤 느낌인지도 알게 되었다. 결국 가수가 되겠다는 꿈은 꿈으로 남았지만 이제는 어떤 일을 하든 나 자신이 그 느낌을 가지고 할 수 있게 되었다고 나를 설명했다. 대부분의 사람들은 내가 노래에 관해 두 마디도 하기 전에 "다음"이라고 말했다. 그런데 "그 다음에 어떻게 되었죠?"라고 묻던 유일한 사람이 경영하는 회사에 취직이 되었다. 적다고 말하면 적고 크다고 말하면 큰 그런 회사였다. 계측기기를 생산하는 회사로 그 회사에서 생산하는 계기가

5) 르누아르 「목욕하는 여인」 1888년, 캔버스에 유채. 워싱턴 데이비드 로이드 크리거 콜렉션.

산업현장에 없다 해도 생산이 안되는 것은 아니지만, 없으면 몹시 불편한, 그런 품목을 생산하고 있었다. 나 역시 그런 회사에서 없다고 해도 큰 상관은 없지만 정작 없으면 조금 불편한 그런 존재가 되기를 원했다. 적어도 그런 존재가 되기 위해 매진했다. 나는 본디 평범한 사람이었고 평균적인 인간이었다.

세상은 평범한 사람이 평범하게 사는 가운데 비범하게 유지된다고 현자들은 말한다. 경영자이자 소유주인 사장은 평범한 사람이었다. 자수성가한 아버지의 뒤를 이은 다음, 아버지보다 못하다는 이야기는 죽도록 듣기 싫어했다. 다른 사람보다 호기심이 많았고 새로운 모험, 프로젝트를 좋아했다. 어릴 때 세계명작동화전집을 많이 본 사람 같았다.

그에게는 예쁜 비서가 있었고 그 비서는 사장을 제외한 모든 회사 사람에게 콧대를 높이 치켜들고 다녔다. 그 역시 평범했다. 꽤나 예쁜 비서, 호기심 많고 새로운 프로젝트를 좋아하는 사장의 관계이다보니 고용과 피고용 관계 외에 다른 관계가 있을 거라는 생각을 가지게 했는데 그 역시 평범했다. 나이 든 임원이나 고참간부 중에 관상을 잘 본다고 자처하는 사람이 있었고, 특히 여자를 잘 본다는 사람도 있었는데, 그들은 그 비서가 특별한 그릇을, 그 그릇은 인체의 어떤 부위인데 그 부위가 신축성이 얼마나 뛰어난가에 따라 그릇과 바가지로 나뉘는데, 가지고 있다고 추측했다. 그 역시 평범한 소문이었다. 그런데 내가 그 여자와 사랑에 빠지는 바람에 모든 평범이 비범으로 변했다.

그 여자는 비서일을 하고 있었다. 비서직을 맡고 있었다고 해도 좋다. 맡았든 하든 그당시 대한민국에서 여비서가 하는 일은 비슷했다. 전화 받는 일. 사장의 출퇴근 때 엘리베이터까지 가서 인사하는 일. 어떻게든 돈많고 출세한 사람 덕을 보려는 친척이며 친구 떨거지들을 맵시있고 서운하지 않게 따돌리는 일. 골프장이며 요정에 자리와 시간 따위를 예약하는 일. 책상과 책장을 정리하고 탁자에 꽃을 가져다 꽂는 일. 차를 가져다주고 설거지를 하는 일. 그녀 역시 그런 정도의 일을 하고 있었다. 사장이 외출을 하고 없는 시간에는 뜨개질을 하든가, 신문에서 낱말맞추기 하는 것도 다른 비서들과 비슷했다. 다른 여비서들과 비슷하다고는 해도 다른 사람, 특히 나 같은 말단직원과는 엄청나게 달랐다. 사귀기에는 서로 다르다는 것이 같은 것보다 낫다. 물이 높은 데서 낮은 데로 흐르듯, 뜨거운 부위에서 차가운 부위로 열이 옮아가듯 움직임이 있다. 서로 비슷해져서 고여 있는 물 같은 상태보다, 알 것 다 알아서 미지근한 관계보다는 낫다.

그녀의 책상에는 전화가 세 대 놓여 있었고 그중 두 대는 간부급들만이 가질 수 있는 키폰이었다. 버튼을 누르면 말하는 사람의 음성이 밖으로 흘러나오는 그런 커다란 전화기였다. 전화기 하나는 사장실 전용이었고 하나는 그녀에게 배당된 것이었으며 또 하나는 용도를 알 수 없는 전화기였다. 말단직원인 내게는 장식도 없는 묵직한 구내전화기 하나가 말단의 번호와 함께 주어졌는데, 그나마 시외전화를 하려면 과장 자리로 가서 눈치를 봐가며 전화를 써야 했다. 당연히 나는 전화를 많이 가지고 있는 사람을 보면 그에게 가서 폭 안기고 싶었다. 간부와 임원들은 나를 인간으로 보지 않고 가축으로 취급하는 듯했다. 하긴 나도 그들을 인간으로 보지 않고 간부나 임원으로 보았다. 그녀는 사장 결재를 맡기 위해 비서실로 와서 기회만 되면 음탕한 농담을 하려는 그들을 인간으로 보지 않았다. 그녀는 도도하고 고고했다. 그들을 인간으로 보지 않는다는 점에서는 우리 두 사람이 일치했지만, 그렇게 하고도 그녀는 존중받았고 나는 표시도 하지 못했다. 그래서 나는 그녀가 궁금했다.

그녀는 아침마다 꽃집에 들러 꽃을 한다발씩 사왔다. 그 꽃을 손질하는 일은 일이면서도 취미이고(사장은 자연 속의 꽃이든, 화원의 꽃이든, 조화이든 꽃에는 관심이 없었다) 자기실현이고 존재확인이라고 그녀는 온몸으로 말하고 있는 듯했다.

복도에서 자판기 커피를 뽑아마시면서 설핏 열려 있는 문으로 꽃을 다듬는 그녀를 보게 되었을 때 나는 제법 감동을 받았다. 그녀는 꽃처럼 아름다웠다. 거의 언제나.

그녀는 차처럼 향기로웠다. 거의 언제나. 그렇게 보였다. 범접하기 힘든 성채를 아름다움과 향기로움으로 둘러싸고 있는 듯했다. 나는 그렇게 보았다. 나는 그렇게 그녀를 몰랐다.

입사하고 그럭저럭 몇달이 흘러 수습딱지를 떼고 내가 맞닥뜨린 가장 거창한 업무는 회사 전체 인원이 의무적으로 참석하는 가을맞이 야유회 겸 단합대회 및 창립기념식이었다. 창립기념식은 전통적으로 창업자의 선조의 고택이 있는 바닷가 시골에서 치러졌다. 결혼한 사람들은 가족동반이었고 이동에는 수십대의 버스가 동원되었다. 기념식이 끝나면 풀밭에서 간단한 여흥과 가족오락이 벌어지고 바닷가 모래밭에서는 운동회가 벌어졌다.

그러고 나서 사내들끼리 술판이나 노름판을 벌인 뒤, 다음날 집으로 돌아가게 되어 있는 훌륭한 프로그램이었다. 나는 버스를 대절하고 상품을 준비하고 기념패와 현수막을 만들었다. 레크리에이션 강사를 초청했고 아이들에게 나눠줄 풍선, 어른들이 먹고 마실 음식을 준비했다. 물론 화투나 카드 따위를 챙기는 것도 업무였다. 모두 그 전해에 신입사원이었던 사람들이 해놓은 대로 따라하면 되었다. 그 다음해의 신입사원이 내가 한 일을 떠맡게 될 것이지만 나처럼 크게 어렵지는 않을 것이었다. 어렵지는 않지만 부적응자에게는 피곤한 일과였다. 예컨대 사장의 부인은 직원 부인들의 사장이나 다름없었다. 축구경기에서 혼자 열 골이나 넣은 천재가 있었는데 그가 바로 사장이었다. 이런 것 모두가 아직 사회와 회사를 잘 모르는 신입사원들, 특히 나 같은 반거들충이를 가르치기 위한 프로그램이었다.

그런저런 걸 기념하는 회식이 오후부터 벌어졌다. 밤중이 되기도 전에 나는 지쳐떨어졌다. 공식적인 업무가 모두 끝나고 나서 나는 외딴 곳에 세워져 있는 사장의 승용차로 갔다. 행사 때문에 오후에 사장의 승용차를 썼는데 아직 열쇠를 돌려주지 않고 있었던 것이다. 운전석에 앉아서 의자를 한껏 뒤로 젖혔다. 아프리카의 드럼소리를 녹음한 테이프를 끼워놓고 볼륨을 최고로 높였다. 그렇게 한시간을 있었을까. 나는 누군가 내 곁에 들어와 앉는 것도 몰랐다.

그녀에게는 독특한 냄새가 있었다. 결혼 전의 처녀에게서 나는 향기치고는 농염한, 그러나 직업적으로 화장을 해야 하는 사람들에게서 나는 냄새보다는 청신하고 개성적인 향기가. 그 향기를 두고 회사의 사내들은 대부분 한두 마디씩 하게 마련이었는데, 결론은 '어른' 곧 사장의 취향 때문에 그렇게 되었다는 것이다. 그로써 어른의 취향을 짐작한 이들은 술자리에서 어른의 아가씨를 고르는 데 바로 그녀를 잣대로 썼다.

"아주 고상한 취미를 가지고 계시네요."

그녀가 말했다. 나는 천둥 같은 드럼소리 사이에서도 또렷이 들려오는 그녀의 목소리에 놀라 눈을 떴다. 불빛이 비치는 곳에서 날파리들이 날고 있었다. 아직 자지 않는 아이들이 고함과 비명을 지르고 있었다. 나는 손을 뻗어 스위치를 눌렀다. 원래 들어 있던 뽈 모리아 악단의 경음악 테이프를 집어넣었다.

"그냥 두세요."

그녀는 말했다. 내가 저지른 조그마한 일탈을 그녀가 일러바치지 않고 넘어가겠다고 아량을 보인 것일까.

"이 음악이 더 좋은 것 같군요. 사회적으로 성공한 사람들은 이런 음악을 듣는 법인가요. 천박하지 않고 가볍고 부담없고."

"저는 오페라를 좋아해요."

묻지도 않았는데 그녀가 말했다. 그러고는 허밍으로 어떤 멜로디를 따라불렀다. 나는 속세, 세속을 계속 중얼거리던 끝에 오페라는 세속 음악에서 출발한, 부르주아들의 예술적 허식에 불과하다고 말해버렸다. 잘 알지도 못하면서.

"그냥 좋으면 좋은 거죠. 그런 걸 꼭 따져야 하나요."

"알고 듣는 것과 모르고 듣는 것은 많이 다르니까요. 전 오페라를 그다지 좋아하지는 않거든요."

"그럼 어떤 음악을 좋아하세요."

그녀는 자신과 조금이라도 동떨어진 이야기를 참지 못했다. 그후에도 늘 그랬다.

"순수한 사람의 목소리로 이루어진 음악. 몸으로 두들기는 음악. 위급한 상황에서 지르는 단말마 비명처럼 순수한 것들요. 사람에게서 나오는 모든 순수한 음으로 이루어진 것들."

"순수를 좋아하시나 봐요. 좋겠어요."

"뭐가요."

"순수한 걸 계속 듣고 있으면 순수해지지 않나요."

"그게 세속적인 짐작이죠. 순진한."

그날 우리의 논쟁은 사람들이 우리를 찾아나서는 것이 염려되기 전까지 두어 시간 동안 이어졌다.

"당신은 이렇게 아름다운데 애인이 없는 이유는 뭡니까."

"글쎄요, 저도 잘 모르겠어요. 남자들은 내가 으레 있으려니 하나 봐요. 아니면 무서운가 봐요."

"사장님은 어떠신가요. 당신을 무서워합니까."

"그럴 리야 없죠."

"장래에 배우자로 당신을 무서워하는 사람이 좋은가요, 당신을 무시하는 사람이 좋은가요."

"당연히 일대일로 평등한 관계로 대해주는 사람이 좋죠."

"그렇게 대할 수 없다면? 당신이 예뻐서 그렇게 하는 게 불가능하다면?"

"뭐가 잘못된 사람이겠죠."

"바로 그 뭔가 잘못된 사람들이 없으면 당신의 아름다움이 두드러지지 않을 겁니다. 그래서 내가 미쳐요."

"그쪽이 정말 이런 분일 줄은 몰랐어요."

"눈에 띄지도 않았겠죠. 나는 평범한 중에도 평범하니까요."

그후에도 우리의 만남이 이런 대화로만 이루어졌던 건 아니다.

"여기까지 와서 돌아가겠다는 건 뭐야. 내가 얼마나 바보 같아지겠느냐구."

"사람들이 보면 어떡해."

"보긴 누가 봐. 회사 사람들? 여긴 그 사람들이 올 만한 데가 아냐. 보라구. 순 학원에서 나오는 고삐리들밖에 없는데 뭘."

"들어가면 어쩔 거야."

"뭘 어째. 기냥 씻고 자는 거지."

"정말이지? 절대로 가까이 오면 안돼. 나 요새 멘스중이야."

"알아, 알았다구. 그런데 아까 그 레스또랑에서 포도주 놓고 폼잡느라구 돈을 다 썼네. 너 여관비 있어?"

"몰라. 난 내일 엄마한테 뜯겨죽을 거야."

"돈 내놔봐. 남는 돈으로 대일밴드 사다줄 테니까 뜯긴 다음에 붙여."

아침의 대화 가운데 이런 것도 있다.

"아, 잘 잤다. 역시 남향 방이 좋아. 햇빛이 들어오니 일찍 깨지, 지각할 염려도 없지."

"내가 먼저 씻을 거야."

"근데 너는 무슨 애가 화장하는 데 몇시간이 걸리니. 그리고 그 화장 꼭 해야 돼?"

"한번 하기 시작하면 어쩔 수가 없어. 자기 내 얼굴 보지 마! 보지 말래두."

"그래, 안 본다, 안 봐. 그렇게 한번 달래도 죽으라 하고 안 주는데 만정이 다 떨어졌다."

"무슨 소리야. 어젯밤에 들어오면서 안한다고 약속했잖아."

"그게 말예요, 사내란 동물을 모르는구먼. 그런 약속 지키는 사내는 나 같은 놈밖에는 없을걸. 그런데 너 왼쪽 가슴 밑에 난 거 그거 뭐냐? 사마귀 같은데."

"저리 가! 가란 말야!"

"그래, 간다, 가. 그런데 이런 식으로 여관비 낭비하는 게 아깝지도 않니. 우리가 여관 같이 가는 데 들인 돈 다 합치면 집을 하나 살 수도 있을 것 같은데, 아직 한번도……"

플라스틱 재떨이가 날아오면서 대화는 끝났다. 회사 앞 이백미터 못 미쳐 약국 앞에서 우리는 헤어졌다. 회사 안에서 그녀는 모든 총각 사원들의 애를 태우는 청초하고 아름다운 비서가 되었고 나는 더벅머리에 비듬을 풀풀 날리는 말단직원이 되었다. 그녀에게 사람들의 눈길이 단 몇초라도 머물 때면 나는 격렬한 질투를 느꼈다. 나는 그녀의 일거수일투족을 감시했다. 내가 회사를 다니는 이유는 오로지 그녀와 가까이서 많은 시간을 보낼 수 있기 때문이었다. 내가 사표를 품속에 넣고 다니는 이유는, 다른 사람에게 웃음을 보이거나 인사를 하는 그녀를 참을 수 없기 때문이었다. 저녁마다 그녀와 나는 언쟁을 벌였다. 그녀가 전송한 사장, 그녀가 안내한 손님, 그녀에게 농담을 건넨 과장, 하다못해 그녀의 손에서 떠나지 않는 뜨개실까지 질투의 대상이었다.

꼭 그렇게 해야 하는 거야? 그러면 월급을 더 준대? 당신이 사장 하녀야? 현지처야? 왜 그렇게 고개를 많이 숙여? 점심 먹고 나서 화장을 왜 고친 거지? 조과장 그 새끼는 왜 하루종일 비서실을 들락거려? 젊은 놈이 벌써부터 아부는 배워가지고, 손가락에 지문이 문드러졌다던데, 왜 그런 놈하고 삼십초나 함께 서 있어? 직원들이 뭐라고 쑥덕거리는 줄 알아?

그녀는 이런 나를 한심해하고 어린애인 양 취급하고 토라지고 화를 냈으며 넌더리를 냈다. 나는 술을 마시고 난폭하게 그녀를 잡아끌어 단골 여관으로 갔다. 옷을 잡아채고 머리를 쥐어뜯고 손을 꺾고 몸 위에 올라탔다. 어느 순간부터인가 그녀는 체념한 듯 가만히 있었다. 그렇지만 그녀는 한번도, 흔히 말하는 마지막 관문을 열어주지 않았다. 소문으로만 알려진 그릇을 보여주지 않았다. 나는 애원하고 울고 애무하고 쥐어뜯다가 결국 잠이 들었다. 아침이면 여관 밖으로 나와서 곧바로 헤어졌다.

시장에 들러 벌건 선지가 떠 있는 순대국을 먹고 헛구역질을 하며 회사로 향했다. 회사에 들어가서 출근부에 도장을 찍고 비서실 쪽을 곁눈질하면 그녀는 나를 생전 처음 보는 사람처럼 일별하고 깔끔하고 새침한 원래의 자세로 돌아갔다. 그게 그녀를 만나던 일년 동안 되풀이된 패턴이었다.

이백명의 사람이 근무하는 회사에는 이백쌍의 눈이 있다. 그 눈은 가시광선의 입자가 반사되는 모든 물체를 볼 수 있다.

그 눈이 어디에 머물지, 어떻게 엇갈릴지, 누구를 보고 있는지 계산할 수 있다면 나는 그 눈들을 두려워하지 않았을 것이다. 나는 한동안 세속한이라고 경멸해 마지않던 내 자리 뒤의 대리, 과장, 부장, 그리고 칸막이 된 방에 들어 있는 임원과 나이 든 사람들, 회사에서 기르는 가축, 또는 회사에 자생하는 벌레들에게도 눈이 있음을 그녀를 알면서 인식하게 되었다. 더이상 나는 그들을 경멸할 수 없었다. 오히려 존경스럽고 관용을 베풀 줄 아는 존재들이었다.

내가 그녀를 사귀고 있다는 걸 왜 공표하면 안되었는가. 그당시에는 사장의 비서는 재직하고 있는 동안은, 회사 내의 직원들과 사귀면 안된다는 불문율이 있었던 것 같다. 사장의 지근거리에서 기밀을 접할 수 있는 비서가, 특정한 부서의 특정한 직급의 사람과 사귀게 되면 뭔지는 몰라도 좋은 일은 일어나지 않을 것이다. 그것보다는 사장이 싫어하기 때문에, 아니 싫어할 수도 있다는 것 때문이라는 게 내 생각이다. 나는 회사에 보탬이 안되는 고집불통의 '예술가'로 취급받고 있어서 내가 만약 그녀와 일년에 수백번씩 여관에 함께 가는 사이라고 밝혔다고 하더라도, 아무도 믿지 않았을 게 확실하다. 그러나 아는 사람이 있었다. 그들은 눈을 감고 입을 다물어주었다. 그게 고마운 줄 알아야 비로소 조직 속의 인간이라고 할 수 있다. 나는 하루에도 몇번씩 갈증과 질투와 열패감과 서러움에 사로잡혔다. 아무 일도 제대로 할 수 없었고 따라서 제대로 된 일이면 내게 주어지지 않았다.

그래서 나는 그녀를 포기했다. 어쩔 수가 없었다. 나는 결혼을 해야 했다. 아이를 가질 것이고 언제인지는 모르지만 집을 살 것이다. 그러자면 확실히 사회와 상대와 '당시'에 적응해야 했다. 그녀는 너무 높았고 귀했고 부서지기 쉬운 수공의 예술품이었다. 결혼은 그런 사람과 하는 것이 아니라고 먼저 결혼한 선배들은 충고했다. 꼭 말로 하는 충고가 아니더라도 충고는 충고였다. 말로 하는 충고도 있었다. 평소에 내가 경멸해 마지않던 나의 직속상사인 과장이 해준 말은 그야말로 내 심금을 울렸다. 어느 점심시간, 그는 비서실 쪽을 힐끔 쳐다보고 나서 이쑤시개를 뽑으며 내게 말했다.

"결혼은 집안끼리 하는 거야. 신랑 신부는 집안, 그러니까 유전자의 집합체간의 유전자 교환의 매개체에 불과한 거지. 사랑하네 뭐네 착각을 많이들 하는데 그런 건 장식품에 지나지 않아. 어떻게 하면 우수한 조합을 통해 우수한 형질의 개체를 번식하느냐가 문제여."

그날따라 수십번이 넘는 질투의 공습에 시달릴 대로 시달리던 나는 그 말에 깊이 공감했고 그 자리에서 집안에서 추천하는 우수한 유전자 보유자를 만나기로 결정하고 집으로 전화를 걸었다. 지식인이 많은 그쪽의 유전자집합과 자유분방하고 예술적인 우리 집안의 유전자

집합이 만나면 인류가 거대한 진보의 걸음을 내딛게 될지도 모른다. 갑자기 멀게만 느껴지던 인류가 이웃처럼 생각되었고 인류가 공통으로 좋아하는 다이아몬드를 예물로 준비하는 데 월급의 두 배가 날아가도 아깝지 않았다. 아, 공연히 여관비를 낭비하지 않았더라면 더 크고 더 아름다운 다이아몬드 반지를 내 후손의 어머니가 될 사랑스러운 그 여인의 손가락마다 끼워줄 수 있었을 텐데. 나는 그녀를 미워하기 시작했다.

너는 네 몸을 꾸미는 데 네 노동, 비굴함의 댓가를 모두 바친다. 너는 그 결과를 찬양할 사람이 필요하며 그에게 최소한의 은전을 내림으로써 영원히 너의 노예로 붙들어두려고 한다. 너는 인간의 우미함, 지식, 교육, 가치관이 유전자와 관련된 비즈니스라는 명명백백하고도 영원한 주제를 모르고 너 혼자만의 한시적인 아름다움, 멍청하고 우스꽝스러운 가치를 추구한다. 너는 청춘은 짧고 유전자는 영원함을 모른다.

나는 더이상 그녀를 기다리지 않게 되었다. 그녀의 일별이, 내 기나긴 시선과 잠시라도 부딪힐 때의 그 간절하고도 감질나는 순간을 가슴 저리게 기다리지 않게 되었다. 나는 나와 유전자를 합치게 될 여인과 일주일에 두 번씩 만나 희망찬 앞날을 의논했다. 그녀는 금방 나를 파악했고 냉철하게 관찰했다. 그리고 이것저것 질문을 해왔는데, 그것은 우리의 둥지가 안전할 것인가, 당장 알을 낳을 곳은 있는가, 대책은 무엇인가 따위였다. 그때마다 나는 지나온 시간을 후회하며 진땀을 흘려야 했다.

나의 변화를 눈치챈 그녀는 위험스러울 정도로 자주 신호를 보내왔다. 가령 밖에 나가서 공중전화를 걸어 "할말이 있어. 퇴근하고 거기서 만나" 하고 말한 다음, 엘리베이터를 타고 올라와서 내 쪽을 향해 눈을 찡긋거리기까지 했다. 나는 먼저 결혼한 동창들과 약속이 있었으므로 그 자리에 나가지 않았다. 다음날 점심시간에 나는 그녀와 스쳐지나면서 그녀 앞에 놓여 있는 세 대의 전화기 가운데 거의 쓰임이 없는 직통전화의 번호를 전해받았다. 한때 사장만이 알고 있었을 그 전화는 나 역시 전화를 걸지 않음으로써 6개월 내내 울지 않던 기록을 이어가게 되었다. 사나흘이 지난 뒤에 그녀는 조금 더 위험한 방법을 썼다.

비서실에서 내가 속한 부서로 내려온 결재판 사이에 메모를 넣어둔 것이다. 나는 이명이 생길 정도로 놀랐고 분노했다. 어떻게 이렇게 위험한 짓을 한단 말인가. 나는 그 메모에 들어 있는 내용을 철저히 무시했다. 잘 기억나지 않지만, 그 메모에는 어떤 여관의 이름과 방의 호실을 의미하는 듯한 숫자가 염치도 없이 씌어 있었다.

나는 회사에서 하루에 한번도 칭찬을 받지 않으면 목구멍에 가시가 돋을 지경이 되었다. 그 가을에 나는 골키퍼를 자원한 경쟁자들과의 필사적인 달리기에서 승리해 영광스러운 골키퍼가 되었다. 사장은 내가 지키는 골문에 갖가지 구질의 슛을 열다섯 번 날려 모두 성공시켰다. 나는 입사 후 처음으로 사장에게서 '만능 스포츠맨'이라는 칭찬과 함께 내년에도 골키퍼로 나오려면 훈련을 게을리하지 말라는 격려를 들었다.

그해가 가기 전에 그녀는 내게 마지막 기회를 주었다. 사내로서, 인간으로서 직립하여 책임있게 인생을 살아갈 마지막 기회를. 겨울이었다. 도시의 하수구에서 김이 뿜어져올랐던 것을 보면. 나는 하수구와는 따로 코로 김을 뿜으며 거리에 서 있었다. 그 장소는 그녀와 내가 한때 애용하던 여관에서 백미터쯤 떨어진 곳이었다. 버스정류장이 가까웠고 거기서 출발해서 변두리 종점으로 돌아가는 버스들을 기다리며 사람들이 줄을 서 있었다. 그 버스노선 가운데 하나가 그녀의 집앞까지 간다는 것을 알고 있었던 나는 잠깐 그녀를 만나고 버스를 타게 할 작정이었다. 그 다음에도 약속이 있었다. 그녀는 머플러로 얼굴을 반쯤 가린 채 걸어왔다. 내가 다가가자 그녀는 머플러를 감싸고 있던 손으로 내 손을 잡았고 느닷없이 팔짱을 꼈다. 나는 화들짝 놀라 아는 사람이 없는지 살폈고 골목에 있는 술집으로 그녀를 잡아끌었다. 그러고는 마주앉아 술을 마셨다. 나는 다음 약속 때문에 조금씩 마셨고 그녀는 잔이 비기가 무섭게 또 잔을 채웠다.

"왜 만나자고 한 거야."

"보고 싶으니까."

"매일 회사에서 보잖아."

그녀는 다시 술을 혀 위에 들이부었다. 나는 시계를 들여다보았다.

"약속 있어?"

"당연하지."

"누군데."

"약혼자."

그녀는 또 술을 목구멍에 들이부었다. 나는 다시 시계를 들여다보았다. 약혼자의 집안에서 해준 시계를.

"이뻐?"

"아니."

"그런데 왜?"

"내가 이쁜 여자에 환장한 사람인 줄 알았니?"

"그랬잖아."

그녀는 다시 술을 들이붓고 나는 시계를 보았다.

"그 시계, 비싸겠네. 나 좀 보여줘."

그녀는 어느새 혀가 약간 꼬부라져서 말했다. 나는 그 꼬부라진 혀 때문에 시계를 풀어 건네주는 실수를 했다. 그녀는 시계를 보는 둥 마는 둥 핸드백 속에 집어넣었다.

"내가 시간 가르쳐줄 테니까 이제 마셔, 알았어?"

나는 고개를 들고 입을 벌린 뒤 술을 조금 들이붓는 시늉만 했다. 그녀는 식도에 곧바로 술을 들이부었다. 그녀는 시간을 가르쳐주지 않았다. 가르쳐줄 수 없었다.

술을 마시다 기절했으니까. 그래서 나는 전화기에 대고 징징 울며 약혼자에게 양해를 구하고 안면이 있는 술집주인과 합세하여 그녀를 업어다 여관에 뉘었다.

화장이 번져 있는 붉은 얼굴. 눈, 코, 귀, 입. 술냄새. 열. 흐트러진 매무새. 그녀는 내가 그렇게도 간절하게 원하던 육체의 신이 아니었다. 인간이었다. 나는 대충 그녀의 옷을 벗겼다. 속옷바람이 되어도 전혀 섹시하지 않았다. 나는 넥타이와 혁대만 풀고 그녀 옆에 누웠다. 오랫동안 해오던 대로 그녀의 젖가슴을 만지작거리다가 잠이 들었다. 잠을 잤다. 아주 푹 잘 잤다. 잠에서 깬 것은 낡은 여관의 목욕탕에서 들려오는 물소리 때문이었다. 그녀가 없었다. 목욕탕의 불이 켜져 있었고 물소리가 새어나오고 있었다. 왜 그랬는지는 모르지만 나는 면도칼을 생각했다. 손목에 면도칼을 긋고 욕조에 몸을 담근 붉은 육체를. 아, 이 시시한 놈. 이불을 젖힌 다음, 나는 내가 알몸뚱이라는 걸 알게 되었다. 나는 한손으로 아랫도리를 가리고 목욕탕의 문을 열었다.

거기에 인간이 있었다.

무슨 노래인가를 허밍으로 따라부르며 그녀는 빨래를 하고 있었다. 그녀 역시 아무것도 입지 않았다. 몸에 비해 훨씬 커 보이는 엉덩이를 들썩거리며 비누질을 하고 물을 받아 헹군 뒤, 다시 비누질을 하는 일을 그녀는 계속하고 있었다. 그녀의 손에 잡힌 내 속옷은 수십번이나 빨고 또 빨아 이미 구멍이 나고 있었다. 그녀는 멈추지 않았다. 허밍으로 오페라의 아리아를 따라부르며, 엉덩이를 들썩이며 비누질을 하고 빨래를 헹군 다음, 다시 새로운 오페라 아리아를 찾아내 거대한 엉덩이를 들썩거렸다. 나는 그런 그녀를 보며 30분 가까이 뒤에 서 있었다. 마음속으로 수십번 달려들었고 수십번 문을 닫고 돌아섰다. 그러나 결국, 문을 열어둔 채 자리로 돌아와 이불 속에 몸을 들이밀었다. 그러고는 다시 잠이 들었다. 나는 잠 때문에 내 인생을 놓쳤다. 잠 때문에 천하를 놓친 사람은 얼마나 많은가. 그보다는 덜 억울하다 하겠지만 곧바로 찾아온 다음 기회마저 놓친 것은 억울하다 못해 서럽다.

다음날 새벽, 잠에서 깨고 나니 그녀는 없었다. 내 머리맡에 곱게 개켜져 있는 덜 마른 속옷이 내가 간밤에 목도한 것이 꿈이 아님을 말해주고 있었다. 다만 그 속옷은 열 손가락이 다 들어갈 정도로 구멍이 나 있었다. 나는 입으나마나한 그 속옷을 입고 자리에 한동안 앉아 있었다. 안도감과 슬픔이 교대로 찾아왔다. 그녀는 떠난 것이다. 내 인생의 한 장이 끝난 것이다. 그녀는 갔다. 나는 남과 같아졌다. 평온하리라. 재미는 없으리라. 그것도 인생이리라. 나는 중얼거렸다.

여관문을 열고 밖으로 나오니 일요일 새벽, 한산한 도심의 풍경이 나타났다.

곳곳에서 김이 솟아오르고 있었다. 뭐랄까, 아무것도 쓰지 않은 거대한 백지가 온 도시를 덮고 있는 듯했다. 집으로 가는 택시를 잡으려면 육교를 건너야 했다. 줄지어 선 버스를 끼고 육교를 향해 걸어갔다. 한 대, 두 대, 세 대, 네 대, 다섯 대, 여섯 대, 일곱 대, 여덟 대. 여덟 대째를 세다가 나는 발을 잠시 멈칫했다. 멈칫하게 되었다. 시동을 걸어놓고 손님을 기다리는 운전사 반대편 좌석에, 그러니까 여섯 대째의 버스 앞쪽에서 두번째 자리에 누군가 있었던 것 같다. 그 누군가는 나를 노려보고 있었다. 납량드라마에 나오는 처녀귀신처럼 원한에 찬 눈길로, 나를 응시하고 있었던 것 같다. 나는 고개를 돌렸다. 그 버스는 다른 버스에 막혀 보이지 않았다. 아니겠지. 나는 고개를 세차게 흔들었다. 그리고 육교를 건너 택시정류장으로 갔다. 가는데, 가면서 어쩔 수 없이 맞은편에 서 있는 버스를 보게 되었다. 그녀는 있었다. 운전기사의 반대편 자리는 아니었다. 화장기 없는 수척한 얼굴로 기사 뒤 두번째 좌석에 앉아 눈을 감고 얼굴을 차창 밖에 내밀고 있었다.

아니겠지. 나는 고개를 흔들었다. 아니야. 난 못 본 거야. 나는 또 고개를 흔들었다. 나는 버스가 어서 출발해주기를 바랐다. 버스가 출발하는 바람에 그녀를 놓쳤다고, 그래서 내 인생이 달라졌노라고 후에 말하려고 했던가. 그러나 버스는 가지 않았다. 갈 생각조차 없는 듯 시동을 건 채 한량없는 시간 동안 서 있었다. 나는 거듭 고개를 흔들었다. 싸늘한 새벽바람이 눈 속으로 들어와 눈 전체를 빗자루처럼 쓸고 지나갔다. 나는 고개를 흔드는 일이 바람을 불러들인다는 것을 깨닫고 고갯짓을 멈추었다. 그러나 때는 늦었다.

갑자기 더럽고 차가운 눈물이 내 눈에서 질질 흘러나오기 시작했다. 수돗물처럼 차고 맛없는 눈물이었다. 나는 한손으로 눈물을 닦았다. 그러고 보니 눈이 두 개였고 손도 둘이었다. 나는 왼손으로 왼눈을, 오른손으로 오른눈을 번갈아가며 닦았다. 그녀는 종내 나를 보지 않았다. 택시가 오더니 고양이처럼 가볍게 경적을 울렸다. 택시를 타고 돌아보니 버스의 몸체가 엷어지고 그녀 역시 희미해졌다. 다리를 건넜을 때 그녀도, 버스도 윤곽만 남아 있을 뿐이었다.

그 윤곽도 곧 투명해졌다, 새벽의 별자리처럼.

—『문학동네』 2000년 여름호

노름은 믿음이다. 자신에 대한 믿음, 자신의 운에 대한 믿음, 노름의 일회성에 대한 믿음, 인생의 일회성, 반복되지 않을 것이라는 확신이 노름을 하게 한다. 누구의 믿음이 큰가, 철저한가에 따라 이기고 진다. 그렇지 않은가, 사막에서 길게 그림자를 늘어뜨리고 한숨짓는 나그네여.

꽃의 피, 피의 꽃

꽃의 피, 피의 꽃

나는 내기를 좋아한다. 어릴 때부터 좋아했고 지금도 그렇다. 따라서 내기가 되는 대부분의 게임을 좋아한다. 인생이 먼길을 걷는 것이라면 게임과 게임의 정화(精華)인 내기는 그 길가에 피어나는 꽃봉오리다. 단 지구상에 피어나는 꽃봉오리의 90퍼센트는 냄새가 없거나 심지어 더럽다는 것을 염두에 둘 필요가 있다. 냄새와는 상관없이 나는 꽃, 그중에서도 갓 피어난 꽃봉오리를 좋아한다. 좋아하는 것과 잘하는 건 상관이 있다는데, 나는 모든 내기를 잘하지는 못한다. 다만 어떤 내기-노름-도박이든 간에 첫번째 게임-판-투기에서 따면 땄지 결코 잃지는 않는다는 확신을 가지고 있고 실제로 이때까지 그렇게 살아왔다.

그렇게 된 데는 사실 심상치 않은 연원이 있다. 그걸 말하기 전에 먼저 내가 노름-내기-도박을 어떻게 배웠는지, 그 이야기부터 해볼까 한다.

젊은시절, 인연을 따라 산천을 떠돌 때였다. 어느 절에서 한 노인을 만났다. 비구니들만 있는 그 절에서 노인은 숙식을 제공받고 허드렛일을 해주는, 이른바 불목하니였다. 그는 한쪽 다리를 심하게 절었고 오른손이 없었다. 수십명이 넘는 절 식구 중 사내라고는 달랑 두 사람밖에 없었지만 우린 쉽게 친해지지 않았다. 그렇다고 비구니들을 사이에 두고 무슨 경쟁관계가 생긴 것이라고 상상해서는 곤란하다.

노인은 성실하고 과묵했다. 반면에 젊은 나는 무식하고 용감했다. 절에는 불살생 불투도 불사음 불망언 불음주 같은 금기가 있었는데 노인은 그 금기를 유지 보수하는 일익을 담당했고 나는 깡그리 무시했다. 토끼를 잡아 절 아래 계곡에서 구워먹거나, 절에 찾아오는 여성들을 졸졸 따라다니면서 속세에서 잘나가던 민주투사인 양 떠벌리기도 했다. 이런저런 비행으로 절 안에서 공론이 일어 내가 절에서 쫓겨나기 직전, 나의 다채롭고 다양한 모험에 자극을 받았는지, 아니면 천방지축인 나를 가르쳐 길들일 요량이었는지, 그냥 양지바른 툇마루에 앉아 있노라니 심심해서 그랬는지는 몰라도 어느날 노인은 화투패를 꺼냈다. 그는 내게 아무 패나 골라보라고 했다. 나는 아무 패나 골랐고 노인은 한손으로 화투패를 섞었다. 그리고 다시 아무 패나 골라보라고 했다. 나는 그렇게 해서 세 번을 골랐다. 노인은 화투패를 몇번 뒤섞더니 내게 건네주고 다시 뒤섞으라고 했다. 그 다음 화투를 받아들곤 마루에 한장씩 집어던졌다. 내가 고른 패들이 차례로 나왔다. 내가 무슨 장난이냐 하는 표정을 짓자 그는 묵묵히 손짓으로 나에게 패를 떼게 했다. 그러곤 '섰다'를 시작했다. 그는 내게 자신이 원하는 패를 주고 자신은 자신이 원하는 패를 가질 줄 알았다. 내가 원하는 패를 내게 주고 자신이 이기는 패를 가질 줄도 알았다. 이기고 지는 것이 자유자재였다. 그는 잇달아 '도리짓고땡'으로 접어들어 한층 더 고난도의 기술을 발휘했다. 섰다는 두 장 가지고 놀지만 도리짓고땡은 다섯 장으로 노는 까닭에 기술 자체가 섰다보다 어려운데 상대에게 세 번이나 구땡을 주고 자신은 네 번 장땡을 잡는 것은 진정 감탄 없이는 구경하기 힘든 기량이었다. 내가 "아이고, 선생님" 하고 무릎을 꿇자 그는 비로소 자신이 살아온 이야기를 시작했다. 6·25동란 전에 그는 대대로 내려온 거만의 재산을 노름으로 모두 탕진했다. 그후 그는 절치부심하면서 화투기술을 익혔다. 그는 도박에서 가장 기본적인 요소, 즉 상대의 패를 미리 읽어 이길 확률을 높이는 기술을 연마하는 데 10여년의 세월을 바쳤다. 가난과 굶주림, 백마고지 전투도 그의 의지와 노력을 꺾지 못했다. 그는 아주 작은 톱과 줄과 끌을 사용해서 화투에 자신만이 알 수 있는 작은 표시를 했다. 그러고는 화투장을 쥐는 엄지와 검지의 감촉을 향상시키기 위해 맹인이 점자를 익히는 것 이상으로 손가락끝의 감각을 예민하게 단련했다. 그는 수십벌의 화투를 사서 그 화투마다 표시를 했다. 실전에서 그 화투를 바꿔치려면 상상하기 힘들 정도의 빠른 동작과 담력이 필요했다. 무엇보다 자연스러워야 했다. 그는 그런 기술을 익히느라 바빠 결혼도, 출세도, 생활도 뒷전으로 미루었다. 드디어 충분히 준비가 되었다고 판단한 뒤, 그는 도박판을 찾아나섰다. 첫번째 원정은 그에게는 다소 실망스러운 것이었다. 피폐한 경제사정으로 그가 원하는 규모의 도박판이 벌어지지 않았다. 하지만 그는 자신이 꽤 높은 수준의 기술을 가지고 있음을 확인했고 적으나마 돈을 따서 한층 더 고도의 기술에 도전할 수 있는 기반을 마련했다. 3년쯤 뒤에 그는 다시 원정길에 나섰다. 경제부흥기에 접어들어 첫번째 원정 때보다는 사정이 나았다.

그는 서울에서 벌어진 도박판에서 자신이 평생 동안 잃어온 액수의 10분의 1쯤에 해당하는 거금을 손에 쥐었다. 그러곤 또다른 도박판을 찾아 지방 원정길에 접어들었다. 그렇지만 그때부터 그를 상대해주는 사람은 아무도 없게 되었다. 소문이 퍼졌던 것이다. 몇차례의 허탕 끝에 그는 도박세계의 사람들이 자신을 잊어주기를 기다리며 다시 수삼년의 시간을 보냈다. 그동안 도박계의 새로운 정보를 입수하고 새로운 장르, 새로운 상대를 분석하는 일을 게을리하지 않았다. 세번째 원정의 루트는 그당시 가장 큰 판이 벌어진다는 광산촌이었다. 드디어 그는 고대하던 큰 판을 만났다. 그러나 결과는 허무했다. 그의 기술이란 결국 속임수였다. 인생의 낭떠러지까지 밀려와 목숨을 걸고 들어간 막장에서 벌어온 돈이 오가는 격렬한 현장에서 그는 끝까지 속일 수 없었다.

속인다고 하더라도 그 돈이 자신의 것이 될 수 없다는 것을, 다리가 부러지고 손이 작두로 잘려나가면서 깨달아야 했다. 그는 진정한 도박꾼은 속이지 않고도 언제나 이긴다는 철리(哲理)를 깨치기 위해 절로 들어가 뼈를 깎는 고행을 했다. 그러는 동안 수십년이 흘렀고 드디어 그는 도박으로 도를 터득하는 경지에 들어섰다. 인생의 허무를 알았고 모든 욕심을 버렸다. 그는 별볼일 없는 화투장을 통해 천하를 내다본다. 천하가 그를 몰라주어도 성내지 아니한다. 그에 의하면 '어차피 인생은 거는 것(賭)이며 도(睹)로써 도(蹈)하고 도(渡)하여 도(道)에 도(到)한다.'

"어르신 실력이면 지금이라도 한건 할 수 있지 않을까요?"

"그럼. 어디 영감쟁이들 모이는 복덕방에 가면 왕노릇은 하겠구먼."

그리고 그는 내게 노름에서 쉽게 지지 않는 몇가지 방법을 가르쳐 주었다. 그걸 이 자리에서 자세히 밝힐 수 없는 것을 유감으로 생각한다. 비슷하게 말하자면 통계학·심리학·철학·승부호흡·기합·골상학·생활의 지혜가 복합적으로 얽힌 방법론이라 할 수 있겠다. 하지만 그 방법으로 치부를 한다거나 남을 곤경에 빠뜨리는 짓은 하지 않았다고 맹세할 수 있다. 그것이 노인의 가르침이기도 했다. 무언의, 가르치지 않아도 알게 되는 가르침은 발설해도 상관없을 것이다.

결국 절에서 쫓겨난 나는 발길이 닿는 대로 걷다가 그 절의 맞은편 산에 있는 산판 도로를 걷게 되었다. 도로의 끝에는 화강암을 캐는 채석장이 풍선껌의 풍선처럼 달려 있었다. 채석장 곁 임시로 지은 밥집에서는 오전 다섯시에 첫번째 밥을 푸는데 저녁 다섯시에 숭늉을 내옴과 동시에 밥집은 숙박업소로 변했다. 나는 그 숙박업소에 묵었던 게 아니고 산판에서 조금 더 올라가는 빈 절에 혼자 머물렀다. 사람이 보고 싶으면 어슬렁어슬렁 밥집으로 걸어내려왔다가 돌아가곤 했다.

산판에서의 일은 별이 초롱초롱한 오전 서너시에 시작해서 오후 네댓시에 끝났다. 저녁을 먹고 나서는 일제히 머리를 눕는데 일분도 되지 않아 코고는 소리가 요란할 정도로 일이 고되었다.

어쩌다 저녁까지 있게 되는 날, 나는 일꾼 중에서 제일 나이가 젊은 사람, 그래도 나보다는 열살이 위였다,을 붙잡고 민주화의 대세와 방법론, 군산복합체의 동향 따위에 관해 기약도 없이 떠들어대곤 했다. 그는 오로지 젊다는 죄로 졸음으로 콧방아를 찧으면서도 내 이야기를 들어주었다. 그러던 어느날 도저히 못 견디겠던지, 그는 내게 고스톱을 아느냐고 물어왔다. 나는 모른다고 대답했다. 그는 가르쳐주겠다고 했고, 내 눈치를 보며, 고스톱은 담배를 걸고 하는 도박이라고 설명해주었다. 순진한 나는 도박이라는 말에 담배를 걸든, 마누라를 걸든(그때는 불행히도 결혼 전이었다), 인생을 걸든(그때는 인생이 뭔지 몰랐으며 지금도 안다고 할 수 없다) 상관없으니 어서 빨리 가르쳐달라고 아우성을 쳤다. 그래서 난 고스톱을 배웠다. 배운 자리에서 첫판부터 따기 시작해서 다음날 새벽까지 그의 석달분 흡연량에 해당하는 담배 이백개비를 따게 되었다. 그 담배는 산 아래의 담뱃가게에서 파는 담배 백갑보다 더 무서운 담배였다. 노인의 고명한 방법론이 체화되는 순간이었고, 첫번째 하는 노름에서는 무조건 딴다는 나 나름의 확신이 꽃망울을 맺는 순간이었다. 나는 노인이 가르쳐준 노름의 비결 가운데 하나—이런 말을 하면 천기를 누설하는 것이지만 맛배기로 말한다—'딴 돈은 절대 돌려주지 마라, 돌려주려면 따지를 마라'에 따라 담배를 잃은 그 선량한 일꾼이 부인에게 부지깽이로 맞는 광경을 눈 하나 깜짝하지 않고 바라보고만 있었다.

도시로 올라온 뒤 나는 그당시 유행하던 전자오락실에 출입을 했다. 당시 전자오락 도박에 쓰이는 기계는 미국의 비디오 슬롯머신을 본떠서 만든 것이었다. 비디오 슬롯머신의 아비인 슬롯머신도 지나가는 길손의 주머니를 터는 전문가로 악명을 떨친 바 있는데 그 아들인 비디오 슬롯머신은 특유의 모듈로 통제되는 마이크로 프로쎄서까지 장착했다. 그 모듈에 의해 먹고 떨어지는 돈의 양이 결정되며 자기들끼리는 일정한 승률을 법률로 보장한다 어쩐다 하는데 실제로 그 모듈을 누가 통제하느냐 하면 도박장에서 한다. 도박장을 통제하는 사람은 감독관일 터인데 감독관은 누가 컨트롤하느냐. '전미 도박관리협의회 슬롯머신 분과 통제위원회' 산하 '모듈 기술연구소'에 소속된 '바퀴 부문 감시인'일 것이다. 그 전문가들은 누가? 법률. 법률은? 판사. 판사는? 판사의 부인. 판사의 부인은? 교회. 교회는? 따지다보면 점점 알 수 없게 되고, 내가 집어넣는 동전 하나하나를 뜯어먹고 사는 인간들이 이렇게 많구나 하고 놀라게 될 뿐이다. 모든 것은 저 높은 하늘에서 관장하신다고 생각하는 게 편하다. 천체물리학자와 마찬가지로, 노름꾼이 노름에 깊이 정진하면 할수록 유신론자가 되는 것도 이 때문이다. 한국의 전자오락 도박은, 이 의미심장한 비디오 슬롯머신의 사생아로서 아비의 나쁜 점은 그대로 물려받고 어미인 한국인의 심성에 맞게 더 쉽게, 더 자주, 더 빨리 노름의 결과를 보게 하는, 그야말로 '돈 먹는 하마'였다. 그러나 원래 나는, 나라는 인간은 어떤 도박에든 처음에는 딴다는 철석 같은 믿음이 있던데다 노인에게서 신비한 방법론까지 배웠으니 당연히 잃지 않았다. 문제는 나와 같은 믿음이며 방법론을 가지지 못한 나의 선배가 나를 따라다니다 수백만원의 돈을 잃었다는 것이다(지금까지도 그 선배는 물론, 내 주변의 많은 사람들이 내가 순진한 자신들을 도박의 구렁텅이에 빠뜨렸다고 믿고 있다).

선배는 처음엔 나를 따라, 다음엔 재미로, 다음에는 잃었던 돈을 되찾기 위해, 그 다음에는 도(賭)의 바다로 무작정 헤엄쳐 들어갔다. 돈이 문제가 아니었다. 그가 하고 있던 사업이 엉망이 되었다. 인생이 허물어지고 있었다. 그의 식구들은 내가 그에게 전자오락 도박을 가르쳤다는 걸 어떻게 귀신처럼 알고는 그가 없어지면 무조건 나에게 전화를 해댔다. 그 덕분에 나는 도시락을 싸들고 그를 찾아다니면서

도박을 말려야 하는 한심한 처지가 됐다. 그는 또 귀신처럼 나를 피해 밤새 불법 전자오락을 하곤 했다. 그러던 어느날 우리는 바로 그 사내를 만났다. 선배는 그때쯤 전자오락 도박에 대해서는 나보다 훨씬 더 많이 아는 수준에 도달해 있었는데 부족한 건 운뿐이라고 믿고 있었다. 나는 그가 갈 만한 곳—단골 전자오락실, 단골 사우나탕, 단골 설렁탕집을 하루종일 쫓아다닌 끝에 결국 그를 붙잡았다. 처음에는 멱살을 잡아 제 집앞에 패대기를 칠 작정이었지만 막상 피골이 상접한 그의 얼굴을 보니 절로 마음이 약해졌다. 나는 내가 가진 돈 전부—많지는 않다, 약 오만원 정도를 꺼내 그의 손에 얹어놓았다. 그리고 그의 옆에서 응원을 해주기로 했다. 그대신 그에게 이번이 마지막이라고 맹세하게 했다. 그는 병 주고 약 주는 줄도 모르고 약간 감동한 듯 코맹맹이 소리로 그렇게 하겠다고 했다. 나는 내가 맨 처음 전자도박으로 돈을 딴 유서깊은 전자오락실로 가서 바로 그 기계 앞에 그를 앉혔다. 그러나 시간이 흐를수록 상황은 나빠졌다. 이 비디오 슬롯머신의 사생아는 정말 인정사정없었다. 몇시간 되지도 않아 그는 제 돈, 내 피 같은 돈을 합쳐 수십만원을 하염없이 잃었다. 우리는 누가 먼저랄 것도 없이 단속을 피하기 위해 내려놓은 셔터 아래를 기어 오락실을 빠져나왔다. 그때 오락실에서 우리를 지켜보던 사내가 우리 뒤를 따라나오더니 우리에게 다가왔다. 사내는 우선 우리의 끈기와 노력을 치하한 뒤, 전자도박기계 안에 있는 칩을 조작해서 승률을 형편없이 떨어뜨리는 악덕 도박업자, 업계, 세계를 '개 뭐만도 못한 개놈의 개뭐 같은 판'이라고 맹렬히 성토했다. 우리는 자연스럽게 국밥을 나눠먹게 되었고 그 자리에서 그는 스스로의 정체를 밝혔다. 자신이 바로 그 칩을 제조하는 회사의 직원이었다는 것, 그 칩 속에 들어 있는 비밀을 알고 나서 전자오락실을 전전하며 도박을 하다 회사에서는 해고되고 전자오락실에서는 이른바 도박기술자인 '타짜'로 기피인물이 되었다는 것 등등. 사내는 또 말하기를 자신은 도박을 할 수 없지만, 했다가는 당장 도박장의 배후에 있는 건달들에게 맞아죽기 때문인데, 다른 사람, 특히 우리처럼 순진하게 전자오락기에 돈을 쑤셔넣는 바보들을 도와줄 수는 있다, 그대신 수익금을 반씩 나누자고 했다. 나는 안타깝게도 돈이 다 떨어졌다고, 눈앞에서 하늘이 준 기회를 놓치려니 눈물이 확 나온다고 말하고는 선배의 손을 끌어 나오려고 했다. 그런데 선배가 오히려 내 손을 꽉 잡고는 구석으로 끌고 가더니 냄새도 향긋한 양말 속에서 꼬깃꼬깃 접어놓은 십만원짜리 수표 몇장을 꺼내서 보여주는 것이었다. 그 돈은 마지막 순간에 살 쥐약값과 쥐약을 마시고 나자빠질 호텔비라고 변명을 늘어놓았는데 나는 기가 막혀서 한동안 말을 할 수도 없었다. 겨우 정신을 차리고 "요새 쥐약은 개가 먹어도 안 죽도록 만들었다"고 하자 선배는 어깨를 으쓱했다. 하여튼 우리는 다시 손을 맞잡고 그에게 분배비율을 삼칠제로 하자고 제안했다. 동시에 나는 선배에게 이번이 마지막이다, 다시 전자오락 도박을 한다면 곧바로 경찰에 신고를 하겠다고 했고 선배 역시 이번이 진짜 마지막이며 다시 전자오락 도박을 한다면 손목을 잘라도 좋다고 맹세했다. 그래서 우리는 그가 안내하는 대로 전자오락 도박이 가장 성행한다는 모처로 향했다. 뒷문을 통해 서울에서 최대규모라는 불법 전자오락실에 들어서니 휘황찬란한 불야성이 나타났다. 수백명이 귀를 멍멍하게 하는 소리를 들으며 정신없이 돈을 잃고 있었다. 그는 우리보다 뒤에 들어와 약속한 대로 멀찍이 자리잡았다. 그가 시킨 대로 우리는 특정한 조합의 카드가 나올 때까지 대범하게 수십만원을 쑤셔넣었다. 다섯 시간 가까이 흐르고 나서 우리는 마침내 그가 예견한 상황을 맞이했다. 그가 말한 바, 세 개의 7이 특정한 삼각형을 이룬 모양이 나왔을 때 우리는 더블을 시도하기 시작했던 것이다. 그의 말대로라면 우리는 여덟 번의 관문을 통과해야 했는데 각 관문에서 '크다'와 '작다' 중 하나를 골라 맞으면 금액은 두 배가 되고 틀리면 0이 되는 것이었다. 여덟번째, 곧 마지막 관문을 통과하면 요란한 생일축하 음악과 함께 보너스까지 합해져 원금의 천배 가까운 돈을 딸 수 있었다. 그런데 문제는 제조업체에서 마지막 관문에서 어떻게든 기계가 이기도록 칩을 조작해두었다는 것이다. 오, 이런 악질들! 그러나 그는 전문가로서 조작되지 않은 기계를 알아볼 수 있었고 우리는 바로 그 기계 앞에 앉아 있었다. 우리는 심호흡을 하며 카드를 뒤집기 시작했다. 그는 첫 카드를 '크다'고 말했다. 두번째도 '크다', 세번째도 '크다', 네번째도 '크다', 다섯번째는 '작다', 여섯번째는 '작다', 일곱번째는 '크다'고 했다. 그의 말대로라면 여덟번째 역시 '크다'였다. 우리가 여섯번째의 '작다'에 성공했을 무렵, 사람들이 주위에 몰려들기 시작했다. 일곱번째 '크다'를 성공시켰을 때, 오락실 안에 있던 사람들 가운데 반은 일어서서 우리를 구경했고 오락실 주인은 연기인지 진짜인지는 몰라도 투덜거리며 수표를 준비했다. 어쨌든 우리는 그때까지 128분의 1의 확률과 싸워 이긴 것이었다. 그 사내는 우리가 더블을 시도하는 것을 보고는 미리 밖으로 빠져나갔다. 문제는 그가 없다는 걸 알게 되면서 스위치를 앞에 둔 선배가 동요하기 시작했다는 것이다. 나는 그가 시킨 대로 '크다'를 누르라고 충고했다. 그러면 그대 앞에는 수백만원의 돈이 쌓일 것이다. 돈의 액수가 문제가 아니다. 인생의 승리, 사업으로의 복귀, 자존심의 회복이 이루어진다. 그러나 선배는 이제까지 '크다'와 '작다'에서 '크다'를 선택한 것은 바로 자신이라고 주장했다. 주장하면서 차츰 그렇게 믿기 시작했고 나중에는 정말로 자신의 능력 덕분에 우리가 그 자리에 앉아 군중의 기대를 한몸에 받고 있다고 핏대까지 올렸다. 나는 그날 저녁에만 벌써 두번째로 기가 막혀 해줄 말이 없었다. 그는 스스로의 경험과 악덕업자의 농간, 앞으로의 상황, 인생관 같은 전혀 쓸모없는 문제와 고투하며 물쓰듯 시간을 보냈다. 그러곤 마침내 스스로의 선택에 따라 '작다'를 눌렀다. 그러자 개방귀 같은 김새는 음향과 함께 계기판에 0이 나타났다. 오락실의 주인은 전국 최대규모의 불법 전자오락실 주인답게 우리에게 집이 어디냐고 묻고는 택시비에 해당하는 돈을 주더니 단호하게 우리를 쫓아냈다. 밖으로 나오자 새벽의 찬공기에 굴뚝처럼 입김을 내뿜는 사내가 서 있는 게 보였다. 그는 우리에게 다가와 물었다.

"졌지요?"

나는 그에게 어떻게 알았느냐고 물었다.

"다들 그럽디다. 끝까지 내 말대로 하는 사람은 이때까지 만난 수백명 중에 단 한명도 없었어요."

그는 우리가 건네는 택시비를 끝내 사양하고는 어깨를 오그리고 새벽 속으로 사라져갔다.

도박에서 경마를 빼놓을 수 있을까. 없다. 내 친구가 경마를 주관하는 마사회에 취직하는 바람에 경마장에 친구 만나러 갔던 길에 경마를 알게 됐다. 경마는 현재 대한민국에서 '경'자 돌림의 도박 중의 대표주자이고 골프를 제외하면 연중 가장 많은 관중을 유치하는 레저스포츠다(스포츠라 하니 도대체 경마장에서 무슨 운동을 하느냐고 묻는 사람도 있을 터인데 일단 눈운동, 입운동, 팔운동이라고 해두자). 내 친구는 막 입사한 신출내기답게 규율을 철두철미 준수하여 말에 관한 정보는 전혀 주지 않고, 자신의 업무가 끝나기를 기다리는 동안 경마를 해서 시원하게 한번 따보라고 했다. 나는 오로지 친구가 일하는 직장이 잘되기를 바라는 마음에 바닥에 떨어져 있던 경마예상지와 바닥에 굴러다니는 싸인펜을 주워들고 돈놓고 돈먹기에 광분하는 관중 속에 섞여들었다. 경마란 경주에서 우승할 말을 맞히는 간단한 게임이다. 우승할 말과 준우승할 말을 함께 맞히면 수배에서 수백배의 배당이 주어지기도 한다. 경마를 레저나 스포츠가 아닌 도박으로 아는 사람은 당연히 복승식—곧 우승할 말과 준우승할 말을 함께 맞히는 경기방식을 선호하게 되는데 나 역시 첫판부터 복승식에 돈을 걸었다. 업무 틈틈이 내가 있는 곳을 넘겨보러 왔다갔다하던 그가 내게 말했다.

"지금 경마로 돈번다는 사람들, 다 헛일하고 있다. 남는 데는 마사회밖에 없다. 사람들이 경마에 거는 돈의 72퍼센트만 상금으로 돌려주고 나머지 28퍼센트로는 세금 떼고 공익사업하고 마사회 운영비로 쓴다. 네가 100원 가지고 첫번째 시합을 하면 72원, 72원 가지고 두번째 시합하면 51원, 51원 가지고 세번째 시합하면 37원, 37원 가지고 네번째 시합하면 26원, 다섯번째 시합하면 19원, 여섯번째 시합하면 13원, 아이고 숨차다, 일곱번째 시합하면 10원, 여덟번째 시합하면 7원, 아홉번째 시합하면 5원, 열번째 시합하면 3원, 열한번째 시합하면 2원, 열두번째 시합하면 1원을 가져간다. 하루에 열두 번 경주가 열리는 건 알제? 땄나?"

"땄다."

내 대답을 듣자마자 급히 어디론가 뛰어갔다가 잠시 뒤에 돌아온 그는 말했다.

"처음에는 멋도 모르고 딸 수도 있다. 한번 따고 나서는 그 맛을 잊지 못해서 패가망신할 때까지 빠져나오지를 못하는 거다. 빠져나오지 못하고 경마장의 말과 나 같은 월급쟁이들을 먹여살리는 거다. 그런데 땄다고?"

"땄다니까."

그는 또 어딘가를 다녀왔다.

"경마장에 큰손이라고 하는 사람들, 자기 나름대로 정보도 수집하고 경마 관련된 사람들한테 호탕하게 술도 사고 하면서 하루에 수백 수천씩 집어넣는데, 그래봐야 헛일이다. 오래 하면 할수록, 크게 하면 할수록 잃게 되어 있는 게 경마다, 이 말이야. 그런데 땄어?"

"이게 딴 거야. 봐."

이번에는 30초 만에 돌아온 그가 입을 열었다.

"경마에서 우승마를 예측하려면 말, 기수, 주로(走路), 날씨, 정보지, 여론 같은 요소를 고려해야 한다. 말에 관해서는 몸무게가 얼마인가, 핸디캡은, 승률은, 출전 간격은, 결승선 직전 육백미터 주파기록(아가야, 이걸 3퍼롱이라고 한단다), 기수와 말의 관계(기수가 그 말을 타본 적이 있는가의 여부, 이걸 기승이라고 한다), 최근의 몸무게의 증감은 어떤가를 알아야 한다. 생김새도 중요한데 발목은 잘록한가, 앞몸이 뒷몸에 비해서 잘 발달되어 있는가, 눈에 빛이 있고 털에 윤기가 있는가, 땀에 젖지는 않았는가, 보행이 힘찬가, 턱을 당기는가, 목을 잘 쓰고 날씬한가도 봐야 한다. 경주 시작하기 삼십분 전에 마필관리원이 말을 데리고 예시장에 나온다. 그때 잘 살펴보란 말이다. 또 성격을 따져서 먼저 뛰는 선행마인가, 선두권에 있다가 일착을 노리는 선입마인가, 힘을 비축했다가 나중에 따라잡는 추입마인가, 처음에는 잘 뛰다가 따라잡히면 포기해버리는 도주마인가, 이도 저도 아닌 자유마인가도 생각해야 한다. 기수는 말이야, 승률을 따지는 건 기본이지. 경력은 어떤가. 몸무게는 얼마냐. 그 말하고 얼마나 친한가. 나이는 얼마냐, 왜 나이를 따지느냐 하면 기수들도 인간이니까 네가 오늘 참가한 경주같이 별로 중요하지 않은 경주에서는 나이 많은 사람을 좀 대접해줄 게 아니냐, 이 말이지. 따라서 마방에서의 위치는 어느 정도인가를 따져봐야 하고 예정된 기수가 안 나오고 대타가 나오면 그 기수에게도 유의를 해야 한다, 이 말이다. 조교사 역시 마찬가지 의미에서 과거의 수득상금, 승률, 전적을 통해서 마필 관리능력을 판단할 수 있다, 이 말이다. 기수와 연관해서 복합적으로 고려해야 하는 건 기본이다. 땄어?"

"땄다잖아, 짜샤. 입 아프게 왜 자꾸 물어."

그는 어느 한곳을 주시하며 천천히 걸어가 관중 속에 섞였다가 10여분 후에 돌아왔다.

"다음으로는 주로는 몇미터인가, 상태는 어떤가를 살핀다. 주로의 길이가 천사백 같은 단거리이면 선행, 선입마가 유리하다. 장거리는 추입마가 유리하겠제? 경마장에서 기본적으로 제공하는 정보 외에도 돈 받고 파는 정보지가 있다. 정보지라는 건 소위 전문가라는 작자들이 나름대로 경마에 대해 정보를 수집하고 연구한답시고 해서 내놓은 건데 초심자들은 여기에 현혹되기가 쉬우니까 정보지에서 공통적으로 거론하는 말을 피하면 높은 배당이 터질 수가 있다. 그렇지만 3위 이내에 드는 말을 찍는 게 쉽게 잃지 않는 비결이다, 이 말이다. 날씨라고 놀겠냐. 그날의 기온, 바람의 방향, 햇빛이 쨍쨍하냐, 흐리냐, 비가 오느냐, 그 비가 가랑비냐, 이슬비냐, 소나기냐, 가을비냐, 봄비냐를 따져봐야지. 마지막으로 표를 살 때 옆에서 누가 몇번을 찍는다 하는 소리가 들리면 재수가 없으니 말을 바꾸기도 한다, 이 말이다. 정보원까지 동원해서 크게 한탕하는 큰손들도 있고 기수나 조교하고 짜고 소스나 사인을 주고받는 짓도 하다가 심심찮게 걸린다. 어쩌다 그런 걸 알게 됐다고 무조건 따라하다가는 큰코다치는 일도 많다, 그 말이다. 본인이 지금까지 말한 건 초보적인 이론에 불과하다, 이 말이다. 이외에도 세부적인 변수는 엄청나게 많단 말이더란 말이더란 말이다. 그런데도 땄단 말이가?"

"그렇다니까. 난 처음 하는 노름에서는 무조건 따고 봐."

내 친구는 고개를 설레설레 젓고 목이 컬컬한데 시원한 맥주나 마시러 가자고 했고 나는 그날 딴 돈으로 그의 기다란 코가 비뚤어지도록 맥주를 사줄 수 있었다.

그 다음에 나는 우연히 제주도에 가서 정식 경마에 비하면 소규모지만 변덕스러운 조랑말 성질처럼 종잡을 수 없는, 조랑말 경마를 할 기회가 있었는데 여기서도 같은 이론—처음 하면 무조건 딴다는, 간단한 게임에 딱 어울리는 간단한 이론을 동원해서 첫판에 70배의 배당을 받아 각자 수백만원 이상 돈을 쓸어넣은 선배들을 경악케 한 적이 있지만 자랑 같아서 상세한 언급은 피하겠다. 그렇지만 거기서 만난 인상적인 사내의 이야기는 적어둘 필요가 있겠다. 그 사내는 키가 작고 얼굴은 가무잡잡했는데 몸에 딱 붙는 점퍼를 입고 있었다. 나이는 대략 쉰살쯤 돼 보이고 듬성듬성 난 수염에 흰 터럭이 섞였다. 그는 전광판이 내다보이는 관람석 맨 앞자리에서 뭔가 열심히 손바닥에 적고 있었다. 그러느라 내 시야를 몇번 가렸기 때문에 첫판을 따고 내처 놀던 내 관심을 끌었다. 선배들은 그 사람을 경마장에서 꽤 여러번 봤다고 했다. 자세히 관찰해보니 그 사내는 공부를 제대로 한 사람 같지는 않았다. 그런데도 열심히 전광판을 쳐다보며 손바닥에 알 수 없는 문자, 원시시대의 동굴벽화를 연상케 하는 기호를 적어가며 나름대로 걸 말을 찾고 있었다. 그에게는 말도, 기수도, 날씨도, 주로 사정도, 정보지도 상관이 없었다. 오로지 전광판에서 명멸하는 숫자만 의미가 있었다. 그러니까 그는 숫자의 변화만 가지고 자기 나름의 계산으로 베팅을 하는 것이었다. 내가 그가 모르게 슬금슬금 따라다니며 곁눈질해보니 여섯 번 경주에서 네 번이나 따고 있었다. 경주가 끝날 때쯤 되자 몸에 딱 붙는 점퍼가 속주머니로 들어간 돈으로 맹꽁이배처럼 부풀어오를 정도였다. 알고 보니 그에게는 대학원에 다니는 아들이 있었다. 또 알고 보니 그는 정말 배운 게 없어 한글도 몰랐고 숫자는 시장에서 건어물 중개를 하는 관계로 그런대로 알고 있었다. 또 알고 보니 그는 경마장에서 딴 돈으로 서울로 유학간 아들의 학비를 대왔다는 것이다. 그날은 마침 아들의 등록금을 부쳐주기 전날이어서 과거에 비해 화끈하게 베팅을 했던 것이다.

"전광판에 좋아하는 숫자라도 나오나요? 어떻게 말을 고르시죠? 저도 곧 박사과정에 들어가는 마누라가 있거든요. 제발 좀 가르쳐주세요."

그는 말을 좀 더듬었다. 일부러 그랬는지 원래 그랬는지는 모르겠지만.

"워, 원래 조, 쪼, 쪼랑말이라는 기 서, 서, 서, 성질이 개, 개, 개,

개, 개, 개떡 가, 가, 가, 가, 갸, 갸, 가, 같거들랑요. 자, 자, 자, 자들, 기수들 자, 자, 자, 잘, 자, 잘 보소. 귀 성한 아가 미, 미, 미, 미, 미, 몇이나 되는가. 쪼, 쪼, 쪼, 쪼, 조, 조, 쫄, 쪼, 쪼, 쪼, 쪼랑말이 서, 성질이 울매나 더러븐가 하모 기수나 조, 조, 조, 조교사가 잠시잠깐 하, 하, 한, 한눈 파, 파, 파, 파, 파, 파, 파, 프, 프, 푸, 푸, 프, 프, 파, 팔 때 옆에 살곰살곰 가서 귀를 까가각 깨물어 띠먹는 기라. 그다가 기, 기, 기, 깅, 깅주를 시키노마 가다가 지, 지, 지 마, 마, 마, 맘대로 주로를 버, 벗어나서 우, 우, 운, 운동장 안으로 들어간다 카, 카, 칸께네. 깅주하다 말고 저들끼리 싸움 안하는 기 용치. 그란데 말을 우째 믿고 말에다 베, 뻬, 뻬, 베팅을 한단 말인교."

말을 끝내고 난 그는 숨을 한번 크게 내쉬고 수줍게 웃어 보였다. 미안해진 나는 질문과 답을 한꺼번에 할 수밖에 없었다.

"조랑말은 토종말이라 경주전문용 서러브레드(thoroughbred)종하고는 비교가 안되겠지요. 그런데 조랑말의 혈통이 순수한 건가요? 어떻게 구별을 하죠?"

"내, 내는 마, 마, 맘, 맘, 마, 말은 안 본다 안카요."

"그럼 기수는요. 아무리 조랑말 경주라도 승률이 좋은 기수가 있고 조교사도 있을 텐데요."

"기, 기수가 하, 하도 마, 많아서 소, 소용이 없소. 그 마, 많은 이, 이름을 그 짜, 자, 짤, 짤른 시간에 우예 다 읽고 외운다 마, 말인교."

"선배님, 아니 스승님, 사부님, 제발 한수만 가르쳐주십시오. 도대체 오늘 그 돈을 어떻게 따신 겁니까."

그러자 그는 말의 이빨처럼 가지런한 이를 드러내며 다시 한번 수줍게 웃었다.

"내, 내가 무, 무신 사부요. 소, 솔직히 내는 모르요. 기양 숫자가 이래 바뀌고 저래 바뀌고 하는데 가만히 보다보면 뭐가 실쩍실쩍 떠오르는 기라."

대화가 진행될수록 그는 말수가 줄고 그와 함께 더듬는 경우도 줄어들었다. 그는 끝내 자신의 비결을 가르쳐주지 않았다. 돌아오는 길에 나는 선배들에게서 그의 방법이 나름대로 통하는 방법이라는 걸 알게 되었다.

전광판의 예상배당률은 마권발매 마감 직전까지 30초 간격으로 자동 표출되는데 바로 이 배당률에 경마고객들의 추리와 나름의 정보가 응축되어 있다. 배당률이 낮다면 우승확률이 그만큼 높아 많은 고객들이 베팅을 했다는 뜻이다. 몇번 말이 '오늘 간다' '안 간다' 하는 출처불명의 정보(소스)가 난무하는 가운데 결정적으로 확실한 정보를 가진 큰손이 말에 돈을 던지면 배당률이 갑자기 낮아지게 된다. 켄터키 더비, 재팬 더비, 과천 경마장의 경주에 비해 규모가 작은 조랑말 경주는 더욱더 표시가 난다. 물론 현재는 한번에 살 수 있는 마권의 액수가 제한되어 있지만 큰손들은 수많은 정보원을 동원하기 때문에 한번에 수백, 수천만원의 베팅을 하는 게 불가능하지 않다. 그 사내는 바로 그런 순간, 즉 뛰어난 정보력을 가지고 있을 거라고 짐작이 되는 큰손이 행동을 개시했음을 포착하고 그를 따라 마권을 사는 것이었다. 배당률은 낮아도 이길 확률은 높아서, 어물 매집할 밑천에 아들 등록금을 알배게 하는 데는 적당한 방법이었다. 하지만 그건 너무 줏대없고 무식한 방법이 아니냐고 수십만원씩 돈을 잃은 선배들이 돌아가면서 핏대를 올렸다. 나는 그러거나 말거나 눈을 감고 내 주머니 속의 돈을 만져보았고 또 그의 불룩한 점퍼를 상상하면서 다음에 하면 꼭 그의 방식으로 하리라 마음먹었다.

다음에 두세 번 더 가기는 했지만 그때마다 나는 조금씩 잃었다. 그의 방식대로 하긴 했는데 운이 따라주지 않았다. 무엇보다 처음으로 하면 딴다는 운이 내겐 너무 강해서 그랬는지도 모른다. 그의 모습은 더이상 볼 수 없었다. 그의 아들이 대학원을 졸업했는지도 모른다. 하여튼 그는 내가 모르는 무엇인가를 하나쯤 더 알고 있던 게 틀림없다.

다음, 도박의 본거지라는 미국 라스베이거스에서의 일. 미국행 비행기를 탔을 때의 목적은 오직 하나, 라스베이거스에서 잘나간다는 도박장에서 내 운을 실증해보자는 의욕으로 온몸이 근질근질해져 있었다. 처음으로 내가 방문한 도박도시는 미국 서부의 니들스라는 휴양지였다. 라스베이거스에서 그리 멀지 않은 곳으로 콜로라도 강의 뱃놀이와 함께 소규모의 소박한 도박을 하게 되어 있었다. 다음날 라스베이거스 입성을 앞두고 연습을 하는 기분으로 호텔 일층의 도박장에서 비디오 포커에 덤벼들어 간단하게 백 달러를 땄다. 그 돈과 미리 준비한 돈을 합쳐 나는 대망의 도박판, 라스베이거스의 보물섬 호텔 도박장에 뛰어들었다. 그런데 그 전날 니들스에서 한 도박 같지도 않은 도박에서 '처음에는 무조건 딴다'라는 운을 다 소모했는지 다섯시간도 되기 전에 가지고 간 돈 대부분을 털리고 말았다. 입맛을 다시면서 숙소로 정한 호텔로 돌아가니 그 자그마한 호텔 바에 설치된 도박판에 한 노인이 달라붙어 있다가 나를 보더니 손을 잡고 눈물을 줄줄 흘려대기 시작했다. 내 일행 중에는 미국에 사는 아들딸 덕으로 관광여행을 온 노인들이 많았는데 노인은 경상도 하고도 북부 오지의 진한 사투리로 20년 전에 미군 헌병과 결혼해서 따라온 딸이 용돈으로 쓰라고 준 돈 2백 달러를 몽땅 잃었다고 끝도 없이 하소연을 늘어놓았다. 나는 노인에게 슬롯머신 도박이 처음이냐고 물었다. 노인은 당연히 그렇다, 자신은 이렇게 돈을 처먹는 기계는 70여년 전 머리에 털이 나고 난생 처음이라고 했다. 나는 노인에게 화투나 엿치기도 도박은 도박이다, 정말 처음이냐고 협박을 겸해 물었는데 노인은 그런 '손장난'은 조금 해보았지만 기계를 상대로 한 건 처음이라는 것이었다. 그래서 나는 노인에게 20달러만 걸기로 했다. 수많은 도박을 했지만 노인에게 건 도박은 처음이었다. 나는 20달러를 노인에게 주면서 아까부터 우리를 주시하고 있던, 뚱뚱한 흑인 여경비원에게 가서 지금 확 달아 있는, 화끈하게 잘 터지는 기계를 가르쳐달라고 하라고 했다. 노인은 말이 안 통하는데 어떻게 하느냐고 했다. 나는, 말이 안 통하기는 나도 마찬가지다, 나한테 했듯이 악착같이 매달리면 무조건 통할 수 있다고 쫓아보냈다. 그러곤 바에서 공짜로 주는 맥주를 마시며 노인이 경비원을 눈물콧물로 협박하는 걸 재미나게 구경했다. 견디다 못한 경비원은 결국 특정한 기계를 향해 자신도 모르게 눈을 껌뻑였고, 노인은 도저히 노인이라고는 볼 수 없는 잽싼 동작으로 그 기계 앞으로 달려갔다. 거기까지 보고 방으로 올라와 잠이 들었는데 다음날 아침 문제가 생겨 있었다. 노인이 새벽녘에 2천 달러짜리 잭팟을 터뜨렸는데 기계가 돈을 토하지 않아서 가이드를 깨우고 일행을 깨우는 법석을 피웠다는 것이다. 노인은 내게 20달러와 함께 개평으로 40퍼센트에 해당하는 8달러를 더 주었다. 이처럼 나는 노인을 매개로 한 도박에서도 첫판에서는 땄다. 그와 함께 제법 유용한 여러가지 교훈을 얻었다.

매해 천만명이 넘는 사람들이 라스베이거스를 다녀간다. 내가 라스베이거스에 가기 전해, 일년 동안 관광객들이 라스베이거스에 떨구고 간 돈이 151억 달러였다. 도박의 세계를 태평양에 비유한다면, 나는 인천 앞바다에 둥둥 뜬 사이다병 뚜껑만도 못했다. 그 다음에 그곳에 갈 때 나는 좀더 신중하게 준비했다. 내게는 '처음에는 무조건 딴다'는 강력한 운이 있다. 앞서의 노인네의 예에서 보듯 초보자를 내세워 그 운을 연장, 증폭하면 사이다맛을 볼 수 있다고 나는 판단했다. 나는 도박 근처에도 가본 적이 없는 초심자 중의 초심자를 찾느라 며칠을 수소문했다. 세상에는 도박 아닌 것이 거의 없고 어떤 식으로든 그에 결부되지 않은 사람 또한 거의 없다. 그러나 나는 찾아냈다. 순결한 초보자, 초보자도 아닌 초보자, 내 운을 부풀려줄 공주를. 라스베이거스에서의 내 운을 연장할 초보인간 중 하나는 원래 운전기사였다. 한번도 노름을 해본 적이 없는 '공주'를 모시러 가는 도중에 심심해서 운전기사와 이런저런 이야기를 하다보니 그 자신이 레이크 타호인지 리노인지의 도박장에 운전해주러 딱 한번 가서 주사위 게임(크랩스)만 딱 한번 하고 딱 돌아섰다는 '준총각'이었다. 나는 그 즉시 자리를 바꿔앉아 운전대를 잡은 뒤에 내 계획을 설명해주었다. 계획이라는 게 라스베이거스라는 도박도시에 가서 먹여주고 재워주는데다 돈까지 대주고 노름을 하게 해서 그 돈을 나눠먹자는 것이니 그로서는 전혀 마다할 일이 아니었다. 우리는 애초에 내가 찾으려 했던 도박의 '숫처녀 공주'가 살고 있는 곳으로 차를 몰았다. 그 '처녀'가 있는 곳은 미국 유타 주의 시골 마을인데, 듣자 하니 유타 주는 미국에서도 특히 보수성이 강한 무슨 교단의 본산으로서 금욕과 근면, 신앙을 생활의 모토로 삼는 멋진 곳이라 했다. 사실이 그랬다. 길가에 서 있는 집을 보아도 한결같이 소박하고 튼튼한 것이, 자기 혼자만 살고 끝낼 생각으로 지은 집이 아니었다. 평원은 거대한 해시계처럼 신의 규칙에 순종하는 것처럼 보였고 곳곳에 솟은 교회 첨탑은 노름의 '노'자에 대해서도 단연코 '노'라고 할 듯한 인상이었다. 그 '처녀'는 바로 그런 곳의 구중궁궐 심처(深處)라고 할 수 있는 곳에서 순결하게 살아왔던 것이다. 처녀를 만나기도 전에 나는 이미 감동으로 목이 메었다. 게다가 처녀는 다른 곳도 아닌 교회 안에 있는 기숙사에 살고 있었다. 그녀는 첫 만남에서 내 기대를 훨씬 넘는, 거의 수녀의 경지에 이른 경건한 표정으로 천천히 걸어나왔다. 나는 감동과 환희를 간신히 억제하며 그녀와 악수를 나누었다. 나는 그 처녀, 아니 '수녀'와 교회건물을 둘러싼 풀밭을 거닐며 묵상과 신비로 가득 찬 세계의 아름다움을 입이 마르게 찬양했고 세속의 욕망과 중독, 허망한 집착 따위를 맹렬하게 비난했다.수녀는 그저 고개만 끄덕일 뿐이었다. 나는 일찍이 십수년 전 그대가 학교에 다닐 때부터 굳건한 신심의 소유자로서, 술집의 네온싸인과 주택복권 판매소를 피해 돌아갈 정도로 정결한 처신을 해왔음을 잘 알고 있다. 아, 우리는 종이 다르고 급이 다르고 가는 길에 높낮이가 있도다! 지금 와서 보니 그대는 그대의 길을 찾아 고결하고 드높은 경지로 나아가고 있는 데 반해, 나는 여지껏 속세의 진흙탕에서 뒹굴며 하루하루를 허비하고 있다. 그래도 그대의 모습이 참으로 보기 좋다고 입에 침이 마르도록 찬양했다. 나는, 깊이 스스로를 반성하며 이승에서의 마지막 만남이 될지도 모르는 이 만남을 영원히 간직하겠다고 말하면서 만난 지 5분 만에 작별을 고했다. 그랬더니 그 수녀는 "아니, 오빠, 그 먼길을 오셔서 밥이라도 한끼 함께 안하시고?" 하고 놀라는 것이었다. 나는 그대를 만나기 위해 지금까지 열몇시간 동안 비행기를 타고, 또 스물몇시간을 운전해온 건 아무것도 아니니까 마음쓰지 마라, 나 같은 불경한 작자가 이 신성한 장소를 얼쩡거린다는 것 자체가 신성모독일 터이니 빨리 물러가겠다고 거듭 작별을 고했다. 그랬더니 수녀는 자기가 사는 곳으로 가서 차라도 한잔 마시자고 나를 잡아끌었다. 나는 내 운명을 주재하는 신의 부름을 도저히 거역할 수 없다, 그 신, 아니 악마는 지금 사막 한켠에서 나를 오라고 계속 채근하는데 너는 절대 이 일에 관여하지 않는 게 좋겠다, 그럼 잘 있으라고 계속 징징거렸다. 수녀는 곤혹스러운 표정으로 나를 한참 바라보다가 도대체 거기가 어디냐고 물었다. 나는 밥에 뜸이 들 시간 동안 땅을 쳐다보고 있다가 '라스베이거스'라고 발음했다. 수녀는 다시 침묵에 잠겼다. 나는 잔디밭 가운데 있는, 교회 부설 대학의 동창들이 심었다는 사과나무에 눈을 주고 '내일 죽을지라도 오늘은 사과를 따먹겠다'는 말을 속으로 천번쯤 되뇌면서 낚싯대가 묵직해지기를 기다렸다. 이윽고 수녀는 가엾은 내 영혼을 악마의 손에서 구하려고 결심한 듯 동행을 하겠다고 하는 것이었다. 나는 수녀에게 당신은 그저 차나 한잔 마시고 오가며 사막에 떠오르는 별만 구경하면 그만이다, 오가는 것은 내가 책임지겠다고 아양을 떨고는 그녀의 마음이 변하기 전에 총알처럼 차에 태웠다. 진짜 수녀가 아니라서 수녀복은 입고 있지 않았으니 복장은 문제될 게 없었다. 라스베이거스에 도착한 노름꾼 하나와 공짜 좋아하는 놈 하나, 그리고 수녀는 일단 밥부터 먹기로 했다. 알다시피 도박도시는 식당도 도박장이고 호텔도 도박장이고 도박장도 도박장이다. 식당에 들어갔더니 식탁 위에 간단한 비디오 도박 시설이 차려져 있었다. 주문을 하고 난 뒤 수녀는 이상한 소리를 내며 이상하게 돌아가는 이 '비디오게임'을 어떻게 하느냐고 물었다. 나는 뭐 별거 아니다, 신경쓸 거 없다, 애들 장난이라고 말했다. 그러면서 하여튼 그토록 경건하고 검박한 곳에서 십몇년을 하루같이 살아왔으니 놀이삼아 한번 해보는 것은 어떠냐고 슬쩍 떠보았다. 수녀께서는 거기에서도 일요일에는 주일학교 아이들과 소프트볼 게임을 한다고 했다. 나는 그것과 이것은 모양만 다를 뿐 똑같은 논리로 움직인다고 말해주었다. 소프트볼은 한 사람이 공을 던지고 한 사람은 공을 치는데 잘 던지면 잘 못 치고 잘 치면 멀리 간다, 그래서 득점을 하게 된다. 이 게임은 공 대신 동전을 넣는데 잘 당기면 득점을 많이 하게 된다. 나는 5센트짜리 동전을 건네주고 한번 해보라고 했다. 수녀는 전혀 망설이지 않고 동전을 받아들더니 조그만 구멍에 동전을 집어넣고 레버를 당겼다. 그 순간 비디오 슬롯머신의 화면이 고장이라도 난 듯 흐릿해졌다. 마치 가기 싫은 심부름을 가는 아이처럼, 느릿느릿 화면이 움직이다가 내가 고장이 난 것 같다고 웨이터를 부르려는 순간, 화면 전체가 수박밭으로 변했다. 그러고는 돼지 멱따는 소리를 내면서—도박장에서는 동전이 떨어지는 금속쟁반을 진동하게 만들어 더 큰 소리를 내도록 하고 요란한 벨과 부저를 설치한다—그때까지 처먹은 돈을 토해내기 시작했다. 수녀는 무슨 큰잘못을 저지른 사람처럼 내 팔을 잡고 어쩔 줄 몰라했다. 나는 좋아서 어쩔 줄 몰랐다. 내 옆에 앉아 있던 공짜 좋아하는 인간은 금속쟁반을 넘쳐 바닥으로 떨어지는 돈을 줍느라 정신이 없었다. 나는 자루를 가지고 오지 않은 것을 뼈저리게 뉘우치며 입고 있던 파카를 펼쳐 동전을 쌌다. 동전은 어림잡아 천 개는 될 듯했다. 나는 그 동전에서 5센트짜리 하나만 남기고 모두 수녀에게 주었다.

수녀는 어리둥절해하며 받지 않으려고 했다. 나는, 당신 같은 천재는 생전 처음 보았다. 당신도 알퐁스 도데를 읽어서 알겠지만 과거에 수도사들도 수도원의 종을 사려고 술을 빚은 적이 있다. 혹시 이것으로 교회에 나오는 주일학교 아이들에게 새 소프트볼과 글러브, 배트를 사다줄 수 있다면 하느님도 기뻐하실 것이라고 경건한 어조로 말해주었다. 수녀는 결국 내 말에 동의했다. 그러고는 이 도시에서 가장 나쁜 녀석이 운영하는 도박장이 어디냐고 했다. 나는 가장 불빛이 휘황찬란한 건물을 가리키면서 바로 저곳이 그곳이라고 했는데, 우연히도 그 건물은 부기우기 트럼프라는 억만장자가 운영하는 도박장 가운데 하나였다. 수녀는 단호한 걸음으로 건물 안으로 들어섰다. 수천대의 기계가 돌아가는 광장이 나타났다. 그녀는 볼 것도 없다는 듯, 입구에서 제일 가까운 기계에 달라붙었다. 그때부터 얻어걸리는 족족 기계들을 박살내기 시작했다. 그녀가 가는 곳마다 기계들의 비명이 울려퍼졌고 눈치빠른 녀석들은 가기도 전에 전광판에 붉은빛을 번뜩였다. 그녀는 규칙을 알려고 하지도 않았고 알 필요도 없었다. 어차피 다시 올 일은 없을 터이고 손만 대면 기계는 항복했으니까. 그녀가 처음 동전을 집어넣은 기계는 당연히 5센트 단위로 돌아가는 기계였다. 그런데 5센트짜리 기계에는 주로 노인들이 달라붙어 있었고 팔운동을 위해 설치해놓은 듯 따도 따도 끝이 없었다. 그래서 나는 다음 블록에 25센트짜리 기계가 당신을 기다리고 있다고 말해주었다. 25센트, 즉 '쿼터'로 백 달러면 무게로 2.1킬로그램이나 나간다. 지금처럼 콩알만한 5센트짜리 동전말고 쿼터로 기계들을 혼내준다면 악마의 돈자루가 훨씬 빨리 가벼워질 것이라고 기계의 비명과 통곡 속에서 악을 쓰며 외쳤다. 수녀는 그 말이 끝나기도 전에 25센트짜리 기계로 돌진했고 우리는 각자의 저고리에 동전을 싼 뒤에 허둥지둥 그녀를 쫓아갔다.

가보니 그녀는 5센트짜리로 25센트짜리 악마를 혼내주려고 끙끙거리고 있는 것이었다. 나는 공짜와 운반을 좋아하는 녀석에게 눈짓을 해서 조용히 동전을 바꿔오게 했다. 쿼터로 바꿔오자 동전의 부피는 5분의 1로 줄었다. 또한 그녀가 손대는 기계들의 비명소리도 줄어들었다. 그래도 그녀의 운은 좋았다. 그녀는 초보자의 '공주하고도 수녀'였던 것이다. 30분쯤 지나자 우리의 저고리, 주머니는 쿼터로 찢어질 듯했다. 나는 다시 공주에게 다가가 이사를 가야 한다고 말했다. 한 블록 지나 50센트짜리 기계가 열을 지어 우리를 기다리고 있다고. 그녀는 그제야 혹시 이렇게 되면 '노름'이 되지 않느냐고 고개를 갸웃거렸다. 나는 황급히 여기에는 5센트짜리부터 5백 달러까지의 기계가 있다, 하느님이 정한 노름의 가이드라인의 단위는 '달러'라고, 달란트, 데나리온 같은 성경의 단위를 기억해보라고 말했다. 그녀는 고개를 끄덕이고는 50센트짜리 기계로 갔다. 그 기계들도 '무적의 수녀 공주' 앞에서는 오래 버티지 못했다. 나는 그 곁에서 '공주 출신 수녀'가 어떻게 하면 노름에 대한 죄의식 없이 돈을 따게 할까에 골몰하다가 골치가 아파 주사위판에 가서 돈을 조금 잃었다. 첫번째로 하면 무조건 이긴다는 내 운은 물론 완전히 그녀에게 옮겨졌고 규칙조차 생소하니 이길래야 이길 수가 없었다. 50센트짜리 기계로 돌아와보니 괘씸하게도 공짜와 운반에만 주력해야 할 운전기사 녀석이 공주와 나란히 앉아 농담까지 해가며 노름을 하고 있는 게 아닌가. 처음에는 본전을 했는지 마는지 모르지만, 그녀가 따는 족족 옆에서 잃으니 처음보다 동전의 부피가 많이 줄어 있었다. 나는 당장 그 녀석의 목을 조르고 싶은 충동을 간신히 억눌렀다.

"재미있냐?"

"응, 오빠."

"그래, 재미있으면 좋은 거지. 따면 뭘 하고 잃으면 뭘 하냐. 그냥 놀아라, 놀아."

"왜 그래요, 형. 뭐, 기분나쁜 일이 있어요?"

"솔직히 말해서 이런 기계로 하는 건 노름도 아냐. 재미지, 재미. 보라구. 진짜 노름꾼들은 다 테이블에 몰려 있잖아. 그리고 훨씬 더 크게 노름하는 사람들, 아랍의 왕족이나 아시아 재벌 2세들은 수천만 달러짜리 방에 앉아서 연봉 수십만 달러짜리 애들한테 시중을 받아가면서 하룻저녁에 수백만 달러씩을 날리든가 따든가 하지. 한마디로 우리는 오늘의 운세를 시험하는 조무래기야."

그러고는 나는 두 사람을 일으켜 5달러짜리 기계 앞으로 끌고 갔다.

"지금부터는 네 상대는 운밖에 없다고 생각하고 열심히 해봐. 이 기계도 작동하는 법은 똑같아. 자, 시작!"

그러고는 나는 공짜와 운반을 전담한 녀석의 목덜미를 잡아끌어 귓속말로 조용히, 너는 본연의 자세로 돌아가 운전할 준비나 하라고 속삭여주었다. 과연 5달러짜리 기계는 이전의 기계와 비교할 수 없는 중량감이 있었다. 품위랄까, 신사도랄까, 뭐 그런 것까지 느껴지는 근사한 기계였다.

기계 앞에 앉은 사람들도 복장이며 표정이 남달랐다. 공주는 이런 저런 건 전혀 아랑곳하지 않고 순진무구한 표정으로 동전을 집어넣고 레버를 당겼다. 5달러짜리 기계는 쉽게 반응하지 않았다. 하긴 그렇게 먹은 돈을 쉽게 토해낸다면, 부기우기 트럼프는 진작에 파산하고 말았을 것이다. 백오십 개쯤 되던 동전은 삽시간에 줄어들기 시작했다. 이윽고 동전은 스무 개밖에 남지 않았다. 나는 차마 눈뜨고 볼 수가 없어 공짜로 주는 맥주를 받아들고 밖으로 나와 의자에 앉았다. 기껏해야 내 운은 여기까지인가. 그 맥주의 맛은 내가 그때까지 마신 맥주 중에서 가장 쓰디썼다. 그런데 운반과 공짜, 아니 지금은 운전만을 맡은 녀석이 나를 찾아왔다. 공주께서 나를 부르신다는 것이었다.

"나는 끝났어. 운도 끝장났고. 그냥 이리로 오라고 해. 술이나 마시지 뭐."

"형, 가보고 나서 이야기하자구."

가보니 놀라운 일이 벌어져 있었다. 그녀의 앞과, 옆, 무릎 아래에는 근처의 동전 바구니가 모두 동원된 듯 바구니탑이 세워져 있었다.

"오 마이 갓! 이게 무슨 일이야."

나는 탑 앞에서 두 팔을 번쩍 쳐들었다가 내리면서 공손히 합장했다. 탑 앞에서는 합장을 하는 게 어울릴 것 같아서. 그녀는 기계에 능숙하게 동전을 집어넣으며 내게 물었다.

"오빠, 더 해야 돼? 이 정도면 애들 전부 유니폼까지 맞춰줄 수 있을 것 같은데?"

"야, 소프트볼은 혼자서 하니? 상대팀이 있어야 할 거 아냐. 개들이 유니폼 없이 하면 게임이 재미있겠어? 그리고 말야, 소프트볼 전용구장도 하나쯤 있으면 좋지 않겠어? 전용구장이 있으면 전광판도 있어야 하고 아나운서 월급도 줘야 하구, 또 풀은 누가 깎느냐 말이다. 주일학교 리그도 만들어야 할 거 아냐. 그때까지 계속 달려, 달리라구."

그런 다음 나는 기쁨에 몸을 떨며 공짜가 아닌, 진짜 술을 파는 바로 향했다. 그리고 소프트볼의 무궁한 발전을 위해 잔을 높이 쳐들어 축배를 들었다. 한 번이 아니고 일곱 번, 여덟 번. 그러다보니 좀 취한 것 같았다. 탁자에 엎드려 잠이 들었던가. 꿈에서 부기우기 트럼프가 울면서 백지수표를 내게 주었다. 제발 공주를 데리고만 가달라고. 도박장은 자기 것만 있는 게 아니라고.

그러고는 동업자들이 운영하는 호텔 이름을 스무 개쯤 불러주었다. 트로피카나, MGM, 트레저 아일랜드, 씨저스 팰리스, 밸리스…… 그걸 받아적다가 누가 흔드는 바람에 잠에서 깼다. 두 사람이 걱정스러운 얼굴로 나를 내려다보고 있었다.

"오, 트럼프가 내려왔디? 나를 좀 보자고 하지?"

두 사람은 어딘지 쓸쓸하고 슬픈 표정으로 나란히 고개를 흔들었다.

"그럼 올 때까지 해. 무릎을 꿇고 빌 때까지 계속하라구."

"형, 나 쫄딱 다 잃었어."

"넌 인마, 어차피 희망없는 놈인데 잃어도 되지 뭘. 시시한 소리 집어치워."

"나말고 우리, 우리 둘 다 다 잃었어."

나는 어이가 없었다.

"그럴 리가 있나. 그 동전 바구니 하나에 코인 백 개씩 들어간다 쳐도 바구니가 열 개면 천 개, 바구니 스무 개면 이천 개인데 그 많은 동전을 이 오빠가 잠깐 잠든 사이에 다 잃어? 보자, 삼십분밖에 안 지났잖아. 물리적으로 불가능한 거 아냐?"

"오빠, 지금 아침이야."

그러고 보니 어디서 새소리가 들리는 것 같았다. 밖을 내다보니 훤한 거리에 차들이 나다니고 있었다.

"형, 가서 아침이나 먹고 갑시다. 오늘 얘, 교회에서 예배 있대요."

이런 망할. 나는 자리에서 일어났다. 그런데 탁자에 웬 계산서가 놓여 있는 것이었다. 카운터에서는 웨이터가 컵을 닦으면서 내가 그냥 도망가지 않나 싶어 뱁새눈을 뜨고 살피고 있었다. 명세표를 확인하니 공짜로 주는 맥주가 아닌, 한잔에 5달러씩 하는 위스키를 내가 일곱 잔이나 마신 걸로 되어 있었다. 나는 할 수 없이, 나중에 돈을 운반할 때 경비로 쓰려고 동전 바구니의 탑에서 미리 훔쳐두었던 돈으로 계산을 치렀다. 그러고 나니 몸도 마음도 좀 홀가분해졌다. 경건한 교회로 가는 경건한 길에서 나는 내가 원래 어떤 계획으로, 어떤 마음으로 도박장에 공주를 끌고 갔는지 이야기해주었다. 공주는 분개하거나 혀를 차지 않았다. 나를 걷어차지도 않았다. 그렇지 않아도 그런 세계를 좀 봐두려고 했다는 것이다. 더욱더 경건하고 심오한 세계로 나아가려면 필요하다는 말이겠는데, 그런 말은 하지 않았다.

"그럼 네가 일부러, 계획적으로 나를 따라온 거니?"

"미안해, 오빠. 너무 오랜만에 오빠를 보니까 반갑기도 하고. 그런데 오빠는 옛날이나 지금이나 어쩌면 그렇게 똑같애? 노름이 그렇게도 좋아?"

갓 댐. 그러나 그녀의 운은 역시 대단했다. 내 운도 억세게 좋았다. 나는 원래 3천 달러 정도는 잃을 것을 각오했었다. 그런데 그녀의 운 덕분으로 단돈 5센트도 잃지 않았으니 최종적으로 계산하면 3천 달러를 딴 것이나 마찬가지였다. 다음에도 이런 행운을 만날까. 그러나 그만한 행운을 가져다줄 위대한 초보자는 내 생애에 다시 만날 것 같지 않다. 그래서 아직까지 라스베이거스 행을 미루고 있다. 참, 운전기사 겸 동전 운반책도 딱 그만한 녀석을 만날 수 있을 것 같지 않다.

노름에서 지지 않는 가장 간단한 방법을 소개하자면, 노름을 하지 않는 것이다. 내가 아는 사람 중에 미국에서 제법 짱짱한 세탁소를 운영하는 사람이 있다. 그가 와서 내게 하소연하기를, 자신과 비슷한 종류의 사업을 하는 비슷한 인간이 있는데 비슷한 시기에 이민와서 비슷하게 고생했고 둘 다 『월간 백만불 세탁』 정기구독회원이면서 이제 비슷하게 살 만하게 되어 비슷한 헬스클럽에서 자주 만난다. 그런데 고스톱을 쳐서 한번도 그의 돈을 따본 적이 없다. 도대체 어떻게 하면 돈을 딸 수 있겠느냐고 물었다. 나는 왜 내게 그런 걸 묻는지 영문을 몰랐지만, 하여튼 그 사람이 어떤 사람인지 물어보았다.

"나하고 비슷하다니까. 학력도 식구수도 재산도 종업원 수도 다 비슷해. 몸무게도 비슷할걸."

"고스톱 선수 출신은 아닐까요? 아마추어처럼 보여도 그런 사람이 가끔 있어요."

"아냐, 그럴 리가 없어. 나랑 알아온 지가 이십년이 넘어. 이십년 전 한국에서는 고스톱이라는 게 그렇게 유행하지도 않았잖아."

"그런데 한 사람은 이십년이나 계속해서 따고 한 사람은 잃는다니 그게 무슨 고스톱이에요. 바둑이라면 실력 차이나 있지."

"이 친구는 알짜로 고도리 석장, 단이나 광 석장처럼 확실한 패가 안 들어오면 무조건 죽어. 그러니까 도저히 딸 수가 없어."

"아, 그러면 그분은 일단 뭔가 아시는 분입니다. 선배님이 이기기 힘들겠는데요."

"그러니까 정부장, 내가 이렇게 부탁하잖아. 이길 수 있는 법을 좀 가르쳐줘."

"아니 제가 뭐 고스톱 선숩니까. 고스톱 선수라도 그렇지, 그런 상대는 쉽게 못 이겨요. 왜 저한테 자꾸 이러세요."

"지난번에 라스베이거스 가서 이만 달러나 땄다고 했잖아. 나는 한국사람 중에 당신 같은 사람을 본 적이 없어. 뭘 알고 있어도 알 거 아냐."

뉴욕 맨해튼 한가운데, 『뉴욕타임즈』에서 연속 5주째 별 다섯개를 매긴 바닷가재 식당에서 저녁을 얻어먹고 나서 나는 그에게 방법을 일러주었다.

"일단 고스톱을 치게 되면 말이죠, 무조건 세 명이 치세요. 그 사람이 절대 죽지 못하도록."

그가 그 방법을 지금도 사용하고 있는지 모르겠다.

고스톱의 진정한 고수라면 다음과 같은 조건 중에서 적어도 세 가지는 충족시켜야 한다. 이 이론은 남쪽에 사는 어느 고수가 만든 것이다. 그는 고스톱을 배운 뒤 지금까지 하루 평균 스무 판을 쳐왔고 전체 판수로는 십만 판을 넘었다.

첫째, 일단 고스톱판에 새로운 룰을 만들어넣을 수 있어야 한다. 가령 9의 열끗 자리는 열끗으로도 쓰고 쌍피로도 쓰는데, 어떤 계기를 통해 7과 5도 그렇게 할 수 있도록 한다는 것이 예다. 새로운 룰을 만들 때는 남들이 수긍할 수 있는 합리적인 근거를 제시할 수 있어야 하며, 판이 더 크게 나는 방향으로 만들어야 사람들이 좋아한다. 새로운 룰을 적용하면 아무래도 룰을 만든 사람이 유리하게 되는 법이다.

둘째, '피박'이나 '멍박' '광박' 같은 '바가지'를 반드시 기억해서 적용해야 한다. 대부분의 아마추어는 정작 바가지를 씌우고도 모르고 그냥 지나간 뒤에 패를 섞다가, 두 배를 내라 마라, 지났으니 그만이다 어쩌고 해가면서 시끄럽게 시비를 벌이는데 고수는 절대로 그런 일이 없다. 설령 있다손 치더라도 자신의 입으로는 절대 그런 말을 꺼내지 않는다.

셋째, 점수를 셀 때 한꺼번에 5점 단위로 셀 수 있어야 한다. 손가락 끝으로 일일이 짚어가면서 1점, 2점, 3점…… 해가는 것은, '나는 하수이며 아마추어랍니다' 하고 자백하는 것이나 다름없다. 계산을 할 때는 일단 3단과 고도리, 광 같은 족보의 점수를 센 뒤에 큰 점수가 나는 피를 세게 된다. 피는 일단 열장을 기본으로 놓고 그 위에 네장, 그 위는 다섯장씩 피를 얹어가면 5점 단위로 세는 데 어려움이 없다. 예를 들어 청단과 4광을 했다면 7점인데, 피로 와서 5점 단위로 세면 12점, 17점, 22점 하는 식으로 쉽게 점수를 셀 수 있다.

넷째, 판이 끝나고 난 뒤에 몇번째 판의 어떤 장면에서 어떤 패를 내서 어떻게 점수가 났나 하는 것에 대해 기억을 하고 복습을 할 수 있어야 한다. 이건 바둑의 복기(復棋)와 비슷하다. 바둑이 어느정도 수준에 이르면 복기를 할 수 있게 되는 것과 마찬가지로 고스톱도 고수가 되면, '몇년 전 어떤 사람과 몇판을 쳤는데 몇번째 판에서 몇점이 났고 점수가 나는 과정은 이러하다. 그때 상대가 이렇게 쳤으면 못 났을 수도 있다' 하고 설명할 수 있게 된다.

다섯째, 최후의 승자가 진정한 승자라는 철칙을 이해하고 있어야 한다. 판을 운용하면서 상대의 패를 읽는 것은 기본이지만 도저히 이길 수 없는 판에서는 무리하지 말고, 곧 패를 거스르지 말고 적게 잃는 방향으로 노력하고 그대신 크게 딸 판은 크게 따는 소승다액(小勝多額)의 전략을 구사할 줄 알아야 한다. 이 원칙은 반드시 고스톱에서만 적용되는 것이 아니고 점수에 따라 돈이 비례하는 게임(내기골프, 방내기 바둑 등)에서 두루 통하는 원칙이다. 적게 이기면 상대는 보통 '실력은 내가 훨씬 나은데 운이 없어서 크게 맞는다'고 여기면서 가진 돈을 끝까지 토해내게 되고 지고 나서도 집으로 달려가 보따리에 돈을 싸들고 오게 된다.

몇년 전에 나는 이 요건 가운데 확실히 세 가지 이상을 갖춘 고수를 만났다. 그는 자칭 '장돌뱅이'로 소를 사고 팔러 장터를 돌아다니며 전국의 노름판은 안 가본 곳이 없는 소장수였다. 이제는 소를 팔고 사는 일의 대부분은 축협 같은 법인체에서 하게 되었지만 그래도 시골에는 옛날처럼 소를 팔고 사는 사람들이 약간 남아 있다고 한다. 그는 어릴 적에 소장수 보조로 시작해서 잔뼈가 굵은 지금, 새삼스럽게 다른 직업을 가질 생각이 없다고 했다. 그는 눈이 소처럼 부리부리하고 눈썹이 짙은데 입은 크고 입술이 두꺼워 배짱이 있게 생겼다. 체구도 우람하며 행동은 진중해서 사나이다웠다. 그는 조선 천지 곳곳에 작은 집을 두고—이런 집을 가리켜 체인점이니 지사니 지점이니 대리점이니 하는 명칭으로 부른다—그 집마다 십원짜리 동전 한그릇과 낡은 화투패에 고스톱 상대를 상비하고 있었다. 그 집 가운데 하나에 우연히 들르게 된 나는 그와 그의 네번째 부인, 그의 친구가 벌이는 고스톱을 구경하게 되었다. 그들은 일단 쟁반에 수북하게 쌓인 십원짜리를 3분의 1씩 공평하게 나눠가진 뒤에 점당 십원짜리 판을 벌였다. 그는 어느 하우스에서 시작되었다는 새로운 룰(열끗 자리로 3점을 나면 2배, 4점 나면 4배, 5점 나면 8배 하는 식)을 도입해서 판을 시작한 뒤, 열끗과 피를 중심으로 판을 짜며 종횡무진 휩쓸어나갔다. 잃으면 3점, 따면 20점 이상이었다. 십원짜리 판에서 십만원짜리 판이 터질 수 있다는 것을 그때 처음 알았다. 그를 제외한 두 사람은 피와 열 끗, 피 하나만 남고 아무것도 없었다. 광박, 피박, 멍박, 멍더블박, 쓰리 고 더블, 포 고 더블, 파이브 고 더블…… 바가지를 여덟 번만 써도

256배이니 50점이 나면 간단히 만 점이 넘는다. 쟁반 위의 십원짜리 가 아무리 많아도 만 개는 되지 않아 판은 끝났다. 뒷전에서 구경을 하던 나는 판이 끝나자마자 그에게 쇄도하여 바짓가랑이를 붙잡고 한 수 가르침을 청했다. 그는 짙은 눈썹을 꿈틀거리며 내가 누구인가 물었다. 나는 고스톱이라면 '밥을 먹다가도 밥을 뱉고 달려나가는 사람이며 잠을 자다가도 벌떡 일어나는 사람이다, 스승이시여, 한수만 가르쳐주십시오'라는 요지의 간청을 했다. 그는 자신은 남을 가르치는 사람이 아니니 스승이 아니라고 했다.

"그럼 형님, 제 눈을 뜨게 해주십시오."

"나는 당신 같은 아우를 둔 기억이 없소. 내 아우가 되려면 전국에 있는 내 아우 만 명을 만나서 허락을 받아오시오."

그는 끝내 내 청을 받아주지 않았다. 그의 만번째 막내아우만 해도 한 지역에서 고스톱으로만 밥을 먹고살 정도는 된다고 하니 진정 고스톱의 세계는 끝이 없는 것인가.

나는 또 내기바둑의 도사를 만나 똑같은 부탁을 했다가 똑같이 거절을 당했다. 고스톱과 달리 바둑의 고수는 프로의 세계에 있다. 그들은 한번에 수억원의 상금을 걸고 국제시합까지 열어가며 최정상 바둑의 진경을 보여준다. 그것은 작품이며 구도(求道)이고 역사인 동시에 승부다. 그렇지만 아마추어는 프로세계의 고수와 좀처럼 만날 수가 없다. 만난다 해도 배우기가 쉽지 않고 배운다 해도 내기를 할 수 없다. 프로기사는 바둑으로 내기를 하면 파문을 당하는 엄격한 규칙 속에 살고 있기 때문이다. 아마추어의 세계에서 18급과 1급의 차이는 하늘과 땅 차이인데, 1급의 세계에서도 하늘과 땅이 존재한다. 같은 1급이면서 다른 1급을 대여섯 점 이상 접어주는 강자가 있다. 이런 까닭에 아마추어끼리의 시합에서 진짜 노름이 성립한다. 그는 재야의 강자 가운데 하나였다. 나를 제자나 동생으로 삼는 대신, 자신이 과거에 벌였던 내기바둑 이야기나 듣고 가라고 했다.

"하루는 기원에 앉아 있는데 2급이라고 자칭하는 사람이 와서 한판 두자는 거야. 그래서 선으로 출발했지. 가벼운 방내기. 세 판을 두면 꼭 한 판은 져주었지. 물론 이기는 판은 아주 크게 이기고 지는 판은 최소로 지지. 이 사람이 이기고 싶은 마음〔好勝心〕이 아주 많은 사람이었어. 두 점을 놓고 판돈을 두 배로 올려서 두자는 거야. 그러자고 했지. 다섯 판 둬서 세 판을 이기고 두 판을 져주었는데 석 점을 깔면서 또 판돈을 두 배로 하자고 그러더군. 뭐, 그럽시다. 난 딴 게 있으니까."

"그당시 2급이면 동네에서는 당할 자가 없었을 테니까 자존심이 꽤 상했겠네."

"바로 그게 문제지. 넉 점으로 올라가고 다섯 점으로 올라갔지. 치수로 하면 그게 아마 한계였을 거야. 그런데 이미 꼭지가 돌았기 때문에 눈에 보이는 게 없었을 테지. 다섯 점 깔고도 2승 1패. 그러니까 그 사람이 돈이 다 떨어졌는지 자리에서 일어나더니 이렇게 말하는 거야."

형씨, 오늘은 내가 돈이 떨어져서 그러는데 내일 따로 만나서 한판 크게 해봅시다. 치수는 일곱 점으로 하고 방내기말고 판내기요. 한 판에 3천만원이면 어떻겠소. 그는 숨쉴 겨를도 없이 고개를 끄덕였다. 그대신 날짜를 하루 연기하자고 했다. 객지에서 혼자 몸으로 사는 그에게는 3천만원이라는 거금이 없었기 때문에 스폰서를 구해야 했다.

"스폰서하고의 배분비율은 어떻게 됩니까."

"보통은 삼칠제나 육사제, 그렇지. 나는 잃어도 그만이지만 스폰서는 잃으면 다 잃는 거고 또 경비도 내야 하니까, 스폰서가 많이 먹는 게 당연해."

스폰서는 쉽게 구할 수 있었다. 그에게 한번쯤 당해본 사람은 모두 스폰서가 되려고 했기 때문이었다. 여러 사람이 주주 형태로 참가해서 하루 만에 현금으로 3천만원을 마련해서 보따리에 쌌다.

"거 참, 내기하면 왜 돈을 꼭 보따리에 싸는 건가요. 어디 가나 그런 소리를 듣네요."

"글쎄, 나는 특별히 생각해보지 않았는데. 그래야 돈이라는 느낌이 나는 모양이야. 다 옛날 식이지."

3천만원이라는 기록적인 금액을 건 내기바둑이 벌어진 곳은 그 지역의 최고급 호텔 특실이었다. 당시의 프로기사들 가운데 정상급만이 그런 방에서 타이틀전을 열 때였다. 타이틀전의 우승상금이 기껏 7, 8백만원이던 시절.

"일곱 점이면 버겁지 않습니까. 아무리 실력 차이가 나도 그렇게 거금이 걸리면 아무리 하수라도 신중해질 거고."

"내가 내기바둑만 몇십년을 둔 사람인데 그런 감이 없겠나. 질 것 같으면 절대 두지 않지. 이미 상대방 약점을 다 파악해두었고 그 약점을 공격하면 어떻게 된다는 걸 알고 있었거든. 나는 그 꼭지점을 찾아서 손가락으로 슬쩍 돌리기만 하면 돼. 그럼 저 스스로 팽이처럼 팽팽 돌아가면서 뚜껑이 열리는 거야."

"이기셨겠군요."

"그랬지. 그 돈을 받아서 바닷가로 몰려가서 밤새도록 폭음했지. 새벽에 혼자 나와서 별을 보면서 나는 영원히 아마추어로 남기로 했어. 프로가 되면 뭘 하나. 산 위의 산, 구름 위의 구름이 층층으로 쌓여 있지. 거기서 살아남으려면 내 재능이나 노력으로는 부족하지. 아니 재능은 몰라도 태도가 틀렸어. 나 같은 내기바둑꾼은 삼백육십오일 중에 삼백육십사일이 술이야. 나이 들고 집중력이 떨어지는데 술까지 마시니 당할 수가 없지. 무엇보다 술을 마시지 못하는, 마실 줄 모르는 젊은애들을 당할 수가 있겠나."

그는 한동안 말없이 앉아서 자신의 파리하고 야윈 손을 내려다보고 있었다. 왜 술을 마시는가. 그러지 않으면 안되느냐고 나는 묻지 않았다. 내기는 중독이다. 술은 중독의 대체물인 중독성 약물이다. 나는 마지막으로 궁금한 걸 물었다.

"그런데 그 사람은 도대체 어떤 사람이지요? 바둑 한판에 삼천만 원씩이나 걸고 두는, 자존심 덩어리 2급 말입니다."

"돈많은 시민."

"아이구, 나한테는 그런 시민이 한표 안 찍어주나."

"지금은 형, 아우 하면서 친하게 지내고 있어. 그 사람도 그 한판으로 나름대로 얻은 게 있었을 거야. 그게 눈에 안 보이는 소득이지. 그때 그 돈을 나한테 안 잃었으면 다른 데 가서 더 크게 잃었을지도 모르거든. 바둑만 노름인가."

물론이다. 바둑만이 노름은 아니다. 야구에도 걸 수 있고 농구에도 걸 수 있다. 예를 들어서 어느 투수가 마운드에 서서 첫 투구를 하기 전에 타자를 노려보고 있는데 타자가 초구에서 홈런을 칠 것인가 못 칠 것인가에 걸 수 있다. 이건 집단통계학으로 확률을 낼 수 있는데 1940년대 미국 프로야구에서는 3천분의 1의 확률이었다. 이걸 통계를 내서 알고 있는 사람은 500 : 1로 걸면, 걸게만 하면 6배의 확률로 이긴다. 이런 식으로 노름을 제도화하면 스코어로도, 삼진의 갯수로도, 개개인의 득점으로, 야구에 등장하는 모든 기록과 숫자를 가지고 내기를 할 수 있다. 극단적으로는 초등학교 축구팀끼리의 경기에서 어느 팀의 누가 몇분 안에 결승골을 성공시킬 것인가를 가지고 걸 수도 있다. 이런 시스템을 전국적으로 연결하면 동시다발적으로 여러 게임에 걸 수도 있다. 실제로 미국에서는 프로야구팀 전체가 승부조작으로 기소된 적도 있다. 돈을 건 사람이 선수들에게 접근해서 돈을 주고 난 뒤에 '상처가 나도록 뛰어라, 걸어다녀라, 배트를 멋있게 들고 빗맞추는 연습을 하라, 목숨을 슬라이딩하는 것처럼 하고는 죽어라' 기타 등등의 주문을 했고 선수들이 그에 맞춰서 그라운드에서 춤을 췄기 때문이다. 물론 선수들이 공공장소에서 유니폼을 입고 춤을 췄다고 기소된 것은 아니다. 잘하는 것은 마음대로 되지 않지만 못하는 척하는 것은 어렵지 않다. 선수들은 못하는 척한 게 탄로났다는 죄로 구속되고 형을 살고 어릴 적부터 해온 선수생활을 끝장냈다. 이처럼 내기는 스포츠정신에 어긋난다. 그렇지만 노름꾼은 스포츠맨이 아니라는 것도 생각해둘 필요가 있다. 그들도 나름대로의 인생을 산다.

노름에서 카드가 빠질 수는 없다. 나 역시 어떤 카드게임이든 빠지고 싶은 생각은 없다. 처음말고는 대부분 잃는다 하더라도. 미국으로 가는 비행기에서 옆자리에 외국인이 앉았다. 인사를 나눈 다음, 그 외국인은 내게 카드게임을 할 줄 아느냐고 물어왔다.

"아, 물론이죠(of course)!"

그렇지 않아도 말이 서투르던 차에 다음에 뭘 물어오면 어떻게 하나 싶었는데 다행이다 싶었다. 외국인은 스튜어디스를 불러 카드를 한벌 부탁했다. 그는 내게 '진러미'라는 게임을 하자고 했다. 나는 포커, 하이 로우, 바둑이, 깜깜이, 한강, 두만강, 섬진강, 블랙잭, 원카드, 훌라는 할 줄 알아도 진러미는 할 줄 모른다고 말했다. 그러자 그는 내게 진러미의 규칙을 가르쳐주었다. 나는 얼마를 걸 거냐고 물었는데, 다행히 그는 내 말을 알아듣지 못했다. 그래서 그냥 수첩에 스코어를 적어가면서 판을 거듭했다. 대략 쉰 판이 지나고 계산을 하자, 내가 6:4의 비율로 이긴 것으로 나타났다. 나는 무슨 게임이든 처음에는 무조건 따니까. 그는 크게 놀라면서 자신은 35년 동안 진러미를 해왔지만, 나처럼 처음부터 그렇게 잘하는 사람은 처음 보았다고 감탄을 연발했다. 두 가지 문제가 있었다. 내가 이기기는 많이 이겼지만 점수로는 오히려 많이 졌다. 나중에 알았지만 진러미는 점수를 많이 내는 사람이 많이 따는, 고스톱과 비슷한 시스템이었다. 진러미를 하는 동안 우리는 수많은 이야기를 나누었는데 서로의 나라사정, 역사, 고향, 집안, 경력, 현직업, 직업상의 라이벌, 아이들의 학교문제, 교사들의 무성의, 보육비, 10년 전의 기저귀값에 이르기까지 대화는 끊임이 없었다. 그 모두가 카드의 도움으로 손쉽게 이루어졌다. 가령 지금 직업에 종사한 지 몇년이나 되었느냐고 물으면 스페이드 6을 내밀면 되었고 아이들의 숫자에 대해서는 하트 2 하는 식이었다. 후일을 기약하며 그와 헤어지고 난 뒤, 공항에 마중나온 선배와 나는 곧바로 가까운 도박도시로 향했다. 내가 나의 절대적인 '초짜의 운'을 나누어주겠다고 했던 것이다. 이번에 내가 처음 시험하는 운의 제목은 '테이블 카드게임'이 될 예정이었다.

그 선배로 말하자면, 내게서 전자오락을 배우는 바람에 거의 패가

망신할 뻔하다가 집안에서 들고일어나 유학을 보내주어 쥐약을 먹지 않게 된 이다. 그는 출국하기 직전 기념으로 내게서 고스톱도 배워갔는데 이래저래 그의 부인은 나를 원수로 여기고 있었다. 따라서 내가 미국에 온 것은 그의 부인에게 절대로 비밀이었다. 우리가 들어간 도박장은 고대의 독재자의 궁전이름을 딴 호화로운 호텔 지하에 차려진 거대한 도박장이었다. 도박장에 들어서서 우리는 곧바로 블랙잭이 벌어지는 테이블로 돌격했다. 블랙잭은 도박장에서 가장 흔한 게임 가운데 하나다. 도박장에 고용된 딜러가 카드를 나누어주고(딜러 가운데는 한국사람도 적지 않은데 그중에는 도박하러 왔다가 가산을 탕진하고 도박장에 눌러앉은 사람도 있다고 선배는 귀띔했다) 그 카드의 조합이 딜러에게 주어지는 카드의 조합보다 끗수가 높으면 건 만큼 돈을 따는 게임이다. 승률은 49.5 : 50.5 정도라고 들었다. 1퍼센트 유리한 쪽이 도박장 쪽인지, 손님 쪽인지 잘 모르겠는데 사실 알 필요도 없었다. 나는 처음 하는 게임에서는 무조건 이기니까. 나는 우선 관상을 보고 신경질적으로 생겨먹어 마음에 드는 딜러 앞에 앉았다. 딜러는 우리가 5백 달러를 내놓자 "5백 달러!" 하고 큰 소리로 복창을 했다. 매장 주임은 그 말을 듣고 돈상자의 투입구로 돈이 제대로 들어가는지 확인한다.

선배는 내 앞자리에 앉았다가 내 권유로 내 뒤에 오는 패를 받기로 했다. 이윽고 패가 돌기 시작했다. 나는 패가 들어오는 족족 '스탠드'(stand)를 선언했고 그게 내가 운에 따르는 방식이었다. 신기할 정도로 패가 잘 들어왔다. 삽시간에 내 앞자리에는 연두색의 25달러짜리 칩이 수북이 쌓였다. 함께 게임을 하던 중국인, 일본인이 모두 엄지손가락을 치켜올리며 "오늘 네 생일이구나!"를 연발했다. 나 때문에 그런 건 아니었겠지만 딜러가 테이블을 떠나며 손뼉을 쳤다. 손에 숨겨 둔 칩이 없다는 표시였다. 딜러는 앞치마를 입으면 주머니에 아무것도 넣을 수 없게 되어 있고 칩은 색깔별로 쌓게 되어 있다. 감독이 돌아다니면서 칩의 수를 계산할 수 있도록 말이다. 나는 새로운 딜러가 등장하는 걸 보고는 선배를 아예 뒷전으로 물러나게 하고 그 자리까지 점유해서 패를 받았다. 간혹 패가 헛갈릴 때 선배는 나를 쿡쿡 찔렀는데 나는 아랑곳하지 않았다. 귀신이 붙은 것처럼 패가 붙었다. 내가 적게 건 판에서는 동점이 났고 크게 건 판에서는 블랙잭이 붙었다. 연속해서 열세 판을 이기기도 했다(이렇게 귀신처럼 패가 붙는 현상을 스트리크 현상이라고 한다). 연두색 칩 대신 검은색의 백 달러짜리 칩이 탑으로 만들어졌다. 딴 돈이 5천 달러를 넘어섰을 때 선배는 내 옆구리를 꼬집기 시작했다. 나중에는 간질이고 쥐어박고, 내 옆구리가 무슨 애인 겸 샌드백 겸 나사라도 되는 것처럼 못살게 굴었다. 목표로 한 만 달러가 된 다음 나는 자리에서 일어섰다. 칩을 돈으로 교환하고 나서 권총을 찬 경비원을 불렀다. 그에게 키를 넘겨주고 차를 문 바로 앞에다 대달라고 부탁했다. 차가 오자마자 우리는 키를 넘겨받고 경비원에게 10달러를 던져주었다. 천오백 달러짜리 고물차를 끌고 주 경계를 넘은 다음에야 우리는 마음놓고 숨을 내쉴 수 있었다.

"이젠 나 원망하지 마. 나 이걸로 빚 다 갚은 거니까. 알았지?"

"야, 야, 야, 야, 야, 웃기지 마라. 너 때문에 내가 돈 날리고 시간 버리고 몸 상하고 욕먹은 거 다 따지면 이건 만분의 일도 안돼. 너 집에 갈 때까지 매일 나랑 여기로 와야 돼. 우리는 이제 거부가 될 거야."

"거부는 형이나 되라구. 내 운은 이걸로 끝이야. 나는 처음 할 때 말고는 따지를 못해. 정말이야. 만세! 만세! 대한민국 만세!"

진실을 고백하고 나니 속이 후련해졌다. 선배는 약간 실망한 표정으로 차를 크루즈 운행으로 설정한 뒤 다리를 운전대에 얹었다. 그게 노름꾼이 돈을 따고 집으로 갈 때의 운전방식이라는 것이었다. 나는 내 식대로 머리 뒤에 깍지를 낀 채 아무 이야기나 하기 시작했다. 사막에는 우리 둘밖에 없는 것 같았다.

가장 단순하고, 가장 결과가 빠르고 명확한 게임, '가위바위보'가 있다. 한 사람은 가위, 바위, 보를 다 낼 수 있다고 하고 한 사람은 가위를 낼 수 없다고 하자. 두 사람이 목숨을 걸고 가위바위보를 한다면 누가 이길까? 가위를 낼 수 없는 사람은 자신의 핸디캡을 잘 알고 있다. 바위를 내면 상대에게 이길 확률은 33퍼센트. 보를 내면 이길 확률이 33퍼센트. 반면에 가위, 바위, 보를 다 낼 수 있는 사람은? 가위를 내면 이길 확률이 50퍼센트, 바위를 내면 이길 확률이 50퍼센트인데 질 확률 역시 50퍼센트. 보를 내면 이길 확률은 50퍼센트이지만 최소한 지지는 않는다. 자, 게임이 시작되었다. 모든 걸 다 낼 수 있는 사람은 일단 보를 낼 것이다.

바위, 보밖에 낼 수 없는 사람은 상대의 문제를 잘 알고 있다. 당연히 보를 낸다. 비긴다. 1라운드는 끝났다. 2라운드에서도 두 사람은 또 보를 낸다. 비겼다. 2라운드 끝. 3라운드에서도 두 사람은 약속이나 한 것처럼 보를 낸다. 역시 비긴다. 가위바위보에 목숨이 걸려 있다는 걸 상기하라.

두 사람이 늙어죽을 때까지 같은 라운드가 되풀이될 것이다. 이것이 게임이다. 게임을 더 할 수 없게 될 수도 있는, 목숨을 거는 것이 게임이다. 목숨을 걸지만 아무도 서로의 목숨을 가져갈 수 없는 것이

게임이다. 게임이다, 게임. 다행인지 불행인지 인생에는 게임이 있다. 다행인지 불행인지 게임만이 인생의 전부는 아니다.

선배는 휴게소 간판을 보더니 쉬었다 가자고 했다. 내가 콜라를 사 가자 사막 건너편 신기루처럼 솟아 있는 산을 바라보던 선배는 대뜸 콜라를 모래밭에 쏟아버렸다. 그러고는 그 음료수컵에 주머니에서 꺼낸 지폐 한 주먹을 집어넣더니 내게 내밀었다.

"왜?"

"네 노가리 잘 들었다. 개평이다."

"아, 이럴 줄 알았으면 콜라를 킹싸이즈로 뽑아오는 건데."

나는 우는 소리를 하며 컵을 받아들었다.

"난 이제 노름 안할 거다. 원래 늙어죽을 때까지 노름할 생각은 없었다."

"그렇다고 이렇게 간단하게 포기하면 어떡해. 대한건아의 똥고집이 있지."

"너나 용 돼라, 그 노가리로."

이처럼 나는 남을 대신해서 한 카드판에서도 땄다.

노름은 믿음이다. 자신에 대한 믿음, 자신의 운에 대한 믿음, 노름의 일회성에 대한 믿음, 인생의 일회성, 반복되지 않을 것이라는 확신이 노름을 하게 한다. 누구의 믿음이 큰가, 철저한가에 따라 이기고 진다. 그렇지 않은가, 사막에서 길게 그림자를 늘어뜨리고 한숨짓는 나그네여. 누군가 사막을 울림통으로 삼아 이렇게 속삭였다. 그게 누구인지는 말할 수 없다. 나도 그가 누군지 모른다.

나는 내기를 좋아한다. 어릴 때부터 좋아했고 지금도 그렇다. 따라서 내기가 되는 대부분의 게임들을 좋아한다. 인생이 먼길을 걷는 것이라면 게임 또는 게임의 정화인 내기는 그 길가에 피어나는 꽃봉오리다. 단 지구상에 피어나는 꽃의 90퍼센트는 냄새가 없거나 심지어 더럽다는 것을 전제해두고서. 내기 좋아하다 패가망신에 이른 사람들에게 해주고 싶은 말이 있다. 어른이 말씀하시면 제발 좀 들으시오.

—골드북닷컴(goldbook.com) 2000년 8월

새로운 문체미학

성석제의 『황만근은 이렇게 말했다』

정호웅

1. 새로운 문체

새로운 문체의 등장으로 비로소 소설사는 앞으로 나아간다라는 명제가 있다. 또 소설은 문체다라는 명제도 있다. 소설에서의 새로움, 개성의 실현이 이루어지는 영역이 문체이기 때문에 나온 말일 터이다.

성석제의 문체는 빠르다. 접속사 없이 단문들을 숨가쁘게 이어 만들어내는 그 문체는 인과의 논리도 설명도 배제한다. 다만 보여줄 뿐인데, 그래서 더욱 빠르게 내달린다. 그 질주를 따라 바람이 인다.

그러면서도 성석제의 문체는 날카롭다. 표창날과도 같은 날카로움이 그 속에는 번득이고 있어 표정을 몸짓을 미묘한 심리의 기미를, 그뿐인가 그것들을 에워싸고 있는 상황의 전체를 놓치지 않는다. 찍어올리는 듯하다. 그가 몸만 빠른, 말하자면 경박한 재치와 감각의 작가가 아닌 이유는 여기에 있다. 대상의 본질을 찍어올리는 날카로운 투시를 실현하는, 언뜻 말놀이처럼 보이는 언어 운용은 지금까지의 우리 소설에서는 볼 수 없었던 단연 새로운 것이다. 성석제의 그 언어유희는 다른 말로 하자면 뒤집기이다. 사전적 의미의 뒤집기, 통상적 어법의 뒤집기, 그리하여 마침내는 사전적 의미와 통상적 어법이 구축하는 통념의 뒤집기로 나아가는 것이다. 그 뒤집기는 명료함과 투명함, 뚜렷함을 요구하는 리얼리즘의 규율과는 정반대의 방식이지만, 진실의 드러냄이란 목적을 수행하는 데는 조금도 모자람이 없는 유력한 방식이다.

그 새로운 문체가 어떤 경지를 열어 나아갈지 지금으로서는 알 수 없다. 다만 여기에는 한 가지 위험성이 내재해 있다는 것이 내 생각이다. 속도에 들릴 가능성. 속도에 들리면 옆도 뒤도 앞도 시야에서 사라진다. 다만 질주의 한순간만이 존재할 뿐이다. 그것은 위험하다. 한순간으로의 집중이기에 강렬하고 아름답지만 그것은 이미 시의 차원이다. 성석제의 문체 특성을 가장 잘 보여주는 아름다운 소설 「새가 되었네」(『새가 되었네』, 강 1996)의 저 한 호흡에 응축된 완벽한 세계를 접하며 우리가 느끼는 불안한 설렘은 이와 무관하지 않다.

속도에 들리면 그 속도에 휘말려 불필요한 것들을 잘라내는 통제력이 약화된다. 예컨대 다음과 같은 문장.

> 내게도 어떤 표정이 교차하고 있었을 것인데 거울이 없어서 모르

겠고 있었다 하더라도 들여다볼 여유가 없었기에 모르겠고 들여다 봤다 하더라도 모를 것 같다. 딸을 약탈하러 온 도둑의 표정은 아니었을 것이다. 칼을 던지고 투항하러 온 자의 표정도 물론 아니었을 것이다. 정략결혼을 강요하러 온 자의 표정도 아니었고 애끓는 사랑을 호소하러 온 자의 표정도 아니었으리라. 확실한 건 거쳐야 할 과정을 거쳐내야 하겠다는 의지였다. (199~200면)

최근 들어 성석제의 소설 속에는 이처럼 꼬리에 꼬리를 무는 말의 연쇄를 좇는 경우가 많아졌다.

2. 세계와 인간 삶의 진실

성석제는 빼어난 이야기꾼이다. 그의 이야기에는 읽는 이의 호흡을 완전히 장악하는 힘이 들어 있다. 그 힘은 소재의 신기함, 부드럽고 매끄럽게 흘러 갑자기 목소리가 높아지는 바람에 덜컹대거나 멈칫거리는 일은 찾아볼 수 없는 호흡 조절의 절묘함, 경쾌하고 빠른 문체, 독자의 의식을 한순간 마비시키는 유쾌한 재치의 연속 등이 만들어낸다.

성석제 소설의 그런 힘에 장악당한 독자는 재미있는 이야기 한판 즐겼다는 기분에 흐뭇해하며 책장을 덮을 것이다. 그러나 실상 그 독자는 성석제의 소설 안쪽으로는 한 발짝도 들이지 못하였다.

성석제의 소설은 단순히 재미있기만 한 이야기가 아니다. 대상의 심부를 꿰뚫어보는 심안이 그 속에 빛나고 있어, 세계와 인간 삶의 진실을 열어 보인다.

「쾌활냇가의 명랑한 옛날」은 우리가 몸담고 있는 이 현실세계의 지리멸렬함을, 그 지리멸렬의 세계를 지배하고 있는 권력의 몰합리적이고 폭력적이며 자기중심적인 속성을 보여주는 작품이다. 이유도 없이 치고박기, 한여름 땡볕 속을 쫓고 쫓기기, 태평스러운 코골기와 비명소리 그리고 활극의 재미를 즐기는 환호성이 뒤섞여 아수라 소용돌이를 이루는 쾌활냇가의 풍경은 곧 현실세계의 축도이다. 그 소용돌이 속에서도 이 세계를 지배하는 권력은 꿈적도 않는데, 그 요지부동의 완강함은 그 권력의 몰합리성과 폭력성과 자기중심성에 대응한다. 우리는 끔찍한 세계를 살고 있는 것이다. 작가는 이 끔찍한 진실을 그 끔찍함과는 정반대인, '시원하게 앞이 트이어 넓음'이란 뜻의 '쾌활(快闊)'과 '밝고 쾌활함'이란 의미의 '명랑(明朗)'이란 단어로써 담아내고자 하였는데, 이는 곧 끔찍한 세상에 대한 거대한 야유이다.

「황만근은 이렇게 말했다」는 묘비명의 형식을 따른 작품이다. 이문구(李文求)의 인물전기형 소설과 함께 옛 형식을 변용한 시도로 우선 주목할 만하다. 조금 모자란 팔삭둥이가 있었다는 것, 가난했다는 것, 사람들의 조롱거리였다는 것, 이용당하기만 하는 삶을 살아왔다는 것, 한 사람을 빼고는 그의 진면목을 알아보지 못하였다는 것 등이 이 작품의 주된 내용이다.

어느 누구도 알아주지 아니하고 감탄하지 않는 삶이었지만 선생은 깊고 그윽한 경지를 이루었다. 보라. 남의 비웃음을 받으며 살면서도 비루하지 아니하고 홀로 할 바를 이루어 초지를 일관하니 이 어찌 하늘이 낸 사람이라 아니할 수 있겠는가. 이 어찌 하늘이 내고

땅이 일으켜세운 사람이 아니랴. (40면)

황만근은 모든 면에서 평균치에 못 미치는 인간이었다. 그의 삶은 하대와 조롱과 모욕의 차가운 눈길, 날선 말들의 사이로 난 좁은 길을 따라 힘겹게 이어지는 외로운 것이었다. 생애 마지막 날 겨울비에 젖는 시골길을 혼자 갔듯이 그는 언제나 혼자 걸었다.

그러나 그 외로운 행로는 이타의, 공평무사의, 수분(守分)의, 성실과 진정의 정신을 길러내고 실현하는 길이었으니, 그는 "하늘이 내고 땅이 일으켜세운 사람"이었다. 작가는 황만근의 삶에 깃들인 아름다운 정신을 알아본 한 사람의 말을 통해 차가운 눈길, 날선 말들의 사람들이 거주하는 세계 밖을 걸었던 한 인물의 생애를 온전하게 되살렸다. 그의 생애는, 그 되살림은, 그를 배제한 이 세계의 질서가 어떠한 성격의 것인지를 드러내는 역광의 의미를 지닌다. 한문문화의 오랜 글형식 가운데 하나인 묘비명은 한 인물의 일생을 총정리하고 평가하는 글형식이니 황만근의 아름다운 생애를 온전하게 되살리고 그 의미를 새기는 데 더없이 적절한 형식이라 할 것이다.

성석제 문학의 한 가능성은 그의 문학이 고전의 세계로 열려 있다는 점에 있다는 것이 내 생각이다. 지난 100년의 한국사는 그 깊고 넓은 세계를 캄캄 어둠속에 팽개쳐놓고 서구를 향해 맹목적으로 내달려왔다. 이른바 과거 부정, 전통 단절이 그것인데, 이제 그 어둠속을 되돌아살필 때다. 다행히도 국학계의 연구성과가 축적돼 있으니 길 찾기는 그다지 어렵지 않다. 성석제 문학은 드넓은 고전의 세계를 주목한 선구로서 21세기 한국문학의 길 하나를 앞서 열고 있다.

3. 괴(怪)

우리는 앞에서 성석제 소설의 특징 중 하나로 소재의 신기성을 들었는데, 이 책에 실린 작품 가운데 「천애윤락」 「책」 「천하제일 남가이」 「꽃의 피, 피의 꽃」 등이 여기에 해당한다.

「천애윤락」의 동환은 다른 사람을 통해 허락을 얻은 뒤에야 화자인 '나'에게 연락을 취하는 묘한 습성을 지녔으니 참으로 기이한 인물이다. 「책」의 '그'는 '서음(書淫)'이라 불릴 정도로 책에 갇힌 사람이다. 그를 두고 화자는 "책은 당숙을 희미하게 만들고 당숙은 책과 사물의 경계선을 흐렸다. 그러면서도 둘은 섞여서 존재했다"(118면) 또는 "몇몇 사람에게서 서음(書淫)이라고 불리기는 해도 그는 나름대로 극한까지 가본 사람"(123면)이라고 말한다. 일상의 질서에 갇혀 사는 평범한 사람들과는 전혀 다른 괴(怪)한 인물인 것이다. 「천하제일 남가이」의 주인공 남가이는 그의 눈빛과 냄새로써 사람들을 우울하게도 행복하게도 만들 수 있는 마력을 지녔으니 그 또한 괴한 인물이다. 「꽃의 피, 피의 꽃」의 주인공은 처음 시작하는 도박에서는 언제나 이기는, 그래서 언제나 이길 수 있다는 확신을 갖고 도박장을 들어서는 특별한 존재이니 또한 괴한 사람이다.

작가는 무엇을 위해 이같은 예외적인 괴인들을 소설 속에 끌어들였을까? 신기성의 추구? 누구나 신기한 것에는 관심을 가지는 법이니까 그럴지도 모른다. 이들 예외적 존재들은 일반성과는 무관한 특수한 존재이기에 일반성을 담지한 개별자 곧 전형을 강조하는 리얼리즘의 규율에서는 금기시하는 인물들이다. 작가는 의도적으로 리얼리즘의 규율이 지배하는 우리 소설계를 야유하고 있는 것인지도 모른다.

분명하게 말할 수는 없지만, 「꽃의 피, 피의 꽃」의 한 구절 "그들도 나름대로의 인생을 산다" 속에 그 답이 들어 있는지도 모른다. '나름대로의 인생'에 대한 즉자적 의미 부여가 그것이다. 이 생각이 옳다면, 성석제는 예외적이지만, 이 세상 어딘가에 존재하는 이들 예외적인 인물들의 예외적인 개성을 통해 유(類)적 존재로 일반화되지 않는 순수한 개성과 그같은 개성의 실현인 특수한 삶을 옹호하고 지향하는 세계관을 지닌 작가라 말할 수 있다. 이 점에서 성석제 문학은 국가·계급·계층·가문 등 전체성적 의미항을 중시하는 우리의 오랜 소설 전통과, 나아가서는 한국사회와 근본적으로 맞서 있다. 그 맞섬이 어떤 세계를 일굴 것인지는 지금으로서는 알 수 없으니, 성석제 문학은 여전히 모색의 도정에 놓여 있는 젊은 문학이다.

그 괴인들은, 성석제의 말을 빌리면 천애윤락(天涯淪落)의 외로운 사람들이다. 전체를 껴안는 질서 안이 아니라, 그 밖 또는 경계선상을 떠도는 이들인 것이다. 그런데 작가는 그 외로움과 외로운 존재들의 근원과 형성과정에 대해서는 관심두지 않는다. 나로서는 이 점이 아쉬운데, 외로움과 외로운 존재들의 근원과 형성과정을 함께 살펴 엮는다면 성석제 문학은 좀더 두터워지지 않을까, 더 풍성해지지 않을까 하는 생각 때문이다.

4. 성석제적 여로

성석제 소설 속의 인물들은 대체로 떠도는 삶을 사는 유목인적 존재들이다. 그들의 유목적 떠돎은 그들과 맞지 않는 이 세계의 질서에 대한 분노, 대결 또는 개혁의지와는 거의 무관하다. 그들의 떠돎은 그러므로 자아와 세계의 대결이라는 소설의 기본형식 너머 또는 이전에 놓여 있다. 그들은 어떤 가치의 발견이나 실현을 위해 길 위에 선 것도 아니다. 그들의 여행길을 이끄는 것은 '책에 대한 믿음'(「책」) 또는 '자신의 신비한 능력에 대한 믿음'(「천하제일 남가이」) 등과 같은, 다른 사람과 공유할 수 없는 자신만의 믿음 또는 그것에서 생겨난 의지이다. 윤리적이거나 정치적인 이념 실현을 위해 험로를 걷는 인물들의 여로를 즐겨 다루어온 우리 소설 일반의 경우와는 전혀 다르다. 그 여로를 우리는 성석제적 여로라 할 수 있을 것이다.

가치의 발견이나 실현과는 무관한 성석제 소설 속 인물들의 여로는, 인간의 행로는 가치의 발견이나 실현을 위한 것이며, 소설이란 그런 인간행로를 그리는 것이라는 오랜 통념에 대한 반역이다. 여기서 인생이란, 소설이란, 엄숙해야 하고 진지해야 한다는 통념을 뒤집어 엎는 성석제적 미학이 날렵한 몸짓으로 솟아오른다.

그러나 사정이 그렇게 간단하지만은 않다. 앞에서 보았듯, 「황만근은 이렇게 말하였다」에서는 주인공 황만근의 평생을 좇아 그가 실현해온 '이타의, 공평무사의, 수분(守分)의, 성실과 진정'을 바람직한 가치로 내세우는 작가의식을 확인할 수 있기 때문이다. 그렇다면 성석제 문학은 가치의 발견 또는 실현과는 무관한 인생행로의 객관적 추적과, 가치의 발견 또는 실현을 위한 삶의 적극적 의미 부여의 두 극단으로 나누어져 있다고 할 수 있겠다.

상반되는 이 두 가지 지향으로 인해 생겨날 수 있는 갈등을 지금까지의 성석제 문학에서는 확인할 수 없다. 그러나 이를 회피할 수는 없는 법, 성석제 문학은 이 점에 대한 깊은 추구가 필요한 시점에 와 있는 것으로 보인다.

성석제적 여로를 걷는 그 개성적인 인물들의 언행 가운데는 설명되지 않아 이해할 수 없는 것들이 많다. 읽는 이의 과제일 터인데, 설명 없이 툭 던져놓은 그 이해할 수 없는 것들이 성석제 문학의 끝을 열어두고 있다.

> 동환이 고개를 돌렸다. 그러고는 그의 손을 잡으며 들릴락말락하게 말했다.
>
> 나, 나 말야, 사람들을 자유롭게 해주고 싶었어.
>
> 동환은 울기 시작했다. 자유? 자유롭게? 잘해주고 싶었던 게 아니고? 그는 의혹과 경이에 찬 눈으로 동환을 보고 있었다.
>
> 동환은 제 무릎을 끌어안고 비죽비죽 울었다. 울음소리 역시 들릴락말락했다. (75면)

결혼식 부조금을 모아 장사 밑천이나 할 생각으로 청첩장을 돌렸으나 손님이 너무 적어 오히려 낭패지경에 봉착했다. 그런데 그 딱한 사내는 "사람들을 자유롭게 해주고 싶"어 그랬는데 이렇게 되고 말았다며 울고 있는 것이 아닌가. 사람들을 자유롭게 해준다는 게 무슨 뜻을 지닌 것인지 아무런 설명이 없다. 소설 속의 '그'도 그 말을 이해하지 못한다. 그 뜻을 헤아리는 일은 이제 독자에게 넘어왔다.

어린 학생을 앞에 둔 선생처럼 모든 것을 설명하고자 하는 의욕이 넘쳐 맑은 물 속처럼 명료한, 그러나 그 명료성에 스스로를 가두는 한국소설 일반을 생각할 때, 이처럼 독자의 해독을 기다리는 것들을 담고 열려 있는 성석제 소설은 개성적이다. 바라건대 더 넓게, 더 깊게 열린 차원으로 나아가기를.

鄭豪雄 / 홍익대 국어교육과 교수, 문학평론가

작가의 말

내가 짠 그물이 성글다.
이 그물로는 물고기를 잡지 못하겠네.

그때가 올까.
이 마음속 고래 한 마리,
펄쩍 뛰어 밖으로 뛰쳐나오는 그날.
바다가 먼저 넘치지는 않을까.
넘쳐 넘실 스르르 북해를 만나러 가지 않을까.

내가 친 그물이 성글어 보인다.
성긴 그물이여, 나라도 엮어볼 테냐, 잡으려느냐.

이 책을 당신, 천지의 붉은 물고기처럼 유유한 존재께 바치노니, 나는 당신들과 다르고도 상관없어 보이는 모든 것, 나무와 돌, 하늘, 바람, 아카시아꽃에서 언제나 당신들을 느낀답니다.

2002년 6월 노음산 왕벚나무 아래에서
성석제

황만근은 이렇게 말했다

초판 1쇄 발행/2002년 6월 25일
초판 10쇄 발행/2002년 12월 30일

지은이/성석제
펴낸이/고세현
편집/유용민 김정혜 문경미 김명재
펴낸곳/(주)창작과비평사
등록/1986년 8월 5일 제10-145호
주소/서울 마포구 용강동 50-1 우편번호 121-875
전화/영업 718-0541, 0542 · 701-7876
편집 718-0543, 0544 · 기획 703-3843
독자사업 716-7876, 7877
팩시밀리/영업 713-2403 · 편집 703-9806
홈페이지/www.changbi.com
전자우편/literat@changbi.com
지로번호/3002568

ISBN 89-364-3666-X 03810